아주 은밀한 연애 2

아주 은밀한 연애 2

이지연 장편소설

Terrace Book

| 1권 |

| 목차 |

| 2권 |

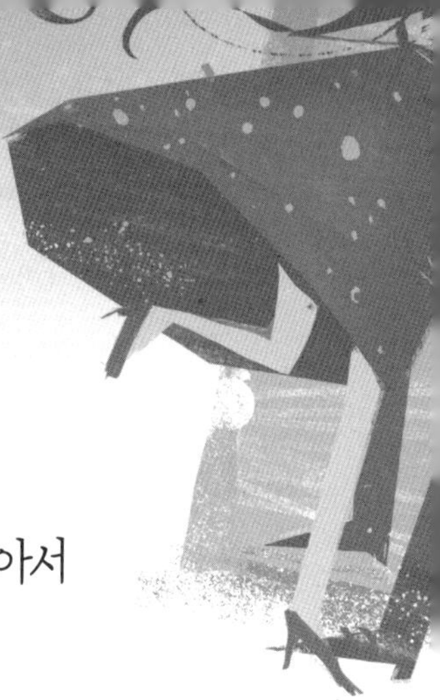

16. 이곳은 안전할 것 같아서

"어, 오빠."

다음 날, 아침 일찍 민성에게서 전화가 걸려왔다.

[어떡하지? 성욱 씨를 빼고는 도저히 진행이 안 되나 봐. 다음 주까지 촬영 접어야 한다네.]

며칠 쉬게 되었으니 신나서 들떠야 정상인데 민성의 목소리는 이상하게도 축 처져 있었다. 그 이유는 다음 말로 자연스럽게 설명됐다.

[그래서 시간이 난다고 저번에 일본에서 찍은 화보, 추가 촬영 가란다. 몇 장 새로 찍어야 해.]

"대표님이 그러셔?"

상원은 아직 홍콩 출장길이었지만, 수시로 하연의 일정을 확인하고 있었다.

[어……? 어. 하여간 여권 챙기고 준비하고 있어.]

"뭐? 오늘 당장 가라고?"

[정오 출발 비행기니까, 10시에는 공항에 도착해야 해. 지금 데리러 갈 테니까 기다려.]

"돌아오는 건?"

[그거야 모르지. 촬영하는 거 봐서……. 늦어도 오늘 밤엔 돌아올 수 있을 거야.]

그러다 너무 늦어서 태환을 볼 수 없게 된다면?

하연은 급히 벽에 걸린 시계를 올려다보았다. 오전 8시가 막 지나가고 있었다.

공항으로 가기 전에 5분이라도 그의 얼굴을 볼 수 있을까?

하연은 급하게 태환에게 전화를 걸었다. 그런데 오늘은 그가 전화를 받지 않았다.

휴대폰이 꺼져 있다는 메시지와 함께 계속 음성 사서함으로 넘어가자, 하연은 사무실로 연락해보았다.

[오늘 대표님은 온종일 회의 중이시라서, 정오까지는 전화 연결이 되지 않습니다.]

청천 하늘에 날벼락 같은 답이었다. 정오라면 비행기가 이륙할 시간이라서 휴대폰을 꺼놓아야 하는데…….

하연은 할 수 없이 음성 메시지라도 남기기로 했다.

"미안해요. 갑자기 화보 촬영 일정이 잡혀서 일본에 가야 해요. 오늘 중으로 돌아오겠지만, 늦어질지도 몰라요. 일본에 도착해서 전화할게요."

급한 해외 촬영 때문이니까, 그도 이해해줄 거다. 밤늦게라도 돌아와서 만나면 되겠지.

하연은 애써 자신을 달래며 서둘러 준비했다. 40분쯤 지나자, 민성에게서 밑에 도착했다는 문자가 날아왔다.

"서영이는?"

얼른 밴에 올라탄 하연은 텅 빈 뒷자리를 보고 고개를 갸우뚱거렸다.

"급하게 비행기 표를 마련하느라, 서영이 건 구하지 못했어. 어차피 화보 팀에서 다 준비할 거라서 서영이까지 갈 필요는 없어. 공항에서 내리면 그쪽에서 마중 나와 있을 거야."

"그래?"

그런 일이 종종 있었기에 하연은 더는 물어보지 않았다.

정오가 되자 비행기는 출발했고, 하네다 공항에 착륙해 입국 심사까지 모두 마치자 어느덧 3시를 향해가고 있었다.

이래선 오늘 중으로 돌아갈 수 있을까?

휴대폰을 켰지만, 전화가 걸려온 흔적도, 문자도, 음성 메시지도 남겨져 있지 않았다. 우선은 촬영 장소에 도착한 다음에 전화할 생각으로 민성의 뒤를 따랐다. 민성의 말대로 공항을 나서자마자, 그들 앞으로 검은 리무진이 다가왔다.

"하연아, 넌 이 차 타고 먼저 화보 촬영 장소로 가. 난 혹시 모르니까 호텔 가서 체크인해놓을게."

"알았어. 이따가 봐, 오빠."

그러나 바로 화보 촬영 장소로 출발한다던 리무진은 어찌 된 일인지 꿈쩍도 하지 않았다. 언제 출발하느냐고 물어보려는 찰나, 그녀가 앉은 반대쪽의 차 문이 덜컥 열렸다.

아무 생각 없이 옆으로 고개를 돌린 하연의 눈이 충격으로 커다래졌다. 태환이 느긋한 동작으로 차에 올라타고 있었기 때문이었다. 그를 여기서 보게 될 거라곤 상상도 못한 하연은 너무나 놀라서 한마디도 할 수 없었다. 태환이 그런 하연을 향해 살며시 눈꼬리를 휘었다.

"이곳은 안전할 것 같아서."

"어떻게 된 거예요?"

하연은 옆자리에 앉은 태환을 믿을 수 없다는 표정으로 바라보았다.

"화보 촬영하러 일본에 간다기에 마침 나도 볼일이 있어서……."

"그러면 제가 아침에 남긴 메시지를 확인하고 오신 거예요?"

아니지? 아무리 그렇다고 해도 말이 되지 않는다. 사무실로 연락했을 때, 태환은 분명히 회의 중이라고 했다. 메시지를 확인하고 회의 도중 나왔다고 해도 공항으로 가는 시간과 비행기 표를 구하는 시간 등등 적어도 그녀보다 한두 시간은 늦게 도착해야 맞았다.

"어떻게 저보다 먼저 도착하셨어요?"

동에 번쩍, 서에 번쩍하는 홍길동도 아니면서 말이다.

"왜요? 궁금합니까?"

태환은 일부러 애를 태우듯 대답을 회피했다. 대신 가만히 손을 내밀어 그녀의 뺨을 손등으로 쓸어내렸다.

"그 전에 급한 불부터 끄고."

"급한 불이라뇨? 그게 무슨……."

그는 하연의 턱을 그러쥐어 움직이지 못하게 고정한 후, 그녀의 입술을 재빨리 덮어버렸다.

"흑!"

입술을 가르며 들어오는 말캉한 감촉에 그녀는 저도 모르게 그의 팔을 꽉 움켜쥐었다. 한두 번 키스해본 것도 아니고 이젠 적응될 만도 한데, 아직도 눈앞이 아찔해지며 숨이 가빠진다.

하연은 태환의 목 뒤로 팔을 두르며 조심스레 입맞춤에 응했다. 입 안 깊숙하게 밀고 들어오는 숨결로 전기에 감전된 것처럼 짜르르한 전율이 전신으로 퍼져나갔다.

리무진의 운전석과 뒷좌석은 검은 유리 벽을 사이에 두고 완벽히 분리되는 구조여서, 운전석에서는 뒷좌석에서 무슨 일이 일어나는지 전혀 알 수 없었다. 하지만 그렇다고 해서 불안함을 완전히 떨칠 수는 없었다.

아무리 타국이라도, 달리는 차 안에서, 그것도 훤한 대낮에 진한 키스를 나누다니.

머리는 당장 이성을 찾으라고 외쳤지만, 몸은 정반대로 반응했다. 저돌적으로 밀고 들어오는 열기를 어떻게 거부할 수 있을까.

"……어떻게 먼저 도착했느냐고?"

한참 후에야 하연을 놓아주며 그가 입술을 맞댄 채로 속삭였다. 키스를 멈추었을 뿐이지, 두 사람의 얼굴은 조금만 움직여도 입술이 닿을 만큼 가까웠다.

"휴대폰에 메시지를 남기고 있을 때, 난 이미 비행기 안에 있었거든."

"……그 말은 저보다도 먼저 일본행에 관해서 알고 있었다는…… 거네요?"

호흡을 가다듬고 또박또박 말하려고 노력했지만, 아쉽게도 그녀의 목소리는 심하게 흔들리고 있었다.

"어제 밤늦게까지 창훈이와 촬영 일정을 새로 짜는데……."

태환은 엄지로 그녀의 입술을 살며시 쓸어내렸다.

"장민성 씨가 사무실로 찾아왔어요. 연락이 안 닿아서 확인 차, 들렀다면서."

맡은 일만큼은 우직할 정도로 최선을 다하는 민성이었다. 하연에게 새 일정을 알려줘야 하는데 창훈에게서 아무런 연락이 없으니 다급한 마음에 사무실로 찾아간 모양이었다.

"다음 주까지 촬영이 빈다고 하니까, 마침 화보 팀이 일본에서 촬영 중이라며, 민성 씨가 우선 거기에 합류하겠다고 하더군요."

"아……."

하연에게는 알리지 않았지만, 그동안 민성은 계속해서 화보 재촬영에 관한 압박을 받고 있었다. 일하다 보면 종종 일정이 꼬이곤 하는데, 그때마다 민성은 아주 곤란한 상황이 아니면 하연에게 얘기하지 않고 혼자 알아서 해결하곤 했다. 하연은 나중에서야 이런저런 문제가 있었다는 말을 상원을 통해서 알게 되곤 했다. 이번에도 혼자 끙끙 앓다가 다행히 일정이 비게 되자, 급하게 재촬영을 끼워 넣었나 보다.

그건 그렇고…….

"비행기 착륙 시간은 어떻게 아셨어요?"

"아……."

하연의 질문에 태환은 의미심장한 미소를 떠올렸다.

"어제 보니까 민성 씨, 그새 체중이 좀 불었다고 예전 얼굴이 나오더군요. 내가 말라위 공항에서 본 사람과 닮았다고 한마디 했더니……."

그다음부터는 굳이 설명하지 않아도 알 것 같았다. 지레 겁먹은 민성이 태환의 비위를 맞추기 위해서 과잉 친절을 베풀었을 것이다. 이어진 태환의 대답은 짐작한 대로였다.

"하얗게 질린 얼굴로 보기에도 안쓰럽게 벌벌 떨더니, 원하는 게 뭐냐고 물어보던데? 그래서 내일 몇 시 비행기로 일본에 가고, 촬영 일정이 어떻게 되느냐고 물으니까, 새벽쯤 문자로 상세하게 보냈더군요."

겁쟁이 장민성이라면 그러고도 남는다. 불쌍한 오빠, 지금쯤 식음을 전폐하고 끙끙 앓고 있겠네.

하연은 씁쓸한 미소를 띠며 고개를 흔들었다.

"아무래도 안 되겠어요. 오빠에게 사실을 털어놓아야 할 것 같아요. 안 그러면 속이 까맣게 타서 속병 날 거예요."

"좋을 대로 해요."

하연은 일본에서 깜짝 데이트를 하게 되어 기쁜 것보다, 장민성이 얼마나 떨고 있을지가 더 걱정인가 보다. 저번엔 연속으로 야근한 한재호의 건강을 걱정하며 이것저것 챙기더니…….

다른 이를 우선으로 생각하는 하연의 태도에 기분이 상해야 하지만, 태환은 씁쓸한 미소를 흘리는 것으로 대신했다. 아껴주기는커녕 가족끼리 서로 견제하며 치열한 경쟁을 벌이는 태환으로서는 솔직히 그런 하연을 완전히 이해할 수는 없었다.

하연은 자신이 살아온 환경과는 너무나도 다른 세상에 사는 사람 같았다. 어쩌면 그래서 더욱더 그녀에게 끌리는 건지도 모르겠다.

"그런데…… 원하는 대답을 들었는데 뭔가 보답이 있어야 하는 거 아닌가?"

"보답이요?"

무슨 뜻이냐는 듯 하연의 콧잔등에 주름이 잡혔다.

"촬영 장소에 도착하려면 아직 시간이 넉넉히 남았고."

대답 대신, 그는 이해할 수 없는 말을 속삭였다.

"그 보답을 받아낼 시간은 충분할 겁니다. 그렇죠?"

말을 마친 태환은 하연의 뒤통수를 손으로 감싸며 다시금 입술을 겹쳤다. 그리고 아까와 달리 조금은 느긋하게, 그러나 더 깊고 적극적으로 입술을 공략했다.

"화보 촬영 끝나면 전화해요."

리무진이 촬영 장소에 멈추자, 태환은 하연을 내려주며 손목시계를 들여다보았다. 차바퀴가 멈출 때까지 하연을 놓아주지 않던 태환은 거짓말처럼 머리카락 한 올도 흐트러지지 않은 깔끔한 모습이었다.

그녀 혼자만 붉게 달아오른 뺨을 손등으로 내리누르며 떨리는 가슴을 진정해야만 했다. 이럴 때면 조금은 그가 얄미웠다.

"이리 와봐요."

태환은 다정한 손길로 흐트러진 하연의 머리카락을 정돈해주고 입술에 남은 열기를 손수건으로 닦아주었다.

"립스틱 새로 바를 필요 없겠군."

조금 전의 키스로 살짝 부어오른 그녀의 입술은 보기 좋게 붉은빛으로 물들어 있었다. 다시금 진한 키스를 퍼붓고 싶은 충동을 내리누르며 태환은 그녀의 뺨에 입술을 가져갔다.

"하아, 보내기 싫다."

그녀의 이마에 자신의 이마를 맞대며 그가 나직한 목소리로 속삭였다. 될 수만 있다면 출장이고 촬영이고 뭐고 다 때려치우고 그녀와 함께 있고 싶었다. 태환은 아쉬운 마음을 달래며 하연을 품에 꽉 끌어안았다. 벌써부터 이러면 그녀가 해외 촬영을 떠나는 석 달 동안, 어떻게 견디어낼지 눈앞이 캄캄했다.

"추가 촬영이라서 얼마 걸리지 않을 거예요."

하연은 달래듯 부드러운 음성으로 태환의 어깨를 다독거렸다.

누가 그걸 모르나? 지금 당장 헤어지는 게 싫어서 그런 거지.

"나도 볼일이 있어서 근처에 있을 거니까, 함께 저녁하죠."

그녀를 품에서 떨어뜨리며 태환은 애써 무덤덤한 목소리로 말했다.

"촬영 끝나는 대로 전화할게요. 이따 봐요."

차에서 내리려던 하연은 잠시 머뭇거리더니 태환 쪽으로 등을 돌렸다. 그리고 의아한 표정으로 바라보는 태환의 얼굴을 두 손으로 감쌌다.

"쉽지 않았을 텐데, 와줘서 고마워요."

그녀는 태환이 뭐라고 하기도 전에 번개처럼 '쪽' 입술을 맞추고 재빨리 리무진에서 뛰어내렸다. 자신이 먼저 키스한 건 이번이 처음이라 태환을 마주 볼 용기가 나지 않았다.

충동적인 키스였지만, 여기까지 따라와준 그에게 감사하는 마음을 표현하고 싶었다. 심장이 입 밖으로 튀어나올 것처럼 걷잡을 수 없이 쿵쾅거렸다. 하연은 목덜미까지 빨개진 얼굴을 푹 숙이고 서둘러 촬영 장소로 발걸음을 돌렸다.

뒤에서 태환을 태운 리무진이 시동을 걸고 출발하는 소리가 들렸다. 그제야 하연은 등을 돌려 멀어지는 리무진의 뒷모습을 바라보았다. 하연은 리무진이 시야에서 완전히 사라진 후에야 다시 촬영 장소로 걸음을 돌렸다.

"하연아!"

메이크업을 마치고 화보 촬영에 들어가려는데, 어느새 도착한 민성이 그녀에게 다가왔다.

"호텔 체크인 다 해놨어. 비행기 표도 구했고. 오늘 밤 돌아갈 수 있는 표가 없어서 내일 아침 첫 비행기로 샀는데, 괜찮지?"

"응. 괜찮아. 고마워, 오빠."

태환을 만나야 하기에 무슨 일이 있어도 오늘 내로 돌아가려고 했었지만 그가 여기 있으니 지금은 그럴 필요가 없었다.

"수고하셨습니다. 이 정도면 충분할 것 같아요."

이미 진행 중이던 화보 촬영에 합류한 식이라, 예상 시간보다 일찍 끝낼 수 있었다. 약속한 대로 태환에게 전화를 걸었지만, 아직 볼일이 끝나지 않은 모양인지 휴대폰에서는 회의 중이라 받을 수 없다는 메시지가 흘러나왔다. 촬영장에서 무작정 기다릴 순 없었기에 하연은 민성과 근처 커피숍으로 자리를 옮겼다.

"오빠, 할 말 있어."

민성이 커피를 가지고 테이블에 앉자, 하연은 차분히 태환과의 일을 털어놓았다.

"이제는 차 대표님 앞에서 벌벌 떨지 않아도 돼. 사실은 말이지……."

"……으응?"

모든 설명이 끝날 때까지 민성의 얼굴은 하얗게 파랗게 빨갛게 시시각각 변했다.

"어머머, 뭐라고?"

"……미리 말해주지 못해서 미안해."

"그……그러니까……!"

되묻는 민성의 목소리가 덜덜 떨리고 있었다. 하연은 테이블 위에 놓인 민성의 손을 붙잡아 손등을 토닥토닥 두드려주었다.

"응, 오빠. 이젠 걱정하지 않아도 돼. 절대로 말하지 않기로 계약서에 사인까지 했어."

"그러면 하연아……."

감정이 벅차올라서 쉽게 말이 나오지 않나 보다. 민성은 마른 입술을 축이며 힘겹게 말을 이었다.

"그러면 나 이제, 머리 짧게 깎아도 되는 거야?"

"응?"

그의 입에서 전혀 상상하지 못한 엉뚱한 말이 튀어나오자, 하연의 눈이 동그랗게 커졌다.

왜 난데없이 머리 깎아도 되냐고 묻는 거야? 들킬까 봐 전전긍긍한 거 아니었어?

"아우, 얘. 말도 마. 머리 짧게 밀고 다니다가 길게 하려니까 귀찮아서 죽겠더라고."

민성은 머리를 긁적거리며 재킷 주머니에서 호텔 객실 카드를 꺼내 하연에게 내밀었다.

"이거 네 객실 카드야. 혹시 모르니까 가지고 있어. 난 머리부터 깎아야겠어."

"지금?"

"응. 쇠뿔도 단김에 빼랬잖아."

진지한 얼굴로 고개를 끄덕인 민성은 콧노래를 부르며 재빨리 커피숍을 걸어나갔다. 하연은 기가 막힌 표정으로 민성이 사라진 곳을 바라보았다. 기껏 걱정해줬더니…….

그때 테이블 위에 올려둔 휴대폰이 울리기 시작했다.

"여보세요?"

[미안, 전화했었죠? 회의가 좀 길어지고 있어서……. 지금 어딥니까?]

듣기 좋은 태환의 중저음이 휴대폰 너머로 흘러나왔다.

"뭐? 일본으로 출장 갔어?"

태환의 모습이 보이지 않아, 별생각 없이 물었는데 뜻밖의 대답이 돌아왔다. 태석은 몹시 기분 나쁜 표정으로 인상을 찌푸렸다.

오늘은 가족 모두가 모이는 날이었다. 아주 중요한 일이 아니라면 꼭 참석해야 하는. 그런데 태환이 뜬금없이 일본으로 출장을 떠났단다. 평소라면 차 회장의 불호령이 떨어졌겠지만, 그는 태환의 빈자리를 힐끔 쳐다볼 뿐, 이렇다 할 말을 하지 않았다. 그래도 막내가 빠진 자리가 섭섭했는지 그는 피곤하다며 먼저 자리에서 일어났다. 차 회장이 방으로 들어가자, 그때까지 입을 다물고 있던 태석이 한마디 내뱉었다.

"아버지는 왜 아무 말씀도 없으신 거야? 건방지게 출장 핑계를 대며 빠졌는데."

"중요한 일이 있으니까 갔겠지."

"밥장사가 중요해봤자 밥장사지, 무슨!"

지은의 말에 태석은 버럭 언성을 높였다.

"나, 작년에 홍콩으로 출장 가느라 빠졌다가, 아버지 진노하셨던 거 기억 안 나? 왜 나는 안 되고, 녀석은 되는 거냐고?"

태석이 불만 섞인 소리로 투덜거리자, 도저히 안 되겠는지 지은은 '탁' 소리 나게 와인 잔을 내려놓았다.

"출장은 무슨 출장! 마카오에 도박하러 갔으면서."

"누나, 요즘 이상해. 왜 자꾸만 태환이 녀석을 싸고돌아?"

"싸고돌긴 뭘 싸고돌아?"

지은은 지겹다는 얼굴로 태석을 향해 날카롭게 쏘아붙였다.

"그나저나……."

옆에서 잠자코 침묵을 지키던 태우가 대화에 끼어들었다.

"아버지, 이번에 '정하라'라는 배우를 홍보 모델로 기용하려는 모양이시던데. 왜 아버지가 갑자기 마음을 바꾸셨는지 아는 사람 없어?"

차 회장은 지은에게만 태환의 일을 털어놓았다. 그러니 태우와 태석은 무슨 일이 어떻게 돌아가는지 알 리 없었다. 지은은 짐짓 모르는 척, 입을 다물었다.

"그 여자가 전세린이라도 닮았나?"

혼자 골똘히 생각에 잠겼던 태석이 툭 한마디 내뱉었다.

"새엄마에게 전세린이 뭐야?"

가끔 태석의 무례함은 도가 지나칠 때가 있었다. 태석의 막말에 태우는 미간을 찌푸렸다.

"하, 죽은 지가 언젠데 아직까지 예의를 차려야 하나?"

"됐다. 그만하자."

억지를 부리는 태석과 계속 말을 섞어봤자 머리만 아플 뿐이었다. 태우와 지은이 자리에서 일어나려 하자, 태석은 빠르게 다음 말을 꺼냈다.

"그런데 말이야? 태환이 녀석, 아직도 그날 그 일, 기억 못 하는 걸까? 아니면 못하는 척하는 걸까?"

정확하게 말하지 않아도 그날 그 일이 무엇을 뜻하는지 너무나 잘 알기에 태우와 지은의 표정이 순식간에 굳어버렸다.

"난 그게 너무 궁금하단 말이지."

태석은 두 사람을 향해 능글맞은 미소를 떠올리며 와인 잔을 들어 올렸다.

"기회 봐서 한번 탁 까놓고 물어볼까 생각 중이야."

태환을 괴롭힐 수 있는 최고의 한 방! 언제 날려야 녀석이 가장 힘들어할지, 태석은 행복한 고민 중이었다.

"오래 기다리게 해서 미안해요."

창가에 앉아 밖을 내다보는 하연 옆으로 태환이 다가왔다. 민성의 모습이 보이지 않았지만, 태환은 신경 쓰지 않는 것 같았다. 어디 있는지 물어보는 대신 태환은 의자를 빼, 그녀 옆에 앉았다.

"어떻게 바로 알아봤어요?"

하연은 단발 가발을 쓰고 화장기 없는 얼굴에 아까 헤어졌을 때와는 다른 옷을 입고 있었다. 선글라스까지 쓴 데다가, 옆에 민성까지 없어 하연은 그가 단번에 찾지 못할 거라고 생각했었다.

"바로 앞에 두고도 오랫동안 못 알아봤는데, 더는 그러지 말아야지. 안 그래요?"

태환은 한쪽 입꼬리를 올리며 하연의 어깨를 끌어안았다.

"배고프면 지금 바로 레스토랑으로 가고. 아니면……."

"저는 상관없어요."

"그러면, 좀 걸을까?"

새벽 시장을 제외하곤 복잡한 거리를 함께 걷는다는 건 한국에선 불가능한 일이었다. 일본에서는 대부분의 사람들이 두 사람을 몰라볼 것이다.

"좋아요."

"민성 씨는?"

태환은 커피숍을 나와서야 민성을 찾았다.

참, 빨리도 물어보시네.

"민성 오빠는 먼저 호텔로 들어가서 쉬겠다고 했어요."

"그래요? 생각보다 눈치가 빠르군."

"무슨 눈치요?"

"우리 둘 사이 방해하고 싶지 않아서 자리 피해준 거 아닙니까?"

그건 아니었다. 사실을 말하자면, 민성은 깎은 머리가 마음에 들지 않아 시무룩한 상태였다. 깍두기 머리가 거기서 거기겠지만, 민성 나름대로 추구하는 스타일이 있나 보다.

"아까 민성 오빠에게 사실을 털어놨거든요. 긴장감이 한꺼번에 풀려서 피곤했나 봐요."

"그래요."

태환은 혼잣말처럼 속삭이며 부드럽게 하연의 손을 잡았다. 손바닥으로 전해오는 따뜻한 체온에 하연의 입가에 저절로 미소가 떠올랐다. 그저 손만 잡았을 뿐인데, 품에 안긴 것처럼 포근했다.

퇴근 시간이어서 그런지 낮 시간보다 더 많은 사람이 거리를 뒤덮고 있었다. 그때 쇼윈도를 들여다보던 여인이 옆을 지나치는 두 사람에게로 고개를 돌렸다.

"태환 씨?"

까무잡잡한 피부에 짙은 색 립스틱을 바른 미인이었다. 그녀가 태환을 부르자, 하연은 태환의 손에서 서둘러 손을 빼버렸다.

아는 사람인가?

하연은 시선을 돌리지 않은 채, 서둘러 앞으로 나아갔다.

손잡은 걸 본 건 아니겠지?

가슴이 두근두근하고 등 뒤로 식은땀이 흘렀다.

"태환 씨, 저 모르겠어요?"

유민이 하연을 따라가려는 태환의 팔을 잡아끌었다. 매몰차게 뿌리치고 싶었지만, 태환은 최대한 예의를 갖추며 천천히 잡힌 팔을 빼냈다.

"실례지만, 누구십니까?"

"유민이에요. 저번에 실버크릭 클럽 파티에서 지은이 언니 소개로 만났잖아요."

"아, 그때……."

태환은 그제야 기억이 난다는 듯 짧게 고개를 끄덕거렸다. 오래 이야기하지도 않았고 지은의 소개로 대충 인사만 나눈 상대였다. 파티에서 스치듯 만난, 게다가 관심도 없는 여자를 일일이 기억하기란 무리였다.

하지만 유민에게서 흘러나오는 재스민 향이라면 똑똑히 생각났다. 역겨워서 구역질이 날 정도였으니까. 다행히도 오늘 유민은 다른 향이 풍기는 향수를 쓰고 있었다.

그때처럼 역겹지는 않았지만, 코끝을 톡 쏘는 것 같은 강한 향에 저절로 눈살이 찌푸려졌다.

"도쿄에는 무슨 일이세요?"

태환의 못마땅한 눈빛을 눈치채지 못한 듯 유민은 생글생글 눈가에 웃음을 머금었다. 웃는 얼굴에 침 못 뱉는다는 속담은 사실이 아닌 것 같다. 유민의 교태 어린 미소에 더더욱 짜증이 밀려왔으니까.

"출장 왔습니다."

"아, 그러시구나."

냉기가 뚝뚝 떨어지는 말투였음에도 불구하고 유민의 얼굴에 퍼진 미소는 가실 줄 몰랐다.

이 여자는 눈치가 없는 건가? 아니면 자신밖에 모르는 걸까?

밀려오는 짜증을 꾹 내리누르며 태환은 날 선 눈으로 유민을 바라보았다. 처음 만났던 날도 각별한 사이인 것처럼 행동하더니 지금도 마찬가지였다.

"일본에 얼마나 머무르세요?"

태환은 싸늘하게 쳐다볼 뿐 유민이 원하는 대답을 주지 않았다. 앞으로 걸어가버린 하연에게 온통 정신이 빼앗겨 있었다. 그녀의 뒷모습이 인파에 파묻혀 사라져가고 있었다. 지금 따라가지 않으면 놓칠지도 모르는데.

"저는 그럼 이만."

태환이 그대로 지나치려 하자, 유민이 다시 그의 앞을 가로막았다.

"잠깐만요."

저번 파티에서도 지나치게 싸늘하게 나오더니 태환은 오늘도 그녀를 밀어내려 하고 있었다.

그렇다고 순순히 그를 놓아줄 유민도 아니었다. 지금까지 그녀를 무시한 남자는 태환밖에 없었다.

그녀에게 끌리기 때문에 일부러 차갑게 밀어내는 척하는 건지, 아니면 정말로 그녀에게 관심이 없어서 저리 반응하는 건지는 확실히 알 수 없었다. 하지만 전자가 되었든 후자가 되었든 무슨 상관이랴.

자신이 차태환이란 남자를 찍었다는 것만이 중요할 뿐.

서울 강남 거리도 아닌 도쿄 아오야마 거리에서 태환과 부딪히다니! 이건 보통의 우연이 아니다. 이런 걸 보고 바로 운명이라고 하는 거다.

유민은 풍만한 가슴이 잘 보이도록 상체를 앞으로 기울이며 생긋 웃어 보였다.

"출장 왔다고 해도 지금은 일이 끝났을 시간 아닌가요? 우리, 같이 저녁할래요?"

저번 파티에서처럼 유민의 입에서 '우리'라는 단어가 튀어나왔다. 그때도 그렇고 지금도 그렇고 정말 듣기 거북한 단어였다. 태환은 기분 나쁜 감정을 숨기지 않고 날카로운 눈으로 유민을 노려보았다.

"우연히 만났다고 서로 아는 척할 사이는 아니라고 보는데?"

내뱉듯 말을 던진 태환은 그대로 유민을 지나쳐 하연을 찾아 인파 속으로 파고들었다.

유민은 멀어지는 태환의 뒷모습을 바라보며 입매를 비틀었다. 그가 순순히 나올 거라곤 기대하지 않았다. 아니, 일부러 도발했다고 봐야 한다.

인상을 찌푸리며 매몰차게 뿌리치는 모습까지도 어쩌면 저리 섹시할까! 그나저나…….

제 길을 가려던 유민은 우뚝 걸음을 멈추고 태환이 사라진 방향으로 고개를 돌렸다.

아까 손잡고 있던 여자는 누구지? 어딘지 낯이 익은 얼굴이었는데. 흥, 누구면 어때? 떳떳하지 못한 사이가 틀림없었다. 스폰을 받는 관계? 그러니까 화들짝 놀라 도망갔을 것이다. 두 사람의 부도덕한 관계가 들키기라도 하면 안 되니까.

유민은 손에 쥔 휴대폰을 들어 사진첩을 열어보았다. 그곳에는 서로 다정하게 손잡고 걸어가는 하연과 태환의 모습이 담겨 있었다.

쇼윈도에 진열된 드레스를 찍으려고 했는데 우연히 옆을 지나는 두 사람 모습까지 찍고 말았다. 사진을 들여다보는 유민의 얼굴에 심술궂은 미소가 떠올랐다.

얼마나 걸었는지 모르겠다. 하연은 정신없이 계속 앞으로만 나아갔다. 태환이 낯선 여자와 무엇을 하고 있는지 뒤돌아 확인할 겨를도 없었다.

그녀는 쿵쾅쿵쾅 날뛰는 심장을 가라앉히기 위해 몇 번이나 크게 숨을 내쉬고 들이마셨다. 연예인이기에 남들과 달리 연애가 쉽지 않다는 건 알고 있었지만, 타국에 와서도 남들 시선을 신경 쓰게 될 줄이야. 정말 쉬운 게 없다.

"하아."

벌어진 입술에선 저절로 한숨이 흘러나왔다. 타인의 시선에서 벗어나려면 펭귄밖에 없는 남극에라도 가야 하나?

이쯤이면 충분히 멀어졌겠다 싶어, 하연은 걸음을 멈추고 조심스럽게 뒤를 돌아보았다. 태환의 모습은 어디에서도 보이지 않았다. 아직도 상대와 대화 중인 모양이었다.

살짝 스치고 지나간 까닭에 여자의 얼굴을 자세히 볼 기회는 없었지만 한 번 보면 절대로 잊을 수 없을 정도의 굉장한 미인이었다. 뚜렷한 이목구비와 모델 같은 몸매, 화려한 옷차림에서 위압감이 느껴질 정도였으니까.

제자리에 선 채, 태환을 기다리던 하연은 아무리 지나도 그가 따라오지 않자, 가방에서 휴대폰을 꺼내 전화를 걸었다. 상대와 이야기가 길어지면 그녀 먼저 레스토랑으로 가서 기다리겠다고 말하기 위해서였다. 지금 생각해보니 무슨 레스토랑으로 가야 하는지도 알지 못했다. 당연히 함께 갈 거라고 여겼기에 물어볼 생각도 하지 못했다.

뚜뚜―. 뚜―.

신호음이 몇 번 흘러나오더니 상대방이 통화 중이어서 음성사서함으로 넘어간다는 안내 멘트가 흘러나왔다. 몇 번이나 다시 걸었지만, 결과는 마찬가지였다.

하연은 할 수 없이 휴대폰을 가방에 집어넣고 자신이 걸어왔던 길을 되짚어가기 시작했다.

걷다 보면 태환과 만나게 될 거라 희망하면서…….

태환은 빠르게 걸으며 하연에게 전화를 걸었다. 신호음이 두 번 울리더니, 통화 중이라 전화가 연결되지 않는다는 안내 멘트가 흘러나왔다.

민성과 통화하나? 서로 엇갈릴지도 모르니까 하연은 앞으로만 걸어갔을 것이다.

곧 만날 수 있을 거란 예상과 달리, 그새 얼마나 멀리 갔는지, 하연의 모습은 어디에서도 찾을 수 없었다. 혹시 구경하러 어디라도 들어갔나? 하는 생각에 유심히 상점 안을 들여다보기도 했지만, 행운의 여신은 그를 향해 웃어주지 않았다.

몇 번이나 통화를 시도했을까? 이윽고 전화가 연결되려는지 안내 멘트로 넘어가지 않고 신호음이 울리기 시작했다.

"제발……."

태환은 기도하는 마음으로 숨을 죽이며 휴대폰에 귀 기울였다.

부아아앙―.

그때 굉음과 함께 도로를 달리던 오토바이가 중심을 잃고 갑자기 인도 쪽으로 뛰어들었다. 대부분 재빨리 오토바이를 피했지만, 다리가 불편해 보이는 소녀 한 명은 미처 피하지 못하고 얼음처럼 제자리에 굳어버렸다. 태환은 얼떨결에 소녀의 어깨를 감싸 안아 자신 쪽으로 끌어당기며 쓰러졌다. 그 바람에 손에 쥔 휴대폰이 떨어지고 그 위를 오토바이가 지나갔다.

파박―. 쿠쿵―.

휴대폰이 깨지는 소리에 이어 오토바이가 건물 벽을 들이박는 소리가 주위로 울려 퍼졌다.

오던 길을 되돌아가며 주위를 샅샅이 둘러보아도 태환은 보이지 않았다.

띠리리―. 띠리리―.

그때 가방에 넣어둔 휴대폰에서 벨 소리가 들리기 시작했다. 휴대폰을 꺼내 막 통화 버튼을 누르려는 순간, 소리가 멈췄다.

자동 로밍에 문제가 있나?

하연은 서둘러 태환에게 전화를 걸어보았다. 그러자 이번에는 전화기가 꺼져 있어 음성 사서함으로 넘어간다는 안내 멘트가 흘러나왔다.

아예 전화기를 꺼놓았다고? 도대체 무슨 일이지?

혹시 민성에게 연락한 건 아닐까 하는 생각에 민성의 전화번호를 눌렀다.

[으응, 하연아.]

자다가 깨서 전화를 받았는지, 민성의 목소리는 탁하게 잠겨 있었다. 우울한 일이 있으면 모든 걸 때려치우고 잠부터 자고 보는 민성인지라, 호텔에 돌아가자마자 잔 모양이었다.

깍두기 머리, 그리 나쁘진 않았는데.

"오빠, 미안. 나 때문에 깼어?"

[아함, 괜찮아. 이제 슬슬 일어나서 뭐 좀 먹어야지. 넌 저녁 먹었어?]

"아니, 아직. 근데 오빠, 차태환 대표님께 아무 연락 없었어?"

[어? 연락? 무슨 연락?]

금시초문이라는 듯 민성의 말꼬리가 위로 올라갔다.

"그냥 혹시나 해서. 하여간 대표님에게서 전화 오면 알려줄래?"

[그래, 알았어.]

"고마워, 오빠."

하연은 작게 한숨을 내쉬며 전화를 끊었다.

이럴 줄 알았으면 만나자마자 어느 레스토랑인지 물어볼걸, 이럴 줄 알았으면 커피숍을 나오며 어느 호텔에 묵고 있는지 알려줄걸.

이럴 줄 알았으면…….

누가 아는 척하든 말든, 잡은 손을 절대로 놓지 말걸. 아, 후회막심이다.

하연은 휴대폰 화면으로 시간을 확인했다. 태환을 찾느라 이리저리 헤매다 보니 어느새 금쪽같은 시간을 30분이나 넘게 허비하고 있었다. 이러다 오늘 밤 안으로 못 만나는 건 아닐까, 덜컥 겁이 나기 시작했다.

아까 헤어진 곳으로 가볼까?

이렇게 무작정 찾아 헤매는 것보단 그곳에서 기다리는 게 나을지도 모르겠다는 생각에 하연은 빠르게 걸음을 옮겼다. 그런데 어째 아까 그 장소로 돌아가는 게 아니라, 전혀 다른 방향으로 가고 있는 느낌이었다.

계속 앞으로 나간 줄 알았는데 너무 당황한 바람에 상점을 지나면서 왼쪽으로 길을 꺾어 돌아갔나? 그래서 길이 엇갈린 건가? 처음 와본 곳이라 모든 것이 낯설었다.

결국 하연은 자신이 길을 잃었다는 사실을 깨달았다. 지금이라도 택시를 타고 호텔로 가면 되지만, 휴대폰을 꺼놓은 태환과는 어떻게 연락해야 할지 알 수 없었다.

연락이 안 되면 끝내는 민성에게 전화하겠지? 어떡하지? 호텔로 가야 하나?

혼자 심각하게 고민하고 있는데 뒤에서부터 누군가 그녀의 손목을 잡아챘다.

"앗!"

무슨 일인지 깨달을 새도 없이 상점 사이의 골목으로 끌려갔다. 문득 정신을 차렸을 때는 태환의 품에 안긴 상태였다.

"대표님?"

"헉, 헉."

숨도 쉬지 않고 뛰어왔는지, 거친 숨소리가 그녀의 귓가에 울려 퍼졌다. 도대체 어떻게 된 거냐고 묻고 싶었지만, 아직은 물어볼 때가 아닌 것 같았다. 질문 대신 하연은 손바닥으로 태환의 등을 부드럽게 쓸어내렸다.

"하, 1분 1초가 아쉬운데……."

태환은 벅찬 호흡을 가다듬으며 힘겹게 말을 내뱉었다. 그녀를 찾기 위해 미친 듯이 뛰어다녔지만 뜻하지 않은 사고로 휴대폰은 완전히 망가져버렸고, 공중전화 부스 역시 쉽게 찾을 수 없었다.

시간은 자꾸만 흘러갔고 하연은 어디에서도 찾을 수 없었다. 한국이 아닌 타국에서 길이 엇갈리는 사고는 조금 더 다급하고 조금 더 초조하게 느껴졌다.

"돌아버리는 줄 알았어."

태환은 다시는 그녀를 놓치지 않겠다는 듯, 숨도 쉬지 못할 정도로 꽈악 끌어안았다. 아플 정도로 세게 끌어안았지만, 하연은 불평하는 대신 그의 가슴에 얼굴을 묻으며 두 눈을 감았다. 맞닿은 가슴과 가슴으로, 격렬히 뛰는 심장의 고동이 그대로 전해졌다.

"왜 그렇게 걸음이 빨라? 그 사이에 뭘 그렇게 멀리까지 간 겁니까?"

태환은 거친 숨을 내뱉으며 원망스러운 어조로 말했다.

"그냥 평소대로 걸었는데……."

하연은 미안한 마음에 말끝을 흐렸다. 그게 다 일분일초가 아쉬운 의대 시절을 보내고 인턴, 레지던트를 거치며 응급실에서 살다 보니 빨리 걷는 습관이 몸에 배어버린 탓이었다.

"그런데 어떻게 된 거예요?"

태환의 호흡이 정상으로 돌아오자, 하연은 그의 품에서 벗어나며 그를 올려보았다.

"전화했는데 계속 전화기가 꺼져 있다고 하고."

"그럴 일이 있었습니다."

크게 다친 건 아니었지만, 오토바이에 치일 뻔한 소녀를 구하다가 몸 여기저기에 멍이 들고 생채기가 생겼다. 사소한 상처에도 하연이 어떻게 반응할지 눈에 훤하기에 태환은 사고에 관해서는 일체 입을 닫기로 마음먹었다.

"배터리가 다 됐어요?"

하연의 질문에 태환은 말없이 박살 난 휴대폰을 주머니에서 꺼내 보였다.

"어머!"

하연은 보기 흉하게 일그러진 휴대폰을 놀란 눈으로 바라보았다.

"무슨 일이에요? 이거 왜 이래요?"

"별거 아니에요. 다행히 칩은 아무 이상 없으니까."

태환은 주머니에 휴대폰을 집어넣고 손목시계로 시간을 확인했다.

"그런데 어쩌지?"

그가 살며시 미간을 찌푸렸다.

"지금 저녁 먹으러 가면, 앉자마자 문 닫는 시간일 텐데."

어느새 시각은 7시를 훌쩍 넘어 8시에 가까워지고 있었다. 대부분의 고급 레스토랑이 그렇듯 하연과 함께 가려던 프렌치 레스토랑은 9시까지만 문을 열었다. 코스를 진행할 경우, 1시간은 결코 요리를 즐기기에 충분하지 않은 시간이다.

"괜찮아요. 거기 아니면 어때요? 아무거나 먹으면 되죠."

식성이 까다롭지 않은 하연은 태환과 함께라면 편의점 삼각김밥이라도 좋았다. 아니, 오히려 한국에선 마음 놓고 할 수 없는 일이기에 이 기회에 해보고 싶었다. 근사한 레스토랑에서 식사하는 거라면 '나폴레옹'으로 가면 그만이니까.

"태환 씨, 혹시 편의점에서 도시락 먹어봤어요?"

"지금 나보고 방부제에 찌든 음식을 먹어봤냐고 물어보는 겁니까?"

포장 음식을 들고 방부제 어쩌고저쩌고 잔소리 퍼부었던 게 생각났는지, 하연은 눈을 가늘게 모았다.

"편의점에서 파는 모든 음식이 방부제에 찌들어 있는 건 아니거든요."

"그거야 그렇지만……."

"난 공장에서 찍어낸 음식 같은 건 안 먹습니다!"라는 말이 목구멍까지 솟아올랐지만, 태환은 애써 입을 다물었다. 그녀가 초롱초롱한 눈빛으로 바라보고 있었기 때문이다. 지나가는 말이 아니라, 정말 편의점에 가고 싶다는 표정이었다.

"나름 재미있는데……."

"그러니까, 지금 나보고 함께 편의점에 가서 밥을 먹자?"

하연은 위아래로 고개를 끄덕거렸다. 길거리 호떡에 이어서 이번엔 편의점 음식이라니! 그러나 태환은 도저히 그녀의 제안을 거절할 수 없었다.

결국, 태환은 하연을 따라 편의점 구석에 놓인 간이 테이블 앞에 앉게 되었다.

"와, 여기에도 한국 컵라면이 있어요."

하연은 일본 컵라면 사이에 낀 빨간색의 한국 컵라면을 들어 올리고 활짝 웃어 보였다. 컵라면은 고사하고 봉지 라면도 끓여 먹지 않는 태환이었지만, 해맑게 기뻐하는 하연 앞에서 싫다는 말은 할 수 없었다.

하연은 일본어로만 쓰인 전기 포트를 능숙하게 다루어 컵라면에 뜨거운 물을 부었다. 태환은 그녀가 건네주는 컵라면을 묵묵히 건네받고 지나가는 투로 물었다.

"일본어 잘 압니까?"

"아뇨. 그냥 인사 정도? 왜요?"

"물어보지도 않고 일본어로만 쓰인 전기 포트를 다루기에."

"아, 그거요. 해외 봉사 하다 보면 전 세계에서 보내준 구호물자를 사용하게 되는 경우가 많아요. 그런데 구호물자 보내면서 번역 같은 거 일일이 신경 안 쓰거든요. 그래서 간단한 사용법 정도는, 눈치껏 알아야 해요."

그녀가 세계를 돌며 봉사 활동을 펼친다는 사실을 깜박 잊고 있었다.

"이젠 먹어도 돼요."

컵라면 뚜껑을 열자 모락모락 김이 올라오며 매콤한 냄새가 퍼져나갔다. 젓가락으로 면발을 돌돌 말아 호로록 빨아들이는 하연을 보며 태환은 입가에 미소를 걸었다. 컵라면을 참 먹음직스럽게도 먹는다 생각하면서.

"안 드세요? 놔두면 면발 불어서 맛없어요."

하연의 재촉에 젓가락으로 라면을 뒤적이던 태환은 조심스럽게 면발을 입에 넣었다. 특별하게 입맛을 끄는 맛은 아니었지만, 그녀와 함께 먹는다는 사실에 그럭저럭 먹을 만했다. 그러고 보면 새벽 시장에서 먹었던 호떡도 괜찮은 편이었다.

태환은 젓가락을 내려놓으며 유리창 밖으로 보이는 밤거리를 바라보았다.

화려한 야경이 발밑에 펼쳐지는 최고급 레스토랑에 데려가려고 했는데 고작 편의점이라니. 은이 아닌 나무로 만든 젓가락과 플라스틱 수저, 플라스틱 의자에 앉아서 먹는 저녁 식사……. 지금까지 해왔던 데이트와는 거리가 멀었지만, 나쁘진 않았다. 그녀와 함께이기 때문이다.

"저는 내일 아침 비행기로 돌아가는데, 대표님은 언제 돌아가세요?"

식사를 마치고 호텔로 가는 길에 하연이 넌지시 물었다.

"새벽 비행기로 홍콩에 갔다가, 내일 밤늦게 돌아갈 겁니다. 안 그러면 매일매일 보기로 한 약속 지킬 수 없으니까."

"너무 무리하시는 거 아닌가요?"

"일 년도 아니고 고작 한 달인데, 그 정도 무리한다고 죽지 않아요."

그런데도 하연의 안색은 밝아지지 않았다. 자신을 바라보는 그녀의 안타까운 눈빛에 태환은 가만히 손을 들어 그녀의 뺨을 감쌌다.

"그러면 우리, 같이 갈까?"

"함께 가자고요?"

하연이 믿을 수 없다는 표정으로 묻자, 태환은 담담한 얼굴로 고개를 끄덕거렸다.

"같이 가게 되면 서둘러서 돌아올 필요 없이 천천히 업무를 봐도 되니까."

당연히 함께 가고 싶었다. 홍콩이 아니라, 북극이라도 좋았다! 혹시 몰라서 여분의 옷도 넉넉하게 챙겨 왔기에 며칠 더 머무른다고 문제 될 건 없었다. 하지만 현실은 그리 녹록하지 않았다.

"그랬다가 스캔들이라도 터지면 어떻게 하려고요."

오늘도 무방비 상태로 길을 걷다가, 아는 사람과 마주쳐 얼마나 당황했던가! 홍콩에 가서도 그러지 말란 법은 없었다. 일본행이야 화보 재촬영이란 명목이 있었지만, 홍콩행은 어떻게 둘러대야 하지?

그녀의 우려는 다음 말로 조금이나마 덜어졌다.

"김상원 대표, 지금 홍콩에 있죠? 장민성 씨와 함께 간다면 큰 문제는 없을 것 같은데. 매니저와 소속사 대표까지 함께하는데 이상하게 생각하진 않을 겁니다."

"그렇긴 하죠."

어차피 다음 주까진 영화 촬영도 없고 오늘로 급한 화보 재촬영까지 모두 끝마쳤다. F.T.R.그룹 홍보 모델 건은 이견 조율을 걸쳐 계약서에 사인하는 절차만 남았고. 계약서에 사인하기 전, 상원을 직접 만나 의논해야 한다고 둘러대면 누구도 의심하지 않을 것이다.

"알았어요. 민성 오빠에게 말해볼게요."

민성은 하연의 제안을 기꺼이 받아들였다.

"그래. 그거야 어렵지 않지. 잠깐만 기다려. 항공사 사이트에 들어가볼게."

생각보다 어렵지 않게 홍콩행으로 항공권을 바꿀 수 있었다. 상원도 하연이 오는 것을 흔쾌히 허락했다.

[그래, 그거 좋은 생각이다. 전속 계약인데, 얼굴 보면서 의논해야지. 몇 시 비행기로 오는 거지?]

"오후 2시쯤 도착할 거예요."

[잘됐네. 시간은 충분하겠구나.]

"시간이 충분하다니요? 뭐가요?"

[어, 별거 아니야. 자세한 이야기는 와서 하고. 내일 보자.]

하연은 객실로 돌아와 태환이 묵고 있는 호텔로 전화를 걸었다. 태환이 새 휴대폰을 구할 때까진 번거로워도 호텔로 전화 걸 수밖에 없었다.

[잘됐군요.]

수화기 너머로 태환의 나직한 목소리가 흘러나왔다.

[난 새벽 첫 비행기로 떠납니다. 먼저 도착하면 휴대폰에 음성 메시지 남겨놓도록 하죠.]

그때까지만 해도 모든 게 순조로운 것처럼 느껴졌다.

17. 이번엔 립스틱 챙겨 왔지?

다음 날, 태환은 홍콩행 첫 비행기에 몸을 실었다. 좌석에 앉아 서류를 훑어보려 노트북을 꺼내는데 누군가 그의 코앞에 손을 흔들었다. 아무 생각 없이 고개를 돌린 태환의 얼굴이 곧바로 일그러졌다.

유민이 통로를 사이에 두고 옆 좌석에 앉아 있었다.

"정말 대단한 우연이네요. 태환 씨도 홍콩 가는 거예요?"

마음 같아선 없는 사람 취급하고 싶었지만, 지은의 체면을 봐서 참기로 했다.

"네. 일이 있어서."

말을 끝낸 태환은 재빨리 노트북 화면으로 시선을 돌렸다. 귀찮으니 말 걸지 말라는 무언의 표시였다. 유민은 어깨를 한 번 으쓱해 보이는 것 외에는 이렇다 할 반응을 보이지 않았다.

5시간밖에 되지 않는 비행 시간이 영원처럼 길게 느껴졌다. 태환은 이번이 유민과 마주치게 되는 마지막이길 빌었다.

하연과 민성을 태운 비행기는 일정대로 오후 2시에 착륙했다. 입국 수속을 마치고 공항을 나오는데 휴대폰이 울렸다.

[잘 도착했습니까?]

태환의 목소리가 휴대폰 너머로 흘러나왔다.

"네."

[지금 미팅에 들어가야 해서 자세한 이야긴 나중에 하고. 김상원 대표가 부탁 하나 할 겁니다. 그 부탁 들어줘요.]

"네? 무슨 부탁인데요?"

휴대폰 너머로 웅성거리는 소리가 흘러나왔다. 아마도 미팅 장소에 도착한 모양이었다.

[이따 봐요.]

태환은 급히 전화를 종료했다.

"하연아!"

통화가 끊기는 순간, 상원이 그녀 앞으로 걸어왔다. 몇 주 만에 만난 상원은 그사이 업무에 치였는지 얼굴이 홀쭉해져 있었다. 그는 환한 미소를 떠올리며 양팔을 벌려 하연과 민성의 어깨를 동시에 끌어안았다.

"바쁘실 텐데 공항까지 마중 나오셨어요?"

"당연하지. 하여간 잘 왔다. 정말 잘 왔어. 어떻게 알고……. 하, 하, 하."

상원이 이렇게까지 호들갑을 떨며 기뻐하는 건, 뭔가 있다는 표시였다. 아니나 다를까, 리무진에 오르자 상원은 심각한 얼굴로 기도하는 것처럼 두 손을 모아 쥐었다.

"하연아, 부탁 하나만 하자. 오늘 저녁에 키넬 패션쇼에 게스트로 참석해줄래? 그거 끝나고 애프터 파티가 있는데, 거기도 가야 해. 물론 나도 참석할 거니까 어려워하지는 말고."

하연이 패션 행사 자체를 꺼린다는 걸 알기에 상원은 조심스럽게 말을 꺼냈다. 역시나 그녀의 미간이 살짝 찌푸려졌다.

"패션쇼요?"

"그게, 원래는 '애리'가 참석하기로 했었어. 상하이 촬영이 끝나는 대로 올 예정이었는데 갑자기 일이 꼬여서 촬영이 지연되었다네. '드림즈'로 초대장이 온 건데, 빠져버리면 주최 측에서 섭섭해하지 않겠냐. 초대장 구하기가 하늘의 별 따기라는데."

상원의 설명에 옆에서 듣고만 있던 민성이 버럭 달려들었다.

"대표님! 또 대타 뛰라고요? 저번에도 그러시더니. 하연이가 그 추운 날 한복만 입고 얼마나 고생한 줄 아세요?"

녀석, 도와주지는 못할망정 찬물이나 끼얹고. 상원은 못마땅한 눈초리로 민성을 노려보았다. 하여간 연예인 매니저면서 눈치 하난 끝내주게 둔하다.

"하연이가 가면 민성이 너도 함께 가는 건데? 이거 보통 패션쇼가 아니라, 키넬 패션쇼야. 애프터 파티는 선상에서 열릴 거고."

최고 명품인 키넬 패션쇼에는 세계 각지로부터 사회 명사와 모델, 배우, 가수 등등이 몰려들었다. 제아무리 돈 많고, 잘나간다고 해도 초대장 없이는 절대로 들어갈 수 없는 행사로 유명했다. 게다가 야경으로 유명한 홍콩에서 선상 파티에 참가할 수 있다니!

아무래도 가만히 있는 게 나을 듯하다. 민성은 짧게 고개를 끄덕이고 입에 지퍼 물리는 시늉을 해 보였다.

"어때, 하연아. 참석할 거지?"

하연은 선뜻 대답할 수 없었다. 태환이 말한 부탁이라는 게 이걸 말하는 거였나? 하지만 만약에 이게 아니라면? 괜히 파티에 발이 묶였다가 그를 못 만나게 될지도 모르는데…….

하연은 입을 꼭 다문 채, 눈만 깜박거렸다.

"안다. 급작스러운 부탁이라는 거. 방금 비행기에서 내려서 정신없을 텐데……. 근데, 한 번만 봐주라."

"이럴 줄 몰라서 준비 하나도 안 했는데요."

"준비할 게 뭐가 있어? 협찬 받은 드레스 입고 가면 되는데……."

상원이 저렇게까지 부탁하는데 도저히 거절할 수가 없었다.

"알았어요. 참석할게요."

태환이 말한 부탁이라는 게 이걸 말하는 거겠지. 아니라면 파티 중에 몰래 빠져나와서 그를 만나면 된다.

아, 선상 파티니까……. 그건 좀 어려울까?

그때 그녀의 걱정을 한 번에 날려버리는 소리가 들려왔다.

"아 참, 그리고 아까 나오는데 차태환 대표에게 전화 왔었다. 차 대표도 지금 홍콩에 출장 왔다더라. 우리가 참석한다고 하니까, 이따가 오겠다고 하더라고."

"차 대표님도 초대 받았대요?"

"응. 차 대표가 주최 측이랑 잘 아는 사이거든. 하여간!"

상원은 하연을 향해 활짝 웃어 보였다.

"내가 오늘 널 하늘에서 내려온 천사로 꾸며주마! 나만 믿어!"

"너, 진심이야?"

키안은 잔을 내려놓으며 커다래진 눈으로 태환을 바라보았다. 세계적인 명품 브랜드를 보유한 패션 제국 WLCN 회장의 둘째 아들인 키안 맥그레이는 방금 자신이 들은 내용이 믿기지 않았다.

때마다 초대장을 보내도 거들떠보지도 않던 녀석이 훌쩍 홍콩으로 날아오더니 한다는 소리가, 패션쇼도 참석하고 애프터 파티에도 오겠단다.

"무슨 바람이 들어서?"

키안의 어리둥절한 표정에 태환은 피식 웃으며 느긋한 동작으로 와인을 따랐다.

"너무 거절만 하는 것도 예의가 아닌 것 같아서."

"하, 네 녀석이 예의를 다 차릴 줄 알고. 정말 세상 오래 살고 볼 일이다."

"이따 파티장에서 말실수나 하지 마."

"말실수?"

"내가 누구 아들인지 말하고 다니지 말란 소리야. 그냥 영화 제작자라고만 소개해."

"왜? 재벌 3세라고 하면 여자들이 마구 몰려들까 봐?"

"아니. 그 반대."

"응? 반대라고? 그게 무슨 뜻이야?"

태환은 대답 대신 수수께끼 같은 미소를 떠올리며 와인 잔을 들어 올렸다. 알려고만 한다면 그가 F.T.R.그룹 오너인 차한근 회장의 막내아들이란 사실은 쉽게 알 수 있다. 공식적으로만 밝히지 않았을 뿐이니까.

그런데 하연은 그의 배경에 관해 전혀 모르고 있는 것 같았다. 아니, 구태여 알려고 하는 것 같지도 않았다. 그 역시 당분간은 그녀에게 알리고 싶지 않았다.

화목한 가정을 가진 그녀의 눈에 서로 뜯어먹지 못해서 안달 난 그의 가족은 어떻게 보일까? 있는 거라곤 돈밖에 없는 콩가루 집안으로 보이겠지?

태환은 비릿한 미소를 떠올리며 천천히 와인을 들이켰다.

민 실장이 건넨 서류를 훑어보던 차 회장이 고개를 들어 그와 시선을 마주했다.

"그래서 이견 조율은 모두 끝났나?"

"네. 아마도 다음 주 초면 사인하고 계약을 마무리 지을 수 있을 겁니다."

"잘됐군. 계약도 성사되었으니까, 식사 자리나 한번 마련해 봐."

"네, 알겠습니다."

차 회장은 다시 서류로 시선을 돌렸다. 한류 스타도 아닌 그녀에게 파격적인 대우를 해줬으니, 절대로 사양할 수 없었을 것이다. 차 회장은 책상 위에 놓인 정하라의 사진을 유심히 쳐다보았다. 사진으로 보기에도 꽤 보기 좋은 미소였다. 하지만 실제로 보니, 그녀의 미소는 더욱더 해맑고 깨끗했다.

정하라의 첫인상은 생각했던 것보다 꽤 괜찮았다. 무엇보다도 생생하게 살아 있는 깊은 눈빛이 마음에 들었다. 대부분의 사람은 그와 제대로 시선을 마주치지도 못하는데 그녀는 덤덤한 얼굴로 그의 말에 귀를 기울였다.

이야기를 나누자, 왜 태환이 그토록 마음을 빼앗겼는지 이해되기 시작했다. 아름다운 외모 때문만은 아니었다. 아예 처음부터 마음에 들지 않으면 강력하게 반대할 수 있었을 텐데…….

"그런데 말입니다."

민 실장이 조심스럽게 말을 꺼냈다.

"우연인지는 모르겠지만, 지금 두 사람, 함께 홍콩에 있다더군요. 차 대표는 일본 출장을 끝내고 홍콩으로 간 것으로 알고 있습니다만, 배우 정하라는 왜 홍콩에 갔는지 아직 알아내지 못했습니다."

"그런가?"

가족 모임에 빠지면서까지 일본 출장을 간다고 했을 때부터 알아봤다.

세인의 눈을 피해서 은밀하게 밀회를 즐기겠다, 이거군. 하여간 닮을 걸 닮지, 왜 하필 그런 건 닮아서.

차 회장은 돌이켜보면 미친 게 분명했던 자신의 과거를 회상했다. 단 10분이라도 그녀의 얼굴을 보기 위해, 일본 출장 도중 비행기를 타고 왔다 갔다 되풀이했던 그 시절.

그땐 몸이 힘든 것도 몰랐다. 그저 그녀의 얼굴을 조금이라도 볼 수 있다는 사실에 가슴 아프게 기뻤다. 그녀를 품에 안고 있으면 하늘이 무너져 내려도 다 괜찮을 것만 같았다. 그녀만 내 곁에 있어준다면…….

"알았네. 그만 나가봐."

민 실장이 회장실을 나가자, 차 회장은 책상 위에 흩어진 서류를 한쪽으로 밀어버렸다. 잠시 그녀를 떠올리는 것만으로도 숨을 쉴 수 없을 정도로 가슴이 먹먹해졌다.

날개를 꺾는 게 아니었는데……. 꽃을 꺾으면 안 되는 거였다. 날개가 꺾인 새는 새장에서 시름시름 앓게 되고, 꽃은 꺾이는 순간 시들어간다.

그때는 바보처럼 알지 못했다. 집착과 소유욕으로 눈이 멀었으니까.

"후우."

차 회장은 한숨을 내쉬며 의자 등받이에 머리를 기댔다.

패션쇼에 도착한 사회 명사와 모델, 배우, 가수 등등이 속속들이 패션쇼가 열리는 이벤트 홀로 들어오고 있었다. 레드 카펫이 깔린 입구는 사진 기자와 경호원, 구경하려고 몰려든 인파로 발 디딜 틈 없이 북적거렸다. 태환과 키안은 플래시가 터지는 혼란을 피해 이벤트 홀로 들어갔다.

"누구 기다리는 사람이라도 있어?"

태환이 초조한 표정으로 손목시계를 들여다보자, 키안은 고개를 갸우뚱거렸다.

"아니."

그때 홀 입구 쪽이 웅성거리기 시작했다.

"와우."

소리가 난 쪽으로 고개를 돌린 키안의 입에서 작은 탄성이 흘러나왔다. 키안의 반응에 태환도 자연스럽게 뒤돌아보았다.

"저 여자, 완전 내 스타일인데!"

한껏 흥분한 키안의 목소리가 희미하게 들렸다. 태환은 입매를 일자로 다물며 손에 쥔 샴페인 잔을 꽉 움켜쥐었다. 상원의 팔짱을 낀 하연이 수줍게 웃으며 이벤트 홀 안으로 들어오고 있었다.

오늘 그녀는 머리끝에서 발끝까지 완벽하게 꾸민 모습이었다. 영롱하게 반짝거리는 은색 드레스를 입은 하연이 태환의 시야를 가득 채웠다.

"차 대표, 안녕하십니까."

"안녕하십니까."

상원이 먼저 다가와서 아는 척하지 않았다면 태환은 끝까지 모른 척했을 것이다. 그는 하연을 향해 고개를 한 번 끄덕거리는 것으로 인사를 대신했다.

공식적으로 태환은 한창 촬영 중인 영화의 제작자, 그녀는 주연을 맡은 배우였다. 지금 두 사람은 스캔들을 조심해야 하니까 태환의 그런 행동은 어쩌면 당연할지도 모르겠다. 그래도 서운한 건 사실이었다. 다정하게 웃어주는 것도 안 되나?

"저희는 지금 막 도착했습니다. 차 대표는 언제 왔습니까?"

상원의 말에 태환은 손목시계를 보며 시간을 확인했다.

"저는 한 시간쯤 일찍 왔습니다."

상원의 옆에 하연이 있다는 걸 알면서도 태환은 상원에게 시선을 고정한 채 대화를 이어나갔다.

"원래는 애리 씨가 참석하는 거라고 들었습니다만."

"네. 그런데 촬영이 지연되는 바람에 상하이에 발이 묶였습니다. 참, 주성욱이 얼굴을 다쳤다면서요? 촬영이 연기될 정도로 심각하게 다친 겁니까?"

"그 정도는 아닌 것으로 알고 있습니다. 하지만 계획했던 촬영이 하루 이틀 미뤄지면서 장소 확보에 문제가 생겨서요."

"그렇군요. 뭐, 덕분에 하라가 여기 올 수 있어서. 저는 좋습니다. 하하하."

하연은 무심한 얼굴로 두 사람의 대화에 귀를 기울이는 척하며 샴페인을 홀짝거렸다. 저렇게 웃고 있지만, 성욱의 얼굴이 누구 때문에 부었다는 것을 알게 된다면 상원은 기절초풍할 것이다.

하연은 참지 못하고 '큭' 웃음을 터트렸다. 그와 함께 1초도 안 되는 찰나, 하연과 태환의 눈빛이 허공에서 마주쳤다. 그 틈을 노려 하연은 입꼬리를 올리고 살짝 미소 지어 보였다. 하지만 태환은 그대로 패션쇼가 열리는 무대로 고개를 돌렸다.

응? 반응이 왜 저러지?

태환의 저 반응은 무뚝뚝하게 보이려고 연기하는 것만은 아닌 것 같았다.

무슨 일이지? 아까 통화할 때만 해도 아무 일 없었는데…….

하연은 표정을 굳히지 않기 위해 애꿎은 드레스 자락만 꽉 움켜쥐었다. 어색한 분위기에 숨이 막힐 것만 같았다.

"안녕하세요."

그때였다. 짙은 갈색 머리에 파란 눈동자를 한 백인 남자가 그들 사이에 불쑥 끼어들었다. 태환만큼이나 큰 키에 모델 같은 몸매를 가진 그는 태환과 잘 아는 사이인지 자신의 어깨로 태환의 어깨를 툭 건드렸다.

"뭐 해? 소개 안 해주고?"

완벽한 발음은 아니었지만, 남자의 입에서 꽤 자연스러운 한국말이 흘러나왔다.

"직접 해."

태환은 소개해주는 대신 남자를 힐끗 노려보며 뒤로 한 걸음 물러섰다.

"하여간……."

남자는 태환을 살며시 흘겨보고는 하연과 상원을 향해 환하게 웃어 보였다.

"안녕하세요. 전 오늘 패션쇼 총책임을 맡은 키안 맥그레이입니다."

"한국말을 잘 하시네요."

"잘하는 건 아니고, 의사소통할 정도는 됩니다. 여자 친구가 한국 사람이었는데 완전 스파르타식으로 한국말을 가르쳤죠."

키안이 분위기를 밝게 하려고 애썼지만, 태환의 굳은 표정은 풀릴 줄 몰랐다. 그는 심각한 얼굴로 연신 샴페인 잔을 입으로 가져갈 뿐이었다.

패션쇼가 곧 시작된다는 안내 방송이 나오자, 하연과 상원, 민성은 지정된 좌석으로 이동하기 위해 자리를 떠났다.

"그러면 이따가 다시 이야기하죠."

상원을 따라가던 하연은 혹시나 하는 마음에 슬그머니 뒤를 돌아보았다. 앞에선 무뚝뚝한 척 연기했지만, 뒷모습은 바라봐줄 것이라고 기대했는데…….

태환은 고개를 돌린 채 키안의 말을 듣고만 있었다. 하연은 작게 한숨을 내쉬고 다시 상원을 따라 걸음을 옮겼다.

제길.

태환은 속으로 작게 욕설을 내뱉으며 연신 샴페인을 목으로 넘겼다.

눈부시다는 말은 바로 이런 모습을 두고 하는 표현인가 보다. 아니, 눈부시다는 표현으론 부족할지도 모른다. 이브닝드레스를 입은 하연의 모습은 말로 표현하기 어려울 정도로 아름다웠다. 태환만 그렇게 생각하는 것 같진 않았다. 키안 역시 직접 자기소개를 하면서까지 하연의 관심을 끌려고 했으니까.

하연이 이벤트 홀에 발을 들여놓은 순간, 그녀에게 쏠리는 수많은 수컷의 시선을 느낄 수 있었다. 아닌 척 연기하면서도 대부분의 남자들은 힐끗힐끗 하연을 바라보기 바빴다.

할 수만 있다면 하연의 손목을 낚아채고 남자들의 시선이 닿지 않은 곳으로 피하고 싶었다. 그녀를 향한 모든 남자의 시선을 막아버리고 싶었다.

눈부시게 아름다워서 도저히 쳐다볼 수 없다는 표현을 태환은 이제야 머리가 아닌 가슴으로 이해할 수 있었다. 이성을 향한 소유욕이니 독점욕이니 질투라는 감정 등등. 모두 먼 나라 이야기인 줄로만 알았는데 바로 그 자신이 그런 감정에 휘둘려 어쩔 줄 모르고 있었다. 황홀한 시선으로 하연을 바라본다는 이유만으로 키안을 한 대 갈겨버리고 싶었으니까.

그녀를 오늘 이곳에 오게 하는 게 아니었다. 함께 파티에 참석하고 싶어서 불렀는데 아무래도 큰 실수를 한 것 같았다.

"후우."

태환은 긴 한숨을 내쉬며 잔에 남은 샴페인을 모두 비워버렸다. 패션쇼가 곧 시작된다는 안내 방송이 다시 한 번 더 흘러나오고 태환은 키안과 함께 지정 좌석으로 향했다. 지정된 VIP 좌석에 앉고 얼마 지나지 않아, 누군가가 그의 옆 좌석에 자리를 잡았다.

"어쩌면, 여기서 또 뵙네요."

익숙한 목소리에 아무 생각 없이 옆으로 고개를 돌린 태환은 자신을 향해 환하게 웃어 보이는 유민의 모습에 눈살을 찌푸렸다.

왜 이 여자가 또 이곳에 있는 거지?

태환의 얼굴은 눈에 띨 정도로 딱딱하게 굳어버렸다. 유민은 그런 태환의 반응을 즐기는 듯 눈꼬리를 휘며 생글생글 웃어 보였다.

찰거머리 같은 여자. 이쯤 되면 이건 우연이 아니다. 처음 아오야마 거리에서 마주친 건 우연이라고 쳐도 홍콩행 비행기 안에서나 오늘 이 자리에서 만난 것은 어떤 통로를 거쳐서 그의 일정을 알아낸 게 분명했다.

혹시 누나?

지은이라면 그러고도 남았다. 그를 골탕 먹이는 일이라면 자다가도 벌떡 일어날 테니까.

"우연이라고 하기엔 너무 자주 마주치는군요."

태환은 불쾌한 기색을 숨기지 않고 유민을 뚫어지게 바라보았다.

"그렇죠? 우연보다 좀 더 강렬한 것 같죠? 예를 들면 운명이라든지?"

"글쎄요."

태환은 피식 비소를 흘리고 자리에서 몸을 일으켰다. 패션쇼가 진행되는 내내, 그녀 곁에 앉아 있는 것보단 바깥바람을 쐬는 게 나을 거다.

태환은 뒤도 돌아보지 않고 빠른 걸음으로 이벤트 홀을 걸어나갔다.

"아우, 추워."

이렇게 추울 줄 알았으면 스카프를 두르고 오는 건데…….
하연은 서늘한 바람에 소름 돋은 팔을 두 손으로 문질렀다. 울적한 마음에 도저히 가만히 있을 수 없어 잠시 바람을 쐬러 밖으로 나왔는데 그사이 패션쇼가 시작되고 말았다.

출입문이 잠긴 건 아니었지만, 쇼 도중에 들어가는 건 아무래도 민폐인 것 같아서 하연은 야외 정원으로 향했다. 그녀처럼 패션쇼에 들어가지 않은 사람 몇몇이 무리를 지어 대화하는 모습도 간간이 눈에 띄었다.

하연은 두 손으로 두 팔을 감싼 채, 멀리 보이는 항구로 시선을 돌렸다. 봉사 활동을 위해 세계 여러 나라를 돌아다녔지만, 홍콩을 방문하는 건 오늘이 처음이었다. 그러나 그녀는 태환에게 정신이 팔려 전혀 깨닫지 못했다.

지나가는 소리긴 했지만, 홍콩에 가보고 싶다고 노래를 불렀었다. 세계적으로 유명한 홍콩의 야경도 즐기고 다양한 딤섬도 먹고 애프터눈 티도 즐기는 등등 해보고 싶은 일이 많았는데, 지금은 태환을 만난다는 생각만이 머릿속에 가득 차버렸다.

누군가를 이렇게까지 좋아한다는 건 지금까지 겪어보지 못했던 색다른 경험이었다. 상대를 제외하곤 아무것도 눈에 들어오지 않으니까. 뭔가에 미쳐버린 것 같았다. 바로 이런 걸 보고 사랑에 눈멀었다고 하는 건가? 그런 자신에 하연은 조금 겁이 나기 시작했다. 거침없이 흐르는 급류에 몸을 맡긴 느낌이랄까? 물살을 따라가다 보면 과연 어디에서 멈출까?

깊게 생각에 잠겨서일까, 하연은 누군가 그녀 옆으로 다가왔다는 사실을 전혀 깨닫지 못했다. 어깨를 감싸는 재킷의 감촉을 느끼고서야 하연은 깜짝 놀라며 옆으로 고개를 돌렸다.

"추운데 왜 나와 있습니까?"

"대표님?"

하연은 빠르게 주위를 둘러보았다. 다행히 아무도 두 사람에게 관심을 기울이지 않았다.

"괜찮아요. 여긴 한국이 아니니까. 그리고 추위에 떠는 아름다운 여인에게 재킷을 양보하는 것 또한 당연한 에티켓이고."

아름다운 여인?

"대표님은 패션쇼 보지 않고 왜 나오셨어요?"

"질문은 내가 먼저 한 거 같은데."

'태환 씨가 아까 너무 쌀쌀맞게 대해서 울적해서 나왔어요.' 라고 말하고 싶었지만, 괜히 좋은 분위기를 망치고 싶진 않았다. 그래서 하연은…….

"실내 공기가 탁한 것 같아서, 잠깐 바깥바람을 쐬려고 나왔어요. 그런데 쇼가 이미 시작하는 바람에."

"그러면 옷 좀 챙겨 입고 나오지. 안 추워요?"

안 추울 리가, 서늘한 바람 아래 오소소 소름이 돋은 거 안 보이십니까?

"추워요."

하연은 순순히 인정하며 아랫입술을 깨물었다. 그러자 태환은 팔을 뻗어 하연의 어깨를 감싸 제 쪽으로 끌어당겼다. 태환의 품에 안긴 하연은 깜짝 놀라며 흠칫 몸을 움츠렸다.

아무리 외국이라지만, 변장도 하지 않았는데 이렇게 대놓고 태환에게 안긴다는 사실이 불안했다. 그런 속마음을 알아차렸는지 태환이 고개를 숙이며 그녀의 귓가에 나직하게 속삭였다.

"우리, 조용한 곳으로 갈까?"

그녀는 홀린 듯 그의 손에 이끌려 주차장으로 향했다. 리무진의 뒷좌석에 올라타자마자 태환은 하연의 뒷머리를 감싸며 그녀의 입술 위로 고개를 숙였다.

"잠깐만요!"

두 사람의 입술이 막 겹쳐지려는 순간, 하연은 두 손으로 태환의 가슴을 밀어냈다.

"핸드백 안 가지고 나왔어요. 립스틱이 없다고요."

"그런데?"

고작 립스틱이 없다는 이유로 밀어내다니. 하연이 이해되지 않아 태환은 미간을 찌푸렸다.

그녀가 홀 안에 들어오는 순간부터 손목을 잡아채어 아무도 없는 곳으로 도망가고 싶었다. 다른 늑대의 시선으로부터 그녀를 보호해야 했으니까.

하지만 따지고 보면 다른 누구도 아닌 자신이 가장 위험한 늑대일지도 모른다. 이제는 하연이 옆으로 다가오기만 해도 끌어안고 싶고 입을 맞추고 싶었다. 그런데 지금 립스틱이 뭐?

"지금 키스하면 립스틱이 다 번지고 지워질 텐데……."

굳은 표정의 태환과 반대로 하연은 차분하게 상황을 설명해 나갔다.

"립스틱이 지워진 모습으로 돌아가면 모두 이상하게 생각할 거예요."

화가 났지만, 그녀의 말이 맞았다. 지금 이런 기분으로 키스했다간 립스틱을 다 빨아먹는 건 둘째치고 공들인 머리도 다 엉망으로 망가뜨릴 것이다. 어디 그뿐이랴. 하얀 목덜미와 가냘픈 쇄골을 지나 살그머니 모습을 드러내는 가슴골 등등, 그녀 몸 구석구석에 붉은 낙인을 찍고 싶은 충동에 돌아버릴 것만 같았다. 그런데 입술조차 건드릴 수 없다니!

"후우."

태환은 한숨을 내쉬며 하연을 꽉 끌어안았다. 손도 못 대게 할 거면서 왜 이렇게 예쁘게 꾸미고 와서 사람을 애타게 하는지……. 그녀에게서 흘러나오는 재스민 향이 너무나도 달콤해서 입 속이 바짝바짝 타들어가는 것만 같았다.

"그런데 아깐 왜 그랬어요?"

"뭘 말입니까?"

"기분 나쁜 것처럼 보였거든요. 눈도 안 마주치려고 하고. 왠지 멀게만 느껴져서."

"그렇게 느꼈습니까?"

태환은 두 눈을 감으며 그녀를 품에서 떼어냈다. 품에 안으면 재스민 향에 미칠 것 같고, 눈을 뜨고 바라보면 하연의 모습에 자제가 어려웠다. 그런데 그녀는 아무것도 모른다는 듯 아주 순진한 목소리로 물었다.

"설마, 몰라서 묻는 건 아니겠지?"

태환은 낮게 잠긴 목소리로 속삭였다.

"혹시 내가 무슨 실수라도 했어요? 아까 정말로 화난 것처럼 보였어요."

걱정스러운 듯 그녀의 말꼬리가 살짝 떨리고 있었다.

제길! 태환은 속으로 욕설을 내뱉으며 감았던 눈을 번쩍 떴다. 동시에 그를 빤히 바라보는 하연과 시선이 엉켰다.

"화가 난 게 아니라……."

태환은 짜증 난다는 듯 고개를 흔들더니 두 손으로 그녀의 어깨를 움켜잡았다.

"정말 모르겠습니까? 내가 왜 그랬는지?"

하연은 난처한 얼굴로 태환을 바라보았다.

"여기 오기 전에 기분 나쁜 일 있어요? 아까부터 표정이 안 좋았어요."

"당신 때문이잖아. 이런 모습을 하고 나타났는데 내가 어떻게 가만히 있……."

태환은 감정이 복받친 듯 말을 삼키며 그녀의 코앞으로 바짝 얼굴을 들이밀었다.

"끌어안고 싶어서, 키스하고 싶어서 내가 얼마나 힘들었는지 알아? 이렇게 꾸미고 오면 나보고 어쩌라고. 넋 나간 눈으로 당신을 바라보던 녀석들, 전부 다 때려눕히고 싶었다고."

다급했는지 태환의 입에선 더는 예전 같은 존댓말이 나오지 않았다.

마음에 들지 않아서가 아니라, 너무 마음에 들어서 그런 거라고?

동그랗게 커졌던 하연의 눈이 차츰 반달 모양으로 변해갔다.

키스하고 싶은 충동을 간신히 잠재웠는데 왜 그녀는 저리도 예쁘게 웃는 걸까?

환한 미소에 간들간들하게 이어졌던 이성의 끈이 툭 끊어지고 말았다. 태환은 움직이지 못하게 두 손으로 그녀의 뺨을 감싸고 그대로 입술을 덮어버렸다.

"읍."

깜짝 놀란 하연의 눈이 동그랗게 커다래졌다. 태환은 달래듯이 그녀의 뺨을 엄지손가락으로 부드럽게 쓸어내렸다.

"쉬이, 괜찮아. 립스틱 안 번지게 조심할 테니까."

입술을 떼어낸 태환이 그녀의 입술을 깨물며 부드럽게 속삭였다.

"……말도 안 돼. 그게 조심한다고 될 일…… 읍."

그녀가 반박하려고 하자, 태환은 재빨리 자신의 입술로 그녀의 입술을 막아버렸다.

하연의 예상이 맞았다. 그의 행동은 조심과는 거리가 멀었다. 오히려 예전보다 훨씬 더 거칠고 집요하게 파고드는 노골적인 키스를 퍼부었다. 틈을 주지 않고 달려드는 뜨겁고 달콤한 입술 때문에 숨이 차올랐다. 아찔한 감각에 취한 하연은 조금 전까지만 해도 그를 밀어내려 했다는 사실도 잊은 채, 그의 목에 팔을 둘렀다.

"……좋아. 립스틱만 포기해. 머리는 안 건드려."

태환은 호흡을 가다듬기 위해 잠시 뒤로 물러나며 그녀의 머리카락을 다정히 쓸어 올렸다.

"……그리고 입술도 부으면 안 돼요."

"알았어. 조심할게."

태환은 싱긋 웃으며 다시금 고개를 숙여 그녀의 입술을 머금었다.

결국 태환은 근처 쇼핑몰로 차를 몰아 하연이 바른 것과 같은 색상의 립스틱을 구했고 하연은 백미러를 보며 립스틱을 고쳐 발랐다. 앞머리가 조금 헝클어지긴 했지만, 다행히 눈에 확 두드러질 정도는 아니었다. 몸단장하는 하연을 옆에서 지켜보던 태환이 다시 팔을 뻗어 그녀를 품에 끌어안았다.

"이제 그만 돌아가야 해요."

"알아."

안다고 하면서도 태환은 그녀를 안은 팔에 더욱더 힘을 주었다. 홍콩까지 와서도 단둘이 있으려면 이렇게 몰래 차 안으로 숨어들어야 하다니…….

밖으로 나가면 두 사람은 다시 무덤덤한 얼굴로 서로를 대해야 했다. 태환은 하연의 목덜미에 얼굴을 파묻으며 작게 한숨을 내쉬었다. 하연은 손바닥으로 그의 등을 토닥거리고 살며시 품에서 벗어났다.

"먼저 갈 테니까 10분 후에 들어오세요."

그녀는 태환의 앞머리를 부드럽게 손으로 만지고 그대로 문을 열고 차에서 내렸다. 그리고 뒤도 한 번 돌아보지 않고 이벤트 홀과 연결된 엘리베이터 쪽으로 향했다.

패션쇼는 거의 끝 무렵인지 우렁찬 박수 소리와 함께 모델들이 무대를 꽉 채우고 있었다. 하연이 조심스럽게 좌석에 앉자, 상원이 무대로부터 고개를 돌렸다.

"어디 갔었어?"

"뒤쪽에서 봤어요. 그게 더 편해서."

"그래?"

상원은 더는 물어보지 않고 다시 무대로 시선을 돌렸다. 패션쇼가 영 지루하고 재미없는지 민성은 상원 옆에서 꾸벅꾸벅 졸고 있었다. 그는 하연이 자리에 없었다는 사실도 몰랐는지 게슴츠레한 눈만 끔뻑거렸다.

잠시 후, 태환이 이벤트 홀로 성큼 들어섰다. 그는 무표정한 얼굴로 주위를 둘러본 후, 무대 뒤로 걸어갔다. 따로따로 시차를 두고 안으로 들어간 덕분에 이상하게 여기는 사람은 아무도 없었다.

드디어 패션쇼가 끝나고 조명이 환하게 밝아졌다. 주변 사람들과 대화를 나누며 이벤트 홀을 나서자, 어느새 바깥은 어둠이 깔리고 있었다.

이벤트 홀에서 애프터 파티가 열리는 배가 대기 중인 선착장까지는 도보로 10분밖에 걸리지 않았다. 초대 손님들은 선상 파티가 열리는 배에 오르기 위해 담소를 나누며 선착장으로 천천히 이동하기 시작했다.

하연은 주위를 둘러보며 태환을 찾았지만, 그의 모습은 어디에서도 보이지 않았다. 선착장에는 수많은 보트와 유람선이 떠 있었다. 그중에서 선상 파티가 열리는 배는 최대 325명을 수용할 수 있는 3층짜리 유람선이었다. 초대 손님들은 파티 관계자의 안내를 따라 두 줄로 나란히 유람선에 오르기 시작했다.

유람선 앞에 다다랐을 때 상원이 갑자기 우뚝 걸음을 멈추었다.

"으, 아무래도 안 되겠다."

상원은 인상을 찡그리며 한 손으로 입을 틀어막았다. 배에 오르려고 하자 갑자기 구역질이 몰려온 것이다.

"대표님, 괜찮으세요?"

상원의 창백한 얼굴에 하연이 걱정스러운 목소리로 물었다.
"글쎄다. 내가 뱃멀미를 하는 편은 아닌데 말이다. 아까부터 점심 먹은 게 소화가 안 되는가 싶더니 오늘은 이상하게……."
물 위에 떠 있는 유람선을 보자마자 속이 메슥거렸다.
"어떡하죠?"
조금 있으면 배가 출발할 텐데……. 하지만 상태가 안 좋은 상원을 나 몰라라 내버려둘 순 없었다. 하연은 상원의 팔을 잡아 부축했다.
"파티 참석하지 말고 그냥 호텔로 돌아가요."
"여기까지 왔는데 돌아가라고?"
"대표님, 이 상태로 파티는 무리예요. 나중에 배에 올랐다가 더 나빠지면 어쩌시려고요."
정각 7시에 출항하는 유람선은 파티가 끝나는 11시에 다시 선착장으로 돌아온다. 적어도 4시간은 꼼짝없이 배 안에 갇혀 있어야 한다는 소리였다. 곰곰이 생각해보니 상원이 생각해도 무리인가 보다.
"알았다."
상원은 가만히 고개를 끄덕였다.
"나 혼자 호텔로 돌아갈 테니까, 너는 민성이랑 파티 참석해."
"아니에요. 대표님이 이런데 제가 어떻게 파티에 참석해요. 그러지 말고 같이 돌아가요."
"무슨 소리야. 나 대신에 네가 '드림즈' 대표 노릇해야지. 애프터 파티에 모두 불참하면 나중에 초대장 안 올지도 모른다고.”

하연과 상원의 대화를 잠자코 듣기만 하던 민성이 조심스럽게 손을 들었다.

“그러면 이렇게 하죠. 내가 대표님 모시고 호텔 갈 테니까, 하연이 혼자 파티에 참석하는 것으로.”

딴에는 두근거리며 기다렸던 행사였지만, 민성이 미처 생각하지 못한 점이 있었다.

바로 행사가 진행되는 곳이 한국이 아니라 외국이라는 거였다. 전 세계 사람들이 모이다 보니 대부분 영어만 썼고, 가뜩이나 영어 울렁증이 있는 민성은 뭘 잘못 먹은 것도 아닌데 아까부터 속이 불편했다.

선상 파티에서 꿔다놓은 보릿자루처럼 서 있을 거면, 그냥 상원을 따라 호텔로 돌아가서 마음 편하게 쉬는 게 나을지도 모른다.

“안 돼. 그건 절대로 안 된다.”

하지만 상원은 민성의 의견에 반대했다.

“가긴 어딜 가? 민성이 넌, 여기 남아서 하연이 보디가드 해야지.”

“아, 그런가요?”

그에게 맡겨진 가장 중요한 임무를 깜빡했다.

“그런데 대표님, 혼자 호텔로 돌아가실 수 있겠어요? 어머머, 식은땀 좀 봐.”

민성은 호들갑 떨며 상원의 이마를 손수건으로 닦아주었다.

“그러면 우리 다 그냥 호텔로 돌아가요. 사정을 잘 설명하면 주최 측에서도 이해해줄 거예요.”

지금 돌아가면 오늘은 더 이상 태환을 만날 수 없겠지만, 그렇다고 상원을 혼자 호텔로 보낼 순 없었다.

“제가 정하라 씨 옆에 있을 테니까, 걱정하지 마십시오.”

고개를 돌리자, 태환이 무표정한 얼굴로 뒤에 서 있었다.

“차 대표.”

“제작자인 내가 정하라 씨를 챙겨야죠, 누가 챙기겠습니까. 아닙니까?”

“아, 물론입니다.”

걱정을 한시름 덜었다는 듯 상원의 안색이 단번에 밝아졌다. 태환이라면, 마음 놓고 하연을 부탁해도 될 것이다. 사생활을 철저히 관리하기로 소문났을 뿐만 아니라, 계약서에 스캔들 일으키지 말라는 조항을 집어넣은 사람 역시 차태환 대표니까.

“그러면 좀 부탁하겠습니다.”

상원과 민성은 한시라도 빨리 호텔로 돌아가고 싶었는지 곧장 선착장을 떠났다. 두 사람의 뒷모습을 바라보던 하연이 태환에게로 시선을 돌렸다.

“정말 괜찮겠어요? 아무리 그래도 대표님과 민성 오빠 없이 우리 둘만 있으면.”

“그건 걱정하지 않아도 좋아요. 배 안에서 사진 촬영은 금지니까. 그리고 우리보다 훨씬 더 사생활이 중요한 유명 인사뿐이라서 우리에겐 관심조차 없을 겁니다."

그건 그렇다. 세계적으로 내로라하는 유명 인사가 모인 파티인데, 하연이 누구인지도 모를 게 뻔했다.

"자, 그만 배에 오르죠. 곧 있으면 출항할 테니까."

하연은 고개를 끄덕이고 태환이 내민 팔에 살며시 팔짱을 꼈다.

저 여잔 또 누구지?

유민은 태환과 팔짱을 끼고 환히 미소 짓는 여자를 날카로운 눈으로 노려보았다. 얼마나 힘들게 세운 계획인데 어디서 알지도 못하는 여자가 끼어들다니.

일본에서 여자와 함께 있는 태환을 보게 된 유민은 지은에게 전화를 걸었다.

[태환이? 지금 일본 출장 중이야. 왜?]

"오늘 우연히 태환 씨를 봤거든요. 음, 옆에 여자가 있더라고요. 태환 씨, 요즘에 사귀는 여자 있어요?"

잠시 침묵이 흐르고, 가라앉은 지은의 목소리가 흘러나왔다.

[잘 모르겠네. 내가 알기론 진지하게 만나는 여자는 없어.]

"그래요?"

[특별한 사이는 아닐 거야. 걔, 지금 일본에서 여자와 시시덕거릴 시간 없어. 내일은 홍콩으로 가야 해. 눈코 뜰 새 없이 바

쁘다고.]

"홍콩이요?"

유민은 지은을 구슬려 태환의 출장 일정을 알아냈다. 우연을 가장해 그와 계속 부딪치며 자연스럽게 접근할 계획이었다. 여자 없이 혼자 홍콩으로 향하는 태환을 마주하고 얼마나 기뻐했던가!

키넬 패션쇼에 참석한다는 소리에 어렵사리 초대장도 손에 넣고 선상 파티에서 제대로 접근해보려고 했는데, 이미 다른 여자가 태환 옆을 차지하고 있다니.

그런데 저 여자, 어딘지 모르게 일본에서 본 여자와 비슷했다. 유민은 휴대폰을 꺼내 일본에서 찍은 사진과 찬찬히 비교해보았다. 일본에서 본 여자는 단발에 화장기가 없는 얼굴이었고, 지금 저 여자는 등에까지 내려오는 긴 머리에 짙은 화장을 하고 있었다.

전혀 다른 여자 같은데, 어딘지 묘하게 닮았다.

잠깐! 유민은 재빨리 사진을 확대해 여자의 목에 걸린 목걸이를 살펴보았다. 그리고 다시 앞에 있는 여자의 목걸이를 휴대폰 카메라 줌으로 당겨보았다.

이런, 똑같은 목걸이였다. 지금 보니까 길고 가느다란 목선도 일치하는 것 같았다.

헤어스타일과 화장이 다를 뿐, 태환과 함께 있는 여자는 사진 속의 여자와 동일 인물이 틀림없었다.

일본에서 홍콩까지 따라온 거야? 몰래 만나는 걸 보면 떳떳하지 못한 관계는 분명한데……. 감히 내 남자를 넘보다니.

유민은 이글거리는 증오의 눈으로 하연을 노려보았다.

선착장을 출발한 유람선은 천천히 빅토리아 하버를 향해 다가가고 있었다.

“3층 키야. 먼저 올라가 있어.”

8시가 가까워지자, 선상 파티의 주최자인 키안이 태환에게 다가와 카드 키를 건네었다. 3층은 유람선의 소유주인 키안 혼자만 출입할 수 있는 사적인 공간이었다.

‘심포니 오브 라이트(A Symphony of Lights)’를 제대로 즐기려면 갑판에 있지 말고 3층으로 올라가야 한다며 키안은 두 사람의 등을 떠밀었다. 심포니 오브 라이트는 매일 저녁 8시 빅토리아 하버 주변에 있는 고층 건물들 사이로 펼쳐지는 음악과 레이저 쇼 공연을 말한다.

3층에 들어서자, 어둠이 깔린 밤을 장식하는 오색찬란한 불빛이 통유리 창을 통해 한눈에 들어왔다.

“와아.”

하연은 자신도 모르게 감탄사를 지르며 커다란 유리창 앞으로 다가갔다. 건물에서 쏟아지는 화려한 불빛이 한 폭의 그림처럼 바닷물에 반사되어 영롱하게 반짝거렸다.

말로만 듣던 홍콩의 야경이 바로 이런 거구나.

"벌써 감동하면 안 되지. 아직 시작도 안 했는데……."

태환은 유리창 앞에 바짝 붙은 하연을 뒤에서부터 끌어안으며 부드럽게 속삭였다.

8시가 되자, 말로만 듣던 광경이 눈앞에서 펼쳐졌다. 천장에 달린 스피커에서는 홍콩 필하모닉 오케스트라가 연주하는 곡이 흘러나왔고, 고층 건물에서 레이저와 LED, 서치라이트, 조명 등이 쏟아져 나왔다.

환상적인 불빛과 오케스트라 연주, 감싸듯 안아주는 태환의 따뜻한 가슴. 그 모든 게 하나로 어우러져 그녀의 가슴을 쿵쿵 두드렸다.

"보고 난 감상은?"

황홀한 광경에 할 말을 잃은 하연은 대답 대신 아랫배에 놓인 태환의 손을 살며시 쓰다듬었다. 그녀 혼자 감상했더라면 이렇게까지 감동하진 않았을 것이다. 이 모든 건 그가 곁에 있기 때문에 더 멋졌다.

"함께 볼 수 있어서 좋았어요. 혼자 봤다면 이렇게까지 멋지진 않았을 것 같아요."

하연의 목덜미에 입술을 내리며 태환은 나직한 목소리로 속삭였다.

"함께 볼 수 있어서 좋았다?"

"네."

"……이번엔 립스틱 챙겨 왔지?"

무어라 대답할 새도 없이 태환은 하연의 몸을 돌려세우며 그녀의 입술에 자신의 입술을 내리눌렀다.

"……그만."

쏟아지는 격렬한 키스를 받아내던 하연은 태환의 가슴을 살짝 밀어냈다.

"왜? 립스틱 챙겨 왔다면서……."

마지못해 그녀의 입술을 놓아준 태환이 작게 투덜거렸다.

"……하아, 립스틱이 문제가 아니라……."

하연은 벅찬 호흡을 가다듬으며 띄엄띄엄 말을 이었다.

"……입술 ……부어요."

"후우."

태환은 크게 한숨을 내쉬고는 힘없이 소파 등받이에 등을 기대었다. 그녀의 입술을 깨무는 등 조금은 과격하게 밀어붙인 건 사실이니까. 한 번도 이런 적이 없는데 하연 앞에만 가면 억제가 안 됐다.

키스할 때조차 차가워서 소름 돋는다던 얼음 같은 남자는 세상 어디에도 없었다. 스스로 감정을 추스르지 못해 불타오르는 남자가 있을 뿐이었다.

"미안. 아프게 할 생각은 아니었는데……."

태환은 부은 듯 약간 통통해진 하연의 아랫입술을 엄지손가락으로 조심스럽게 어루만졌다. 하연은 살며시 웃으며 천천히 고개를 내저었다.

솔직히 말하자면 그 이유뿐만은 아니었다. 키스로 입술이 부어올라봤자, 얼마나 부어오를까. 그보다는 언제 키안이 불쑥 들어올지 몰라 불안했다. 그리고 무엇보다 계속 끌어안고 있다간 키스만으론 만족하지 못할 거라는 두려움이 들기 시작했다. 아무리 태환이 자제한다고 해도 하연은 그녀 자신을 믿을 수 없었다.

온몸이 불길에 휩싸인 것처럼 뜨거웠고 손끝에서 발끝까지 저릿한 감각이 퍼져나갔다. 키스만으론 답답한 갈증이 해소되지 않았다. 목덜미에 머물던 태환의 손은 자꾸만 아래로 미끄러졌다. 그러나 그의 손은 한 번도 그녀의 몸을 건드리지 않았다. 선을 넘지 않기 위해 태환은 힘겹게 주먹을 쥐었다 폈다를 반복했다.

그녀만큼이나 그도 걷잡을 수 없는 욕망을 자제하기 위해 안간힘을 쓰고 있는 게 분명했다. 사랑하는 성인 남녀가 서로 끌어안았는데, 불꽃이 튀지 않는 게 어쩌면 이상할지 모른다. 하지만 아직은 아니다. 서로 마음을 털어놓은 지 얼마나 지났다고. 이제 시작인데 성급하게 육체적인 관계부터 맺고 싶진 않았다.

요즘 세상에 원나잇이면 어떻고, 잠자리부터 하고 시작하면 어떠냐는 의견도 있겠지만, 그건 그녀가 정해놓은 인생관과는 거리가 멀었다. 태환을 바라보는 마음이 소중하기에 조금 더 신중하게 진행해야만 했다. 그도 그녀와 같은 마음이니까 다음 단계로 넘어가지 않기 위해 애쓰고 있다고 믿고 싶었다.

"이리 와요."

태환이 양팔을 벌리자, 하연은 그의 옆으로 다가가 넓은 가슴에 얼굴을 묻었다. 태환은 하연의 정수리에 입을 맞추며 그녀의 어깨를 부드럽게 두드려주었다.

"이제부턴 안 건드릴 테니까, 립스틱 발라요."

"믿어도 돼요?"

"네. 믿어도 됩니다. 오늘은 여기까지만."

"큭."

웃으며 몸을 일으킨 하연은 핸드백에서 손수건을 꺼내, 우선 태환의 입가에 묻은 립스틱부터 닦아냈다.

"그거 알아요? 립스틱 묻은 입술이 꽤 섹시하다는 거?"

"오늘은 더는 안 건드린다고 했을 텐데……. 지금 유혹하는 겁니까?"

"아뇨. 아뇨! 오늘은 여기까지."

하연은 태환으로부터 휙 등을 돌리고 핸드백에서 꺼낸 립스틱을 입술에 발랐다.

어느새 빅토리아 하버 앞에 정착했던 배가 다시 나아가기 시작했다.

얼마 지나지 않아, 띠리릭— 문 열리는 소리가 들렸다. 하연은 핸드백에 립스틱을 넣으며 뒤를 돌아보았다. 키안이었다.

"왜 이제 왔어? 공연 끝난 지가 언젠데."

태환의 말에 키안은 귀찮다는 얼굴로 손을 내저었다.

"난 하도 많이 봐서 이젠 지겹다."

키안은 이번에는 하연을 향해 환하게 웃어 보였다.

"공연 어땠어요?"

"정말 멋졌어요. 이곳에서 볼 수 있게 해주셔서 감사합니다."

"나중에 기회 되면 크리스마스에 와봐요. 그때는 불꽃놀이도 해서 좀 더 볼 만할 겁니다."

"너는 그것도 하도 많이 봐서 지겨울 테고."

태환이 불쑥 끼어들자, 키안은 피식 웃으며 어깨를 으쓱해 보였다. 이어서 하연에게 정중히 손을 내밀었다.

"심포니 오브 라이트도 끝났으니, 이젠 유람선 돌아봐야죠."

당황한 하연이 태환을 바라보자, 그는 괜찮다는 듯 고개를 끄덕였다.

"자, 가시죠."

키안은 자신의 팔에 하연의 손을 끼게 한 후, 밖으로 그녀를 안내했다.

태환은 두 사람을 따라가는 대신 파티가 벌어지는 갑판으로 향했다. 계속 하연의 옆에만 머물면 누군가 의심 어린 눈초리로 볼지 모르기에.

아까부터 먼발치에서 계속 자신을 좇는 유민의 시선을 느낄 수 있었다. 가까이 다가오진 않았지만, 그렇다고 그녀가 그를 포기한 것 같진 않았다.

도대체 지은이 뭐라고 말했기에 저 여자가 저리도 귀찮게 달라붙는지 모르겠다. 태환은 유민의 시선을 철저히 무시하며 와인 잔을 입으로 가져갔다. 한국에 돌아가는 대로 눈앞에서 치워달라고 지은에게 확실히 말해야겠다고 생각하며.

유람선 구경을 시켜준다고 하더니 키안은 사람의 왕래가 없는 배 뒤편으로 하연을 이끌었다. 화려한 야경으로 휩싸인 홍콩 섬과는 반대 방향인 탓에, 난간 너머로는 어두운 조명 아래 출렁이는 검은 물결만 보였다.

키안은 난간에 등을 기대며, 의아한 표정으로 주위를 둘러보는 하연을 관찰하듯 바라보았다.

"긴장 풀어요. 아무리 정하라 씨가 첫눈에 반할 만큼 매력적이라고 해도, 난 친구의 여자에겐 작업 걸지 않습니다."

"그런 게 아니라……."

뭐부터 반박해야 하지? 차태환의 여자가 아니라고? 아니면 긴장하지 않았다고?

하연이 난처한 얼굴로 선뜻 말을 꺼내지 못하자, 키안은 고개를 숙이며 '큭' 웃음을 터뜨렸다.

"두 사람 관계에 관해선 비밀 지킬 테니까 걱정하지 말아요. 제작자와 배우의 관계, 자칫 잘못하다간 스캔들이 된다는 거, 잘 압니다. 그러니까……."

"무슨 오해가 있는 모양인데……."

하연은 단호하게 키안의 말허리를 잘라버렸다.

"색안경 끼고 보지 마세요. 대표님과 저는 아무 사이도 아니에요. 영화 제작자와 배우의 관계일 뿐입니다."

만약에 태환이 키안에게 두 사람의 관계를 밝혔다면, 그녀에게 제일 먼저 털어놓았을 것이다. 하지만 태환은 아무런 말도 하지 않았다. 태환과 키안이 얼마나 가까운 사이인지 알지 못

하는 상태에서 무턱대고 진실을 말할 순 없었다.

하연이 경계의 눈초리를 거두지 않자, 키안은 한 손으로 흘러내린 앞머리를 쓸어 올렸다.

"태환인 말이죠, 매사에 아주 조심스러운 녀석이에요. 특히 스캔들에 휘말리는 걸 극도로 싫어해서 공식적인 행사든 사적인 모임이든 여배우 옆에는 가까이 가지도 않습니다. 그런 녀석이 정하라 씨와 팔짱을 끼고 파티에 나타났는데 아무 사이가 아니다?"

"대표님이 함께 파티에 참석한 건, 김상원 대표님이 속이 안 좋아서 먼저 돌아가……."

"그것뿐만 아니라."

이번에는 키안이 하연의 말을 도중에 끊어버렸다.

"내가 두 사람 먼저 3층으로 올라가라고 했을 때, 평소의 태환이라면 절대로 여자와 단둘이 있는 상황을 만들지 않았을 겁니다. 아마도 정하라 씨 혼자 올라가게 했겠죠. ……제일 기가 막힌 건, 녀석은 자신이 무슨 일을 저질렀는지도 모른다는 거. 정하라 씨와 단둘이 있게 된다는 사실에 들떠서 말이죠. 이래도 두 사람이 아무 사이가 아닙니까?"

뭐지, 이 남자? 심리 상담사라도 되나?

할 말을 잃은 하연은 입을 다문 채, 멍하니 키안을 바라만 보았다. 상대는 보통이 아니었다. 섣불리 아무 말이나 했다간 그의 페이스에 말려들지도 모른다.

연예계에 발을 들인 지 얼마 되지 않았지만, 그동안 인터뷰

하면서 기자들에게 데일 대로 데인 하연이다. 이런 경우에는 입을 다무는 게 최고의 방어라는 걸 그녀는 누구보다 잘 알고 있었다.

그녀가 입을 꼭 다물고 잠자코 있자, 키안은 짧게 한숨을 내쉬었다.

"아까도 말했지만, 긴장 풀어요. 하라 씨를 난처하게 할 의도는 없으니까. 태환이와 저, 오래전부터 알고 지낸 아주 가까운 사이예요."

우선 하연을 안심시켜야 한다고 생각했는지 키안은 자신과 태환의 인연에 관해서 설명했다.

"10살 때, 태환일 처음 만났어요. 상담하다가 만났는데 우리 둘 다 나이가 같아서 금방 친해졌어요. 녀석이 영어를 곧잘 하더라고요. 난 그때만 해도 한국말이 서툴러서 녀석을 '태이'라고 불렀는데……."

"상담이요?"

둘 다 학교에서 말썽꾸러기였나? 상담하다 만났다니? 그런데 태환 씨가 외국에서 공부했던가?

"녀석이나 나나, 둘 다 제일 힘들 때 만났어요. 어떻게 만나게 됐는지 자세히 알고 싶으면 나중에 태환이에게 물어봐요. 별로 좋은 기억은 아니니까."

과거를 회상하는 키안의 얼굴에 어두운 그림자가 내려앉았다. 그는 입매를 비틀더니 검은 바다로 고개를 돌려버렸다.

"내가 하라 씨를 따로 불러낸 건……."

키안은 재킷 주머니에서 하얀 종이를 꺼내어 하연에게 건네었다. 언뜻 보기엔 명함처럼 보이는 종이 가운데 커다란 숫자가 새겨져 있었다.

"이게 뭐죠?"

"내 개인 연락처예요. 언젠가 도움이 필요할 테니까 가지고 있어요. 태환이에게는 아무 말도 하지 말고."

친구는 끼리끼리 만난다더니. 키안 역시 태환처럼 약간은 강압적인 태도로 종이를 내밀었다.

"뭐 합니까, 받지 않고?"

그녀가 어쩔 수 없이 종이를 받아 들자, 키안은 활짝 웃으며 다시 난간에 몸을 기대었다.

정말 태환 씨에게 말하지 말아야 하나?

하연은 근심스러운 눈으로 종이를 내려다보았다.

"이게 뭡니까? 갑자기 홍콩이라니요?"

재호는 황당한 얼굴로 김 원장이 건네는 서류를 훑어보았다.

"뭐긴 뭐야? 첨단 수술법에 관한 국제 학술 세미나 초대장이지. 원래 박 선생이 가기로 했는데, 자네도 알다시피 모친이 엊그제 뇌경색으로 쓰러지셨잖아. 지금 박 선생이 세미나 갈 정신이 있겠어? 그러니까 한 선생이 대신 참석해야겠어."

"하지만, 원장님. 제가 자리를 비우면……."

재호가 뭐라고 반박하려고 하자, 김 원장이 빠르게 손을 들어 제지했다.

"자네 없어도 병원은 잘만 돌아가. 이번 기회에 머리 좀 식히고 푹 쉬다 오게나. 계속 야근하면서 다른 선생들 걱정하게 하지 말고. 휴가를 줘도 매번 반납하고 출근해버리니, 원."

"원장님."

"이미 결정 난 사항이네. 자네 말고는 갈 사람이 없어. 다른 선생들 수술 일정이 꽉 찼다고."

"저도 꽉 찼습니다."

"자네 수술은 정 교수가 맡아서 할 거야. 내일 첫 비행기니까, 오늘은 그만 퇴근하고."

김 원장은 더는 이야기하기 싫다는 듯 소파에서 일어나 자신의 책상으로 돌아갔다. 재호는 곤혹스러운 얼굴로 김 원장이 건넨 서류를 내려다보았다.

"저, 실례지만 한국 분이시죠?"

손을 씻고 파우더 룸에서 나오려는데 하연의 앞으로 유민이 다가왔다. 어떻게 하면 자연스럽게 접근하나, 멀리서 눈치만 보던 유민은 하연이 키안과 헤어져 파우더 룸으로 향하자마자 그녀의 뒤를 따랐다. 유민은 시커먼 속을 숨긴 채, 반갑다는 듯 하연을 향해 활짝 웃었다.

"네, 그런데요."

"와, 반가워요. 주위에 죄다 외국인만 있어서 엄청 따분했거든요. 난 유민이라고 해요."

따분하기는커녕 오히려 한국 사람과 부딪치지 않아서 좋았지만, 유민은 능청스럽게 거짓말을 늘어놓았다.

"안녕하세요. 정하라예요."

하연은 본명 대신 예명으로 자신을 소개했다. 어차피 대중이 아는 그녀의 이름은 유하연이 아닌 정하라니까.

"아까 보니까 차태환 씨와 동행한 것 같던데……. 혹시 태환 씨, 여자 친구예요?"

여자 친구인지 묻는 말에 당황한 듯 하연은 살짝 미간을 찌푸렸다.

"아뇨. 전 여자 친구가 아닙니다."

"이런, 아니라면 미안해요. 두 사람이 계속 붙어 있길래."

"차 대표님은 제가 지금 출연하는 영화의 제작을 맡고 계세요. 그래서 동행한 것뿐입니다."

어라? 배우였어? 유민은 속마음을 감추며 애써 미안한 표정을 지어 보였다.

"배우시구나. 그렇다면 더욱더 미안하네요. 내가 한국에 안 살아서 유명한 연예인 빼고는 잘 모르거든요."

그러니까 해석하자면 하연 같은 '듣보잡' 배우는 전혀 알지 못한다는 소리였다.

"아니에요. 저는 아직 신인이라서 그리 유명하지 않아요."

"아, 신인이시구나."

오호라. 그러니까 인기 좀 얻겠다고 태환 씨를 상대로 몸 로비를 펼치고 계신다!

"차 대표님과 잘 아는 사이신가요?"

하연은 앞에 선 유민이 일본 아오야마 거리에서 태환을 불러 세운 여자라는 것을 깨달았다. 빠르게 스쳐 지나간 탓에 얼굴을 제대로 볼 순 없었지만, 이목구비가 뚜렷한 미인으로 기억하고 있었다. 파티를 위해 한껏 꾸미고 나온 유민은 그날 거리에서 마주쳤을 때보다 훨씬 더 아름다웠다.

"태환 씨 누나와 친하거든요. 거의 친자매 같은 사이죠."

그에게 누나가 있었나? 그러고 보니 하연은 한 번도 태환에게 가족에 관해 물어본 적이 없었다. 사진을 통해 어머니의 모습을 본 게 전부였다.

"태환 씨에게 누나가 있다는 사실을 몰랐나 봐요?"

"네. 영화 외에 사적인 이야긴 하지 않거든요."

"그래요?"

유민은 머릿속으로 빠르게 상황을 정리했다.

이 여자는 태환 씨가 F.T.R.그룹 차한근 회장의 막내아들이란 것을 모르나 보다. 재벌 3세라서 달라붙은 줄 알았는데 그것도 모르면서 스폰을 받았나? 고작 영화 제작과 외식 사업을 하는 줄 알면서 들러붙은 거면 재벌 3세라는 걸 알게 되면 거머리처럼 달라붙겠네.

태환도 그걸 알고 일부러 이 여자에게 그의 배경을 숨기고 있는 게 분명했다.

놀다 버리는 장난감 같은 존재네! 괜히 걱정했잖아. 그렇다면 더는 하연과 이야기를 나눌 필요가 없었다.

"그럼 전 이만."

유민은 얼굴에서 미소를 거두고 매몰차게 등을 돌려 다른 쪽으로 걸어가버렸다.

하연이 갑판으로 돌아온 건 유민과 헤어지고 한참이 지나서였다. 다시 파우더 룸으로 돌아간 하연은 한쪽 구석에 놓인 소파에 앉아 시간을 흘려보냈다. 키안 뿐만 아니라, 유민이 보기에도 그녀가 태환의 여자 친구처럼 보였다면 행동을 조심할 필요가 있었다. 너무 태환 옆에만 있으면 다른 사람들도 유민처럼 두 사람의 사이를 오해할지도 모르니까.

글쎄, 그게 오해일까? 솔직히 두 사람은 지금 사귀고 있으니까 딱히 유민이 오해했다고만은 할 수 없었다. 아무도 모르게 은밀하게 사귀고 있다는 점이 보통 연인 사이와 다를 뿐이지. 남들은 다 쉽게 연애하던데, 뭐가 이리도 어려울까!

울적한 마음에 홍 여사에게 전화했지만, 연예인만큼 바쁜 그녀의 휴대폰은 곧장 음성 메시지로 넘어갔다. 재호에게도 전화해보았지만, 그 역시도 받지 않았다.

"어디 있었어요?"

하연이 갑판에 모습을 드러내자, 키안과 대화를 나누던 태환이 빠르게 다가왔다. 그녀가 보이지 않아 그는 유람선 안을 샅샅이 뒤졌지만 어디에서도 그녀를 찾을 수 없었다. 지금까지 여성 파우더 룸에 있었으니, 그럴 수밖에…….

"일본에서 마주친 유민 씨라고 알죠? 지금 이곳에 있어요."

하연은 질문에 대답하는 대신 유민에 관한 이야기를 꺼냈다.

"아무래도 조심해야겠어요. 제작자와 배우 사이라지만, 계속 붙어 다니면 안 좋을 것 같아요."

"그 여자가 뭐라고 했습니까?"

"저한테 대표님의 여자 친구냐고 묻더라고요."

"후."

태환의 얼굴에 쓰디쓴 비소가 떠올랐다. 그에게 다가올 용기가 없으니까 이젠 하연의 주위를 맴도나 보다.

"크게 신경 쓰지 말아요. 이상한 여자니까."

"네? 전혀 그렇게 보이지 않던데요."

"눈에 보이는 것만이 다가 아닙니다. 하여간 그 여잔 무시해도 좋아요."

"대표님."

키안도 그렇고, 유민도 그렇고. 하연은 슬슬 걱정되기 시작했다. 누가 그랬지? 누구를 좋아하는 감정은 감춘다고 감춰지는 게 아니라고. 주위를 밝히는 빛처럼 조그만 틈새에도 곧장 밖으로 흘러나간다고. 아무리 감추려고 해도, 쉽게 가려지지 않는다고.

"왜요? 그래도 걱정됩니까?"

"네, 솔직히."

태환은 생각에 잠긴 듯 팔짱을 끼고 침묵을 지켰다. 그리고 잠시 후, 입을 열었다.

“좋아요, 그럼. 내일부터는 민성 씨와 함께 다니도록 하죠.”

“민성 오빠요?”

“아무래도 그러는 게…….”

띠리리—. 띠리리—.

그때 핸드백에 넣어둔 하연의 휴대폰에서 신호음이 흘러나왔다. 아무 생각 없이 휴대폰을 꺼낸 하연은 발신자를 확인하자마자 재빨리 통화 버튼을 눌렀다.

“네, 선배님.”

선배님? 상대가 누군지 깨달은 태환의 미간에 짙은 주름이 새겨졌다.

[어, 그래, 유 선생.]

“어쩐 일이세요?”

표정이 굳어진 태환과는 반대로 하연은 환한 얼굴로 전화를 받았다. 휴대폰 너머에서 들려오는 재호의 따뜻한 목소리에 우울한 기분이 말끔히 사라졌기 때문이었다.

[부재중 전화 메시지가 있어서 전화했어. 아까 전화했었지?]

“아, 네.”

[미안, 원장님을 뵙느라고 전화 못 받았네. 왜? 무슨 급한 일이라도 있어?]

“아뇨. 급한 일은 아니고, 그냥 안부 인사할 겸 해서 전화 드렸어요.”

안부 인사할 겸? 파티 도중에 난데없이 왜?

하연의 얼굴이 점점 더 밝아지는 대신 태환의 얼굴은 점점 더 어두워졌다. 남의 통화를 엿듣는 것은 예의가 아니었지만 가만히 있어도 들리는데 어떡하느냐고. 태환은 가슴 앞으로 팔짱을 끼며 애써 아무렇지 않은 얼굴로 하연을 쳐다보았다. 그와 눈이 마주치자 하연은 눈꼬리를 휘며 생글생글 웃어주었다.

이 여자, 병 주고 약 주겠다는 건가? 다른 남자와 통화하면서 밝게 웃어주는 건 뭔데?

마음 같아선 하연의 손에서 휴대폰을 낚아채어 일방적으로 전화를 끊어버리고 싶었지만 그랬다간 후폭풍이 감당 안 될 것이다. 할 수 없이 태환은 하연에게 억지로 미소를 돌리며 어금니를 꽉 깨물었다. 누군가를 좋아하면 그 상대를 위해 성질을 죽일 줄도 알아야 했다.

"아직 병원이세요?"

[응. 지금 퇴근하려던 참이었어. 유 선생도 별일 없지?]

"네. 그럼요. 별일 없죠."

만난 지 얼마나 됐다고 그사이 무슨 별일? 태환은 못마땅한 표정을 감추며 두 사람의 통화에 귀를 기울였다.

[난 내일 세미나 참석차 홍콩 가야 해. 갔다 와서 저녁이나 함께할까?]

'홍콩'이란 말에 하연의 눈이 동그랗게 커졌다. 동시에 뭐가 그리도 기쁜지 입꼬리가 귀에 걸렸다.

"네? 정말요? 선배님, 홍콩 오세요?"

뭐? 누가 홍콩에 와? 하연을 바라보는 태환의 시선에 경계의 빛이 켜졌다.

"선배님, 저도 지금 홍콩에 있어요."

[그래? 언제까지 머무를 거지?]

"전 이번 주말까지요."

[그래? 나도 그런데.]

"와, 잘됐다! 내일 오시면 꼭 전화 주세요."

[그럼 공항에서 전화할게.]

"네, 선배님."

한재호가 내일 홍콩에 온다고? 환자를 돌봐야 할 의사가 갑자기 이곳에 왜?

재호의 얼굴을 떠올리는 것만으로 태환은 무언가가 욱하고 저 밑으로부터 밀려오는 것을 느꼈다. 그런 그의 속도 모르고 하연은 아까보다 더 환하게 웃으며 전화를 끊었다.

"한재호 선생님이 세미나 참석차, 내일 홍콩에 오신다네요. 잘됐죠?"

"그게 잘된 겁니까?"

"네? 잘된 게 아니면요?"

하연은 태환의 시큰둥한 반응을 대수롭지 않게 넘겼다.

"아, 아닙니다."

상대가 대수롭지 않게 나오는데 별거 아닌 일을 물고 늘어질 순 없었다. 태환은 슬그머니 다른 쪽으로 화제를 돌렸다.

"그나저나 한 선생에게 전화했었어요? 파티 중에 안부 전화를 할 필요가 있습니까?"

"……그게…… 엄마에게 전화했는데 안 받아서, 하는 김에 그냥……."

기분이 울적해서 누군가의 위로를 받고 싶었다고 하면 그는 뭐라고 반응할까? 사귀게 돼서 행복하긴 하지만, 몰래 만나야 한다는 사실에 가끔은 마음이 무겁다는 것을 이해해줄까?

다행히 태환은 심각하게 여기지 않고 곧바로 다음 질문으로 넘어갔다.

"그래서 한 선생과 만날 겁니까?"

"네, 그럼요."

하연은 아주 당연하다는 눈으로 태환을 바라보았다. 남자도 육감이란 게 있는지는 모르겠으나, 자신의 여자를 향한 다른 수컷의 눈빛쯤은 쉽게 알아챌 수 있다. 재호가 하연을 바라보는 시선은 결코 단순히 선배가 후배를 바라보는 시선이 아니었다. 그렇지만 아직은 경계할 만큼의 간절함은 느껴지지 않았다.

아예 대놓고 티를 내면 곧바로 쳐버릴 수나 있지. 은근슬쩍 다가오면 방어하기가 쉽지 않았다. 무조건 못 만나게 했다간 자칫 잘못하면 그녀의 사생활을 간섭하는 꼴이 돼버리니까.

"난 방해 받고 싶지 않은데……."

우회적으로 공격하는 적이 직진으로 쳐들어오는 적보다 훨씬 처리하기 어렵다.

"방해랄 것까진 없죠. 아까 분명히 앞으론 민성 오빠와 함께 다니자고 했잖아요. 민성 오빠는 괜찮으면서 선배님은 왜 안 되는 거죠?"

제기랄, 그랬다. 분명히 그의 입으로 민성과 함께 다니자고 했다. 하지만 장민성과 한재호는 전혀 다르지 않은가?

"만약에 송창훈 감독님이 홍콩에 왔다면 어쩌실 거예요?"

"그거야……."

서로 볼일이 끝난 후, 함께 저녁이나 먹자고 했겠지. 시간이 되면 다음 날 딤섬도 함께 먹자고 했을 것이다. 그러나 그건 송창훈이고 한재호가 아니다! 애석하게도 하연은 그 차이점을 전혀 모르는 것 같았다. 그녀는 천진난만한 얼굴로 내일의 계획을 짜기 시작했다.

"세미나 때문에 오는 거니까, 아마 저녁에나 시간이 될 거예요. 대표님도 괜찮으시면 함께 저녁 먹어도 되고, 싫으시면 그냥 선배와 우리 둘……."

"싫긴 누가 싫다고."

태환은 신속하게 하연의 말을 끊어버렸다.

"어차피 남들 눈 때문에 장민성 씨와 함께 다니기로 한 건데, 일행이 더 있으면 좋겠죠. 그래요. 한 선생이 괜찮다고 하면 함께 식사하도록 하죠."

속으론 이를 갈았지만, 겉으론 무심한 얼굴로 태환이 대답했다. 이 정도로 내키지 않는 티를 냈으면 눈치 빠르게 알아봐 주면 좋으련만. 하연은 알고도 모른 척하는 건지, 정말 모르는 건지 영 헷갈렸다.

"오늘은 이만 떨어져 있어야겠어요. 김 대표님을 대신해서 온 거니까, 다른 인사들과 친분도 쌓고 이야기도 나눠야죠."

씩씩한 얼굴로 자신이 맡은 일을 하겠다는데 어떻게 말릴 수 있을까. 해외 봉사를 떠날 때도 하연은 저런 얼굴로 김상원 대표를 설득했겠지. 태환은 잠자코 고개를 끄덕일 수밖에 없었다.

"만약에 치근덕거리는 사람 있으면 신호 보내요. 곳곳에 경호원을 배치했지만, 혹시 모르는 거니까."

"고마워요. 나 혼자 해결하기 벅차면 그럴게요. 호텔에서 리무진 보내주기로 했으니까, 이대로 다른 사람들과 시간 보내다가 돌아갈게요. 내일 업무, 끝나면 전화 주세요."

하연은 활짝 웃어 보인 후, 북적거리는 파티장 속으로 빠르게 걸어갔다. 상대가 곁에만 있으려고 하면 부담이 되는데, 막상 하연이 그를 밀어내고 다른 곳으로 가버리자, 태환은 초조해졌다. 연애 한 번 제대로 하지 못한 것 같으면서도, 이럴 땐 그녀가 마치 밀당의 고수처럼 느껴졌다.

태환은 멀어지는 하연의 뒷모습을 바라보며 손에 든 와인잔을 단숨에 비워버렸다.

18. 제 발목을 잡을 생각인가요?

"음…… 크게 걸리는 점은 없는 것 같아."

"그러네요."

다음 날 아침, 식사를 마친 하연은 상원과 함께 계약서 내용을 찬찬히 검토해보았다. 딱히 걸리는 게 없다면 바로 계약서에 사인할 예정이었다.

"가장 걱정했던 독소 조항이 없네요."

F.T.R.그룹 광고를 찍는 동안 다른 광고를 찍는 걸 금지하는 조항은 없었다. 대신 계약서의 사생활 관련 부분에서 하연은 미간을 찌푸렸다.

"그런데요, 그룹 이미지에 해를 입히는 스캔들 금지 조항은 이해가 되는데, 그렇다고 이성 간의 스캔들 자체를 막는 건 좀 그렇지 않나요?"

태환과의 계약은 영화 상영이 끝날 때까지만이었다. 하지만 그룹 홍보 모델은 계약을 연장할 경우 기간이 더 길어질 수도 있었다. 지금도 연애 금지 계약 때문에 남들 몰래 연애하느라 죽을 맛인데 또 다른 건으로 발목을 잡히고 싶진 않았다.

“왜? 너 요즘 사귀는 사람이라도 있어? 혹시, 한재호 선생과?”

“아니요.”

하연과 태환이 사귀는 사이라는 걸 꿈에도 모르는 상원의 생각에 하연 주위에 있는 남자란 재호와 민성밖에 없었다. 당연히 민성은 아닐 테고…….

“지금은 아무도 없어요. 그래도 나중에라도……. 사람 일이라는 게 모르는 거잖아요.”

거짓말인지라, 그녀의 목소리 끝이 조금 떨리고 있었다. 상원에게 거짓말하는 게 꺼림칙했지만, 그렇다고 태환과의 관계를 털어놓을 순 없었다.

“하연이 말이 맞습니다.”

눈치라곤 손톱만큼도 없는 민성은 태환과의 관계도 모른 채, 대뜸 하연의 편을 들었다.

“영화야 남녀 로맨스 내용 때문에 그렇다 쳐도 그룹 홍보를 해주면서까지 그럴 필욘 없잖아요. 안 그래요?”

요즘이 어떤 세상인데 홍보 모델 좀 해준다고 본인 사생활까지 개입하려 하느냐고! 나쁜 스캔들에만 안 휘말리면 되는 거지. 불륜이라든가, 양다리라든가, 음주 운전이라든가 그런 스캔들만 아니면 되지 않느냐 말이다.

“그건 그렇지.”

상원도 이해한다는 표정으로 고개를 끄덕거렸다.

“알았어. 이 부분에 관해서는 내가 변호사 통해서 이야기해 볼게.”

“그 부분만 빼면 바로 사인해도 될 것 같아요.”

계약서를 훑어보던 하연은 문득 뭔가를 깨달은 듯 급히 고개를 들어 올렸다.

“참, 깜빡하고 말씀 못 드렸네요. 저, 한국에서 차한근 회장님과 우연히 마주친 적 있어요.”

“그랬어? 어디서?”

“데이지에서요. 절 알아보시고 먼저 인사하시더라고요.”

“그래? 무슨 특별한 이야긴 없었고?”

음, 있을 뻔했는데 갑자기 나타난 무서운 인상의 직원 때문에 제대로 대화도 하지 못했다. 하지만 그런 세세한 사정까지 말할 필요는 없을 것이다.

“저 말고도 다른 모델이 후보로 있고, 계약서에 사인한 것도 아니어서 별 이야기는 없었어요.”

“그랬을 거다. 차한근 회장, 꽤 점잖다고 들었어. 홀몸이 된 지 한두 해가 아닌데, 이상한 소문 한번 없었고. 뭐, 그리도 아름다운 아내를 잃었으니 다른 여자가 눈에 들어오겠느냐마는.”

“아름다운 아내요?”

“첫 번째 부인과 사별하고 재혼한 두 번째 부인이 ‘전세린’이잖아. 데뷔하자마자, 은막의 스타가 되고 1년도 되지 않아 연기처럼 사라져버린 전설의 배우.”

전세린? 어디서 많이 듣던 이름인데…….

하연이 고개를 갸우뚱거리자, 상원은 어깨를 으쓱거렸다.

가끔 이런 데서 세대 차를 느낀다니까.

"옛날 배우라서 하연이, 넌 잘 모를 거야. 그래도 당시엔 대단했지. 한류 스타 신해교와 황지현의 인기를 합쳤다고 상상하면 돼."

얼굴이 생각날 것 같기도 하고, 아닌 것 같기도 하고. 하연의 머릿속에서 흐릿한 영상이 뭉실뭉실 떠오르다 사라졌다.

"차 회장과 결혼하면서 은퇴하고 연예계를 떠났지. 그 후론 하도 철저하게 사생활을 숨겨서 아무도 소식을 몰랐어. 그때만 해도 요즘같이 인터넷이 발달하지 않았으니까. 연예지라고 해봤자, '먼데이 부산', '스포츠 고려', '연예 스포츠' 같은 것밖에 없었고. 요새처럼 파파라치 수준으로 밀착 취재했나, 어디."

"그러니까요. 그때만 해도 얼굴이 알려졌어도 조금은 숨 돌릴 수 있게 연애하고 그랬는데."

민성이 진지한 얼굴로 끼어들자, 상원은 코웃음을 내뱉었다.

"하, 어쭈! 그 시절을 겪었던 것처럼 말하는구나. 넌 그때 태어나지도 않았어."

"그렇게 치면 대표님도 그땐 겨우……."

"하여간."

상원은 민성을 힐끗 노려보고 다시금 말을 이어나갔다.

"결혼 이후, 전세린은 F.T.R.그룹 창사 기념 행사에 두 번 얼굴을 드러낸 게 다야. 그러곤 완전히 매스컴에서 사라져버렸지. 오죽하면 차 회장이 소유욕에 눈이 멀어서 아내를 감금한다는 소문이 돌았을까."

"하, 감금이요? 말도 안 돼!"

하연의 입에서 작은 탄성이 흘러나왔다.

"그 정도로 완벽하게 대중의 시선에서 사라졌단 말이지. 차 회장이 모든 판권을 사들여서 자료 사진 빼곤 전세린이 출연한 드라마와 영화는 쉽게 볼 수도 없어."

그쯤 되면 소름이 돋는 수준이다.

"하여간 차 회장과의 사이에 자식이 하나 있다고 들었는데, 그게 딸인지 아들인지도 정확하지 않아. 장례식조차 극비로 진행돼서……."

"그분, 어떻게 돌아가셨어요?"

"흠, 사고라고 하는데 정확한 사인은 몰라."

분위기가 무겁게 가라앉자, 상원은 재빨리 화제를 돌렸다.

"……아 참, 그런데 한재호 선생이 지금 여기에 있다며?"

"네. 지금 세미나 참석 중이에요. 이따가 함께 저녁하기로 했는데 대표님도 같이 가실래요?"

"난 이미 선약이 있어서……. 대신 내일 보자. 한 선생은 언제까지 여기 있을 거래?"

"우리랑 일정이 같아요. 주말에 돌아갈 거예요."

"그거, 잘됐다. 이번 주말이면 나도 시간이 될 테니까, 같이 관광하면 되겠네. 나도 그동안 일에 너무 치여서 아무 데도 못 갔으니까."

"네, 대표님."

상원과 민성은 아무 문제가 없을 것 같은데……. 음, 솔직히 태환은 어떻게 나올지 알 수 없었다.

그녀의 직감으론 태환과 재호는 별로 사이가 좋지 않았다. 두 사람이 만날 때마다 눈에서 보이지 않는 불꽃이 살벌하게 튀곤 했으니까. 왜 그런지 이유는 알 수 없지만……. 뭐, 별일이야 없겠지.

하연은 쓸데없는 걱정을 떨쳐버리며 다시 계약서로 시선을 내렸다.

"진짜 너무했다. 나, 내일 아침 일찍 런던으로 떠난다고."

키안은 문가에 비스듬히 몸을 기대며 불만 가득한 얼굴로 투덜거렸다.

번화가에 수백억짜리 펜트하우스를 소유하고 있는 키안은 태환이 홍콩에 들를 때마다 숙소를 제공했었다. 대신 그와 함께 시간을 보내야 한다는 조건으로. 그런데 태환은 키안에게 눈길 한 번 주지 않은 채, 외출 준비에 바빴다. 아까부터 그는 뚫어지게 거울을 보며 넥타이를 고쳐 매기에 바빴다.

"누굴 만나는데 그렇게까지 신경 쓰는 거냐?"

"신경 쓰긴 무슨?"

"너 지금까지 몇 번이나 넥타이를 바꿔 맸는지 알아? 난데없이 내 옷을 빌려달라고 하질 않나."

키안은 턱짓으로 침대 위에 산더미처럼 쌓인 넥타이와 셔츠, 재킷 등을 가리켰다. 급하게 출장 오느라 옷을 제대로 챙기지 못했다지만, 그래도 이건 너무 심했다. 태환을 알고 지낸 지가 몇 해인데 이토록 패션에 신경 쓰는 모습을 보는 건 맹세코 오늘이 처음이었다.

"참! 정하라, 네 배경에 관해서 전혀 모르더라. 그녀가 알아내기 전에 네가 먼저 말하는 게 좋을 거다."

"무슨 소리야?"

"내가 보기엔 단순한 배우와 제작자 사이 같지 않아서……. 아니야?"

여우 같은 녀석! 함께 촬영하는 창훈은 전혀 상상도 하지 못하는데 녀석은 벌써 눈치를 채다니.

태환은 대답 대신 싸늘한 눈으로 노려보며 침대 위에 놓은 재킷을 집어 들었다.

"늦을 테니까. 기다리지 마."

"그러시든가. 대신 떠나기 전에 아침은 같이 먹자."

"알았어."

태환은 짧게 대꾸하고 빠르게 손목시계를 들여다보았다. 외출 준비로 시간을 너무 소비한 탓에 약속 시각보다 늦게 도착할 것 같아, 그는 서둘러 펜트하우스를 나섰다.

한재호가 온다는데, 차림에 신경 안 쓸 수야 있나. 유치하게 반응하는 자신이 영 마음에 들진 않았지만, 할 수 없었다.

레스토랑에 들어서자마자, 태환은 뭔가 잘못되었다는 느낌을 받았다. 먼저 레스토랑에 도착한 하연과 민성, 재호는 창가 테이블에 앉아 태환을 기다리고 있었다. 당연히 하연이 그의 옆에 앉을 거라고 생각했는데, 하연은 민성 옆에 앉아 있었고 재호의 옆자리가 비어 있었다. 순간 짜증이 밀려왔지만, 태환은 크게 숨을 들이마시며 테이블로 다가갔다.

"죄송합니다. 늦었습니다."

"아닙니다. 우리도 막 도착했습니다."

태환이 옆에 앉자, 재호는 가볍게 고개를 끄덕였다.

우리도 막 도착했다고? 레스토랑에서 만난 게 아니라, 다른 곳에서 먼저 하연을 만나서 함께 이동했다는 소리인가? 별거 아닌 일이었지만, 신경이 거슬린 태환은 미간을 찌푸렸다.

맞은편에 앉은 하연이 그를 향해 웃어주지 않았다면 계속 기분 나쁜 표정으로 있었을지도 모른다. 하지만 그것도 잠시, 커다란 메뉴판이 태환의 시야를 가렸다. 옆으로 고개를 돌리자, 재호가 무표정으로 말했다.

"우선 메뉴부터 고르죠."

하연을 바라보지 못하게 메뉴판으로 앞을 가로막은 것도 괘씸한데, 자신들도 방금 도착했다고 하고선, 급하게 메뉴부터 고르라니……. 은근히 늦었다고 불평하는 건가?

태환은 못마땅한 얼굴로 재호가 건네는 메뉴판을 받아 들었다. 재호는 한눈에 보기에도 저번과 마찬가지로 푸석푸석한 피부에 눈가에는 짙은 그림자가 드리워져 있었다. 오늘 아침에 도착해서 쉬지도 못하고 세미나에 참석했으니 피곤할 게 틀림없었다. 그렇다면 잠이나 잘 것이지, 왜 꾸역꾸역 저녁을 먹으러 기어 나왔는지 모르겠다. 이런 걸 보고, 사서 고생이라고 하는 거다.

"한 선생님, 눈이 벌겋게 충혈이 됐군요. 꽤 피곤해 보입니다만."

한 방 먹이려고 한 말이었건만, 태환은 실수였다는 걸 곧 깨달았다. 하연의 관심이 곧장 재호를 향했으니까. 태환의 말에 그녀는 걱정스러운 얼굴로 재호를 바라보았다.

"정말 그러네요. 선배님 눈이 빨개요. 제가 괜히 함께 저녁하자고 했나 봐요. 무리하지 말고 그냥 호텔에서 쉬었어야 했는데……."

"아니야, 그 정도로 피곤하진 않아. ……그래도 밥은 먹어야 하니까."

재호는 희미하게 웃으며 손등으로 눈가를 문질렀다. 한재호는 선수가 분명했다.

모성애를 느끼게 하는 행동을 저리도 자연스럽게 연출하다니! 아예 대놓고 경쟁자처럼 행동하면 바로 밟아버리면 그만인데, 재호는 느긋하게 한발 물러선 자세로 은근히 태환을 공격하고 있었다. 하연이 안타까운 얼굴로 재호를 대하면 대할수록 태환은 짜증이 나 어금니를 꽉 깨물었다.

"그러면 저녁만 먹고 먼저 들어가세요. 내일도 온종일 세미나인데 푹 주무셔야죠."

"그래. 그럴게."

"피로 회복에 무슨 음식이 좋더라. 아, 선배님, 불도장 드실래요?"

대화를 듣고 있던 태환은 은근히 부아가 치밀어 올랐다. 키안에게 옷을 빌리고 넥타이도 화사한 색상으로 매고 왔건만 하연은 그는 바라봐주지도 않고 재호를 챙기기에만 바빴다.

조금만 참자. 저녁만 먹고 호텔로 돌아간다고 했으니까, 그때까지만 인내하면 되겠지.

태환은 인상을 찡그리며 메뉴판으로 시선을 내리깔았다.

미슐랭 3스타에 빛나는 광동식 레스토랑 '킹'은 태환과 합작으로 곧 한국에도 레스토랑을 오픈할 예정이었다. 전망 좋은 창가에 앉기 위해선 적어도 한 달 전에 예약해야 하지만, 총괄셰프이며 오너인 챤은 태환을 위해 특별히 자리를 마련해주었다. 9코스로 진행되는 디너는 다채로운 재료와 훌륭한 맛으로 모두의 입맛을 사로잡았다.

"어때? 음식이 입맛에 맞아? 오빠 원래 기름기 있는 거, 싫어하잖아."

"어, 그런데 이 요리는 괜찮네. 생각보다 담백해."

"그래? 다행이다. 오빠, 이것도 먹어봐."

하연이 앞에 놓인 요리 접시에 전복을 집어 민성의 개인 접시에 놓아주었다.

이젠 하다못해 민성까지 챙기는군.

태환은 기가 막힌 얼굴로 하연과 민성을 번갈아 바라보았다. 매니저를 살뜰하게 챙겨주는 건 하연의 성격상 자연스러운 일이었으니, 이해할 수 있었다. 두 사람의 은밀한 연애를 들키지 않으려고 일부러 그런다는 것도 알고 있었다. 그래도 입속이 씁쓸해지는 건 어쩔 수 없었다.

겉으로는 딱딱하고 서먹서먹한 관계를 유지하면서 이렇게라도 서로 얼굴을 볼 수 있다는 사실에 감사해야 하는 걸까? 사랑하는 연인을 바로 앞에 두고도 가슴 찢어지게 그립다는 시 구절이 이제야 머리가 아닌 가슴으로 이해되었다.

"와!"

그때 옆 테이블에서 환호와 함께 박수 소리가 흘러나왔다. 모두 호기심에 시선을 돌리자, 프러포즈에 성공한 연인이 서로를 끌어안고 샴페인을 터뜨리고 있었다. 태환은 별일 아니라는 듯 어깨를 으쓱거렸다.

"이곳에선 너무 자주 일어나는 일이라 새로울 것도 없습니다."

시큰둥한 태환과 달리, 하연과 민성은 옆 테이블에 있는 연인을 사랑스러운 눈으로 바라보았다. 특히 민성은 감동한 얼굴로 눈물까지 글썽였다.

"어머, 나도 언젠간 이런 곳에서 프러포즈해야 하는데……. 흑, 나, 40이 되기 전에 결혼할 수 있을까?"

"오빠, 그런데 결혼할 상대는 있어?"

"아니, 너랑 서영이 아니면 같이 밥 먹어주는 여자도 없어."

민성은 고개를 숙이며 세상 다 산 사람처럼 긴 한숨을 내쉬었다.

"유하연 선생과 서영 씨 같은 미인과 식사하는 것도 행운이라면 행운이죠. 안 그렇습니까?"

재호가 넌지시 위로의 말을 건네자, 민성은 고개를 끄덕거렸다.

"그런데 한 선생님은 왜 아직껏 혼자세요? 다른 사람은 몰라도 한 선생님만큼은 주위에서 가만히 안 놓아둘 거라고 생각했거든요."

"내가 가진 조건이 남편감으론 그리 좋은 편이 아니라서 그렇겠죠."

재호의 대답에 태환은 눈살을 찌푸렸다. 지금 농담하나? 조건이 좋은 편이 아니라고? 겸손이 지나치면 자만이 된다. 지금 재호의 태도가 딱 그랬다.

"좋은 편이 아니라니, 다른 사람도 아니고 한재호 선생이 그런 말을 하니까, 좀 이상하군요."

그럴 생각은 아니었는데 마치 시비 거는 것 같은 말투가 태환의 입에서 튀어나왔다. 재호는 피식 입매를 비틀며 아예 태환을 향해 몸을 틀었다.

"난, 일 년 내내 365일, 병원에서 연락이 오면 언제라도 뛰어가야 합니다. 결혼하고 아이가 태어난다고 해도 바뀌지 않을 거예요. 소풍 가야 할 아이와 병원에서 기다릴 환자 중에서 하나를 고르라고 한다면 환자를 골라야 합니다."

전혀 예상하지 못한 대답에 태환은 눈살을 찌푸렸다. 괜한 질문을 한 게 되어버렸으니까.

아니나 다를까, 하연은 재호가 던진 미끼에 바로 넘어가버렸다.

"그렇지 않아요, 선배님. 저도 어릴 때는 그런 아빠를 이해하지 못했지만, 커서는 오히려 그런 아빠가 자랑스러웠는걸요. 저는 한 번도 아빠의 빈자리를 느끼지 못했어요."

하연의 부친인 유영찬 박사도 항상 병원 일과 해외 봉사 활동으로 바빴던 것으로 알고 있다.

한재호, 은근히 자신이 유영찬 박사와 비슷한 사람이라는 것을 내세우려는 걸까?

유 박사는 생전에 하연을 끔찍하게 사랑했다고 했다. 아버지 같은 남자가 이상형이라고 할 정도로 사이좋은 부녀였다고 들었는데……. 지금 대놓고 어필하겠다? 더 심각해지기 전에 여기서 그만 끊어버릴 필요가 있었다.

태환은 대화를 마무리하기 위해 서둘러 결론을 내렸다.

"걱정하지 말아요. 한 선생을 이해해줄 여자가 어딘가 있을 테니까. 필요하면 내가 괜찮은 여자, 소개해줄 수도 있고."

지은에게 부탁한다면 대한민국에서 내로라하는 여자들의 명단이 주르르 나올 테니까.

하지만 역시 한재호는 만만한 상대가 아니었다. 재호는 태환의 눈을 빤히 들여다보며 한쪽 입꼬리를 올렸다.

"그런 것도 이해해줄 정도로 좋은 여자인데, 나와 결혼해서 힘들게 할 순 없죠."

"네?"

"그렇게 마음이 넓은 여자라면 나 말고 다른 남자를 만나서 행복해야 합니다. 그래서 더더욱 결혼하지 않을 겁니다."

뭐지? 이 말로 표현할 수 없게 재수 없는 반응은?

태환과 반대로 하연과 민성은 재호의 말에 감동한 것 같았다.

"선배님."

"와, 한 선생님!"

장난해? 저 말 같지 않은 소릴 듣고 감동이라도 받은 건가?

결국 태환은 더 이상 참지 못하고 속에 담아놓았던 말을 내뱉었다.

"한재호 선생은 누군가를 미칠 듯이 좋아한 적도, 어쩔 수 없이 그 누군가에게 빠져든 적도 없나 봅니다. 그러니까 전혀 말도 안 되는 이야기를 하는 거겠죠."

"그러는 차 대표는 누군가를 좋아해본 적 있습니까?"

"물론이죠. 하루만 보지 못해도 아니, 만나고 있는 순간에도 상대가 그리워서, 헤어지는 게 싫어서 마음이 아픈데, 어떻게 다른 사람과 행복해지라고 물러설 수 있습니까? 그건 다 상대에게 완전히 빠지지 않아서예요. 그 사람 없어도 살 만하니까 나오는 궤변이란 말이죠."

"글쎄요. 진심으로 그 사람을 좋아하고 아낀다면 내 삶이 지옥이 된다고 해도 보내줘야 한다고 생각하는데요."

"한 선생은 그 지옥 같은 기분을 압니까?"

"모르진 않습니다. 아, 차 대표 별명이 지옥에서 온 제작자라고 했죠? 그러니 누구보다도 지옥에 관해선 잘 알겠군요."

"물론이죠. 알고 싶다고 하면 가르쳐드릴 수도 있는데."

"저기, 저……."

하연은 난처한 얼굴로 두 남자를 바라보았다. 갑자기 분위기가 왜 이러지?

예전부터 뭔가 의견이 안 맞는다는 걸 느끼긴 했지만, 이렇게까지 날을 세울 줄은 몰랐다. 서로 예의를 갖춰 대화하고 있지만, 자칫 잘못하다간 누가 먼저 주먹을 뻗어도 전혀 이상하지 않을 분위기였다.

띠리리—. 띠리리—.

그때 테이블 위에 놓아둔 태환의 휴대폰이 울리기 시작했다. 그는 화면으로 발신자를 확인한 후, 휴대폰을 들고 자리에서 일어났다.

"잠시만 실례하겠습니다."

굳이 전화를 받을 필요는 없었지만, 아무렇지 않게 앉아 있기 불편하던 참이었다. 전화를 핑계로 테이블에서 멀리 떨어진 복도로 걸어간 태환은 통화 버튼을 눌렀다.

"어."

[야, 어가 뭐니? 어가?]

휴대폰 너머로 날카로운 지은의 목소리가 흘러나왔다.

"바빠. 용건만 말해."

태환은 벽에 기대며 퉁명스러운 목소리로 말했다.

[너, 홍콩에서 그 여자 만나고 있는 거 다 알아. 아버지도 아신다고. 너, 도대체…….]

"그래서 아버지, 여기까지 파파라치 보내실 거래?"

[그건 아니지만.]

"그럼 걱정할 필요는 없겠군. 난 단순히 출장 온 거고, 정하라는 소속사와 함께 움직이고 있으니까."

공식적으론 아무 문제가 없는 일정이었다. 괜히 신경을 곤두세우고 조심할 필욘 없다는 말이다.

[흥, 눈 가리고 아웅 하는 거, 누가 모를까 봐.]

"그것 때문에 전화한 거야?"

[그것 때문은 아니고……. 유민이 지금 거기에 있을 거야.]

"역시 누나였군."

태환의 얼굴에 쓴 미소가 떠올랐다.

"경고하겠는데 그 여자, 당장 내 눈앞에서 치워. 귀찮아 죽겠으니까."

[유민이 만났니?]

"지금까진 누나 얼굴 봐서 참았는데, 앞으론 그러지 않을 거야."

[야, 바보같이 굴지 마.]

지은은 언성을 높이며 태환이 반박할 틈도 없이 제 할 말을 쏟아냈다.

[유민이 스페인에 돌아가기 전에 잠깐이라도 만나. 다른 여자 만나는 척이라도 하라고. 그래서 일부러 유민이에게 네 일정 알려준 거야.]

"남의 일에 간섭하지 말고 누나 일에나 신경 쓰시지. 언제부터 날 걱정해줬다고……."

[아버지가 홍콩까지 파파라치 보내는 거, 원하지 않으면 내 말대로 해.]

그 말을 끝으로 지은은 일방적으로 전화를 끊어버렸다.

"후우."

태환은 한 손으로 넥타이를 느슨하게 풀어헤치며 숨을 길게 내쉬었다. 외국까지 와서도 아버지의 시선을 의식해야 하다니, 숨이 막힐 것만 같았다. 마치 영원히 끊을 수 없는 목줄에 메인 느낌이었다. 평소에는 목줄을 한 것도 모를 만큼 느슨했지만, 조금이라도 그 뜻을 거역하면 숨이 턱 막힐 정도로 잡아당겼다.

차 회장은 언제라도 그의 목줄을 잡아당기기 위해 만반의 태세를 갖추고 있을 것이다. 이 모든 건, 그가 태환을 너무 사랑해서라는 것을 알고 있었다. 그러나 차 회장의 부성애는 종종 잘못된 방식으로 표현됐다.

차 회장의 속박이 싫어서 대학교에 들어가자마자 독립했지만, 아무 소용이 없었다. F.T.R.그룹 근처에는 가지도 않고, 본인의 개인 사업에만 몰두했으나, 그것 역시 효과가 없었다.

"제길."

이런 기분으로는 도저히 테이블로 돌아갈 수 없을 것 같았다. 태환은 찬물로 세수라도 할 생각으로 식당 홀로 돌아가는 대신 화장실로 걸음을 돌렸다.

다행히도 화장실 안은 텅 비어 있었다. 태환은 세면대로 다가가 찬물을 세게 틀었다. 손바닥에 느껴지는 차가운 감촉이 조금이나마 달아올랐던 분노를 식혀주었다.

그때 문이 열리고 누군가 화장실로 들어왔다. 아무 생각 없이 거울을 통해 뒤를 바라본 태환의 눈에 재호의 모습이 들어왔다. 거울을 사이에 두고 두 사람의 시선이 뜨겁게 얽혔다.

"표정을 보니 별로 기분 좋은 통화가 아니었나 보군요."

재호는 옆으로 다가와 대리석 세면대에 비스듬히 기대어 섰다. 태환은 대답 대신 재호를 흘끗 노려본 후, 말없이 찬물을 잠갔다.

"유하연 선생은 차태환 씨에 관해서 잘 모르는 것 같더군요. 사실, 당신이 재벌 3세인 것을 아는 사람은 많지 않겠죠."

"그게 문제라도 됩니까?"

"언제까지 숨길 생각입니까?"

태환은 선뜻 대답할 수 없었다. 물론 하연에게 숨길 생각은 없었다. 단지 그녀에게 쉽게 털어놓을 수 없었을 뿐이다.

"한재호 선생이 상관할 일은 아닌 것 같은데요."

태환은 굳이 불쾌한 감정을 숨기지 않은 채, 서늘한 눈빛으로 재호를 노려보았다.

"걱정하지 말아요. 그쪽이 말하기 전엔 나는 아무 말도 하지 않을 테니까. 아, 하나만 물어보죠. 혹시 유 선생이 손목 부상에 관해서 이야기해준 적 있습니까?"

"손목 부상이라면……."

"그것 때문에 지금도 물리 치료를 받고 있죠."

하연의 손목에 이상이 있다는 건 태환도 잘 알고 있었다. 하지만 생각해 보니 하연에게서 직접 들은 내용은 별로 없었다. 태환의 묵묵부답에, 재호는 씁쓸한 미소를 떠올렸다.

"그렇군요. 아직 모든 걸, 말하진 않았군요."

"그 부상이 의사 일을 그만둔 것과 연관이 있습니까?"

태환의 물음에 재호는 살짝 눈살을 찌푸렸다.

"그거야 깊게 생각하지 않아도 알 수 있는 거 아닙니까? 스테이크를 썰기도 힘든데, 수술이 가능할까요?"

"정확히 무슨 일이 있었던 겁니까? 어쩌다가 손목을 다친 거죠?"

"자세한 이야기는 나중에 기회가 되면 유 선생에게서 직접 들어요."

재호는 대답을 해주는 대신 태환을 지나쳐 화장실을 걸어 나갔다. 태환은 못마땅한 눈으로 재호의 뒷모습을 노려보았다. 항상 뭔가를 숨기는 표정과 상대를 떠보는 것 같은 말투 , 정말 마음에 들지 않는다.

저녁 식사가 끝나면 호텔로 돌아간다더니, 마음이 바뀌었는지 재호는 그들과 함께 몽콕 야시장에 동행하겠다고 말했다.

"저녁 산책 겸해서 걷는 것도 나쁘진 않을 거야."

“그래요, 선배님. 저희도 오래 있진 않을 거예요.”

조그만 상점이 자잘하게 쭉 붙어 있는 야시장 거리는 밤 쇼핑 나온 사람들로 발 디딜 틈도 없이 북적거렸다. 자연스럽게 하연과 민성이 앞장서 걸어갔고, 태환과 재호는 그 뒤를 따르게 되었다. 하연과 민성은 재래시장에 자주 다녔는지 손발이 척척 맞았다.

“어머머, 하연아. 저것 좀 봐.”

“파란 거?”

“응. 그거. 진짜 예쁘다. 하연아, 해볼래?”

“이 모자 어때? 이거 오빠에게 어울릴 것 같은데…….”

“하연아, 이건? 서영이가 좋아하는 스타일이지? 하나 사다 줄까?”

“그래, 오빠. 자기만 빼놓고 홍콩 갔다고 서운해하더라.”

곧바로 홍콩 야시장 환경에 적응해버리는 하연과 민성과 달리 태환은 행인과 부딪치지 않게 조심하면서 걸어야 했다. 일 때문에 자주 홍콩을 오고 가지만, 태환은 오늘 처음으로 야시장이라는 곳에 와보았다. 항상 차를 타고 지나다니기만 했지, 인파로 가득 찬 곳으로 들어간다는 건 상상조차 하지 못했으니까. 그에게는 완전히 다른 세상일뿐이었다. 지금까지 한국에 살면서 동대문 새벽 시장이란 존재조차 모르고 살았으니, 이 정돈 약과일 수도 있겠지만…….

재호 역시 태환과 마찬가지로 상점 가판대에 눈길도 주지 않은 채, 묵묵히 걸음을 옮겼다.

"피곤하지 않아요? 눈이 더 빨개진 것 같은데……."

태환의 비아냥거림이 섞인 말에 재호는 피식 실소를 흘렸다. 그는 앞에 걸어가는 하연에게서 시선을 떼지 않은 채, 무덤덤한 목소리로 대답했다.

"물론 피곤합니다. 하지만 보고만 있어도 피로가 풀리는 광경이 있어서요."

태환은 재호의 시선이 닿는 곳으로 고개를 돌렸다. 예상했던 대로, 시선의 끝에는 상인과 물건 값을 흥정 중인 하연과 민성이 서 있었다. 당연히 민성은 아닐 테고…….

태환이 불쾌한 눈빛으로 노려보자, 재호는 태환에게로 고개를 돌려 그와 시선을 마주했다.

"바가지인 거 뻔히 알지만 나 같으면 귀찮아서 그냥 돈 내버리고 말 겁니다. 유 선생, 저러는 모습을 보고 있으면 재밌기도 하고, 귀엽기도 하고."

"……기회가 많았을 텐데."

태환은 재호를 향해 나직한 목소리로 말을 꺼냈다.

"함께 근무하면서 고백할 기회가 많았을 텐데, 왜 다가가지 않았죠?"

재호의 얼굴에 씁쓸한 미소가 떠올랐다.

"그때 유하연 선생은 레지던트였고, 나는 펠로우였습니다. 윗사람이 이성으로 다가간다면 좋아하지 않아도 쉽게 물리칠 수 없었을 겁니다. 그건 눈에 보이지 않는 폭력이 될 수도 있겠죠. 그렇게 시작하는 연애는 공평한 관계는 아닐 겁니다."

"그러면 그 이후에는 왜 다가가지 않았죠?"

손목 부상 때문에 의사 일을 그만둔 거라면, 그 후 하연이 연기자 길을 걷는 동안에도 기회는 많았을 것이다. 하지만 재호는 선배라는 위치에서 한 걸음도 앞으로 나아가지 않았다.

재호의 얼굴에 어두운 그림자가 내려앉았다.

"아까 말한 대로 난 좋은 남자 친구도, 좋은 남편도, 좋은 아빠도 될 수 없습니다. 아무리 가족을 사랑해도, 환자가 1순위라는 것엔 변함이 없을 테니까."

"그러면 지금 그 태도는 뭡니까? 가질 순 없지만, 그렇다고 남이 가지는 걸 보자니 배가 아파서?"

"후. 그렇게 보였습니까?"

"다분히."

태환은 아무런 망설임 없이 짧게 대답했다.

"유하연 선생에게 차태환 씨가 과연 제대로 된 상대인지, 아직 확신이 서지 않아서요."

"뭐요?"

"지금은 지켜만 볼 거지만, 만에 하나라도 당신 때문에 상처받게 된다면 가만있지 않겠다는 뜻입니다."

태환을 바라보는 재호의 눈빛이 순간 날카롭게 반짝였다.

"이거 사다 주면, 서영이 기분이 좀 풀릴까?"

민성은 가격 흥정에 성공해 싼 가격으로 구매한 액세서리를 손에 쥐고 싱글벙글 웃었다.

이젠 들킬 게 없다고 긴장이 풀렸는지, 그는 태환 앞에서도 평소처럼 행동하며 해맑게 웃었다. 조폭 같은 인상에 해맑은 웃음이라니! 쉽게 상상이 안 갔지만, 묘하게 어울렸다.

"응. 딱 서영이 스타일이네. 아마 좋아할 거야."

하연은 민성의 물음에 대충 대답하며 힐끗 뒤를 돌아보았다. 아까만 해도 그리 멀리 떨어지지 않았는데 어느새 태환과 재호는 저만치 뒤처져 있었다. 뭐가 그리도 심각한지, 태환과 재호는 서로를 마주 보며 대화 중이었다.

아까처럼 불꽃 튀기게 언쟁을 벌이는 건 아니겠지? 혹시 저러다 싸움이라도 나면 어쩌나, 슬슬 불안해졌다.

"오빠, 아무래도 대표님이랑 선배님에게 가야 할 것 같아."

그녀는 민성의 팔을 잡고 뒤쪽으로 몸을 돌렸다. 동시에 옆 상점 안에 들어갔던 단체 관광객이 밖으로 우르르 몰려나왔다. 그중 한 명의 팔꿈치가 건물 앞에 빼곡하게 쌓아놓은 상자 중 하나를 건드렸다.

"어어어!"

잽싸게 달려 나온 상점 주인이 휘청거리던 상자를 잡았지만, 이미 중심을 잃어버린 상자들은 언제 무너질지 모르게 아슬아슬 흔들렸다. 상점의 직원들도 뒤따라 나와 주인을 도왔지만, 아무래도 역부족인 듯했다.

마침 그 옆을 지나던 민성은 불안한 눈으로 흔들거리는 상자를 바라보았다. 빨리 지나면 그만이지만, 하필 그들 앞과 뒤로 사람들이 빽빽하게 모여 있었다.

"하연아, 위험해. 이쪽으로 와."

민성이 하연의 팔을 잡고 옆으로 물러서는 순간, 상자가 우르르 무너졌다.

"악!"

불행 중 다행으로 종이 상자에 든 내용물은 그리 무겁지 않았다. 그래도 상자 모서리에 팔뚝을 맞은 민성의 입에서는 고통의 비명이 흘러나왔다. 아니지, 내가 지금 내 걱정을 할 때가 아닌데……. 민성은 당황한 눈으로 옆에 있던 하연을 찾았다. 하연을 감싼다고는 했는데 얼굴로 상자가 떨어지자, 얼떨결에 하연을 밀쳐내고 두 팔로 자신의 얼굴을 가리고 말았다.

"하연아!"

혹시라도 하연이 다치기라도 했다면! 민성의 심장이 쿵 소리를 내며 밑으로 떨어졌다.

"오빠, 난 괜찮아."

뒤에서 들려오는 하연의 목소리에 민성은 서둘러 뒤를 돌아보았다. 하연이 태환의 품에 안긴 채, 조금은 놀란 표정으로 서 있었다. 그녀 발아래 떨어진 상자 더미로 보아, 하연에게도 꽤 많은 상자가 떨어졌나 보았다.

하지만 어떻게 된 일인지, 저 멀리 떨어져 있던 태환이 달려와 상자 더미를 대신 맞아준 것 같았다.

"음."

날카로운 통증에 태환은 어깨를 움켜쥐며 아랫입술을 깨물었다. 일본에서 오토바이 때문에 멍든 자리가 아직 낫지 않았는데 공교롭게도 딱 그 부위에 상자 모서리가 떨어진 것이다.

"괜찮아요? 다쳤어요?"

낮은 신음에 하연은 커다랗게 눈을 뜨며 태환의 어깨에 손을 뻗었다.

"아니, 괜찮아요."

태환은 빠르게 하연의 손을 막으며 자신의 두 손으로 하연의 얼굴을 감쌌다.

"어디 다친 데 없습니까?"

그는 혹시라도 그녀의 얼굴에 상처라도 났을까 봐, 걱정스러운 눈빛으로 샅샅이 훑어보았다.

"와, 소름!"

두 사람을 바라보던 민성은 옆에 다가온 재호에게 귓속말을 속삭였다.

"하연이 얼굴에 상처라도 생겼을까 봐, 살펴보는 것 좀 봐요. 완전 상품 취급이네."

모태 솔로인 민성은 하연을 향하는 태환의 애처로운 눈빛이 무엇을 뜻하는지 전혀 모르는 모양이었다.

재호는 착잡한 시선으로 하연과 태환을 바라보았다. 상자가 위태롭게 흔들리는 것을 보는 순간 둘 다 앞으로 달려갔었다. 위치상으론 분명히 재호가 하연에게 더 가깝게 있었지만 태환이 먼저 도착했다. 순식간에 하연에게 뛰어간 태환은 그녀 대신 무너지는 상자를 온몸으로 받아냈다.

"후."

재호는 씁쓸하게 웃으며 두 사람으로부터 시선을 돌렸다.

그래, 나에겐 환자가 먼저이고, 저 남자에겐 세상 어느 것보다 하연이 먼저다.

지금에라도 병원에서 연락이 온다면 그는 당장 응급실로 달려갈 테지만 태환은 아무리 중요한 회의라고 하더라도 모든 걸 제쳐두고 하연에게 달려갈 것이다.

오늘만큼은 확실한 패배인가?

"장민성 씨, 잠깐만 팔 좀 보죠. 상자 모서리에 긁힌 것 같은데……."

재호는 민성의 팔을 조심스럽게 잡아당겼다.

"에구머니나!"

민성은 그제야 자신의 팔에 생긴 상처를 보고 호들갑을 떨었다. 찢긴 정도는 깊지 않았지만, 패인 살갗에서 몽글몽글 피가 솟아오르고 있었다.

"근처에 약국이 있었던 것 같은데, 따라오세요."

"어? 말 안 하고 가도 될까요?"

"여기저기 구경하느라고 우리가 없어진 것도 모를 겁니다. 빨리 치료하고 오면 되니까, 이리 와요."

재호는 민성의 팔을 붙잡은 상태에서 앞으로 이끌었다.

"민성 오빠랑 선배님이 안 보이네요."

태환은 한참 후, 하연이 무사한 걸 모두 확인하고 나서야 그녀를 품에서 놓아주었다. 재호와 민성은 이미 주위에서 사라진 후였다. 두리번거리던 하연은 결국 민성과 재호에게 전화를 걸었다. 그러나 두 사람 모두 전화를 받지 않았다.

"이상하네요? 무슨 일이지?"

몇 번이나 전화를 걸어도 연결되지 않자, 하연은 의아한 얼굴로 태환을 바라보았다.

"주위가 시끄러워서 전화벨 소리가 안 들릴 수도 있으니까, 나중에 다시 걸어요. 돌아다니다 보면 만나게 되겠죠."

"음……, 그럴까요?"

거슬리던 존재가 사라졌는데 굳이 찾을 필요는 없을 것이다. 태환은 손을 뻗어 부드럽게 하연의 손을 마주 잡았다. 그녀가 깜짝 놀란 눈으로 바라보자, 태환은 어깨를 으쓱거렸다.

"이러다가 나까지 잃어버리면 혼자서 호텔로 돌아가려고?"

"아까 분명히 돌아다니다 보면 만나게 될 거라면서요."

"그래도 항상 예외라는 게 있으니까."

하연은 불안한 눈으로 주위를 살폈다. 어쩌지? 민성 오빠와 같이 다녀서 오늘은 안심하고 변장도 하지 않았는데…….

"괜찮아요. 지금 그 모습을 보면서 배우 정하라를 떠올릴 사람은 없으니까."

변장만 하지 않았을 뿐이지, 화장기 없는 수수한 얼굴에 간편한 캐주얼 차림의 그녀는 화려한 배우, 정하라와는 거리가 멀었다.

"본인이 한류 스타라도 된 줄 아나? 해외에서 방영된 드라마

하나 없으면서……."

예전 같으면 발끈해서 화를 냈겠지만, 이제는 태환 특유의 냉소적인 농담이라는 걸 알기에 하연은 눈꼬리를 휘며 가볍게 웃어주었다.

"그런데 레스토랑에서 왜 그렇게 차갑게 대했습니까? 내가 뭐, 실수라도 했어요?"

"네?"

예상하지 못한 질문에 하연은 눈을 가늘게 모았다.

"아까 나와는 눈도 안 마주치려고 하던데……."

"아……."

그도 눈치를 챘구나! 하지만 '오늘 그쪽이 눈부시게 멋져서 좋아하는 거, 너무 티 날까 봐 그랬어요.'라고는 목에 칼이 들어와도 말할 수 없었다. 내숭 떠는 게 아니라, 솔직하게 말했다간 목덜미까지 빨개질 것 같아서…….

"……음, 그게요. 그러니까……."

태환을 빤히 바라보던 하연은 우물거리듯 입을 열었다.

"……혹시라도 민성 오빠랑 선배님이 눈치챌까 봐."

그것도 전혀 틀린 말은 아니었다. 태환을 좋아하는 티가 날까 조심스러운 거나, 다른 사람들이 두 사람 사이를 눈치챌까 봐 조심스러운 거나. 그게 그거 아니겠어?

"민성 씨는 모르겠고 한 선생은 우리 사이, 이미 다 알고 있던데……."

"네?"

태환의 말에 깜짝 놀란 듯 하연의 눈이 커다래졌다.

"선배님이 우리 사이를 아신다고요? 어떻게요?"

"내가 '우리 하연이'라고까지 했는데, 모르면 그게 더 이상한 거 아닙니까?"

맞아. 그날 그가 티를 너무 팍팍 내긴 했었다.

"그때 왜 그런 말을 해서……."

토라진 하연은 잡힌 손을 빼려 했지만, 태환은 순순히 놓아주지 않았다. 오히려 더 세게 움켜잡았다.

"그러니까 앞으론 두 사람 앞에선 조심하지 않아도 됩니다."

"선배님은 그렇다 치고, 민성 오빠는요?"

"장민성 씨, 눈치 엄청 없다는 걸 모르고 하는 말은 아니겠죠?"

그건 그렇다. 옆에 계속 붙어 다니면서도 두 사람이 사귄다는 건 상상도 못 하고 있으니까. 아마도 민성은 세상 모두가 안다고 해도, 정확하게 꼬집어서 말해주지 않으면 끝까지 모르고 지나갈 것이다.

"어떻게 저보다 제 매니저에 관해서 더 잘 알아요?"

"알려고 할 필요도 없지. 그냥 얼굴만 봐도 다 나타나는데……."

"좋아요. 민성 오빠는 그렇다 쳐도 서영인 조심해야 해요. 그 앤 눈치가 백 단이거든요."

"그건 나중에 걱정하기로 하죠."

태환은 엄지손가락으로 하연의 손등을 부드럽게 쓰다듬으

며 말을 이어나갔다.

"아까부터 이렇게 손잡고 싶었는데……."

'사실은 저도요.'

하연은 차마 입 밖으로 내지 못하고 속으로 중얼거렸다. 민성과 이것저것 쇼핑하는 척했지만, 신경은 온통 뒤에서 따라오는 태환에게 향해 있었다. 홍콩까지 와서도 이렇게 따로 떨어져야 하나, 은근히 속상하기도 했다. 혹시라도 그녀를 아는 사람이 있을까 걱정되긴 했지만, 아직 톱스타도 아닌 그녀를 누가 해외에서까지 눈여겨볼까. 태환의 말대로 해외에서 방영된 드라마 한 편 없으면서.

그렇게 생각하니까 마음이 좀 놓이는 것 같았다. 하연은 태환의 팔에 기대며 두 사람만의 시간을 즐기기로 마음먹었다. 그녀의 손을 만지작거리던 태환의 손이 어느새 손목으로 옮겨가 있었다. 조금이라도 세게 쥐면 부서질 것처럼 조심스럽게 손목을 쓰다듬던 그가 나직이 말을 꺼냈다.

"만약에 말이죠."

하연이 자신에게로 고개를 돌리자, 태환은 담담한 어조로 말을 이었다.

"나중에라도 나에게 털어놓을 준비가 되면, 이야기해줘요. 나도 준비가 되면 이야기할 테니까."

"뭘요?"

"당신에 관한 모든 거. 그리고 나에 관한 모든 거."

"후, 고해 성사를 하라는 것처럼 들리네요."

자신을 빤히 바라보는 하연의 눈빛에 태환은 입가에 씁쓸한 미소를 떠올렸다.

"그럴지도……."

언젠가는 그도 엿 같은 집안 속사정을 하나도 빠짐없이 모두 털어놓아야 한다. 재벌 아버지를 둔 사실이 전혀 달갑지 않다는 것과 정이라곤 모르고 자란 형제들과의 재산 싸움에 넌더리가 났다는 것. 그리고 가장 털어놓기 힘든…… 이제는 기억 저편에 넣어둔 탓에 희미해져버린 그날의 그 일까지도.

그녀를 진정으로 사랑하게 된다면 더는 숨겨선 안 됐다. 그 때문에 그녀가 떠난다고 하면, 그녀의 결정을 존중해야 할까? 글쎄, 과연 그럴 수 있을까?

일어나지 않은 일을 상상하는 것만으로도 태환은 숨이 턱 막히고 가슴이 먹먹했다. 태환은 절대로 놓치지 않겠다는 듯 하연의 손을 더욱더 꽉 움켜쥐었다.

"바빠서 시간 내기 어려웠겠지. 내가 그랬잖아. 큰 기대는 하지 말라고."

지은의 위로에도 불구하고 유민은 계속 투덜거렸다.

[그래도 그렇죠. 그 여자와는 밥 먹을 시간이 있으면서 저랑은 차 한 잔 마실 시간도 없다고요?]

"그 여자라니?"

[신인 배우인데 뜨고 싶어서 안달 난 여자가 있어요. 태환 씨 옆에 착 붙어서 얼마나 몸 로비를 하던지……. 아, 천박해. 하여간 저, 태환 씨에게 실망했어요. 여자 보는 눈이 고작 그 정도예요?]

유민이 말하는 여자란 '정하라'가 틀림없었다. 이제는 유민 앞에서도 버젓이 그 여자를 옆에 끼고 있나 보다. 늦게 배운 도둑질이 무섭다더니, 태환이 녀석, 냉철한 줄 알았는데 여자에게 홀려 완전 정신줄을 놓아버린 것 같아 걱정이다.

지은은 한 손으로 이마를 짚으며 미간에 주름을 잡았다. 유민 가지곤 어려울 거라는 걸 알았지만, 차도 한 잔 마시지 않고 내쳐버릴 줄은 몰랐다.

알고 있는 모든 여자를 모두 총동원해서 태환을 흔들어야 하나? 도대체 '정하라'라는 여자가 얼마나 특별하기에 저렇게까지 행동하는지 모르겠다. 그건 그렇고, 지금은 유민을 달래는 게 급선무였다.

"태환이가 언제 한 달 넘게 사귀는 거 봤니? 석 달도 대단한 거고 대부분 보름도 못 돼서 깨져. 그러니까 그 여자와도 그리 오래가진 않을 거야."

그제야 한 옥타브 올라갔던 유민의 목소리가 다시 정상으로 돌아왔다.

[정말이죠? 그럼 그 여자랑 깨지면 나에게 제일 먼저 연락해 줘야 해요.]

유민은 평소와 같은 나긋나긋한 목소리로 애교를 떨 듯 말했다.

"그래. 너에게 제일 먼저 연락할게."

긴 통화를 끝낸 지은이 길게 한숨을 내쉬자, 맞은편에 앉은 차 회장이 작게 혀를 찼다.

"쯧쯧쯧. 뭐? 정하라와 심각한 사이가 아니라고? 유민이도 만날 거라고?"

"아빠는! 태환이가 슈퍼맨도 아니고 출장까지 가서 두 여자를 만날 정신이 있겠어요?"

"그래서 너는 둘이 아무리 저래도 한 달만 지나면 알아서 깨질 거라는 거냐?"

차 회장은 의심쩍은 얼굴로 지은을 바라보았다. 지은은 믿기 싫으면 말라는 듯 어깨를 으쓱거렸다.

"괜히 긁어 부스럼 만들지 말고 두 사람 가만히 놔두세요. 원래 떼어놓으려고 하면 더더욱 불타오르는 법이니까."

"그럼 아프리카까지 가서 밀회를 즐긴 건 뭐냐?"

"밀회는 무슨 밀회. 그건 그냥 우연이겠죠. 그때는 아무 사이도 아니었을 거예요."

"그걸 네가 어떻게 알아?"

"그랬다면 아무리 스캔들이 무서워도 태환이가 입원한 병원에 코빼기도 안 보였겠어요? 칼에 찔려서 생사가 오락가락했는데……. 그게 아니어도 태환이가 귀국하자마자 달려왔겠죠."

그건 지은의 말이 맞다. 같은 시기에 말라위에 있었던 건, 단지 우연이었을까? 그렇다면 영화 촬영을 하다가 사귀게 된 걸까? 치 회장의 마음이 흔들리기 시작했다.

"그럼 그전에 내게 마음에 둔 여자가 있다고 한 건 뭐야?"

"촬영 들어가기 전에 이미 몇 번 만났다면서요. 그때 첫눈에 보고 반했나 보죠."

"첫눈에 보고 반해? 태환이 성격에?"

그건 그래. 태환이 녀석이 첫눈에 반할 리가 없는데……. 그렇게 치면 까칠한 태환이 '정하라'라는 배우에게 흠뻑 빠져 있는 것 자체도 전혀 이해가 되지 않았다.

"좋다. 한 달 기다려보자."

차 회장은 찻잔을 들어 차를 한 모금 마시고는 느긋하게 말을 이었다.

"……하지만 그 전에 확실하게 해놓아야 할 게 있다."

"뭘 확실하게 해놓아요?"

"그런 게 있다."

차 회장은 지은의 물음에 대답해주는 대신 의뭉스러운 미소만 떠올렸다.

"와, 저것 좀 봐요!"

상점 가판대를 구경하던 하연은 특이한 모양의 액세서리를 발견하고 걸음을 멈췄다. 오래된 동양화풍의 그림 밑으로 붉은 실로 만들어진 커플 반지가 일자로 쭉 나열되어 있었다. 하얀 수염이 덥수룩한 노인이 남녀 아이의 발목에 붉은 실을 각각 묶어주는 그림에는 월하노인(月下老人)이라는 글자가 적혀 있었다.

"월하노인의 붉은 실을 반지로 만들었나 봐요."

한눈에 보기에도 애들 장난감 같은 반지였지만, 하연의 눈은 호기심으로 반짝거렸다.

"월하노인이 남녀 아이 발목에 붉은 실을 묶어서 인연을 맺어준다는 옛이야기가 있어요. 한국에도 비슷한 이야기가 있죠. 붉은 실 대신 청실홍실이지만."

"아이디어는 좋은데……."

혼잣말처럼 중얼거리던 태환은 급히 입을 다물었다. '참 촌스럽군.'라는 말이 자동으로 뒤따라 나오려고 했기에.

백금도 아니고, 그렇다고 은도 아닌, 플라스틱 위에 실을 칭칭 감아놓은 싸구려 반지였다. 그래서인지 가격도 길거리에서 파는 새우 완탕면과 비슷했다.

그런데도 하연은 제법 심각한 얼굴로 가판대 위에 놓인 반지를 이리저리 둘러보았다. 아오야마 거리에서 그녀는 정반대로 행동했었다. 아무리 화려한 명품 보석이라 할지라도 관심 없다는 얼굴로 무심하게 지나쳤었다.

"마음에 듭니까?"

"디자인은 촌스럽지만, 아이디어가 좋잖아요. 월하노인이 붉은 실로 묶어버린 남녀는 무슨 일이 있더라도 꼭 맺어지게 된대요. 그리고 절대로 헤어지지 않는다고."

"……무슨 일이 있더라도?"

절대 헤어지지 않는다는 말이 태환의 귀에 깊숙이 새겨졌다.

띠리리—. 띠리리—.

하연의 휴대폰이 작게 진동하며 울리기 시작했다.

"민성 오빠예요."

하연은 통화 버튼을 누르며, 덜 시끄러운 상점 옆 골목으로 빠르게 걸어갔다.

"여보세요?"

[……하……연……아. ……그…….]

신호가 약한지 민성의 목소리가 휴대폰 너머로 희미하게 흘러나왔다. 하연은 한 손으로 귀를 꽉 막으며 민성의 목소리에 귀를 기울였다.

"오빠, 잘 안 들려. 크게 말해봐. 뭐?"

[거리가 너무 복잡해서 다시 만나기 어려울 거 같다고. 너, 지금 어디야?]

"여기?"

민성이 알아볼 수 있는 간판을 찾으려 아무리 주위를 두리번거려도 온통 한자로 뒤덮인 간판뿐이었다.

"액세서리 파는 상점이 몰려 있는 곳이야. 오빠, 혹시 'I LOVE HK.'라는 티셔츠가 색색으로 걸려 있는 상점 보여?"

[그런 상점이 어디 한둘이니? 너, 지금 차 대표님과 함께 있지?]

"응."

[그러면 너는 대표님한테 호텔까지 바래다달라고 해. 우린 여기서 호텔로 바로 돌아갈게. 한 선생님이 내일 세미나가 있어서 더는 오래 못 계시겠나 봐.]

“아, 맞다. 선배님 피곤하시겠다.”

[응. 근데 내가 길눈이 어두워서 한 선생님 가시면, 나 혼자서 너를 다시 만날 방법이 없거든. 그러니까 나도 한 선생님 따라서 호텔로 갈게.]

“그래, 오빠. 그렇게 해.”

영어도 안 되고, 중국어도 안 되는 민성이기에 자칫 길을 잃기 쉬웠다.

그뿐인가? 조폭 같은 험악한 인상 때문에 길을 물어보려고 해도 보통 사람들은 대꾸도 안 하고 지나갈 게 뻔했다.

통화를 끝내고 돌아오자, 태환은 상점 앞에 선 채 그녀를 기다리고 있었다.

“민성 오빠예요. 선배님이 피곤하신 것 같다고 먼저 호텔로 돌아가겠대요.”

“그래요? 하연 씨도 피곤합니까?”

“아뇨.”

앗, 너무 빨리 대답했나? 여기서 그만 헤어지자는 소리인 줄 알고, 그녀도 모르게 말이 나가고 말았다. 그녀가 겸연쩍은 얼굴로 아랫입술을 깨물자, 태환은 싱긋 웃으며 그녀의 손을 잡아 앞으로 끌어당겼다. 그리고 눈 깜짝할 사이에 붉은 실로 만든 반지를 손가락에 끼워주었다.

하연은 어리둥절한 눈으로 반지와 태환의 얼굴을 번갈아 보았다.

"어머, 이걸 샀어요? 신기해서 구경했던 거지, 살 마음은 없었는데……."

"뭐 합니까? 내게도 끼워줘야지."

태환이 불쑥 손을 내밀자, 하연의 얼굴이 붉어지다 못해 귓불까지 붉게 물들었다.

애들 소꿉장난 같은데, 뭔가 찡하게 가슴이 조이는 느낌이랄까? 결혼반지를 끼워달라는 것도 아닌데, 괜히 긴장할 필요는 없겠지. 연애 처음 하는 티 내지 말고 침착하자, 침착해.

하연은 빨개진 얼굴을 숨기려 고개를 푹 숙인 채로 태환의 손에 붉은 실로 만든 반지를 끼워주었다. 크고 굵직한 남자다운 손에 가느다란 반지가 제법 그럴싸하게 어울렸다.

"호텔로 돌아가면 빼야겠지만, 지금만이라도 끼고 있어요. 한 번 붉은 실로 맺어준 남녀는 무슨 일이 있더라도 헤어지지 않는다고 했으니까."

"……장난감 반지로 제 발목을 잡을 생각인가요?"

왠지 어색한 분위기에 그녀도 모르게 내뱉은 농담이었다. 그러자 태환은 눈살을 찌푸리며 하연의 손을 꽉 움켜쥐었다.

"발목만 잡혔다고 생각하면 큰 오산이지."

"네?"

하연은 무슨 뜻이냐는 듯 고개를 갸우뚱거렸다.

"붉은 실로 누에고치처럼 둘둘 감아서 잡을 건데……."

"에이, 말도 안 돼요."

입으로는 부인했지만, 태환이라면 정말 그러고도 남을 것 같다는 생각이 들었다. 그런데 섬뜩하기보다는 왠지 모르게 든든하게 느껴졌다. 이성적인 판단이 안 될 정도로 차태환이란 남자에게 푹 빠졌나 보다!

하연이 입을 다물고 생각에 잠기자, 태환은 살며시 걸음을 늦추었다.

"왜? 누에고치처럼 둘둘 감아서 잡을 거라니까 무서워요?"

"아뇨. 하나도 안 무서워요."

어느새 두 사람은 걸음을 멈춘 채, 서로의 얼굴을 빤히 바라보고 있었다.

그녀의 말간 눈동자가 오롯이 그를 향했다.

"하나도 안 무섭다?"

"대표님이 잡아당길 때마다 나는 반대 방향으로 돌면 그만이니까요. 그러면 끌려가는 대신 실이 돌돌 풀리겠죠."

"그래도 실을 끊어버릴 거란 말은 아니군."

태환은 혼잣말처럼 중얼거리며 하연의 손을 끌어당겨 반지를 낀 손가락에 입을 맞췄다. 그리고 서서히 옆 손가락으로 입술이 옮겨갔다. 뜨거운 입술이 닿을 때마다 온몸에 전기가 통하는 것처럼 찌릿찌릿 전율이 일었다.

겉으론 아무렇지 않은 척, 태환에게 손을 내어주고 있었지만, 속에선 심장이 미친 듯이 날뛰었다. 손에 입을 맞추던 그가 가만히 고개를 들어 그녀를 마주 보았다.

"흐음."

태환의 짙은 눈빛과 마주친 순간, 하연의 입에서는 탄식과도 같은 한숨이 흘러나왔다. 지금 여기서 저런 눈빛으로 쳐다보면 어쩌라는 건지. 하연은 서둘러 주위를 둘러보았다. 아무도 두 사람에게 관심을 두진 않았지만, 그래도 신경이 쓰이는 건 어쩔 수 없었다.

"사람들이 보잖아요."

누가 보기 전에 하연은 태환의 손을 잡은 채 인적이 드문 골목으로 이끌었다. 건물 그림자가 어둡게 엇물린 곳에 다다라서야, 하연은 안도의 숨을 내쉬었다. 그러나 그것도 잠시 태환이 그녀의 허리를 와락 끌어안았다. 갑작스러운 포옹에 하연은 중심을 잡기 위해 그의 가슴에 손바닥을 얹었다.

"……이젠 아무도 안 보니까 괜찮겠지?"

태환은 고개를 숙이며 낮게 속삭였다.

"아까부터 얼마나 이러고 싶었는지 알아?"

아직 닿지도 않았는데 그녀의 입술 위로 미세한 떨림이 고스란히 전해졌다.

키스하면 할수록 마치 처음 하는 것처럼 떨리는 이유는 무엇일까?

손바닥 밑으로 셔츠에 둘러싸인 단단한 가슴이 느껴지고 얇은 옷감을 타고 뜨거운 열기가 그대로 전해졌다. 커다란 손이 하연의 뒷머리를 감싸는 순간, 입술이 벌어지며 달콤한 숨결이 입 안 가득 차올랐다. 깊숙이 밀려들어 구석구석을 탐닉

하는 말캉한 감촉에 소름이 돋았다.

너무 좋았다. 여기서 조금만 밖으로 걸어나가면 거리는 사람들로 북적거렸고 당장에라도 누군가 골목 안으로 들어올지도 모르는데…….

그런 사실은 머릿속에서 흐릿해져버린 지 오래였다. 오로지 서로를 향하는 간절함만이 남아 있을 뿐이었다.

"내일은 내가 픽업하죠."

호텔 앞에 하연을 내려주며 태환이 짧게 말했다.

"네. 전화 주세요."

하연은 태환의 차가 떠나는 것을 지켜본 후에야, 호텔 로비로 들어섰다. 엘리베이터로 걸어가는데 뒤에서부터 누군가 그녀를 불렀다.

"하연아."

그녀는 걸음을 멈추고 소리가 난 쪽으로 고개를 돌렸다.

"선배님?"

그곳엔 편한 옷으로 갈아입은 재호가 서 있었다. 방금 샤워를 마쳤는지, 물기가 남은 머리가 자연스럽게 이마 위로 흘러내려 있었다.

그런데 방금 선배님이 나를 '하연아'라고 부른 거야?

의대 선후배 사이일 때는 편하게 이름을 불렀지만, 그녀가 인턴이 되고 나서부턴 깍듯이 '유 선생'이라고 불러주던 재호였다. 그랬던 그가 갑자기 이름으로 그녀를 부른 것이다.

혹시 잘못 들었나? 하연은 미간을 좁히며 고개를 갸우뚱거렸다.

"여기서 뭐 하세요?"

"어. 잠이 안 와서……."

재호는 말을 잇는 대신 고갯짓으로 로비 중앙을 가리켰다. 마침 로비에서는 피아노 연주가 펼쳐지는 중이라, 잔잔한 음률이 실내를 가득 메우고 있었다.

"피아노 연주를 감상하면서 차나 한잔하려고 했어."

"민성 오빠는요?"

"민성 씨는 피곤하다고 그냥 룸에 있겠대. TV 보다가 자겠다고."

하여간 제일 듬직한 체격을 가졌으면서도 민성은 어디를 가든지 가장 먼저 나가떨어졌다. 못 말린다는 표정으로 고개를 좌우로 흔들던 하연의 눈에 문득 재호의 어두운 표정이 들어왔다.

잠들기 힘든 이유는 잠자리가 바뀌어서라기보다는 너무 피곤해서일지도 모르겠다. 하연은 한 발짝 가까이 다가서며 걱정스러운 얼굴로 물었다.

"피곤해서 잠이 안 오는 건 아니고요? 오늘 제법 많이 걸었잖아요. 죄송해요. 오늘 아침 일찍 도착해서 힘드셨을 텐데, 제가 괜히 야시장에 가자고 해서……."

"아니, 그 정도야 뭘. 병원에서는 매일 발바닥에 땀이 나게 뛰어다니는걸. 거기에 비교하면 걷는 것쯤이야 아무것도 아니지. 그러는 너야말로 피곤하지 않아?"

"아뇨. 전 하나도 피곤하지 않아요. 제가 체력 하난 끝내주잖아요."

"그래."

하연이 씩씩하게 대답하자, 재호는 가벼운 미소를 지으며 가볍게 고개를 끄덕였다.

—그러는 너야말로 피곤하지 않아?

방금도 재호는 '그러는 유 선생이야말로 피곤하지 않아?'라고 하지 않고 '너'라고 호칭했다. 뭐랄까? 유 선생이라고 불러줄 때보다 좀 더 친근하게 느껴진다고나 할까? 외국에 나와서인지 긴장감이 조금은 느슨히 풀리는 느낌이었다.

하연을 빤히 바라보던 재호가 지나가듯 가볍게 물었다.

"그럼 우리 간단하게 칵테일이라도 마실까?"

"네, 선배님. 좋아요."

길이 어긋나는 바람에 그를 먼저 호텔로 돌아가게 해서 미안하던 참이었는데, 마침 잘됐다! 하연은 환하게 웃으며 흔쾌히 동의했다.

"그럼 전망 좋은 곳으로 갈까?"

두 사람은 꼭대기 층에 있는 스카이라운지로 자리를 옮겼다.

"오늘은 코스모폴리탄 마실 건가? 아니면 피나 콜라다?"

"코스모폴리탄이요."

"그래. 그러면 난 마티니로 하지."

지금까지는 무심코 넘겨버리곤 했는데 이제 보니 재호는 그녀가 마시는 칵테일을 일일이 기억하고 있었다. 관심이 있어서라기보다는 그녀의 다양하지 않은 칵테일 취향 때문이겠지만.

잠시 후, 웨이터가 칵테일을 들고 테이블로 돌아왔다.

"음, 여기 칵테일은 좀 센 편이네요."

"그래?"

두 사람은 칵테일 잔을 앞에 두고 이런저런 평범한 일상적인 대화를 나누었다. 대화가 점점 심각해진 건, 하연이 두 번째 잔으로 피나 콜라다를 주문하고, 재호가 두 번째 마티니 잔을 반쯤 비웠을 때쯤이었다.

"가끔은 말이지……."

창밖으로 보이는 화려한 야경을 내다보던 재호가 툭 던지듯 말을 꺼냈다.

"그때 왜 내가 너보다 먼저 뛰어들지 않았을까……자책할 때가 있어."

자세히 설명하지 않아도 무슨 이야기인 줄 알기에 순간 하연의 얼굴이 굳어졌다. 재호는 하연 쪽으로 천천히 고개를 돌렸다.

"……그때 내가 너보다 훨씬 더 가까이에 있었잖아. ……내가 먼저 막았더라면 손목을 다치지 않았을지도 모른다는……. 그랬더라면 너는 아직 하얀 가운을 입고 환자를 돌보고 있었을 텐데……. 뭐, 그런 생각이 들곤 해."

재호는 조금은 서글픈 표정으로 칵테일 잔을 입에 가져갔다. 만약에 그랬다면 하연은 계속해서 그의 옆에 남았을지도 모른다. 남녀 관계가 아닌 동료 관계로서라도.

하연이 병원을 떠난 후에도, 감정을 내보일 수 없던 이유 중 하나는 그녀를 구하지 못했다는 죄책감 때문이었다. 환자를 돌본다면서 가장 소중한 이를 지키지 못한 그 자신을 향한 실망감 역시 포함돼 있었다.

"선배님!"

하연은 어쩔 줄 모르는 눈으로 재호를 바라보았다. 그가 그런 생각을 하고 있을 줄은 상상도 하지 못했다.

"왜 그런 생각을 하세요. 그건 단지 사고였는데……. 그건 아무도 예상할 수 없었던 사고였어요."

분명 누구의 잘못도 아닌 단순한 사고일 뿐이었다.

3년 전, 새벽 3시가 넘은 시각, 가정 폭력을 당한 것으로 보이는 모녀가 119에 실려 응급실로 들어왔다. 30대 중반으로 보이는 여인은 크게 얻어맞았는지 얼굴 한쪽이 퉁퉁 부은 상태였고, 5살 남짓해 보이는 딸은 날카로운 물체에 긁힌 것처럼 찢어진 팔다리에서 피가 흘러나오고 있었다.

마침 야근 중이던 하연이 모녀를 맡게 되었다. 치료 내내 서럽게 흐느끼던 아이의 엄마는 충격으로 정신을 잃었고, 재호가 급한 호출을 받고 응급실로 내려왔을 때 사고가 일어났다.

경찰서에 끌려갔다 조사받고 풀려나온 남편이 응급실로 쳐들어와 모녀를 찾아 헤맨 것이었다. 재호에게 진찰받던 아내를 발견한 남자는 벌겋게 충혈이 된 눈으로 달려들었다.

—이년이 하늘 같은 남편을 신고하더니, 이제는 외간 남자
　앞에서 옷을 풀어 헤치고 있어?

한밤중 응급실에선 별의별 일이 일어난다. 가끔은 조직폭력배로 보이는 남자들이 피를 철철 흘리며 실려 들어오기도 하고, 반쯤 정신이 나간 취객이 꼬투리를 잡고 행패를 부리기도 했다.

그날도 고등학생으로 보이는 학생 여러 명이 패싸움하고 여기저기 찢긴 상태로 응급실을 찾았고, 병원에 와서도 분이 풀리지 않았는지 상대방에게 주먹과 발길질을 날리기에 바빴다. 대학 병원의 경비원들은 모두, 그곳으로 달려간 상황이었다.

—그만하세요!

재호는 아내의 머리끄덩이를 잡고 흔드는 남편의 어깨를 잡아 뿌리치듯 떼어놓았다. 그러자 남자는 흰자위를 번득거리며 재호를 노려보았다.

—어쭈, 그새 벌써 둘이 눈 맞았나 보네. 의사 양반. 이년이

마음에 드나 봐? 어?

—보호자분, 진정하세요. 지금 아내분은 쇼크 상태입니다. 계속 이러시면 상태가 위험해질 수 있습니다.

—하! 뭐? 위험해져? 이젠 하다 하다 의사가 협박을 다 하네.

남자는 간헐적 폭발 장애를 가지고 있었다. 분노로 인해 이성이 마비된 상태에서는 아무런 충고도 귀에 들어오지 않았다.

—으아아앙!

그때 겁먹은 얼굴로 엄마와 아빠를 바라보던 아이가 결국 울음을 터뜨리고 말았다. 아이의 울음소리에 남자는 인상을 찌푸리며 두 손으로 귀를 틀어막았다.

—시끄러워. 조용히 좀 못해! 왜 맨날 울고 난리야!

그래도 아이가 울음을 멈추지 않자, 남자는 순식간에 옆에 놓아둔 메스를 집어 들었다. 그리고 순식간에 메스를 휘두르며 자신의 딸에게 달려들었다. 마침 가까운 곳에 있던 하연이 부리나케 달려와 아이를 감싸고 바닥에 쓰러졌다. 남자의 메스는 아이의 얼굴 대신 하연의 손목에 찍혔다.

"음."

메스가 살갗에 꽂히던 순간의 느낌은 어제 일처럼 생생하게 전해졌다. 손목이 타들어가는 느낌에, 하연은 아랫입술을 깨물며 왼손으로 오른손 손목을 꾹 내리눌렀다.

솔직히 말하면, 그 사고를 떠올리는 것만으로도 숨 쉴 수 없을 정도로 가슴이 뻐근해졌다. 하지만 아파한 사람은 그녀만이 아니었나 보다. 재호의 고통을 담은 두 눈이 그녀를 향하고 있었다.

"내가 좀 더 빨리 행동했었더라면……. 내가 아이를 안고 너를 옆으로 밀쳐냈더라면……. 미안하다. 정말 미안……해."

"선배님."

그의 슬픈 눈동자를 보는 순간, 손목의 아픔은 연기처럼 사라져버렸다. 하연은 자신도 모르게 두 손을 뻗어 테이블 위에 놓인 재호의 손을 감쌌다.

"선배님의 손이 어떤 손인 줄 알아요? 수백 명의 생명을 살린 손이에요. 그날 저 대신 선배님이 다쳤다면……."

하연은 인상을 쓰며 세차게 고개를 흔들었다.

"상상하는 것만으로도 끔찍해요."

"난 그때 널 지켜줬어야 했어."

"아니요. 그렇지 않아요. 그건 사고였어요. 누구의 잘못도 아니라고요. 그리고 제가 한 행동은 선배님이 아니라 제가 책임져야 해요."

그 사고로 신경을 다쳐서 메스를 들 수 없게 되었지만, 후회하지는 않았다. 다시 과거로 돌아간다고 해도 자신은 같은 행동을 할 거라고 믿었다.

잠자코 하연을 마주 보던 재호는 길게 한숨을 내쉬고는 창밖으로 고개를 돌렸다.

어두운 창밖을 바라보며 생각에 잠겼던 그가 이윽고 하연에게로 시선을 옮겼다.

"의사를 그만두고 배우 하니까 어때? 생각해보니, 지금까지 한 번도 물어본 적이 없더군."

"음……. 나쁘진 않아요. 병원에 있을 때와 비교하면 180도 다른 환경이라서 적응하기가 쉽지 않았지만, 또 한편으론 그래서 더 마음이 편했어요."

굳었던 재호의 표정이 서서히 부드러워졌다.

"행복하다는 말로 들리는군."

"네. 그런 거 같아요."

"차태환 대표 때문에 행복한 것도 있겠지."

"아……."

술기운이라고 하기엔 너무도 급작스럽게 하연의 얼굴이 빨갛게 물들어버렸다.

저렇게 좋아하는 티를 내버리면 아무 말도 할 수 없는데……. 재호는 씁쓸하게 웃으며 칵테일을 한 모금 들이켰다.

"……쉽지 않은 남자야."

"알아요."

"그런데도 끌려?"

"이상하죠. 아빠처럼 포근하고 편한 사람이 이상형이라고 노래를 불러놓고. 현실은 아빠와 정반대인 남자에게 끌리네요."

"그렇군."

재호는 모호한 미소를 머금으며 칵테일 잔을 들어 올렸다.

어쩌면 크게 걱정하지 않아도 될지 모르겠다. 하연은 강하니까 쉽게 무너지진 않을 것이다. 그녀가 흔들릴 때, 그때 옆에서 잡아줘도 늦진 않겠지. 지금은 그녀의 선택을 존중해야 한다.

말없이 칵테일 잔을 내려다보던 재호는 단번에 잔을 비웠다.

19. 여기서 자고 가요!

다음 날, 재호는 저녁 장소에 나타나지 않았다. 대신 전화를 걸어 공항에 있다고 알렸다.

"선배님, 주말까지 계신다고 하지 않으셨어요?"

[응, 그랬는데. 담당 환자 상태가 안 좋다는 연락이 와서. 정 교수님께만 수술을 맡길 순 없을 것 같아.]

"원장님이 오랜만에 쉬고 오라고 하셨다면서요."

[쉬는 거야 나중에 쉬면 되지. 약속 못 지켜서 미안해. 서울에서 보자.]

재호가 급한 수술 때문에 한국으로 돌아간다는 말에 상원과 민성은 이렇다 할 반응을 보이지 않았다. 계속해서 되풀이되던 일이기에 그리 특별할 것도 없었다. 태환만 무언가 생각에 잠긴 얼굴을 하더니, 이내 쓴 미소를 떠올렸다.

"한 선생다운 대답이군요."

"네? 무슨 대답이요?"

하연의 질문에 태환은 의미심장한 미소만 지을 뿐이었다.

그 다음 날인 토요일에도 일정이 빡빡하게 잡혀 있는 태환은 저녁에만 얼굴을 볼 수 있었다. 물론 두 사람 옆에는 상원과 민성이 함께였다. 일요일 오전, 하연과 태환은 홍콩 공항에서 만나 함께 아침을 먹고, 각각 다른 비행기로 한국으로 돌아갔다.

하연은 월요일 아침 일찍, 촬영장으로 복귀했다. 제작진 모두 며칠간의 휴식 덕분에 에너지를 충전한 듯 활기찬 모습으로 서로를 맞이했다. 쑥스러운 얼굴로 뒷머리를 긁적거리며 나타난 성욱만 빼고는…….

그는 도저히 하연의 눈을 똑바로 바라볼 수 없는지, 고개를 숙인 상태로 그녀의 시선을 피했다.

"미안해요, 하라 씨. 그날은 너무 경황이 없어서 제대로 사과도 못 했네요. 우리 일에 하라 씨를 끌어들여서 정말 미안합니다. 정애도 대신 사과해달라고 부탁했어요."

예전 같으면 유난 떨며 비밀 연애하는 두 사람을 이해 못 했겠지만, 지금은 달랐다. 하연 역시 남들 눈을 피해 만나느라 언제나 살얼음판을 걷는 기분이었으니까. 그래서 하연은 한마디 하는 대신 진심으로 성욱의 상태를 걱정해주었다.

"다친 얼굴은 어때요? 괜찮아요?"

"네. 이젠 부기도 다 가라앉았고 멍도 메이크업으로 가려질 정도로 연해졌어요."

"정말 다행이네요."

성욱은 넋이 빠진 표정으로 고개를 절레절레 흔들었다.

"차 대표님, 폭발하면 엄청나다는 건 알았지만, 그날은 정말 무서웠어요. '지옥에서 온 제작자'라는 별명이 왜 붙었는지 알겠더라고요. 대표님 눈에서 완전 레이저 빔이 쫘악 나오는 줄 알고."

"큭."

성욱의 과장된 표현에 하연은 짧게 웃음을 터뜨렸다.

"그래도 정애 씨는 눈을 부릅뜨고 '배우의 얼굴은 생명'이라면서 따지던데요?"

"정애. 걔가 겁이 좀 없는 편이라서……."

"두 사람에 관해서 입 딱 다물고 있을게요. 걱정하지 말아요."

"그렇게 해주면 고맙죠. 나도 하라 씨와 대표님 사이, 입 딱 다물겠습니다."

"네?"

하연이 그게 무슨 말이냐는 듯 바라보자, 성욱은 입가를 쭉 늘리며 씨익 웃었다.

"내가 눈치 하나는 둘째가라면 서럽거든요. 우리 둘 다 비밀로 하면 되겠죠?"

성욱은 하연이 뭐라고 변명할 기회도 주지 않고 자신의 자리로 돌아가버렸다. 하연은 멍한 표정으로 자리에 풀썩 주저앉았다. 뭐지? 사람들이 벌써 눈치챘나?

그녀는 의심 어린 눈으로 주위를 둘러보았다. 제작진 모두 촬영 준비로 바쁘게 뛰어다녔지만, 왠지 모르게 누군가 그녀를 유심하게 지켜보고 있다는 불안감이 들기 시작했다.

하연은 해외 촬영을 떠나기 전까지 조심해야겠다고 속으로 거듭 다짐했다.

[어떡하죠? 김 대표님이 급한 일이라고 해서, 가봐야 해요.]

하연의 풀 죽은 목소리가 휴대폰 너머로 흘러나왔다. 촬영이 끝나는 대로 함께 저녁을 먹을 계획이었지만, 상원이 갑자기 하연을 찾는 관계로 틀어지고 말았다.

태환은 손목시계로 시간을 확인했다. 저녁을 함께할 수는 없지만 잠깐이라도 얼굴을 보면 될 것이다.

"괜찮아요. 일 끝나고 보면 되니까."

[네. 그럼 끝나는 대로 전화할게요.]

통화를 끊은 태환이 테이블에 휴대폰을 내려놓으려는데 갑자기 벨이 울리기 시작했다.

화면으로 발신자를 확인한 태환은 한숨을 내쉬며 마지못한 얼굴로 통화 버튼을 눌렀다.

상원이 하연을 부른 곳은 남산 중턱에 있는 고급 레스토랑이었다. 하연이 특실로 들어서자, 먼저 와서 기다리던 상원이 자리에서 일어섰다. 그 옆에는 놀랍게도 차한근 회장이 앉아 있었다.

"미안합니다. 갑자기 연락해서. 계약서에 사인도 했으니 함께 저녁이나 했으면 해서요."

"아니에요. 불러주셔서 감사합니다."

하연은 상냥한 미소를 지으며 상원의 옆에 앉았다.

"올 손님이 한 명 더 있습니다. 이번 계약에 큰 도움을 준, 막내 녀석을 불렀는데 실례가 아니라면 함께 식사했으면 합니다만."

막내라면 전세린 씨의 자녀? 아들인지 딸인지도 모른다는?

하연과 상원은 서로 호기심 어린 눈빛을 교환했다.

그때 똑똑, 노크 소리가 들렸다.

"아, 왔나 봅니다."

문이 열리고 뒤에서부터 익숙한 목소리가 들려왔다.

"무슨 일입니까?"

저 목소리는? 하연의 미간이 저절로 좁아졌다.

"이런 식으로 일방적으로 부르시면 곤란……!"

순간 목소리가 멈췄다. 동시에 하연의 고개가 천천히 뒤쪽으로 돌아갔다. 그곳엔 태환이 믿을 수 없다는 표정으로 제자리에 굳어버린 듯 서 있었다.

태환 씨가 왜 여기에? 하연은 이해할 수 없다는 표정으로 태환과 차 회장을 번갈아 바라보았다. 혹시 회장님이 말한 막내가 태환 씨?

설마…….

아직 하연의 머리로는 두 사람이 부자 관계라는 사실을 도저히 받아들일 수 없었다. 아니겠지? 아닐 거야.

그러나 대답해줘야 할 당사자는 그녀의 시선을 피한 채, 이글거리는 눈으로 차 회장을 노려보고만 있었다. 태환보다 매서운 눈빛을 가진 사람은 세상에 없을 거라고 생각했는데 차 회장도 만만하지 않았다. 두 남자의 서늘한 시선이 허공에서 강렬하게 부딪쳤다. 먼저 눈길을 거둔 건 차 회장이었다.

그는 입가에 미소를 떠올리며 자신의 옆자리를 손으로 가리켰다.

"건물 안 무너진다. 그렇게 서 있지 말고, 이리 와서 앉아라."

그제야 태환은 하연과 상원에게 까딱 고개를 숙여 인사하고 차 회장 옆으로 걸어갔다. 태환이 자리에 앉을 때까지 기다린 차 회장은 모두를 향해 환하게 웃어 보였다.

"모두 잘 아는 사이니까 따로 소개할 필요는 없겠군요. 그렇지 않습니까?"

틀린 말은 아니었다. 하지만 하연과 상원은 태환이 차 회장의 아들이라는 사실은 전혀 몰랐다. 갑자기 그동안 '그에 관해서 제대로 아는 게 과연 있었을까?'라는 의문이 들었다. 배신감까지는 아니지만, 섭섭한 감정이 드는 건 어쩔 수 없었다.

하연은 말없이 차 회장을 잠시 바라본 후, 옆에 앉은 태환에게로 시선을 돌렸다. 그는 아까와 마찬가지로 하연의 시선을 피한 채 앞을 바라보며 일자로 입을 다물고 있었다.

"그러면 방금 차 회장님이 말씀하신 그 막내……."

어색한 침묵을 깨려 아무 말이나 꺼냈던 상원은 태환의 험상궂은 표정에 슬그머니 말꼬리를 흐렸다. 잘못한 것도 없는데 상원은 괜히 마음을 졸이며 가만히 고개를 숙였다.

세상에나! 차태환 대표가 재벌 3세였다니. 이거 완전히 심각하게 대박이다!

상원은 마른침을 꿀꺽 삼키며 옆에 앉은 하연을 힐끗 훔쳐보았다. 그녀도 상원만큼이나 적지 않게 충격을 받은 듯했다. 무릎 위에 놓인 그녀의 손이 바르르 떨리고 있었다.

지금 여기서 차 회장만 유일하게 아무렇지 않은 것 같았다. 그는 부드러운 미소를 띤 채 말을 꺼냈다.

"홍보 모델 후보로 누구를 뽑을까 고심하다가, 태환이에게 정하라 씨에 관해서 넌지시 물어봤죠. 지금까지 홍보 모델로 배우를 선택한 적이 없어서 우리에게도 약간은 모험이었으니까요. 만약에 태환이가 반대했더라면 이번 건은 백지화했을 겁니다."

자신에 관한 말이 나오는데도 태환은 표정 하나 바꾸지 않고 느릿하게 눈만 깜빡였다. 바로 저런 모습을 보고 포커페이스라고 할 것이다. 무슨 생각을 하고 있는지 전혀 가늠이 안 되는 태도.

차 회장은 고개를 돌려 잠시 태환을 바라본 후, 계속해서 말을 이었다.

"태환이는 영화 촬영 일정과 겹치지만 않는다면 상관없다고 하더군요."

그 말은 태환이 F.T.R.그룹이 하연에게 홍보 모델을 의뢰하기 훨씬 전부터 모든 것을 알고 있었다는 소리였다. 그런데도 그는 한마디도 하지 않았다. 태환은 끝까지 아무런 표정 변화 없이 앞을 바라보았다. 그 모습이 너무나도 차가워, 마치 다른 사람을 보는 것만 같았다.

"차태환 대표가 제 아들이라는 건 비밀로 해주기 바랍니다."

"물론입니다, 회장님."

"요즘 세상이 워낙 어수선해서 말입니다. 하하하."

상원이 즉각 대답하자, 차 회장은 하연에게 고개를 돌리며 크게 웃음을 터뜨렸다. 입은 웃고 있었지만, 눈은 웃고 있지 않았다. 어째서인지 하연은 그 미세한 차이를 느낄 수 있었다.

"배경만 보고 날아드는 불나방이 주위에 너무 많아요. 태환이 위로 형이 둘 있는데, 곤란한 일이 종종 생겼죠. 소문나지 않게 몰래 떼어내느라, 고생 좀 했습니다. 태환이는 그런 몹쓸 일을 당하지 말아야 할 텐데……. 하하하, 그래서 신경을 좀 곤두세우는 중입니다. 태환이만큼은 내 아들이라는 걸 아무에게나 알리지 않는 이유도 그래서이고."

"회장님!"

도가 지나친 표현에 태환은 포커페이스를 깨뜨리며 눈살을 찌푸렸다. 그러나 차 회장은 넉살맞게 웃으며 손바닥으로 태환의 어깨를 툭툭 두드렸다.

"회장님은 무슨? 아버지라고 불러."

태환은 화를 참는 듯 숨을 들이켰다. 그리고 빠르게 입을 열었다.

"사적인 이야긴 하지 말고 사업에 관한 이야기만 하죠."

"네가 내 아들이란 걸 말하지 않은 이유를 설명은 해야지. 그게 예의 아니겠냐. 안 그렇습니까, 김 대표?"

"아……."

차 회장과 태환 중에서 누구의 비위를 맞춰야 할지, 머리를 굴리던 상원은 급히 차 회장에게 동의했다. 여기서 제일 연장자는 차 회장이니까.

"네, 회장님."

상원이 자기 뜻에 동의하자, 차 회장은 승리의 미소를 지으며 말을 이었다.

"연예계가 워낙 유혹이 많은 곳이라서 말입니다. 처음 태환이가 영화를 한다고 했을 때 얼마나 반대했는지 모릅니다. 하지만 고집이 대단해서 꺾을 수가 있어야죠. 결국 내 아들이라는 사실을 숨기는 조건으로 허락했답니다."

"그러셨군요."

상원은 알겠다는 듯 고개를 끄덕였지만, 하연은 그럴 수 없었다. 이성적으로 냉정하게 판단하려고 해도 자꾸만 기분이 나빠지는 건 어쩔 수 없었다.

태환이 재벌 3세라는 사실을 숨긴 이유는 어렵지 않게 짐작할 수 있었다. 배경만 보고 접근하는 여자를 피하고자 방어벽이 필요했을 것이다. 충분히 이해할 수 있었다. 그러면 하연에게까지 철저하게 비밀로 한 이유는 무엇 때문이었을까? 서로 마음을 털어놓은 후, 원한다면 밝힐 기회는 여러 번 있었는데도.

끝까지 말하지 않을 속셈이었을까? 왜? 시험하기 위해서? 아니면 헤어질 경우를 대비해 쉽게 떼어내기 위해서? 뭐가 됐던 솔직하지 못한 건 사실이다.

하연은 계속해서 자신의 눈길을 피하는 태환을 집요하게 바라보았다. 눈을 들여다보면 조금이나마 그의 속마음을 읽을 수 있을 거라는 기대 때문에……. 그러나 태환은 끝내 하연을 바라보지 않았다.

적극적으로 대화에 끼어들지도 않았다. 차 회장의 물음에 짧게 '예', '아니오.'로만 대답했다.

결국 차 회장은 태환을 대화에 끌어들이는 것을 포기하고 하연에게도 별 의미 없는 질문을 던졌다. 그녀는 대부분 단답식으로만 대답했다. 상원만 열심히 차 회장과 토론에 가까운 대화를 활발히 나누었다.

"……그래서 말입니다, 이번 기회에 제대로 해볼 생각입니다."

"와, 정말 대단하십니다, 회장님."

두 사람의 영양가 없는 대화를 건성으로 들으며 하연은 묵묵히 앞에 놓인 접시를 비워나갔다.

아, 이런 분위기 정말 싫은데…….

음식물이 목구멍에 걸린 듯 답답해 그녀는 벌컥벌컥 물을 들이켰다. 어색한 분위기에서의 식사는 정말이지, 사양하고 싶었다.

식사를 마치고, 하연과 상원은 먼저 자리에서 일어났다. 함께 일어나려는 태환을 차 회장이 오랜만에 차나 한잔 하자며 붙잡았다. 태환은 못마땅한 표정을 지었지만 거절하진 않았다.

그가 다시 자리에 앉자, 레스토랑 매니저가 직접 수레에 차를 담은 주전자와 다과를 싣고 특실 안으로 들어섰다. 서빙을 마친 매니저가 방에서 걸어나가자, 태환은 찻잔을 입으로 가져가며 먼저 말을 꺼냈다.

"만약에라도 영화계에 제 신분이 알려지게 된다면 가만히 있지 않을 겁니다."

차 회장은 아들의 경고는 하나도 무섭지 않다는 듯 입꼬리를 말았다.

"네 녀석이 가만히 있지 않으면 어쩔 거냐?"

"아버지!"

"걱정하지 마라. 김상원 대표, 입이 무거운 사람이다. 정하라도 믿을 만하고."

"어떻게 단정하십니까?"

"내가 사람 보는 눈 하난 있거든. 그나저나 그동안 친해졌을 만도 하거늘, 정하라를 대하는 태도가 그게 뭐냐? 시선도 마주치지 않고 화난 사람처럼 뚱한 표정으로 앉아서는……. 쯧쯧쯧."

뱃속에 능구렁이 백 마리를 품은 얼굴로 차 회장이 은근슬쩍 태환의 속을 떠보았다. 모르는 척, 심기를 긁어대는 차 회장에게 태환은 애써 냉정함을 유지했다. 지금 여기서 감정을 나타내면 아버지와의 싸움에서 지는 거니까.

"전 여배우와는 사적으로 친분을 쌓지 않습니다."

"그래?"

“잘 아시면서 왜 물으세요?”

차 회장은 계속해서 아무것도 모르는 척 능글맞은 웃음을 지으며 말을 이었다.

“참, 아쉽단 말이지. 배우가 아니라, 의사였다면 며느릿감으로도 손색없었을 텐데. 부친이 유영찬 박사라잖아.”

제길! 태환은 속으로 작게 욕설을 내뱉었다. 그 말은 전직 의사였든 뭐였든 간에 절대로 안 된다는 뜻이기에…….

“아, 아니다. 너, 이미 마음에 둔 여자가 있다고 했었지? 그 여자도 의사라고 했었나? 써전?”

차 회장은 태환의 얼굴을 빤히 바라보며 미묘한 표정의 변화를 찾으려 애썼다. 하지만 태환은 끝까지 그의 도발에 말려들지 않았다.

“노코멘트하죠. 더 이상 제 결혼 독촉하지 않겠다고 하셨잖아요.”

“그 여자와 결혼하게 되면 그렇다는 거지. 그런데 지금 네 꼴을 보니까 올해는 고사하고 내년에도 결혼 못 할 것 같아.”

“그래서요?”

“별수 있나. 올해 안으로 그 의사와 결혼하지 못하면 내가 직접 신붓감을 찾아 나설 수밖에.”

차 회장은 날카로운 눈으로 태환의 표정을 살폈다.

“아버지!”

드디어 태환이 참지 못하고 버럭 언성을 높이자, 차 회장은 귀찮다는 듯 손을 내저었다.

"그러니까 뒤에 숨겨놓지 말고 내 앞으로 데려와."

태환은 아무 대꾸도 하지 않고 자리에서 일어났다. 차 회장과 계속 말싸움을 해봤자, 끝이 없을 테니까.

"전 이만 가보겠습니다."

그는 허리를 숙여 인사한 후, 그대로 방을 나섰다.

"녀석."

차 회장은 아들의 뒷모습을 바라보며 고개를 내저었다. 노코멘트 같은 소리 하네. 이미 데려왔지만, 그녀가 내 여자라고 말하지 못하는 것뿐이겠지.

앞으로 촬영할 광고는 많을 테고, 그때마다 두 사람을 앞에 놓고 압박할 계획이었다. 그렇다면 아마도 정하라 쪽에서 먼저 떨어져 나갈 가능성이 컸다.

상대 가족에게 환영받지 못한다는 건 그리 썩 기분 좋은 일은 아닐 테니까. 그뿐인가. 두 사람의 관계까지 비밀로 해야 했다. 무척 자존심이 상할 테지. 지금까지 공주님처럼 대접받고 지냈을 텐데…….

강하게 밀어내지 않고 가랑비에 옷이 젖듯이 서서히 멀어지게 하면 될 것이다. 차 회장은 회심의 미소를 띠며 찻잔을 입으로 가져갔다.

"대박, 진짜 대박이다."

돌아오는 차 안에서 상원은 계속 혼잣말처럼 투덜거렸다.

"함께 작업하는 사람 중에서도 송 감독이랑 아주 친한 몇몇 빼곤 다들 모른다는 소리잖아. 아니, 어떻게 그걸 감쪽같이 숨겼대?"

"……그러게요."

연예계처럼 빨리 소문이 퍼지는 곳도 드물 텐데…….

"재벌 3세인 걸 모르면서도 차 대표에게 매달리는 여자들이 한둘이 아닌데, 배경까지 알게 되면 난리가 나겠네."

금시초문이었다. 매달리는 여자가 많아?

하연은 전혀 의외라는 표정으로 상원을 바라보았다. 상원은 빨간불에 차를 세우고 하연에게로 고개를 돌렸다.

"몰랐어? 저번에 배시아가 작정하고 차 대표에게 덤볐었는데. 배시아뿐인가? 황지현도 은근히 감정이 있었던 모양이야. 그런데 차 대표는 웬만하면 여자와 단둘이 있으려고도 안 하잖아. 괜히 뒤에서 이상한 소문이 들릴지도 모른다면서."

상원은 대단한 것을 알아낸 것처럼 크게 고개를 끄덕거렸다.

"무슨 모임에 속한 여자들만 사귄다고 하더라고. 상류층 짝짓기 사교 모임 같은 거 있잖아. 난 아무리 성공한 영화 제작자라지만, 재벌도 아니면서 어떻게 그런 사교 모임에 들어갔나 의아해했었지. 역시 그런 이유가 있었군. 끼리끼리 논다고."

"……그래요."

상류층 사교 모임이라니. 왠지 다른 세계의 이야기 같았다.

"하여간 오늘 민성이 안 온 게 다행이다. 아는 사람이 적을 수록 좋겠지. 하연아, 오늘 일 비밀로 해야 하는 거 알지?"

"그럼요."

신호가 파란불로 바뀌자, 상원은 가속 페달을 밟으며 앞으로 고개를 돌렸다.

"재벌이라고 다 좋은 건 아니야. 겉으론 화려해 보일지 몰라도. 속을 들여다보면 그 반대인 경우도 많거든. 그랬단 말이지. 전세린의 아들이라……."

별장에서 본 태환의 어머니 사진이 유독 낯이 익었던 이유는 배우였기 때문이었다. 자신도 모르게 전세린의 사진을 어디에선가 봤던 게 틀림없었다.

"후우."

갑자기 상원의 입에서 긴 한숨이 쏟아져 나왔다. 이번에도 하연은 의아한 눈으로 상원을 바라보았다. 그는 뭔가를 아는 사람처럼 어두운 표정이었다.

"전세린 아들이라고 하니까 차 대표가 좀 짠하게 느껴지네. 베일에 가려져 있던 인물을 막상 두 눈으로 보게 되니까, 뭐랄까……."

"베일에 가려진 인물이요? 아니, 유명 배우의 자식이라는 게 뭐, 그 정도까진……."

"사실은…… 사고가 아니라 자살이라는 말이 돌았거든."

그녀의 말을 중간에 끊어버리며 상원이 침통한 목소리로 말했다. 자살이란 말에 하연의 눈동자가 충격으로 커다래졌다.

"한창 잘나갈 때 결혼과 동시에 은퇴했잖아. 그 후로 몇 번이나 컴백하려고 했는데 그때마다 차 회장이 반대했다는 소문도 있었고. 우울증이 심해서 병원에 입원했다는 소문도 있었고. 그러다 사고로 사망하니까……."

"저번에는 왜 그런 이야기 안 해주셨어요?"

"뭐, 좋은 소리라고 그런 거까지 일일이 말하겠어. 전세린이 자살할 때, 아이와 함께 죽으려고 했다는 말도 있었다고. 그땐 지금처럼 인터넷이 발달한 시대가 아니니까 그렇게 소문으로만 돌다가 사라졌지. 지금이었으면……."

—자살할 때, 아이와 함께 죽으려고 했다는 말도 있었다고.

그 말 이후로 하연의 머릿속에는 아무 말도 들어오지 않았다. 저 멀리서 웅얼웅얼 상원의 목소리가 퍼질 뿐이었다.

"전세린이 어머니라서 그런가? 어쩐지……. 차 대표, 보기만 해도 숨이 탁 막히게 사람을 홀린다 했어. 역시 피는 못 속이네."

너무해. 도대체 어떤 부모가 자식을 데리고 자살하려고 할까? 말도 안 되는 소문일 것이다. 그저 남 이야기하기 좋아하는 사람들이 만들어낸 허황된 이야기에 지나지 않을 것이다. 듣는 것만으로도 이렇게 마음이 아픈데 당하는 사람은 오죽했을까!

하연은 이를 악물며 무릎 위에 놓인 핸드백을 두 손으로 꽉 움켜쥐었다.

상원은 지하 주차장으로 차를 몰아, 로비로 통하는 엘리베이터 앞에 차를 세웠다.

"아까 차 안에서 내가 한 말, 다 잊고 푹 쉬어라."

"네."

차 문을 닫는 동시에 핸드백 안에 넣어둔 휴대폰이 울리기 시작했다. 태환이었다. 잠시 화면을 노려보던 하연은 통화 버튼을 누르는 대신 휴대폰을 도로 넣어버렸다. 지금 이런 기분으로는 그를 만나고 싶지 않았다. 생각을 정리한 다음, 내일 만나도 늦진 않을 거다.

전화는 핸드백 안에서 몇 번이나 울리다 끊어졌다.

"오늘은 일찍 들어왔네? 저녁은?"

하연이 현관에 들어서자, 거실 소파에 앉아 있던 홍 여사가 자리에서 일어났다.

"먹었어. 엄마, 나 먼저 씻고 나올게."

"샤워하고 나오면, 나 없을 거야. 막 나가려던 참이었거든. 미선이가 남편 출장 갔다고 자고 가란다."

홍 여사는 소파 위에 놓아둔 재킷을 걸치며 말을 이었다.

"아들도 군대 가서 없다고 혼자 도저히 못 자겠단다. 며칠, 미선이네 있다가 올게."

"그래, 알았어."

지금 상태에선 하연에게도 홍 여사가 필요했지만, 괜한 말로 그녀를 걱정하게 할 순 없었다. 하연은 아쉬운 마음을 숨기고 밝은 얼굴로 홍 여사를 배웅했다.

몇 번이나 전화를 걸었지만, 하연은 받지 않았다. 그녀가 얼마나 화가 났을지 짐작이 가기에 태환은 가만히 앉아서 연락을 기다릴 순 없었다. 오늘 대화로 풀지 못한다면, 애간장을 태우며 하얗게 밤을 지새우고 말 것이다.

결국 태환은 무작정 하연의 아파트로 차를 몰았다. 지하 주차장 엘리베이터 앞에 차를 세우고 다시 전화를 걸었다. 하지만 이번에도 신호만 가다가 음성 사서함으로 넘어갔다. 메시지를 남길까 잠시 고민하던 태환은 그대로 전화를 끊었다.

"후우."

집으로 쳐들어갈 수도 없고……. 태환은 두 손으로 운전대를 꽉 움켜쥐고 이마를 기대었다.

얼마나 지났을까?

누군가 차 유리창을 손끝으로 톡톡 두드렸다. 보조석 유리창으로 힘없이 고개를 돌린 태환이 상대를 알아보고 눈을 가늘게 모았다.

"아……."

"역시 차 대표님이셨구나."

보조석의 유리창을 내리자, 홍 여사가 허리를 숙여 차 안을 들여다보았다.

"어쩐지, 차가 눈에 익다 했거든요."

"안녕하세요."

"그런데 이 시간에 무슨 일이에요?"

말로는 그렇게 물었지만, 대답을 듣지 않아도 이미 안다는 듯, 홍 여사는 태환을 향해 생긋 웃어 보였다.

쏴아아아—.

세차게 쏟아지는 물줄기 아래서 하연은 태환을 만나면 무슨 말을 해야 할까, 곰곰이 생각해보았다.

상대가 어떻게 나올지도 모르는 상태에서 혼자 고민하면 무슨 소용이지? 먼저 그가 무슨 말을 하나, 잠자코 들어줘야 하나? 조금은 괘씸했지만, 그에게도 피치 못할 사정이 있었다고 믿고 싶었다.

샤워를 끝내고 실내복으로 갈아입은 하연은 수건으로 머리를 감싼 채로 급하게 거실로 나갔다. 거실 소파 위에 놓아둔 휴대폰이 끊임없이 울리고 있었다. 태환이면 받지 않을 생각이었는데 화면에 뜬 발신자는 홍 여사였다.

무슨 일이지? 하연은 서둘러 통화 버튼을 눌렀다.

"어, 엄마."

[샤워 끝났니?]

"응. 왜?"

[너, 샤워하는 동안 차 대표가 전화했었나 봐. 밑에서 기다리고 있더라.]

"그게 무슨 말이야?"

전혀 예상하지 못한 내용에 하연은 아랫입술을 깨물었다. 전화를 안 받으니까 답답한 마음에 집에까지 찾아왔나 보다.

[지하 주차장에서 만났어. 낯익은 차가 엘리베이터 앞에 세워져 있기에, 차 안을 들여다보니까 차 대표더라고. 방문 차량 자리가 꽉 차서 주차 못 하고 있잖아. 그래서 차 빼면서 내 자리에 주차하라고 했어. 어머, 내 정신 좀 봐. 빨리 끊어야겠다. 곧 너에게 전화할 텐데……]

"어, 엄마. 잠깐만!"

급히 말리려고 했지만, 홍 여사는 서둘러 전화를 끊어버렸다. 하연은 멍한 표정으로 휴대폰 화면을 들여다보았다.

어떡하지? 집 앞까지 찾아온 사람을 돌려보내긴 미안했지만, 지금 이런 기분으론 만날 수 없었다. 뭐라고 거절하지?

하연은 수건으로 머리를 문지르며 초조하게 거실을 왔다 갔다 서성거렸다. 그런데 전화가 와야 거절을 하든지 말든지 하지. 아무리 기다려도 태환에게선 전화가 오지 않았다.

분명히 지하 주차장에 있다고 했는데, 얼굴 보러 여기까지 와선 왜 전화를 하지 않는 걸까?

하연은 불길한 눈길로 벽에 걸린 시계로 시선을 돌렸다. 이미 20분이나 지나고 있었다.

이러다 불쑥 올라와서 벨을 누르는 건 아니겠지? 아무래도 직접 두 눈으로 확인해봐야겠다.

하연은 야구 모자를 푹 눌러쓴 후, 대충 점퍼를 걸치고 서둘러 지하 주차장으로 향했다. 홍 여사의 말대로 그녀가 늘 주차하던 곳에 태환의 차가 세워져 있었다. 그러나 차 안은 텅 비어 있었다.

어디 간 거지? 하연은 미간을 찌푸리며 주변을 두리번거렸다. 위로 올라갔나? 엘리베이터가 두 대니까, 서로 길이 엇갈렸을 수도 있겠다.

그러면 잠시 집에 없는 게 나을지도 모르겠다. 냉동고에 아이스크림이 떨어졌던데, 편의점이나 다녀올까? 뒤로 홱 몸을 돌리는데 누군가가 그녀의 앞을 가로막았다.

"엄마야!"

깜짝 놀란 하연은 비명을 지르며 뒤로 한 걸음 물러섰다. 고개를 들자, 태환이 무표정한 얼굴로 그녀를 내려다보고 서 있었다.

그는 머리가 살짝 지끈거려 아파트 단지 내에 있는 약국으로 두통약을 사러 갔다 오는 길이었다. 다시 차로 돌아가 하연에게 전화할 참이었는데, 고양이처럼 주변을 이리저리 살피는 하연을 발견한 것이다. 아무래도 홍 여사가 그가 여기 있다는 것을 하연에게 알려주었나 보다.

가만히 그녀를 내려다보기만 하던 태환이 입을 열었다.

"전화 여러 번 했는데 연결이 안 돼서……."

"아…… 휴대폰이 핸드백 안에 있어서 벨 소리를 못 들었나 봐요. 지, 집에 오자마자 샤, 샤워도 했고."

거짓말하느라 말을 더듬거리는 게 아니라, 깜짝 놀라서 그런 거라고 여겨줬으면…….

"늦었지만, 잠깐 이야기할 수 있을까요?"

"많이 늦었는데, 내일 하면 안 될까요?"

"잠깐이면 됩니다."

'싫어요!'라고 말하고 싶었지만, 상처받은 것 같은 태환의 눈빛이 마음에 걸렸다. 헤어진 지 몇 시간도 안 되었는데, 그사이 아픈 사람처럼 얼굴이 핼쑥해진 건 또 뭐냐고! 지금 여기서 상처받고 아파해야 할 사람은 그녀 자신일 것 같은데, 왜 그가 더 아픈 표정을 하는지 모르겠다.

하연은 작게 한숨을 내쉬며 고개를 끄덕거렸다.

"……알았어요. 먼저 올라갈 테니까, 10분쯤 후에 올라와요, 그럼."

먼저 위로 올라간 하연은 급하게 옷을 갈아입고 간단하게 립글로스를 입술에 발랐다.

화장 안 한 얼굴은 둘째치고라도 머리도 제대로 말리지 않은 부스스한 모습으로 태환과 부딪히다니……. 야구 모자로 가렸으니까 망정이지.

빛과 같은 속도로 머리를 말리고 빗질을 하는데, 도어 벨이 울렸다. 하연은 크게 한 번 숨을 들이마시고, 방을 나가 현관으로 향했다.

"들어와요."

문을 열어준 후, 그녀는 빠르게 주방으로 건너가 컵에 주스를 따랐다. 태환은 거실 한가운데 우두커니 선 채로 그녀를 기다렸다. 하연이 컵을 커피 테이블에 내려놓고 소파에 앉은 후에야 그도 그녀를 따라 소파에 앉았다.

그녀는 말로 권하는 대신 무심하게 태환 쪽으로 주스 컵을 스윽 밀었다. 말없이 컵을 내려다보던 태환이 무거운 목소리로 말을 꺼냈다.

"미안해요. 하지만 속일 생각은 없었습니다. 믿어줘요."

"……알아요."

그가 의도적으로 속였을 것이라곤 생각하지 않았다. 하지만…….

"그래도 먼저 말해줄 생각은 없었겠죠?"

약간은 날이 선 하연의 목소리에 태환은 고개를 들어 그녀를 마주 보았다.

"그건 맞아요."

"언제까지 숨길 생각이었어요?"

"될 수 있으면 끝까지……. 할 수만 있다면 영원히 숨기고 싶었습니다."

하연의 눈동자를 똑바로 바라보며 그는 한마디 한마디에 힘을 주어 말했다.

영원히 숨기고 싶었다는 말은 진지한 관계를 꿈꾸지 않았다는 뜻일까? 진지한 관계로 넘어가는 게 아니라, 연애만 하다가 헤어질 계획이었다는? 사귄다고 모두 결혼까지 가는 건 아니겠지만, 그래도 너무 가볍게만 여기는 건 싫었다.

"그랬군요."

하연은 씁쓸하게 웃으며 두 손으로 주스 컵을 만지작거렸다.

"뭐, 이해는 해요. 그쪽 사람들은 '연애 따로, 결혼 따로'라면서요. 드라마에서나 나오는 이야기인 줄 알았는데, 정말 그렇군요."

"무슨 말입니까?"

태환의 눈꼬리가 위로 올라갔다. 불쾌한 기색이 역력했다.

뭐야? 왜 이 남자가 화를 내는 거야? 하연의 눈꼬리도 그를 따라 위로 올라갔다.

"어차피 나랑은 가볍게 연애만 할 거니까, 끝까지 숨기려고 했던 거잖아요. 지금 그 뜻 아닌가요?"

"뭐? 지금……."

태환은 기가 막힌다는 얼굴로 이마에 흘러내린 앞머리를 거칠게 쓸어 올렸다.

정곡을 찔려서 무안한가? 하연은 그의 시선을 피해 옆으로 고개를 돌려버렸다. 끝까지 숨기고 싶었다는 말이 얼마나 그녀에게 상처가 되는지 그는 모르는 걸까?

"우리 엄마는 그것도 모르고…… 주차할 자리 없다고 걱정해주고."

혹시라도 지하 주차장에서 오래 기다릴까 봐 전화로 알려주기까지 했는데…….

"내가 지금 당신을 장난으로 만나고 있다고 생각하는 겁니까?"

그의 말끝이 여리게 떨렸지만, 하연은 상관하지 않았다.

“그게 아니면요? 끝까지 숨기고 싶었다면서요. 우리 관계를 진지하게 생각했다면 어떻게 끝까지 당신 가족에 관해 숨기려고 한 거죠?”

“그건…….”

“됐어요. 변명하지 않아도 돼요.”

“창피하니까!”

순간 태환은 얼굴을 확 붉히며 언성을 높였다.

“창피해서 숨기고 싶었어. 말하고 싶지 않았다고.”

“말도 안 되는 소리, 하지 말아요.”

재벌 아버지가 창피하다니, 그런 말을 누가 믿는다고! F.T.R. 그룹이 차명 계좌를 쓰다가 들킨 사기꾼 기업도 아니고, 비열하기로 소문난 모 그룹도 아닌데…….

오히려 천억이 넘는 상속세를 깔끔하게 완납하고, 사회 활동도 열심히 하며, 공정한 거래로 나름 좋은 이미지를 가진 기업이었다. 그런데 창피해서라고?

하연은 싸늘한 표정을 지으며 소파에서 몸을 일으켰다. 진실하지 못한 대화라면 시간만 낭비하는 셈이니까.

“피곤해서 이만 자야겠어요. 그만 돌아가주세요.”

그녀가 몸을 돌려 방으로 들어가버리려고 하자, 태환은 다급하게 그녀의 팔을 움켜잡았다.

“내 말 아직 안 끝났어.”

“더 들을 필요 없어요.”

“하연아.”

홍분했는지 그의 입에선 더 이상 존댓말이 흘러나오지 않았다. 태환은 뒤에서부터 그녀를 와락 끌어안았다.

"네가 생각하는 그런 거, 아니야."

어디로도 보내지 않겠다는 듯 그는 그녀를 안은 팔에 힘을 실었다.

"어머니가 돌아가시고 지금까지 한 번도 가족과 함께 마음 편해본 적 없었어. 살얼음판을 걷는 것 같았다고. 너처럼 형제와 쇼핑 간다거나 하는 건 꿈도 꾸지 못 해. 서로 견제하고 헐뜯고 미워하고……. 내가 얼마나 우리 가족을 지긋지긋하게 여기는지 상상도 할 수 없을 거야."

피를 나눈 가족이지만 언제나 타인보다도 멀게 느껴졌다. 온 가족이 한자리에 모일 때마다 숨이 턱턱 막혔다. 자리를 박차고 뛰쳐나가고 싶은 충동과 힘겹게 싸워야만 했다.

"좋아요. 그건 그렇다 치고……."

아까보다는 한풀 꺾인 목소리로 하연이 말했다.

"엄마는 우리 사이 알아도 그냥 모르는 척해주는 거고. 회장님은요? 우리 사이, 조금은 눈치채셨죠? 하지만 우리는 아무 사이 아니라고 딱 잡아떼야 하는 거죠?"

저녁 식사 내내, 하연은 자신을 향하는 차 회장의 눈빛이 평범하지 않다는 걸 알 수 있었다. 그녀를 빤히 쳐다보며 불나방 이야기를 할 때부터, 뭔가 이상하다는 느낌을 받았다.

그녀와 태환을 염두에 두고 일부러 그런 말을 꺼낸 게 분명했다. 일종의 경고랄까?

태환은 아무 말도 할 수 없었다. 스캔들보다 차 회장이 두 사람 사이를 어떻게 훼방 놓을지가 더 두려웠으니까. 그러나 그녀가 배우라서 차 회장이 반대한다는 사실을 털어놓을 순 없었다. 오늘 그가 털어놓을 수 있는 전부는 여기까지였다. 아까부터 지끈거리는 두통의 강도가 점점 더 강해지고 있었다.

"미안해. 정말…… 미안하다."

태환은 하연의 몸을 자신 쪽으로 돌린 후, 숨이 막힐 정도로 세게 끌어안았다. 그럼에도 채워지지 않는 허전함이 그의 어깨를 무겁게 내리눌렀다. 그녀는 반항하지 않았지만, 그렇다고 등 뒤로 팔을 둘러 그를 안아주지도 않았다. 그저 그의 품에 몸을 맡긴 채, 가만히 서 있을 뿐이었다.

그래도 밀어내지는 않았다는 사실에 태환은 안도의 한숨을 내쉬었다. 한순간 그녀가 떠나버릴까 봐, 심장이 철컹 내려앉는 것만 같았다.

이런 적은 처음이었다. 단순히 상대에게 끌리는 감정만은 아니었다. 단지 하염없이 흔들리는 것도 아니었다.

이 감정은…… 그녀가 눈에 보이지 않으면 미친 듯이 찾게 되는 이 행동은…… 그녀가 헤어지자고 할까 봐 가슴이 죄어오듯 답답한 이 반응은…… 사랑해서였다. 그녀를 사랑한다.

태환은 해일처럼 밀려오는 감정을 내리누르며 어금니를 꽉 깨물었다. 지금 같은 순간에 사랑을 깨닫게 되었다니……. 참으로 기가 막혔다.

하연의 어깨에 고개를 숙이며 태환은 자조적인 미소를 떠올렸다. 차마 사랑한다는 말을 입 밖에 꺼낼 수 없었다. 위기를 넘기기 위한 사탕발림이라고 여길 테니까.

지금 두 사람을 둘러싼 상황이 그랬다.

"……으음."

순간 끊임없이 괴롭히던 두통이 걷잡을 수 없이 심해졌다. 태환은 하연을 품에서 놓아주며 한 발 뒤로 물러섰다. 둔기로 머리를 내리치는 것 같은 극심한 통증에 눈앞이 흐릿해졌다.

태환이 고개를 숙이며 두 손으로 머리를 감싸고 낮게 신음을 흘렸다.

"왜 그래요?"

하연이 놀란 얼굴로 가깝게 다가왔다. 태환은 고통을 참기 위해 어금니를 꽉 깨문 채, 초점이 흐릿한 눈으로 하연을 바라보았다.

키안이 노크도 없이 문을 열고 불쑥 들어왔다. 닥터 에릭슨은 돋보기안경을 밑으로 내리며 키안을 힐끔 바라보았다.

"안 본 사이, 얼굴이 왜 그래?"

키안은 대답 대신 한숨을 내쉬며 라운지체어에 털썩 주저앉았다.

"왜? 밤잠 설쳐? 수면제 처방해줄까?"

"수면제가 필요할 정도는 아니에요."

키안은 퉁명스럽게 대답하며 라운지체어에 몸을 기대었다.

"그럼 말고."

닥터 에릭슨은 짤막하게 대답하고 다시금 서류로 시선을 돌렸다. 말없이 천장을 바라보던 키안이 마침내 상체를 일으키며 입을 열었다.

"……태이가 사랑에 빠진 것 같아요."

"그래?"

닥터 에릭슨의 반응이 영 시원치 않자, 키안은 살짝 미간을 찌푸렸다.

"걱정 안 돼요?"

"언젠가는 일어날 일이었는데, 걱정은 뭐……. 눈이 녹으면 질척한 땅이 모습을 드러내겠지만, 결국엔 새싹이 돋을 거야. 한 번은 거쳐야 할 과정이네. 자네가 무사히 넘겼듯이……."

키안은 못마땅한 표정을 지으며 라운지체어에 드러누웠다. 닥터 에릭슨은 볼펜으로 뭔가를 노트에 끄적거렸다.

"10살이란 나이로는 감당할 수 없었을지 몰라도……. 태이도 이제는 성인이잖아. 잘 견뎌낼 걸세."

"……어떤 부작용이 나타난다고 그랬죠?"

"흠, 자네처럼 불면증으로 올 수도 있고, 두통이나 근육통으로 올 수도 있고."

닥터 에릭슨은 돋보기안경을 벗으며 천천히 자리에서 일어났다.

"그러다 결국은 저편으로 밀어두었던 고통과 마주하겠지."

창가로 다가간 닥터 에릭슨은 뒷짐을 지며 창밖 너머로 보이는 센트럴 파크로 시선을 돌렸다.

마지막으로 태환을 봤던 게 언제였더라? 5년 전이었나?

"많이 아파요?"

하연은 소파에 쓰러지듯 무너진 태환을 걱정스러운 눈으로 바라보았다. 칼에 찔리고도 꿋꿋하게 견디던 그였는데 고통이 얼마나 컸는지 말 한마디 하지 못하고 몸을 웅크리고만 있었다. 하연은 태환을 품에 끌어안고 손바닥으로 그의 등을 토닥거렸다.

아까부터 굳은 표정으로 있었던 건, 두통 때문이었나? 아픈 줄 알았으면 날카롭게 밀어붙이지 말걸.

하연은 자신의 행동을 후회하며 태환의 이마에 맺힌 식은땀을 손등으로 닦아주었다. 두통약이 효과가 있었는지 잠시 후, 그가 하연에게서 몸을 일으켰다. 하지만 얼굴색은 여전히 눈에 띄게 창백했다.

"……늦었어. 이만 가볼게."

태환이 소파에서 일어나려고 하자, 하연은 급하게 그의 팔을 잡아당겼다.

"지금 이 상태로 운전하겠다고요? 안 돼요."

태환은 힘겹게 미소 지으며 그녀의 손을 팔에서 떼어냈다.

"괜찮아. 택시 부르면 되니까."

그랬다가 집에 돌아가자마자, 다시 두통이 오면 어쩌려고? 아무도 없이 혼자 지내면서.

태환은 주위에 경쟁자만 있을 뿐, 자신을 돌봐줄 가족은 없다고 말했다. 그런 배경이 창피해서 숨겼다고 말하는 태환을 하연은 절대로 홀로 둘 순 없었다.

말라위에서의 그날 밤, 열에 들떠 끙끙 앓던 모습이 아직도 눈앞에 선한데…….

"안 돼, 가지 마요."

하연은 태환을 따라 일어서며 이번에는 양손으로 그의 허리를 잡았다.

"그러지 말고 여기서 자고 가요!"

태환은 그녀의 말을 잘못 들었다고 생각했는지, 살짝 눈살을 찌푸렸다.

"그게 무슨 말이지?"

"말 그대로예요. 오늘은 여기서 자고 가라고요."

하연은 보내지 않겠다는 듯, 옷자락을 잡은 손에 더욱더 힘을 주었다.

자고 가라는 말을 너무 강하게 했나? 흥분한 바람에 자칫 이상하게 들릴 수도 있다는 사실을 간과하고 말았다.

"오해하지 말아요."

태환이 말없이 쳐다만 보자, 하연은 당황한 얼굴로 말을 이었다.

"옆에서 지켜보겠다는 뜻이에요. 지금 이 상태로는 혼자 둘 수 없으니까."

하연은 얼굴을 붉게 물들이며 손에 잡은 옷자락을 슬그머니 놓아버렸다.

"……걱정하지 마. 오해하지 않으니까."

두통이 채 가시지 않은 탓인지 목소리 끝이 갈라져 나왔다. 태환은 두 눈을 감으며 그녀에게 힘없이 몸을 기대었다. 하연은 조금이라도 그를 편하게 해주려 뒤쪽으로 팔을 돌려 그의 등을 부드럽게 문질렀다. 손바닥에 탄탄한 근육이 느껴졌다. 그녀의 부드러운 손길에 태환은 낮은 한숨을 흘렸다.

"후우."

"이런 상태에서 무슨 고집으로 집에 가겠다고 버틴 거예요?"

그에게선 아무런 대답도 없었다.

"두통이 더 심해진 건 아니죠? 약도 소용없다면 응급실 가야 해요."

"……나아지고 있어. 뭐가 걱정이지? 이렇게 옆에 의사가 있는데……."

빈말을 하는 것 보니까 아주 상태가 나쁘진 않은가 보다.

"정말 운도 좋아요. 하고많은 여자 중에서 어떻게 의사를 사귀게 됐을까."

하연은 태환의 머리카락을 쓸어 넘기며 투덜거리듯 말했다.

—그쪽은 정말 운이 좋은 거예요. 어떻게 납치를 해도 의사

를 납치했대?

태환은 예전에 그녀가 했던 말을 떠올리며 피식 마른 웃음을 흘렸다.

"……그렇군."

어머니가 돌아가시고 난 후, 지금까지 누구에게도 약한 모습을 보인 적이 없었다. 어릴 때도 몸이 안 좋으면 방에 틀어박혀, 나을 때까지는 절대로 방 밖으로 나오지 않았다. 경쟁자로 득실거리는 집 안에서 약한 모습을 보이는 건 패배를 의미했으니까.

아무리 고통스러워도 이를 악물고 견뎠을 뿐인데, 사람들은 그가 웬만해선 아프지 않은 체질이라고 믿었다. 그러면 그럴수록 태환은 타인들 앞에서 아픈 티를 낼 수 없었다. 빈틈을 보여선 안 됐다.

하지만 하연의 앞에서는 달랐다. 처음 만났을 때부터 그녀에게 보살핌을 받아서일까? 그녀라면 아무런 걱정 없이 편하게 기댈 수 있을 것 같았다.

"여기서 이러지 말고 방에 들어가서 누워요."

하연은 태환의 팔을 잡아 그녀의 침실로 이끌었다. 남동생 방도 있었지만, 지금은 상태가 엉망이었다. 하석이 미국으로 돌아가자, 홍 여사가 가구 배치를 새로 하겠다며 방을 뒤집어 놓아, 방바닥과 침대 위에는 전공 서적과 물건이 발 디딜 틈 없이 널려 있었다.

하연은 우선 태환을 부축해 침대에 앉히고 하석의 방으로 건너가, 그가 입을 만한 옷을 찾아보았다.

두 사람의 키는 비슷했지만, 적당한 근육질 몸매를 가진 태환과 달리 하석은 꼬챙이처럼 삐쩍 마른 편이었다. 게다가 요새 유행을 따른다고 주로 몸에 딱 맞는 옷을 애용했다. 그래도 파자마만큼은 본인 치수보다 큰 걸 골라, 헐렁하게 입었다.

"찾았다."

태환에게 맞을 만한 파자마를 찾아낸 하연의 얼굴에 밝은 미소가 떠올랐다. 사놓고선 한 번도 안 입었는지, 소매 단에는 가격표가 달려 있었다.

"하석아, 미안. 누나가 새로 사줄게."

하연은 서둘러 침실로 돌아가, 침대에 앉아 있는 태환에게 동생의 파자마를 내밀었다.

"이걸로 갈아입어요. 혈액 순환이 원활하게 돼야 두통이 빨리 가셔요."

태환은 하연이 내미는 면 소재의 파자마를 보며 미간을 찌푸렸다.

지금 나보고 이런 애들 옷 같은 파자마를 입으라고?

두통만 심하지 않았더라면 단번에 거절했을 것이다. 하지만 지금은 군소리 말고 그녀의 뜻을 따라야 할 것만 같았다.

"……고마워."

태환은 얌전히 파자마를 받아 들었다. 이어 넥타이를 느슨하게 풀고 와이셔츠의 단추를 열었다. 두통 탓에 손가락이 뻣

뻣하게 굳었는지 자꾸만 손끝이 미끄러졌다. 조금씩 눈앞이 어지러워지고 있었다.

태환이 첫 단추도 제대로 풀지 못하자, 도저히 안 되겠는지 하연이 나섰다.

"도와줘요?"

헛된 동작을 거듭하는 것보단 그녀에게 맡기는 게 나을지도 모르겠다. 태환은 말없이 고개를 끄덕거렸다. 하연은 태환 옆에 앉아 그를 대신해 셔츠의 단추를 풀기 시작했다.

……이건?

두 번째 단추를 풀고 세 번째 단추에 손을 대는데, 벌어진 셔츠 자락 사이로 무언가가 반짝거렸다.

목걸이 같은데…….

자세히 들여다보니 목걸이 끝에 붉은 실뭉치 같은 물체가 달려 있었다.

잠깐만! 왠지 낯익은 모습에 하연은 두 눈을 가늘게 모았다.

잠시 후, 그녀의 두 눈이 커다래졌다. 목걸이 끝에 달린 물체는 홍콩 야시장에서 사 온 월하노인의 붉은 실 커플 반지였다. 그녀도 반지를 지갑에 넣고 다녔지만, 태환도 그럴 거라곤 상상도 하지 못했었다.

하연이 반지를 뚫어지게 보자 태환은 멋쩍게 웃어 보였다.

"……그게, 손가락에 끼고 다닐 수 없어서……."

—뭐 합니까? 내게도 끼워줘야지.

—지금만이라도 끼고 있어요. 한 번 붉은 실로 맺어준 남녀는 무슨 일이 있더라도 헤어지지 않는다고 했으니까.

그때 그가 했던 말, 무심코 내뱉은 말이 아니었나 보다. 버리지 않고 반지를 몸에 지니고 다닐 만큼.

"이 반지로 발목 잡을 거라고 한 말, 진심이었나 봐요?"

어색한 분위기를 깨려 하연은 그때처럼 실없는 농담을 던졌다. 말은 그렇게 했지만, 사실은 코끝이 찡할 만큼 감동적이었다. 뭉클해지는 가슴을 진정하며 하연은 서둘러 손을 놀렸다.

머릿속에서는 다시금 태환과의 첫 만남을 떠올렸다. 그때도 이렇게 셔츠를 벗겼는데…….

단추 하나하나 풀 시간조차 없는 일분일초가 아쉬운 상황이었다. 붉게 물든 셔츠를 단번에 찢자, 피를 뿜어내는 칼에 찢긴 상처가 드러났었다. 위험했던 상황을 떠올리며 하연은 바지춤에서 셔츠를 끄집어냈다. 이제는 연한 핑크 빛으로 변한 상처 자국이 눈에 들어왔다.

태환이 겪었던 고통이 느껴지는 것 같아 하연은 아랫입술을 깨물었다.

속상해. 이렇게 멋진 몸에 흉터를 남기다니…….

하연은 손가락 끝으로 조심스럽게 상처 자국을 어루만졌다.

"아직도 아파요?"

그녀의 손길이 닿자 그의 몸이 긴장으로 경직되었다. 예고도 없이 불쑥 만지면 어쩌라고.

"……아……니."

목소리가 떨렸지만, 태환은 애써 태연한 척 목소리를 가다듬었다.

"……어쩌다 가끔 불편한 정도야."

"어디 좀 봐요."

하연은 퀘맨 자국을 더 자세히 보기 위해 고개를 숙였다.

"흐읍."

그녀의 머리카락이 스치듯 벗은 가슴에 내려앉았다. 동시에 진한 재스민 향이 코끝에 훅 스며들었다. 환자를 진찰하는 의사의 입장에서 상처를 만지는 걸 테지만, 태환에게는 고문이 따로 없었다. 그녀의 손끝이 닿는 곳마다 열기가 퍼져나가고, 두통과 더불어 가슴이 욱신거렸다.

태환은 두 눈을 감으며 주먹을 꽉 움켜쥐었다. 이제는 두통 때문에 어지러운 건지, 그녀 때문에 아찔한 건지 구분할 수조차 없었다. 그녀를 밀어내야 한다는 이성과 그대로 침대 위로 밀어붙이라는 본능이 치열하게 충돌하고 있었다.

다행히도 그의 고뇌는 잠시 후, 하연의 떨리는 목소리와 함께 사라졌다.

"이게 다 무슨 상처예요?"

상처에서 손을 거두고 셔츠를 마저 벗겨내던 그녀가 놀란 듯 물었다. 다부진 어깨부터 등까지 퍼런 멍이 이어졌고 팔 군데군데에는 딱지가 앉은 상처가 가득했다.

이런! 그제야 태환은 자신의 몸에 남은 상처를 기억해냈다.

머리가 아프고 눈앞이 어지러워 깜빡하고 말았다. 그녀에게 들키지 말았어야 했는데…….

"아무것도 아냐."

태환은 재빨리 파자마 상의에 팔을 꿰어 넣으며 반대 방향으로 몸을 돌렸다. 그렇다고 쉽게 물러날 하연도 아니었다.

"아무것도 아니긴 뭐가 아무것도 아니에요. 이렇게 멍이 시퍼렇게 들었는데……. 도대체 언제 다친 거예요? 네? 병원은 갔었어요?"

"뭐 이런 걸로 병원까지 가."

태환은 할 수 없이 오토바이에 치일 뻔한 소녀를 구해줬던 일을 짤막하게 설명했다.

"그래서 휴대폰이 망가졌던 거네요."

"응."

어쩐지, 멀쩡하던 휴대폰이 왜 박살이 났나 싶었다. 넘어지거나 떨어뜨린다고 해도 그 정도로 형체가 망가질 리가 없는데 말이다.

"그런데 왜 내게 말 안 했어요?"

"별거 아니니까."

"어떻게 별거 아니에요. 그럼 그때 홍콩에서 나 대신 상자를 뒤집어썼을 때도……."

하연은 문득 뭔가를 깨달은 듯 입을 다물었다. 그리고 잠시 후, 떨리는 목소리로 말했다.

"여기 멍든 곳에 상자가 떨어진 거잖아요. 멀쩡한 데 떨어져도 아팠을 텐데……. 나한테 떨어지게 그냥 놔두지. 왜 그 멍든 어깨로 달려들어선……."

어느새 그녀의 눈가에 물기가 차올랐다. 하연은 자신이 그를 아프게 했다는 사실이 속상했다.

"그 정도 상처였으면 움직일 때마다 어깨가 결렸을 텐데, 티도 안 내고."

그러고 보면 태환은 상처를 꿰맬 때도 끝까지 마취제를 사용하지 않겠다고 고집을 부렸었다. 그때를 생각하니 애써 참았던 눈물이 왈칵 쏟아졌다. 타인이었을 때는 덤덤하게 넘어갔지만, 이제 태환은 그녀에게 타인이 아니었다.

"자기가 뭐 로봇이라도 되는 줄 아나 봐."

화가 났다. 그가 다친 것도 화가 났고, 그걸 까맣게 모르고 지나친 자신에게도 화가 났다. 그는 그녀의 아주 작은 변화도 알아채고 돌봐주는데…….

"하나도 안 아파."

태환은 손을 들어 그녀 눈가의 맺힌 눈물을 훔쳐냈다.

"이런 상처에 눈물을 보이다니. 의사, 맞아? 이러면서 어떻게 환자를 돌봤지?"

"그게 같아요?"

하연은 바들거리는 입술을 깨물며 태환을 흘겨보았다.

"후우."

태환은 대답 대신 건조한 웃음을 흘렸다. 이상하다. 쉽게 눈물을 보이는 여자는 성가시고 짜증 날 뿐이었는데……. 지금 눈물을 글썽이는 그녀가 왜 이리도 예쁘게 보이는지 모르겠다.

"……괜찮다니까."

태환은 나직하게 속삭이며 살며시 옆으로 고개를 비틀었다. 그리고 그녀의 입술 위로 천천히 입술을 겹쳤다. 따뜻한 숨결이 입술에 고스란히 느껴졌다.

너만 내 옆에 있어준다면 다 괜찮아.

태환은 두 손으로 하연의 얼굴을 감싸며 절박한 마음으로 그녀의 입술을 깊게 삼켰다. 부드럽고 말캉한 감촉을 따라, 벌어진 입술 사이로 달콤한 숨결이 아찔하게 스며들었다. 어지러운 건 두통 때문일까? 아니면 그녀에게 취해서일까?

격렬한 입맞춤에 어느새 이성은 저 멀리 달아나고 있었다. 집요하게 파고드는 태환을 이기지 못한 하연의 몸이 서서히 침대 위로 쓰러졌다. 그 위를 태환의 몸이 자연스럽게 따라갔다.

"하아."

공기가 부족한 탓에 호흡이 벅찼지만, 두 사람의 입술은 떨어질 줄 몰랐다. 그는 입술을 떼지 않은 채, 다급하게 그녀의 셔츠를 풀어헤쳤다. 이어서 그의 커다란 손이 풍만한 굴곡을 따라 아래로 내려갔다.

어디까지 허용해야 할까? 하연은 몸 구석구석을 어루만지는 그의 손길을 쉽게 뿌리칠 수 없었다.

머리는 '이제 그만!'을 외쳤지만, 반대로 몸은 기대감으로 떨리고 있었다. 입술을 맴돌던 뜨거운 숨결이 귓불을 거쳐 목덜미로 미끄러졌다. 그의 입술이 살갗에 닿으려는 순간, 그녀의 머릿속에 번쩍 불이 들어왔다.

아 참! 내일, 베드 신 촬영 있는 걸 깜빡했다!

베드 신이라고 해도 '15세 관람가'로 사전에 조율한 덕분에 큰 노출은 없었지만 적어도 어깨까지는 드러내야 한다. 클로즈업으로 잡을 텐데, 몸에 자국이라도 남는다면!

"안 돼요!"

하연은 두 손으로 강하게 태환을 밀어내며 옆으로 몸을 굴렸다. 간발의 차로 그의 입술이 목덜미에서 비껴갔다.

"……아."

태환은 미간을 좁히며 짧은 탄성을 흘렸다.

제길, 내가 도대체 무슨 짓을…….

정신을 차리고 보니, 하연의 창백한 얼굴이 눈에 들어왔다. 그리고 반쯤 벗겨진 셔츠 아래로 그녀의 하얀 살결이 드러나 있었다. 태환은 서둘러 벌어진 그녀의 셔츠 깃을 여며주었다.

"미안해."

그녀가 뭐라 말하려는 듯 입술을 달싹거리자, 태환은 그대로 그녀를 꽉 끌어안았다. 빈틈으로 맞닿은 가슴으로 그녀의 빠른 심장박동이 느껴졌다. 태환은 한 손으로 하연의 뒷머리를 쓰다듬으며 나머지 손으로는 등을 토닥거렸다.

"……정말 미안하다."

한순간 이성을 잃어버리고 늑대처럼 달려든 자신에게 너무나도 화가 치밀었다. 그는 그녀를 품에 안고 길고 긴 한숨을 내쉬었다.

오후 늦게 일어났던 8중 추돌 사고로 정신없이 돌아갔던 응급실은 밤이 되자, 숨을 돌릴 수 있을 정도로 한산해졌다. 재호는 퇴근 준비를 위해 사무실로 돌아갔다. 의사 가운을 벗고 의자에 앉으려는데 책상 위에 올려둔 휴대폰이 울렸다. 화면에는 낯선 번호가 찍혀 있었다. 그는 잠시 망설이다, 통화 버튼을 눌렀다.

"여보세요."

[나다.]

상대의 목소리를 듣는 순간, 재호의 얼굴이 딱딱하게 굳어버렸다.

"……무슨 일로 전화하셨습니까?"

[나, 지금 공항이다. 막 비행기에서 내렸어. 얼굴 좀 봤으면 좋겠구나.]

3년 만에 통화하는데도 재호의 안부보다는 제 일이 우선인가 보다. 언제나 변함없는 싸늘한 목소리. 휴대폰을 잡은 손에 힘이 들어갔다.

"여사님이 굳이 저를 만나실 필요가 있나요?"

[여사님? 오빠한테도 외삼촌이라고 부르지 않고 회장님이라고 한다더니.]

휴대폰 너머로 여자의 날카로운 목소리가 울려 퍼졌다.

"그러면 어떻게 불러드려야 합니까?"

[됐다. 오늘은 피곤하니까 그만하자. 내일 병원으로 갈 테니까 이번엔 자리 비우지 마라.]

"그건……."

뭐라고 말을 꺼내려는데 전화가 툭 끊어져버렸다. 재호는 어금니를 악물며 천천히 휴대폰을 책상 위에 내려놓았다. 언제나 그랬다. 그녀는 자신이 할 말만 하고 매몰차게 대화를 끝내버렸다.

뭘 기대한 걸까?

재호는 책상에 팔꿈치를 기대며 손바닥에 얼굴을 묻었다.

—넌 세상에 태어나지 말았어야 했어.

언제나 그를 저 밑으로 끌어내리는 처절한 목소리. 악담을 퍼부은 사람은 기억도 하지 못하는데, 받은 사람의 가슴만 무너져 내리나 보다.

"후후."

입에서 흘러나오는 공허한 웃음이 사무실 안에 쓸쓸하게 퍼졌다.

얼마나 지났을까?

하연은 태환의 품에 안긴 채, 벽에 걸린 시계로 눈길을 돌렸다. 적어도 30분 넘게 태환은 그녀를 끌어안고 아무 말도 하지 않고 있었다. 그녀가 먼저 말을 꺼내려고 했지만, 분위기가 무거워서 도저히 입술이 떨어지지 않았다.

처음에는 그녀가 너무 강하게 밀어내서 기분이 상한 건 아닐까 싶었지만, 계속해서 미안하다고 사과하는 것을 보면 그것도 아니고. 음, 애무가 좀 심했다고 그게 미안해서 사과하는 건 아니겠지? 설마…….

이윽고 그녀를 끌어안은 팔이 느슨해졌다. 하연은 조심스럽게 뒤로 물러나 그를 향해 고개를 들어 올렸다. 그녀를 마주 보는 태환의 눈빛이 복잡하게 흔들리고 있었다.

"놀라게 해서 미안해요."

어느새 그의 말투는 존댓말로 바뀌어 있었다.

"네?"

"갑자기 거칠게 밀어붙여서 많이 놀랐죠?"

역시, 오해한 게 맞다.

"그래서 그런 거, 아니에요."

하연은 빠르게 고개를 내저었다.

"내일 촬영이 베드 신인데, 몸에 흔적이라도 남으면 안 되잖아요."

태환의 얼굴이 눈에 띄게 굳어버렸다.

"……방금 뭐라고 했지? 베드 신?"

"네."

"촬영 맨 마지막으로 미룬 거 아니었습니까?"

흥분했는지 그의 언성이 꽤 높아져 있었다.

"네, 그랬는데……. 로케이션 사정이 바뀌는 바람에 내일 촬영하기로 했어요."

"아무리 그래도 그렇지."

태환은 상체를 벌떡 일으켜 책상 위에 놓인 휴대폰으로 손을 뻗었다.

"나에게 상의 한마디 없이……."

어디론가 전화하려고 하는 태환을 하연은 재빨리 말렸다.

"지금 이 시각에 누구에게 전화한다는 거예요?"

"누구긴 누굽니까. 창훈이 녀석이지."

괘씸하게도 창훈은 벌써 몇 번이나 마음대로 촬영 일정을 바꾸고 그에게 제대로 알리지 않았었다.

현장 사정이 워낙 급박하게 돌아가는 터라 이해 못 하는 건 아니었지만, 그래도 이번은 달랐다.

베드 신 촬영이라고!

물론 창훈이 먼저 상의했다고 해도 베드 신 촬영을 뒤로 밀거나 취소해버릴 명분은 없었다. 하지만 적어도 각오를 다질 시간은 마련할 수 있었다. 그런데 느닷없이 내일이라고?

"어차피 촬영 일정 다 정해졌는데, 지금 따져서 뭐하게요? 큰일도 아니잖아요."

하연은 태환의 속이 타들어가는지도 모르고 담담한 목소리로 말했다.

"큰일이 아니라니! 그게 지금 얼마나……."

"그게 뭐요?"

정작 베드 신을 찍을 당사자 하연은 아무렇지 않은 얼굴로 그를 멀뚱멀뚱 쳐다보았다. 그게 더 태환을 미치게 했다. '성욱이 녀석이 당신 몸 만지는 거 싫어!'라고 외치고 싶었지만, 차마 입 밖으로 말하지는 못했다. 대신 크게 숨을 들이마시며 흥분을 가라앉혔다.

"……베드 신, 그거 꼭 찍어야 합니까?"

"네에?"

"지금이라도 늦지 않았으니까 취소하고 싶으면 취소해요. 영화는 이번이 처음인데 베드 신이 있으면 아무래도 부담될 테고. 언제든지 마음 바뀔 수 있어요. 이해합니다. 계약할 때 건넨 대본에는 베드 신이 없었으니까, 지금 취소한다고 해도 크게 문제 되지는 않을 겁니다."

이게 지금 무슨 말이래? 하연은 이해가 가지 않는다는 듯 가늘게 눈을 모았다.

"저기요, 제작자는 내가 아니라 대표님이거든요? 배우가 못 찍겠다고 하면 제작자가 나서서 설득해야 하는 거 아닌가요?"

분하지만 그녀의 말이 맞았다. 하지만 누가 지금 그걸 몰라서 그러나? 이성과 감성이 따로 노는데 어떻게 하느냐고!

"으윽!"

태환은 두 손으로 머리를 감싸며 눈살을 찌푸렸다. 머리가 복잡해지자, 또다시 극심한 두통이 몰려왔다.

"왜 그래요? 괜찮아요?"

하연이 걱정스러운 얼굴로 물었지만, 태환은 입을 꾹 다물고 아무 말도 하지 않았다. 두통은 곧 사라질 테지만, 그렇다고 괜찮은 건 아니었으니까. 머리가 아픈 것보다 가슴이 바윗덩어리에 눌린 듯 답답하기만 했다.

"내가 안 괜찮다고 하면……. 베드 신 안 찍을 겁니까?"

이건 또 무슨 말이래? 그녀의 눈이 다시금 휘둥그레졌다. 다른 사람도 아닌 영화 제작자인 태환이 이렇게까지 베드 신에 신경을 곤두세울 줄은 몰랐다. 공과 사를 완벽하게 구분하는 줄 알았더니……. 꼭 그런 것만은 아닌가 보다.

하지만 촬영은 촬영이었다. 하연은 태환을 빤히 바라보며 단호하게 말했다.

"그래도 촬영은 해야죠."

이번에도 그녀의 말이 맞았기에 태환은 한마디도 반박할 수 없었다. 그녀의 투철한 프로 정신이 몹시도 야속할 뿐이었다.

"그렇게 해요. 그럼."

태환은 이왕 찍을 거, 빨리 끝내는 게 나을지도 모르겠다고 애써 자신을 달랬다.

"으음."

아까부터 그는 쉽게 잠들지 못하고 이리저리 몸을 뒤척거렸다. 그가 잠들지 못하는데 그녀 역시 잠이 올 리가 없었다. 안타까운 마음에 하연은 태환의 머리를 손으로 가만히 어루만졌다.

"잠 안 와요?"

아직도 두통이 있는지 그의 미간에는 깊은 주름이 패어 있었다.

"두통이 다시 심해지는 건 아니죠? 병원 갈래요?"

"……아니."

태환은 눈을 감은 상태로 짧게 대답했다. 두통 때문에 잠 못 드는 게 아니었다. 신체 건강한 남자가 사랑하는 여자를 옆에 두고서 어떻게 편히 잠들 수 있을까.

코끝에 스며드는 재스민 향과 희미하게 다가오는 달콤한 숨결, 온몸으로 전해오는 따뜻한 체온에 가슴이 두근거리다 못해 터질 지경인데……. 이제는 두통보다 딱딱하게 경직된 신체 일부를 다스리는 일이 더 고통스러웠다.

하지만 솔직하게 말했다간 하연은 다른 방으로 가겠다고 할지도 모른다. 혼자 침대에 누워 밤을 보내는 것보단 그녀 옆에서 몸이 괴로운 게 백배 천배는 나았다.

그는 감았던 눈을 천천히 뜨며 마주 보고 누운 하연을 바라보았다. 크고 맑은 눈동자가 오롯이 그를 향하고 있었다. 태환은 부드럽게 웃으며 손을 들어 그녀의 뺨을 손등으로 쓸어내렸다. 살결에 느껴지는 부드러운 감촉에 한숨이 절로 흘러나왔다.

"고마워요. 오늘 화났을 텐데……. 옆에 있게 해주고."

하연은 그와 시선을 마주하며 차분한 목소리로 입을 열었다.

"……솔직히 말하면 섭섭하긴 했어요. 하지만 화나진 않았어요. 회장님 말씀대로 배경만 보고 접근하는 사람도 있었을 테니까. 본인이 누구라는 거, 숨겨야 할 이유는 충분했어요. 어쩌다 보니까 털어놓을 기회도 놓쳤을 테고. 살다 보면 그런 일, 종종 생기잖아요."

그녀도 태환에게 자신이 누구라는 것을 숨긴 적이 있으니까. 그때 태환은 자신을 기만했다고 그녀에게 화를 낼 수도 있었지만 그는 그러지 않았다. 대신 그녀를 꽉 안아주었다. 그도 그녀에게 섭섭했을까?

하연은 씁쓸한 표정으로 한쪽 입꼬리를 올렸다.

"머리로는 다 이해되거든요. 그런데 그런 일이 막상 나에게 닥치니까 속상한 건 어쩔 수가 없더라고요. 나도 평범한 사람이니까……. 그렇잖아요. 아니에요?"

태환은 아무 말도 할 수 없었다. 그저 그녀가 하는 말에 귀를 기울이는 것밖에는…….

그녀의 얼굴에 희미한 미소가 떠올랐다.

"그래도 자존심 상한다고 우리 여기서 그만하자는 말은 하지 않을게요. 해외 촬영 떠날 때까지 매일 보기로 했으니까. 도중에 포기하면 안 되죠."

그녀다운 대답이었다. 한 번 하기로 한 일은 책임지고 끝까지 해보겠다는.

"그러면 한 달 후엔?"

"떨어져 있는 동안, 서로 진지하게 생각해봐요. 재벌 3세든 아니든, 집안의 반대가 있든 없든 상관없어요. 계속해서 태환 씨에게 끌린다면 아무리 힘들어도 포기 안 할 거예요. 하지만 떨어져 있는 동안 서로 마음이 식을 수도 있겠죠. 그러니까 지금 결정하진 말아요."

말은 그렇게 해도 그를 향한 마음이 쉽게 식을 것 같진 않았다. 그래도 앞일은 아무도 모르는 거다.

어쩌면 그녀가 아니라 그의 마음이 바뀔지도 모르니까. 그렇다면 구차하게 그의 발목을 잡고 싶진 않았다. 그땐 깔끔하게 그가 보는 앞에서 붉은 실 반지를 버려버리면 그만이었다.

"……내가 어떻게 해줬으면 좋겠어?"

태환은 가만히 팔을 뻗어 그녀를 품에 끌어당겼다. 하연은 그에게 안긴 채, 천천히 눈을 감았다.

"우선은 아프지 말아요. 아픈 모습 보고 싶지 않으니까."

"아프지 말라고? 아까는 나보고 운 좋다고 하지 않았나? 의사를 사귄다고?"

"그래서 나 믿고 아프겠다고요?"

"그런 건 아니지만……."

"이제 보니까 순 엉터리야. 태환 씨, 약골이죠? 툭하면 열 오르고 머리 아프고, 여기저기 멍들고. 내 말이 맞죠?"

반은 맞고 반은 틀렸다. 약골이라기보다는 타인에 의한 사고에 시달려야 했다. 어렸을 때부터 크고 작은 사고를 당했고 목숨이 위태로운 순간도 몇 번 있었다.

"알았어요. 아프지 않게 조심할게."

이제까진 그까짓 고통, 참으면 그만이지,라고 생각했지만, 이제는 그녀 때문에라도 조심해야 한다. 그가 아픈 건 참을 수 있지만, 자신 때문에 그녀가 아픈 건 참을 수 없으니까.

하연의 정수리에 뺨을 기대며 태환은 조용히 두 눈을 감았다. 태환의 대답이 마음에 들었는지 하연은 고개를 숙이며 그의 품으로 파고들었다. 그 느낌이 너무 좋아서 태환은 그녀를 안은 팔에 더욱더 힘을 주었다.

이대로 영원히 그녀를 품에 안고 있었으면 좋겠다.

……사랑해.

설레는 고백이 밖으로 나오지 못한 채 그의 입 속에서 맴돌았다. 태환은 하연의 머리카락을 쓰다듬으며 어두운 천장을 올려다보았다.

행복하다. 그녀와 함께 침대에 누워 있다는 사실만으로 가슴 벅차게 행복했다.

얼마쯤 지났을까?

잠이 들었는지 하연의 고른 숨소리가 들려왔다. 쉽게 잠들 수 없을 거라고 생각했는데 어느덧 그의 눈꺼풀도 무거워지기 시작했다. 재스민 향과 따뜻한 체온을 느끼며 태환은 서서히 잠에 빠져들었다.

20. 베드 신 흔적, 어떻게 지워줄까?

"으음."

하연은 무거운 눈꺼풀을 들며 몽롱한 정신을 다잡았다. 커튼 사이로 아침 햇살이 스며들고 있었다. 몸을 일으키려는데 등 뒤로 따뜻한 온기가 느껴졌다.

"……벌써 일어나려고? ……조금 더 자."

하연을 바짝 끌어당기며 태환이 잠긴 목소리로 투덜거렸다. 그녀가 잠시 망설이자, 태환은 그녀를 더 세게 끌어안으며 그녀 어깨에 얼굴을 묻었다. 그리고 다시 잠들었는지 고른 숨소리가 들렸다.

하연은 태환이 깨지 않게 조심하며 침대를 빠져나와 샤워를 마치고 주방으로 향했다.

"흐음."

냉장고 안을 들여다보던 하연의 눈에 다져놓은 채소와 곱게 갈린 쇠고기가 들어왔다.

어디 죽이라도 한번 끓여볼까?

"하아."

눌어붙지 않게 나무 주걱으로 저었다고 벌써부터 손목이 저렸다. 하연은 인상을 찌푸리며 오른쪽 손목을 꾹 눌렀다.

이래서 어디 요리를 하겠나. 소금으로 간을 하려는데 문이 열리며 태환이 방에서 걸어 나왔다.

"일어났어요? 두통은?"

"괜찮아요."

"다행이다. 이리 와서 앉아요."

태환이 의자에 앉자, 하연은 죽을 그릇에 담아 식탁으로 가져왔다.

"부드럽게 넘어가는 음식이 좋을 것 같아서 죽을 끓여봤어요. 맛은 어떨지 모르겠지만."

태환은 물끄러미 그릇에 담긴 죽을 바라볼 뿐, 선뜻 먹으려 하지 않았다.

"독 안 들었거든요."

하연이 먼저 숟가락으로 죽을 떠 입에 넣자, 그도 마지못해 숟가락으로 죽을 떠 올렸다.

"입맛에 맞아요?"

태환은 대답 대신 어색하게 웃어 보였다.

맛없다는 말을 하지 못해서 저러는 건가? 하긴 입맛이 엄청 까다로운 사람이니까.

"맛없으면 억지로 먹을 필요 없어요. 밑반찬 있으니까 밥 먹어요, 그럼."

"그게 아니라……."

하연이 식탁에서 일어나려고 하자, 태환은 급하게 그녀를 말렸다.

"남이 끓여준 죽은 정말 오랜만에 먹어보는 거라서……. 어머니 말고 다른 사람이 해준 죽을 먹은 적이 거의 없어요."

하연은 태환의 말이 쉽게 이해 가지 않았다.

"왜요? 무슨 이유라도……."

"모르겠어요. 아플 때 먹는 게 죽인데……. 이상하게 죽만 먹으면 상태가 안 좋아져서. 병원에 실려 간 적도 많았고."

"그러면 죽 먹으면 안 되잖아요."

"지금은 괜찮아요. 어렸을 때 일이니까. 그냥 그런 과거 때문에 죽을 피해왔던 거고. 가끔 내가 직접 해서 먹을 때도 있으니까, 걱정하지 말아요."

죽을 먹으면 왜 상태가 나빠졌는지 그녀에게 털어놓을 순 없었다. 진실을 알게 된다면 하연은 진저리를 치며 그에게서 멀어질지도 모른다.

고등학교 졸업하는 해에 그 이유를 우연히 알게 된 태환은 아무에게도 사실을 알리지 않은 채, 본가에서 나와 독립을 감행했다.

"죽, 맛있어요."

태환은 하연을 향해 미소 지으며 천천히 숟가락으로 죽을 떠 올렸다.

띠리리리—. 띠리리리—.

아까부터 울린 휴대폰 벨 소리는 그칠 줄 모르고 적막한 실내에 울려 퍼졌다. 재호는 침대에 누워 멍하니 허공만 바라보았다. 오늘 처음으로 그는 오프가 아닌데도 양해를 구하고 병원에 출근하지 않았다. 다행히도 그 앞으로 예정된 수술은 없었다.

—내일 병원으로 갈 테니까 이번엔 자리 비우지 마라.

훗, 그 한마디에 무서워서 몸을 사리다니.

재호는 씁쓸한 미소를 머금으며 한쪽 입매를 비틀었다. 이렇게 숨는 건 비겁한 짓이다. 겁쟁이라고 비웃는다고 해도 할 말이 없었다. 하지만 그녀 앞에서 무너져 내리는 것보단 이편이 나을지도 모르겠다. 그놈의 핏줄이 뭐라고 냉정하게 자식을 버린 여자에게 아직도 미련을 갖다니…….

한참 동안 울리던 휴대폰 소리가 이윽고 그쳤다. 그제야 재호는 지친 듯 두 눈을 감았다. 그러나 얼마 지나지 않아 이번에는 다른 소리가 침묵을 방해했다.

딩동—.

현관문 벨 소리였다. 재호는 짧게 한숨을 내쉬었다. 방문자가 누군지는 문을 열지 않아도 알 수 있었다. 그를 찾아올 사람은 그녀 외엔 아무도 없었으니까. 이 아파트에 산 지, 7년이 넘었지만, 지금까지 그를 찾아온 방문객은 없었다.

무시하고 싶었지만, 벨 소리는 계속되었다. 결국 재호는 천천히 침대에서 몸을 일으켰다. 자석이 이끌리듯 몸이 현관으로 향했다.

잠시 현관문을 노려보던 재호는 길게 숨을 들이마시고 달칵, 문을 열었다. 밖에는 예상했던 대로 화려한 차림을 한 여인이 표정 없는 얼굴로 서 있었다. 그녀는 못마땅한 눈빛으로 재호를 위아래로 훑어보았다.

"오랜만이구나."

"들어오십시오, 여사님."

재호는 그녀가 안으로 들어설 수 있게 뒤로 물러섰다.

톡―. 톡―.

태환은 컴퓨터 화면에 뜬 시계를 노려보며 기다란 손가락으로 책상 위를 두드렸다.

앞으로 몇 시간 지나면 베드 신 촬영에 들어갈 텐데…….

마음 편하려면 눈 꽉 감아버리고 촬영장에 안 가면 그만이었다. 하지만 그랬다가 창훈과 성욱이 오버하면서 노출 수위라도 올리자고 나오면?

하연이라면 영화를 위한다는 책임감으로 마음에 내키지 않아도 동의할지 모른다. 조폭 인상의 민성은 옆에 있다고 해도 전혀 도움이 되지 않을 것이다.

하지만 스크린 속도 아니고 실제로 하연과 성욱이 서로 부둥켜안고 있는 모습을 보면서 참을 수 있을까? 저번처럼 주먹이 먼저 나가면 어떡하지?

그때 노크 소리와 함께 강 비서가 사무실 안으로 들어왔다.

"저번에 말씀드린 검사 결과가 나왔습니다."

태환은 강 비서가 내민 서류를 받아 들며 고개를 갸우뚱거렸다.

"검사 결과라니?"

"차한선 여사님 아들로 추정되는 인물의 DNA 검사 말입니다."

서류를 펼쳐본 태환의 얼굴이 곤혹스럽게 일그러졌다.

"이거 확실한가?"

충격으로 태환의 목소리가 가늘게 떨리고 있었다.

"네. 친자일 확률이 99.9%라고 나왔습니다."

강 비서는 높낮이 없는 음성으로 대답했다. 확신이 있을 때 나오는 태도였다. 그런데도 태환은 또다시 질문을 던질 수밖에 없었다.

"사용한 샘플, 이상 없는 거 맞아?"

결과를 눈앞에 두고도 쉽게 받아들일 수 없었다. 과정에 착오가 있는 게 분명했다.

"차한선 여사님의 샘플은 따로 보관해둔 게 있었고, 자녀로

추정되는 인물은 정기적으로 헌혈을 하더군요. 떳떳하지 못한 방법으로 혈액을 얻어내긴 했지만, 검사에는 아무런 문제가 없었습니다."

태환은 곤혹스러운 얼굴로 앞에 놓인 서류를 뚫어지게 노려보았다.

하얀 종이 위에는 '한재호'란 이름이 또렷이 인쇄되어 있었다. 단순한 동성동명이 아닌, 한국 대학 병원, 외과 전문의 조교수 한재호.

"그러니까 한재호 선생이 내 사촌 형이다?"

"무슨 문제라도 있습니까?"

글쎄, 문제라고까지 할 수 있을까?

태환은 생각에 잠긴 얼굴로 서류를 톡톡 두드렸다. 처음 만났을 때, 재호는 마치 태환을 잘 아는 것처럼 행동했었다.

모든 걸 다 아는 것 같은 눈빛이 영 마음에 들지 않았는데, 그런 이유가 있었군.

재호가 속으로 어떤 생각을 하며 자신을 대했을까 하는 궁금증이 생겼다. 하지만 얼마 못 가 태환의 얼굴에 비릿한 미소가 떠올랐다. 피를 나눈 친형제도 감정 없이 대하는데 한 다리 건너 사촌인 재호에게 무슨 특별한 감정이 생길까 싶었다.

태환은 무덤덤한 얼굴로 흩어진 서류를 모아 봉투에 집어넣었다.

"수고했어. 나가봐."

"아 참, 그런데……."

사무실을 나서려던 강 비서가 뭔가 생각난 듯 걸음을 멈추고 뒤를 돌아보았다.

"차한선 여사님, 어젯밤에 귀국하셨답니다."

"고모가? 갑자기 연락도 없이?"

"그룹 지분의 재분배 문제로 급히 들어오신 것 같습니다만."

발 없는 말이 천 리를 간다더니, 차 회장이 변호사와 유언장을 손보기 시작했다는 이야기가 미국에 있는 한선의 귀에까지 들어간 모양이다. 돌아가신 왕 회장으로부터 유산을 상속받지 못한 한선은 기회가 될 때마다 차 회장에게 불만을 토로하곤 했었다.

"회장님도 알고 계셔?"

"네. 오늘 아침에 보고 받으셨다고 합니다."

태환은 새로 분배할 지분에 관심이 없었지만, 태우, 태석, 지은은 달랐다. 차 회장이 유언장을 새로 수정하려고 하자, 신경을 곤두세우며 달려들었다. 오죽했으면 지은이 태환에게 직접 재호의 정체를 밝혀달라고 부탁했을까.

"알았어. 강 비서, 이만 퇴근해. 나도 퇴근할 테니까."

태환은 친자 확인 서류가 든 봉투를 책상 맨 아래 서랍에 넣고 자리에서 일어섰다.

조만간 거센 바람이 불어와 잔잔한 들판을 마구 흔들 것이다. 그러나 태환에게는 강 건너 불구경일 뿐이었다. 차 회장이 동생 한선 앞으로 갔어야 할 지분을 그녀의 사생아인 한재호에게 넘긴다고 해도 아무 상관없었다. 그보다는 몇 시간 후에 진행될 베드 신 촬영이야말로 급히 처리해야 할 문제였다.

태환은 손목시계를 보고는 서둘러 사무실을 나섰다.

똑똑—.

노크 소리와 함께 문이 열리며 한선이 회장실 안으로 들어섰다.

"네가 갑자기 무슨 일이냐?"

차 회장은 다시 서류로 고개를 돌리며 무뚝뚝한 목소리로 물었다.

"내가 못 올 곳이라도 왔어요?"

3년 만에 만나는 두 사람이었지만, 안부 인사를 나눌 여유 따윈 없었다. 한선은 핸드백을 커피 테이블 위에 던지듯 탁 소리 나게 내려놓고 소파에 자리를 잡았다.

"오빠는 안 본 사이에 흰머리가 더 늘었네요. 누가 홀아비 아니랄까 봐. 챙겨주는 사람 없나 봐."

"좋겠다. 넌 옆에서 챙겨주는 남편이 있어서."

"흥, 남편은 무슨?"

한선은 콧소리를 내며 느리게 다리를 꼬았다.

"이혼하면 재산을 반으로 나눠야 하니까 참고 사는 거예요. 아버지 때문에 억지로 결혼한 남자에게 무슨 감정이 있겠어요."

"신세 한탄이나 늘어놓으려고 들어왔냐?"

그 말에 한선은 어깨를 으쓱거리곤 가슴 앞으로 팔짱을 끼었다. 10살 차이가 나는 두 사람은 차 회장의 백발과 나이보다 10살은 젊어 보이는 한선의 외모 탓에 오누이보단 삼촌과 조카 사이처럼 보였다.

차 회장은 마지막 서류에 서명하고 책상에서 일어나 소파로 다가갔다.

"너, 어제 재호 만났다면서."

재호란 이름이 차 회장의 입에서 흘러나오자 한선의 미간이 찌푸려졌다.

"걔가 그래요? 내가 찾아왔었다고?"

"아니."

"그럼 그걸 오빠가 어떻게 알아요? 아, 재호에게도 사람 붙였구나. 그 집요함, 어디 안 갔네."

"재호는 가만히 놔둬라. 그만큼 상처 줬으면 됐어."

"내가 뭘 어쨌다고 그래요? 그 애를 나에게서 떼어놓은 사람은 아버지와 오빠라고요. 그런데 왜 나보고……."

"다 지난 이야기, 해서 뭐 해."

도중에 말을 끊어버리자, 한선은 날 선 눈으로 차 회장을 노려보았다. 그러나 지금은 그녀가 아쉬운 쪽이니 마음에 들지 않더라도 그의 비위를 맞춰야 했다.

"온 김에 태환이나 봐야겠다. 태환이 불러요. 같이 저녁이나 하게."

"조카에게 쏟는 애정, 네 자식에게 반의반만이라도 쏟아봐."

"오빠, 태환이 지 엄마 그렇게 보내고 엉망진창이 돼서 뉴욕에 왔을 때, 내가 돌봐줬어요. 반 미쳐버린 아이, 돌본 사람 오빠가 아니라 나라고요."

"그래서 그때 태환이 돌봐준 게 고마워서 네 앞으로 가야 할 지분, 재호에게 넘겨준다는 거 아니냐. 너에겐 줄 수 없으니까."

왕 회장은 눈을 감는 순간까지 유부남과의 사이에서 사생아를 낳은 막내딸 차한선을 용서하지 않았다. 그래서 자신의 재산이 한선에게는 절대로 한 푼도 돌아갈 수 없게 유서를 작성했다. 눈에 넣어도 아프지 않을 만큼 사랑하는 딸, 한선이었기에 배신감도 컸다.

"그런데 그 바보 같은 애가 필요 없대요."

"재호가 그래?"

"네, 정말 마음에 드는 구석이 한 군데도 없어요. 그 이야긴 관두고. 뭐 해요? 태환이에게 연락하라니까."

"연락해도 안 올 거다. 지금 여자에게 빠져서 정신 못 차리고 있으니까."

"뭐 하는 집 딸인데요?"

"뭐 하는 집 딸이 중요한 게 아니라 배우다, 배우."

"배우? 하, 그거 참, 재밌게 됐네."

"재밌게 됐다고? 태환이 상태 누구보다 더 잘 알면서 지금 재미있다는 말이 나와?"

"뭘 걱정해요? 이 기회에 상처가 더 깊어지기 전에 터뜨려요. 급하게 꿰맸을 뿐, 언젠가는 터질 상처잖아요."

차 회장의 얼굴이 불쾌하다는 듯 일그러졌다. 제 자식 아니라고 저리도 아무렇지 않게 말하다니.

하지만 더욱더 속상한 것은 어쩌면 한선의 말이 옳을지도 모른다는 사실이었다.

"……더 깊어지기 전에 터뜨려버린다."

차 회장은 한선이 한 말을 곰곰이 되짚으며 창밖으로 시선을 돌렸다. 오후의 햇살이 서서히 흐려지는 회색 도시의 풍경이 시야를 가득 채웠다.

"하연아, 배고프지. 이거 먹어."

"고마워, 오빠."

오후 1시부터 시작한 촬영은 7시가 넘어서야 끝이 났다. 장소를 교외로 옮기고 밤 10시부터는 베드 신 촬영이 진행될 계획이었다. 민성은 그 틈을 이용해 샌드위치 전문점에서 하연을 위해 바비큐 치킨 샌드위치를 사 왔다. 그는 편하게 먹을 수 있게 포장지를 벗겨 하연에게 건넸다.

"서영이 오기 전에 빨리 먹어."

"응. 알았어."

하연은 환하게 웃으며 먹음직스럽게 생긴 샌드위치를 두 손으로 받아 들었다.

"언니!"

호랑이도 제 말 하면 온다더니 막 한입 베어 먹으려는데 뒤쪽에서부터 쩌렁쩌렁 목소리가 울려 퍼졌다.

"베드 신을 앞두고 이게 무슨 짓이에요?"

갑자기 나타난 서영이 빛의 속도로 하연의 손에서 샌드위치를 낚아챘다. 하연은 샌드위치를 빼앗긴 빈손을 멍하니 바라보았다.

"화면에 몸매 예쁘게 나오려면 굶어야죠. 바비큐 소스가 얼마나 칼로리가 높은데 이걸 먹어요."

서영의 잔소리는 민성에게도 쏟아졌다. 서영은 민성의 샌드위치도 매몰차게 빼앗았다.

"오빠도 그래. 언니가 먹겠다고 하면 말려야지. 같이 앉아서 먹고 있으면 어떡해?"

"얘!"

민성은 비명을 지르며 간식을 뺏긴 강아지처럼 억울한 표정으로 서영을 노려보았다.

먹을 때는 개도 안 건드린다는데 매정한 계집애!

한마디 하고 싶었지만 서영의 등짝 스매싱이 무서운 민성은 억울한 얼굴로 가만히 고개를 숙였다.

오디션 볼 때도 그러더니, 오늘 서영은 당사자인 하연보다 더 긴장한 모습을 보였다. 그녀가 베드 신을 찍는 것도 아니면서 아침부터 물만 마시며 방울토마토로 허기를 달랬다.

아침으로 죽 한 그릇 먹은 게 고작인 하연은 극성스러운 서영 때문에 물과 방울토마토로 점심을 때워야만 했다. 그래서 서영이 잠시 자리를 비운 사이, 샌드위치를 해치우려고 했는데…….

하연은 서영의 손에 들린 샌드위치를 안타까운 눈빛으로 바라보았다.

"서영아, 베드 신은 액션 신처럼 에너지 소모가 커. 빈속으로 촬영하면 힘없어서 연기 못 한다고."

하연의 애원에도 서영은 단호하게 고개를 내저었다.

"언니의 스타일은 내 책임이에요. 조금이라도 더 날씬하게 나와야죠. 쇄골 팍팍 드러나야 하니까, 이제부턴 물도 많이 마시지 마요. 배 나온다고요."

누가 하연의 스타일리스트 아니랄까 봐, 서영은 프로 정신이 너무나도 투철했다. 할 수 없이 민성이 한 대 얻어맞을 각오로 나섰다.

"야, 계속 빈속으로 있으면 입에서 냄새나는 거 몰라? 베드 신 찍으려면 서로 얼굴을 가깝게 들이대야 하는데, 입 냄새 나면 안 되잖아. 아휴, 요즘 여자들 다이어트한다고 쫄쫄 굶어서 입만 열면 입 냄새 팍팍 나더라."

"뭐요?"

"서영이 너도, 저번에 다이어트한다고 간헐적 단식인가 뭔가 했었잖아. 어머, 그때 너, 입 냄새 장난 아니었어. 완전 또오…… 읍!"

민성의 말이 끝나기도 전에 서영은 민트 사탕 한 움큼을 그의 입에 집어넣었다.

"그러는 오빠부터 입 냄새 제거하시죠!"

"우욱."

"사탕 한 개라도 뱉기만 해봐요."

서영이 매섭게 노려보자, 민성은 울상을 지으며 허겁지겁 화장실로 뛰어갔다. 덩치로 보나 나이로 보나 서영은 민성의 상대가 안 될 텐데, 이상하게도 싸우면 이기는 쪽은 항상 서영이었다. 처음엔 민성이 일부러 져주는 거라고 생각했는데, 몇 년 같이 지내다 보니 진짜로 서영에게 밀린다는 것을 알 수 있었다.

"언니, 샐러드 먹어요."

서영은 치킨 샌드위치를 휙 옆으로 밀치고 그 자리에 샐러드가 담긴 박스를 내려놓았다. 샌드위치 대신 풀떼기를 먹으라는 소리였다.

하연은 풀 죽은 얼굴로 가만히 샐러드를 집어 들었다. 어쩌겠어. 야간 촬영을 견디려면 이거라도 먹어야지.

"그런데 언니."

묵묵히 샐러드를 입으로 가져가는 하연에게 서영이 툭 던지듯 질문했다.

"베드 신 찍는데, 하나도 안 떨려요?"

"응. 하나도 안 떨리는데. 왜?"

긴장하고 떨리는 게 정상이겠지만, 하연은 조금도 떨리지 않았다. 그보다는 태환이 촬영장에 올까? 안 올까? 그가 오면 좋을까? 안 오면 좋을까? 하는 생각으로 머리가 복잡했다.

태환이 베드 신을 연기하는 모습을 지켜본다면 불편하겠지만, 다른 한편으론 마음이 놓일 것 같았다. 그러나 태환에게는 지켜보는 것 자체가 고문일지도 모른다.

어젯밤, 심각하게 묻던 태환의 얼굴이 눈앞에 아른거렸다.

—베드 신, 그거 꼭 찍어야 합니까?

—내가 안 괜찮다고 하면……. 베드 신 안 찍을 겁니까?

본인이 제작자면서 초조해하는 걸 보니, 베드 신이 거슬리긴 거슬리나 보다. 하지만 말이 베드 신이지 수위가 높은 것도 아닌데…….

창훈은 보일 듯 말 듯 안 보이는 모습이 더 야하다며 최대한 노출을 자제하자고 말했다. 하연에게는 옷을 입은 상태에서 어깨만 드러나게 셔츠를 내리라고 주문했고, 성욱은 상반신만 벗는 것으로 결정했다. 물론 격렬한 애정 행위가 있긴 하겠지만, '15세 이상 관람가' 영화인데 심각해봤자 얼마나 심각할까.

괜찮겠지, 뭐.

하연은 불안한 마음을 달래며 대본을 만지작거렸다.

교외에 있는 별장에서는 야간 촬영 준비가 한창이었다. 태환은 주차 구역에 차를 세우고 바쁘게 움직이는 스태프 사이에서 이것저것 지시를 내리는 창훈을 찾아냈다.

"앗, 태환아!"

조감독에게 촬영 계획서를 건네던 창훈이 태환을 발견하고 흠칫 몸을 굳혔다. 태환의 눈빛은 오늘따라 얼어붙을 것처럼 싸늘했다.

"어쩐 일이야? 못 올 줄 알았는데……."

태환은 대답 대신 차가운 눈으로 창훈을 지그시 노려보았다.

"왜? 왜 또 그런 눈으로 보는 건데?"

"나에게 알리지도 않고 몰래 촬영하려고 했어?"

"몰래 촬영이라니, 하다 보니까 정신이 없어서 깜빡……."

"됐고, 새 대본이나 내놔. 스토리보드도 내놓고. 베드 신, 노출 어디까지 가기로 한 거야? 우리 영화 '15세 이상 관람가'라는 거 잊지 마. 안 그러면 골치 아파져."

창훈이 건넨 스토리보드에는 오늘 베드 신 내용이 자세하게 묘사되어 있었다. 저번 키스신도 그러더니, 이번에도 두 사람의 얼굴을 너무나도 비슷하게 그려놓았다. 실제로 두 사람이 침대 위에 뒤엉켜 있는 것 같은 생생한 묘사에 태환의 표정이 험상궂게 변해갔다.

"너무 야한 거 아닌가?"

"이게 뭐? 명색이 베드 신인데 두 사람이 손만 잡고 침대에 누워 있겠어?"

스토리보드에는 성욱이 하연의 목덜미에 키스를 퍼붓고 손으로는 허리와 허벅지를 더듬는 모습, 치마를 들어 올리고 거칠게 속옷을 움켜쥐는 모습 등이 순서대로 그려져 있었다.

"유치하게 이런 디테일을 꼭 넣어야겠어?"

태환은 불쾌한 표정으로 속옷을 움켜쥔 클로즈업 장면을 손으로 가리켰다. 아무리 시늉만 하는 거라지만, 성욱의 손이 하연의 속옷에 닿을 거라고 생각하니 머리카락이 곤두서는 것처럼 화가 치솟았다. 그도 아직 손대지 못한 영역을 감히 성욱이 먼저 손대다니! 연기고 뭐고 다 필요 없다. 절대로 허락할 수 없었다.

"유치하다니. 이건 꼭 필요한 장면이야."

"이게 왜 필요해? 관객이 바보야? 친절하게 일일이 보여줘야 알아?"

"응. 이런 디테일은 꼭 보여줘야만 알아."

창훈도 지지 않고 꼬박꼬박 반박했다.

"좋아. 꼭 찍어야겠으면 대역 써."

"대역?"

기가 막힌다는 듯 창훈의 눈이 휘둥그레졌다.

"갑자기 이 시간에 어디서 대역을 구해?"

"그럼 빼. 나중에 편집하면서 들어내지 말고."

"야, 뺄 땐 빼더라도 찍어놓긴 해야지."

"얼굴도 안 나오는데 나중에 필요하면 그때 대역 구해서 보충 촬영하면 되잖아."

"뭘 그렇게까지 해. 그냥 오늘 찍어놓으면 되는데."

"정하라도 이 장면에 동의했어? 김상원 대표도 동의했고?"

"누가 스토리보드 하나하나 짚어가면서 동의하냐? 노출은 가슴골 보이기 직전, 어깨 드러내고, 위쪽은 가슴 제외하고 배꼽 위까지, 아래쪽은 허벅지까지 만지는 데 동의했어."

제길! 뭐 이리도 부위가 광범위해! 아무리 연기일 뿐이라지만, 태환은 속이 부글부글 끓어올랐다.

그때 등 뒤에서 웅성거리는 소리가 들여왔다. 뒤돌아보자, 현장에 일찍 도착한 성욱이 스태프들에게 인사하며 별장 안으로 들어서고 있었다.

이 녀석!

태환은 창훈에게 스토리보드를 넘기고 빠른 걸음으로 성욱의 뒤를 쫓았다.

"수고 많으십니다!"

성욱은 스태프에게 인사하며 2층으로 걸음을 옮겼다. 베드신이어도, 소화해야 할 대사가 많아, 조용한 곳에서 대본을 들여다볼 작정이었다. 솔직히 말하면 아직 대사를 확실하게 외우지 못했다.

새 대본은 이미 며칠 전에 받았지만, 그동안 정애와 데이트하느라 시간을 까먹고 말았다. 촬영하려면 아직 시간이 좀 있으니까 빨리 외우면 되겠지.

"주성욱."

조용한 곳을 찾아다니던 성욱은 자신을 부르는 소리에 걸음을 멈췄다. 뒤를 돌아보자, 벽에 어깨를 기대고 서 있는 태환이 눈에 들어왔다.

히익! 성욱은 흘러나오려는 비명을 억지로 삼켰다. 클럽에서 한 대 얻어맞고 오늘 처음으로 태환을 보는 거라, 바짝 긴장하고 말았다.

"대표님, 오셨습니까?"

"웬일로 일찍 왔네."

"네. 촬영 들어가기 전, 만반의 준비를 하려고요."

"만반의 준비?"

긴장으로 실룩거리는 성욱의 입술이 태환에게는 베드 신을 앞두고 신이 나서 웃음을 참는 모습으로 보였다.

성욱을 향한 태환의 눈매가 베일 듯이 날카롭게 변했다. 그저 못마땅한 눈초리로 노려보았을 뿐인데도 성욱은 저도 모르게 한 손으로 얼굴을 감쌌다. 얻어맞은 부분이 욱신거리는 것 같은 착각이 들었다.

"오늘 촬영."

태환은 천천히 다가오더니 성욱의 귓가에 입을 가져갔다. 그리고 나직하게 속삭였다.

"조심해라. 손모가지 부러지기 싫으면……."

빈말이 아니었다. 태환이라면 손목이 아니라 다리를 부러뜨리고도 남았다. 자기 여자, 건드리지 말라는 수컷의 경고!

"물론이죠."

성욱은 위아래로 크게 고개를 끄덕였다.

"알면 됐어."

태환은 성욱의 어깨를 툭툭 두드린 후, 지나치듯 반대 방향으로 걸어갔다.

"컷! 다시!"

자꾸만 성욱이 NG를 내자, 창훈의 목소리에도 슬슬 짜증이 담기기 시작했다.

"주성욱 씨, 거기서 멈춰버리면 어떡해? 고개를 좀 더 아래로 숙이라니까."

"죄송합니다."

오늘 성욱은 그의 진가를 전혀 보여주지 못하고 있었다. 오히려 베드 신을 처음 찍는 하연이 경험 많은 성욱을 이끌어나가는 분위기였다.

"성욱 씨, 괜찮아요?"

벌써 10번이 넘게 NG가 났지만, 하연은 짜증이 나기보다는 성욱의 상태가 걱정되었다. 그는 평소보다 창백한 얼굴에 불안한 듯 눈동자를 이리저리 굴리고 있었다.

아까만 해도 아무렇지 않았는데, 그새 무슨 일이 있었던 거지? 혹시……?

"몸이 안 좋은 거 아니에요?"

"……아, 아니에요. 미안합니다."

성욱은 슬그머니 하연의 시선을 피하며 힐끗 앞쪽을 훔쳐보았다. 곧바로 창훈 옆에서 팔짱을 끼고 서 있는 태환의 모습이 눈에 들어왔다. 그는 '지옥에서 온 제작자'라는 별명에 맞게 이글거리는 눈으로 두 사람을 지켜보고 있었다.

상황이 이런데 어떻게 마음 편하게 베드 신을 연기할 수 있을까!

하연의 맨살에 손이라도 스칠라치면 성욱의 심장은 저 밑으로 쿵 떨어졌다. 성욱의 시선을 따라 고개를 돌린 하연의 눈에 태환이 들어왔다. 역시……. 자신이 예상한 것이 맞자, 하연은 속으로 한숨을 내쉬었다.

아무래도 안 되겠다. 뭐라도 해야지.

"성욱이 녀석 왜 저러지?"

창훈은 혼잣말처럼 투덜거리며 스토리보드를 넘겼다. 조금이라도 분위기가 야해지려고 하면 성욱은 그대로 빳빳하게 굳어버렸다.

"이상하단 말이야. 베드 신에서 물 만난 고기처럼 열연하는 녀석이 왜 갑자기?"

계획했던 장면 중 반도 건지지 못했다. 이런 식으로 하다가는 밤을 꼬박 새도 촬영을 끝낼 수 없을 판이었다.

태환은 아무 말도 하지 않았다. 대신 만족스러운 미소를 지으며 의자 등받이에 몸을 기댔다. 그 이후로도 계속 성욱이 NG를 내자, 결국 30분 휴식하기로 했다. 환하게 켜진 조명이 꺼지자, 성욱은 차에서 쉬겠다며 축 처진 어깨로 밖으로 걸어나갔다.

"대표님, 계약 건으로 잠시 의논드릴 게 있는데요."

하연이 창훈과 모니터를 들여다보는 태환에게로 다가왔다. 두 사람 사이를 전혀 눈치채지 못한 창훈은 2층 서재를 사용하라고 친절하게 장소까지 알려주었다.

"무슨 일입니까?"

2층 서재에 들어서자, 태환이 먼저 말을 꺼냈다. 하연은 지친 얼굴로 방 중앙에 놓인 소파에 풀썩 주저앉았다.

"저, 정말 피곤하거든요. 빨리 끝내고 집에 가고 싶어요."

이런, 항상 괜찮다고만 하던 그녀의 입에서 피곤하다는 말이 나오다니…….

"많이 힘들어요?"

태환은 걱정스러운 얼굴로 하연의 옆으로 다가갔다. 하연은 가만히 고개를 끄덕이며 그에게 힘없이 몸을 기대었다.

"계속 NG가 나서 촬영이 지연되니까 힘이 빠져요. 이러다간 아침까지 촬영할 것 같아요. 후."

말할 기운도 없는지 하연은 혼잣말처럼 중얼거리다 두 눈을 감았다. 태환은 태환대로 그녀가 힘들어하는 모습을 보는 게 괴로웠다. 태환은 하연의 등 뒤로 팔을 둘러 그녀를 품에 끌어안았다.

"내가 창훈이에게 말해서 베드 신 그만 찍게 할까?"

이래 가지곤 원하는 장면을 얻지 못할 테니까, 생고생하지 말라고 설득한다면 안 될 것도 없었다. 창훈 역시 몹시 지친 상태였다. 그는 태환의 옆에서 쉴 새 없이 스토리보드 내용을 손질하며 장면 하나라도 건지려 안간힘을 쓰고 있었다.

"아뇨."

하연은 눈을 감은 채로 고개를 내저었다.

"극의 흐름상 베드 신은 꼭 있어야 해요. 베드 신 빠지면 '은여경'이 왜 아프리카까지 '하준혁'을 찾아가는지, 그 감정이 충분히 설명되지 않아요."

"흠……."

애석하게도 하연의 말이 맞았다. 베드 신 촬영은 썩 마음에 들지 않았지만, 영화 내용상 필요하긴 했다.

앞날이 창창한 여주인공이 모든 걸 포기하고 사랑을 찾아 나서는 이유를 관객에게 설득하기 위해선 연인의 간절한 사랑을 표현해야만 했다. 키스신만으론 부족한 것이 사실이었다.

하연은 안겨 있던 태환의 품에서 빠져나와 그와 시선을 마주했다.

"대표님이 성욱 씨에게 힘내라고 한마디 좀 해주실래요?"

난데없이 힘내라니, 왜? 태환은 못마땅한 얼굴로 미간을 좁혔다.

성욱이 녀석, 그새를 못 참고 고자질이라도 했나?

"그건 내가 아니라 창훈이 녀석이 해야 할 일 같은데……."

그러자 하연은 입을 다문 채, 태환을 빤히 바라보았다. 뭔가 추궁하는 것 같은 눈빛에 태환은 은근히 마음이 불편했다.

"제 생각엔……."

잠시 눈꺼풀만 깜박이던 그녀가 천천히 입을 열었다.

"감독님보다는 대표님의 한마디가 필요할 것 같아요. '마음 편하게 찍어.'라고 해주면 안 될까요?"

태환은 선뜻 대답할 수 없었다. 마음 편하게 찍으란 소리는 부담 없이 하연을 만져도 된다는 허락의 말이나 마찬가지였으니까.

태환이 결정을 내리지 못하고 가만히 있자, 하연은 작게 한숨을 내쉬며 다시금 그의 가슴에 얼굴을 묻었다.

"……하아, 힘들어. 피곤해 죽겠어요."

그녀는 정말 지쳐 보였다.

촬영이 지연돼서 그녀가 힘든 것보다는 질투로 그의 가슴이 갈가리 찢기는 게 나을 것이다.

"알았어요."

태환은 그녀를 품에서 떼어냈다. 그리고 소파에서 몸을 일으키고 조용히 서재를 걸어나갔다.

"컷! 좋았어."

무슨 일이 있었는지 휴식을 취하고 돌아온 성욱의 연기는 180도 달라져 있었다. 베드 신 연기 전문가답게 성욱은 정열적으로 촬영에 임하며 분위기를 이끌었다. 덕분에 남은 촬영은 수월히 진행되었고 새벽 4시가 넘어서야 모두 끝이 났다.

창훈은 흡족한 미소를 지으며 스태프들을 둘러보았다.

"모두 수고하셨습니다. 이번 주는 촬영 없으니까 모두 푹 쉬고 다음 주 월요일, 일산 스튜디오에서 봅시다."

"네, 수고하셨습니다."

예정 시간보다 두어 시간 늦게 끝난 터라, 모두 지친 모습으로 현장 정리에 들어갔다. 태환은 마지막 장면이 끝나자마자 모두에게 간단히 인사한 후 자리를 떴다. 하연은 창훈과 다음 주 촬영에 관한 의논을 하느라, 태환이 현장을 떠나는 모습을 놓치고 말았다.

오히려 그편이 나을지도 몰랐다. 아무리 연기라지만 성욱과 껴안고 베드 신 연기를 한 이후라, 그의 얼굴을 어떻게 대해야 할지 조금은 난감했으니까.

"언니, 언니! 대박! 몸매 정말 예쁘게 나왔어요."

서영은 하연의 마음도 모르고 싱글벙글 웃으며 엄지손가락을 치켜세웠다.

"몸매 나올 거라도 있니? 상반신 위주로 찍었는데."

"쇄골이 움푹 들어가서 엄청 섹시하게 나왔다니까요. 역시 물도 안 마신 보람이 있어요."

"그럼 우리 이젠 뭐 좀 먹자."

민성이 툴툴거리자, 서영은 손바닥으로 사정없이 그의 널찍한 등짝을 내리쳤다.

"제정신이에요? 이 시간에 먹었다간 다 살로 간다고요. 매니저란 사람이 도와주진 못할망정 옆에서 훼방이나 놓고 있고."

"나 지금 배고파서 눈앞에 아무것도 안 보인단 말이야. 이래서 운전이나 제대로 하겠어?"

"관둬요, 그럼. 운전은 내가 하면 되니까."

"서영이 너, 밴 운전할 수 있어?"

"하, 왜 이래요? 나 1종 대형 면허 있거든요."

"어머! 그래, 너 잘났다."

아, 또 시작이다. 여느 때처럼 서영과 민성이 투덕거리자, 하연은 고개를 설레설레 내저으며 먼저 밴에 올라탔다.

집에 돌아오니 시간은 아침 6시에 가까워져 있었다. 하연은 샤워도 하지 못하고 그대로 침대에 쓰러져 잠들었다.

눈을 뜬 건 오후 늦은 시간이었다. 말이 베드 신이지 액션 신을 찍은 것처럼 온몸이 욱신거렸다. 안 쓰던 근육을 써서 그런 모양이었다.

하연은 잠이 덜 깬 상태로 터덜터덜 욕실로 향했다. 뜨거운 물로 샤워를 하고 나니, 근육통처럼 쑤시던 증세가 조금은 완화되었다. 그녀는 수건으로 젖은 머리의 물기를 털어내며 책상 위에 올려놓은 휴대폰을 집어 들었다. 혹시나 태환에게서 연락이 오지 않았나 확인했지만, 화면에는 홍 여사에게서 온 문자 알림만이 달랑 떠 있었다.

> 잘 있지? 엄마, 미선이 아줌마랑 제주도
> 다녀올게. 필요한 거 있으면 연락해.

남편도 출장 가고 없겠다, 미선이 홍 여사에게 어디 여행이나 가자고 꼬드긴 모양이었다.

> 내 걱정 말고 즐겁게 놀다 와, 엄마.

곧바로 답장을 보낸 하연은 화장대 앞에 앉아 머리를 말리며 벽시계로 시선을 돌렸다. 시곗바늘은 오후 5시가 조금 넘은 시각을 가리키고 있었다. 온종일 굶은 터라 손이 떨릴 만큼 배고팠지만, 혹시라도 태환과 저녁을 먹게 될지도 모르기에 급한 대로 에너지 바로 허기를 달랬다.

태환에게서는 아직 아무런 연락도 없었다.

하연은 휴대폰 화면을 뚫어지게 노려보며 잠시 고민에 빠졌다. 그녀는 지금까지 잘 수 있었지만, 그는 평소와 다름없이 출근했을지도 모른다. 그렇다면 그녀를 만나는 것보단 집에서 푹 쉬는 게 나을지도 모른다. 오늘은 만나지 말고 목소리만 들을까?

띠링—.

텔레파시가 통했는지 통화 버튼을 누르려는 순간, 태환에게서 문자가 날아왔다.

> 6시로 예약해놓았으니까
> 에스테틱 살롱으로.

"응?"

난데없이 에스테틱 살롱은 왜?

하연은 황급히 손바닥으로 뺨을 만져보았다.

카메라로 클로즈업했을 때, 피부가 거칠어 보였나? 아니면 밤샘 촬영으로 푸석해졌나?

띠링—.

이어서 에스테틱 살롱 주소와 함께 길 찾기 링크가 문자로 날아왔다. 주소를 보면 집 근처인 거 같은데, 일부러 가기 편하게 가까운 곳으로 정한 모양이었다.

하연은 부랴부랴 머리를 말리고 옷을 갈아입었다.

오늘도 변장하고 나가야 하나? 잠시 고민하다가 그냥 커다란 선글라스와 마스크를 쓰고 모자를 푹 눌러쓰는 정도로 얼굴을 가렸다. 어차피 집 근처니까 크게 문제 될 건 없을 것 같았다.

태환이 보내준 에스테틱 살롱 건물은 하연의 아파트에서 걸어가도 될 거리에 위치해 있었다. 약간 뒷골목 쪽으로 들어가야 했지만, 찾기엔 아무런 어려움이 없었다.

안으로 들어가자 카운터 뒤에 서 있던 직원이 앞으로 다가왔다.

"안녕하세요."

"6시에 예약이 되어 있는데요."

"네, 기다리고 있었습니다. 이쪽으로 오세요."

직원은 상냥하게 미소 지으며 하연을 맨 끝 마사지 룸으로 안내했다.

"여기서 잠시만 기다리세요."

마사지 룸으로 안내해준 줄 알았는데 아닌가 보다. 방 안은 썰렁할 정도로 아무것도 놓여 있지 않았다. 단순한 의자조차 없었다.

그때 노크 소리와 함께 문이 열리고 30대 초반으로 보이는 남성이 안으로 들어왔다.

"기다리게 해서 죄송합니다."

남자는 에스테틱 살롱과는 전혀 어울리지 않는 짙은 색의 정장 차림이었다.

"저를 따라오시면 됩니다."

그는 자신이 들어온 문의 반대 방향으로 성큼성큼 걸어갔다. 벽 색깔과 같아서 미처 알아채지 못했는데 반대편에는 또 다른 문이 놓여 있었다. 남자는 하연을 위해 문을 열어주고 한 걸음 뒤로 물러섰다.

약간 의심스럽긴 했지만, 태환이 예약해준 곳인데 이상할 리는 없겠지?

잠시 망설이던 하연은 조심스럽게 문밖으로 발을 내디뎠다. 통로를 지나고 다시 철문을 열자, 익숙한 광경이 눈앞에 펼쳐졌다. 자신이 어디 있는지 깨닫는 순간 하연은 제자리에 멈추며 석고상처럼 굳어버렸다. 그리고 뒤따라오는 남자를 향해 고개를 돌렸다.

"도대체 이게 어떻게 된 거죠?"

하연은 깜짝 놀란 얼굴로 주위를 둘러보았다. 너무나도 낯익은 이곳은 레스토랑 '데이지' 안이었다. 분명히 들어올 때는 에스테틱 살롱이었는데, 어째서?

"이쪽에선 반대편을 볼 수 있지만, 저쪽에선 검은 유리 벽으로만 보입니다."

어느새 가까이 다가온 남자가 높낮이 없는 음성으로 설명했다. 그는 일반인이 출입할 수 없는 계단으로 하연을 안내했다.

"급하게 공사하느라 아직 페인트가 마르지 않은 부분이 있습니다. 조심하세요."

하연이 이해할 수 없다는 표정을 짓자, 그가 설명을 덧붙였다.

"에스테틱 살롱 건물과 '데이지'는 서로 건물 뒤쪽을 마주 보고 세워진 형태입니다. 내년으로 예정된 '데이지' 확장 공사를 위해서 미리 건물을 사뒀는데, 대표님 지시로 우선 뒤쪽을 잇는 공사를 했습니다. 앞으로 '데이지'를 방문하실 경우, 파파라치의 눈을 피해 에스테틱 살롱을 통해서 오시면 됩니다."

"하, 어쩌면."

하연의 입에서 실소가 터져 나왔다. 스파이 영화를 찍는 것도 아니고, 이게 뭐야?

하지만 무엇이든지 철두철미하게 해야 직성이 풀리는 태환의 성격을 고려한다면 이해 못 할 것까진 없었다.

계단은 3층으로 이어져 있었고, 그 입구를 커다란 철문이 가로막고 있었다. 남자는 3층 입구 철문 옆에 달린 버튼을 눌렀다.

"강 비서입니다. 모시고 왔습니다."

말을 마친 그는 하연에게 고개 숙여 인사한 후, 뒤돌아 계단을 내려갔다. 잠시 후 철문이 열리고 태환이 모습을 드러냈다.

"들어와요."

"이게 다 뭐예요?"

태환을 따라 안으로 들어선 하연은 전혀 생각하지도 못한 광경에 할 말을 잃었다. 태환이 사는 펜트하우스와 비교해도 전혀 손색없는 고급스러운 실내가 눈앞에 펼쳐져 있었다.

"원래 수셰프가 살던 곳인데 이번에 결혼하면서 집을 구해 나갔어요. 그래서 새로 실내 공사를 좀 했죠. 앞으로는 내가 여기서 지내려고."

"왜요?"

"이곳이 당신 집과 가까우니까."

태환의 손에 이끌려 다이닝 룸에 도착한 하연은 저도 모르게 감탄사를 내뱉었다. 식탁 위에 음식이 한가득 차려져 있었다. 제일 먼저 눈에 들어온 건 해산물이 가득 들어간 카레였다. 매콤한 카레 향을 맡는 순간 '꼬르륵' 배에서 반응이 나타났다.

에너지 바 하나로 버티길 정말 잘했다!

"와아, 이걸 다 언제 준비했어요?"

"밤새 간호해주고 죽도 끓여줬는데 이 정도는 뭐. 잠깐만 기다려요. 샐러드만 만들면 되니까."

태환이 싱크대로 걸어가자, 하연도 빠르게 그의 뒤를 따랐다.

"저도 도울게요."

"괜찮아요. 어제 밤새도록 촬영하느라 피곤할 텐데."

"아뇨. 온종일 잠만 자서, 끄떡없어요."

"좋아요. 그럼, 거기 놓인 방울토마토나 물에 씻어줘요."

방울토마토라……. 하연은 서영 때문에 어제 신물이 나게 먹은 방울토마토를 지그시 노려보았다.

어제 풀떼기를 너무 많이 먹어서 오늘 저녁 정도는 건너뛰어도 될 것 같았지만 그래도 구색을 갖추려면 있는 게 낫겠지.

하연은 샐러드드레싱을 준비하는 태환 옆에서 방울토마토를 씻었다. 용기에 물을 담아 열심히 방울토마토를 씻고 있는데 옆에서 뭔가 싸한 느낌이 전해졌다. 동작을 멈추고 옆을 바라보니 태환이 눈살을 찌푸린 채 그녀를 바라보고 있었다.

어? 왜 그러지? 내가 너무 방울토마토를 으깨면서 씻었나?

그러나 그의 시선은 방울토마토가 아니라 그녀의 목덜미를 향하고 있었다. 하연은 의아한 눈으로 태환을 마주 보았다.

"그거……. 흠."

태환은 말하기 껄끄럽다는 듯이 손으로 그녀의 목덜미를 슬그머니 가리켰다.

"네? 뭐요?"

하연이 몸을 움직일 때마다 블라우스 깃이 벌어지며 그녀의 가느다란 목덜미가 드러났다. 그런데 불쾌한 무엇인가가 태환의 시선을 끌었다. 하연이 알아채지 못하자, 태환은 손을 뻗어 하연의 블라우스 깃을 조심스럽게 옆으로 제쳤다. 그러자 아까부터 신경 쓰게 만들던 부위가 모습을 드러냈다. 하얀 목덜미에 빨간 흔적이 남아 있었다.

그제야 하연은 뭔지 알아차린 듯 손으로 빠르게 목덜미를 감쌌다.

"어제 촬영하다가 생겼나 봐요."

성욱이 살살 다룬다곤 했지만 약간의 흔적이 남고 말았다. 그것 때문에 성욱은 몇 번이나 미안하다고 사과하며 머리를 조아렸었다. 그때는 아무렇지 않게 넘겼는데 시간이 지나면서 색이 점점 진해지고 있었다.

태환은 힘겹게 화를 참느라 깊게 숨을 들이마셨다. 자신은 조금이라도 흔적이 남을까 봐 얼마나 조심해서 살살 다루는데. 성욱이 이 자식! 가만두지 않겠어!

다른 수컷이 남긴 흔적이 자신의 여자 몸에 남아 있다는 건 커다란 수치였다.

"궁금한 게 하나 있는데……."

태환은 준비하던 샐러드 용기를 옆으로 밀어내며 착 가라앉은 목소리로 말했다.

"뭐가요?"

"베드 신 흔적, 어떻게 지워줄까?"

"네?"

하연이 깜짝 놀란 얼굴로 되물었다. 그러나 대답을 원하는 질문이 아니었던 듯, 태환은 그녀의 허리를 확 끌어안으며 재빨리 목덜미 쪽으로 고개를 기울였다.

"앗!"

하연은 반사적으로 태환의 어깨를 밀어냈지만, 그는 꿈쩍도 하지 않았다. 살갗을 맴도는 입술에서 뜨거운 열기가 고스란히 느껴졌다. 간지러우면서도 아찔한 감각에 하연은 저도 모르게 아랫입술을 깨물며 미간을 찡그렸다.

성욱이 남긴 흔적 위에 자신의 흔적을 새기려는 듯 태환은 집요할 정도로 한 부분만을 공략했다. 하지만 그것만으론 성에 차지 않았던 것일까? 허리에 머물던 손이 서서히 위쪽으로 올라가더니, 꼼짝하지 못하게 그녀의 뒤통수를 감싸 쥐었다.

뭐지? 불길한 예감에 그녀가 몸을 빼려는 순간 태환이 그녀의 목덜미를 깊게 빨아들였다.

"흐읏."

불에 덴 것처럼 따끔한 통증이 목덜미에 느껴졌다. 동시에 짜릿하다 못해 저릿한 감각이 온몸으로 퍼져나가며 발끝에 저절로 힘이 들어갔다. 하연은 자신도 모르게 태환의 어깨를 움켜쥐며 흘러나오려는 신음을 꾹 눌러 삼켰다. 그는 한참 후에야 목덜미를 지분거리던 입술을 거두었다.

"이 정도면 완벽해."

태환은 승리의 미소를 지으며, 흔적이 남은 부위를 엄지손가락으로 쓰윽 어루만졌다.

도대체 어느 정도이기에 완벽하다는 거야? 하연은 태환의 품에서 빠져나와 벽에 걸린 장식 거울에 목덜미를 비춰보았다.

세상에나! 그녀의 눈이 휘둥그레졌다. 500원짜리 동전보다 조금 더 큰 크기로 목덜미 주위가 빨갛게 변해 있었다. 누가 보더라도 한눈에 알아챌 수 있는 선명한 흔적이었다. 어떡해! 어떡해!

당황한 그녀와는 달리 태환은 아무 일도 아니라는 듯 싱긋 웃어 보였다.

"다음 주까지 촬영 없다면서……. 그 전에 없어질 거예요."

다행히 촬영은 없다지만 다른 사람들 시선은 어떻게 피하라고. 흔적을 가리려면 당분간은 목 끝까지 단추를 채우거나 스카프를 둘러야 했다. 가뜩이나 목이 답답한 걸 못 참아, 겨울에도 목도리를 안 하고 다니는데…….

하연은 얼른 손으로 목덜미를 가리며 원망스러운 눈으로 태환을 흘겨보았다.

드라큘라 백작도 아니면서, 이건 너무하잖아! 어떨 때 보면 얄미워 죽겠어.

"왜? 그런 눈으로 봅니까?"

태환은 안절부절못하는 하연이 귀엽게만 느껴졌다. 어제는 담담하게 성욱과 베드 신을 찍던 그녀가 오늘은 고작 목덜미에 흔적 좀 남겼다고 얼굴을 붉히고 있었다.

"요즘 날도 더워지는데 이러면 계속 목을 가리고 다녀야 한다고요."

상상하는 것만으로도 목에 땀이 배는 것 같아, 하연은 울상을 지으며 투덜거렸다.

"그렇다고 땀띠가 날 정도로 더운 건 아니잖습니까?"

깍듯하게 존대하는 말투에 하연은 더욱더 약이 올랐다.

흥, 자신의 일이 아니라고 쉽게도 말하네. 좋아, 그렇다면!

하연은 자연스럽게 태환의 팔에 팔짱을 끼며 슬그머니 몸을 기대었다.

"고대 바빌로니아의 왕, '함무라비'가 만든 '함무라비 법전'이라고 들어봤죠?"

"난데없이 '함무라비 법전'은 왜?"

분위기에 전혀 맞지 않는 물음이 나오자, 태환은 눈을 가늘게 모았다.

"법전에 나오는 서문을 읽어보면 이런 말이 있어요. '이 땅에 정의를 실현하기 위해서, 그리하여 강자가 약자를 해하지 못하게 하려 한다. 눈에는 눈, 이에는 이'……."

말을 마친 하연은 발뒤꿈치를 들고 그의 목을 끌어안았다. 그리고 태환이 그녀에게 했던 것처럼 똑같이 그의 목덜미를 거세게 빨아들였다. 그녀만 스카프를 두르고 다닐 순 없으니까, 그도 당해봐야 한다!

"하아."

한참 후에야 입술에 떼어내며 하연은 가쁜 숨을 골랐다. 그게 뭐라고 그녀 딴에는 숨이 찰 만큼 힘들었지만, 복수만큼은 확실하게 했다. 하연은 선명한 흔적을 바라보며 생긋 눈꼬리를 휘었다.

"완벽하네요."

태환은 기가 막힌다는 얼굴로 따끔거리는 목덜미를 문질렀다. 굳이 확인하려 거울에 비춰볼 필요도 없었다. 흡족한 눈으로 자신을 바라보는 그녀의 표정이 모든 걸 말해주었다.

"풋!"

순간 태환의 입에서 실소가 터져 나왔다. 살짝 장난만 치고 끝내려고 했는데 그녀가 그만 불을 지펴버렸다. 그녀는 지금 자신의 이런 행동이 얼마나 유혹적인지 상상도 못 할 것이다.

" '눈에는 눈, 이에는 이'라면, 성경에는 이런 말이 있죠."

태환은 하연을 향해 상체를 숙이며 그녀의 눈을 빤히 들여다보았다. 하연의 눈빛이 불안한 듯 살짝 흔들리자, 그는 가만히 손을 뻗어 그녀의 뺨을 어루만졌다.

"네 원수를 사랑하라."

말은 사랑하라고 하면서 그녀를 향한 눈빛은 위험스럽게 번득거렸다. 왠지 잠자는 사자를 건드린 것 같은 오싹한 느낌에 하연은 마른침을 꿀꺽 삼키며 한 걸음 뒤로 물러섰다.

그녀가 뒤로 물러선 만큼 태환은 앞으로 바짝 다가왔다. 코앞으로 얼굴을 들이대며 그가 나직이 속삭였다.

"도발은 당신이 먼저 했어."

무슨 소리야, 지금? 누가 먼저 도발했는데!

그러나 하연이 뭐라고 반박할 사이도 없이 그는 한쪽 팔로 거칠게 그녀의 허리를 움켜쥐었다. 얼마나 세게 끌어안았는지 마주 닿은 가슴과 가슴으로 서로의 심장박동이 전해지는 것만 같았다.

"……도발은 내가 아니라 태환 씨가 먼저 했……!"

태환이 입술을 단숨에 덮어버린 탓에 하연은 말을 제대로 끝낼 수 없었다. 이번에 그는 입술 위에 흔적을 남기려는지 입술이 아릴 정도로 강하게 빨아 당겼다.

"흐읍."

숨을 쉬기 위해 벌어진 입술 사이로 그의 숨결이 거침없이 밀려 들어왔다. 격렬하게 파고드는 태환을 이겨내지 못한 하연의 몸이 조금씩 뒤로 밀리기 시작했다.

어느새 그녀의 등 뒤로 차가운 벽의 감촉이 느껴졌다. 그의 몸과 벽 사이에 끼인 채 하연은 입 안 가득 태환의 거친 숨결을 남김없이 받아들였다. 뭐가 그리도 다급한지, 태환은 숨을 돌릴 새도 없이 밀어붙이기에만 바빴다.

그런데 조금은 거칠다 싶은 그의 행동이 오히려 그녀를 들뜨게 했다. 하연은 그의 셔츠 깃을 움켜쥐며 그녀 쪽으로 태환을 가까이 끌어당겼다.

눈앞이 핑 돌 듯 어지러운 건 산소가 부족해서일까? 아니면 그의 뜨거운 열기 때문일까?

"……하아, 하아, 태환…… 읍."

숨을 쉬기 위해 고개를 옆으로 돌렸지만, 곧 그의 손에 의해 돌려져 다시 입술이 겹쳐졌다. 더욱더 격렬해지는 호흡만큼이나 그녀의 심장박동은 미친 듯이 빨라지고 있었다. 제대로 숨쉬는 것조차 버거웠지만, 전신으로 퍼지는 아찔한 감각에 그를 밀어내고 싶진 않았다.

그는 입술을 떼지 않은 채, 조급한 손길로 블라우스 단추를 끌러냈다. 맨 살갗에 와 닿은 차가운 공기에 하연의 몸이 가늘게 떨렸다. 조심스럽게 드러난 어깨를 어루만지던 손길은 서서히 아래로 향했다. 곧이어 그의 입술도 쇄골을 따라 낙인을 찍듯 하얀 살결 위를 배회했다.

잠시 후, 태환이 고개를 들어 하연과 시선을 마주했다. 그녀를 향한 짙은 눈빛에는 숨길 수 없는 욕망이 담겨 있었다.

"하연아."

격한 감정을 억누르는 듯 그의 목소리가 탁하게 잠겨 있었다.

"……괜찮아?"

별다른 말을 하지 않았지만 하연은 그것이 무엇을 의미하는지 알 수 있었다.

글쎄, 괜찮을까?

하지만 이제는 그녀도 키스만으로는 만족할 수 없었다. 하연은 아랫입술을 살짝 깨물며 가만히 고개를 끄덕거렸다. 그가 원하는 만큼이나 그녀 역시 그의 모든 것을 소유하고 싶었으니까.

무언의 허락에 태환은 베어 물듯 그녀의 아랫입술을 집어삼켰다. 그리고 입술을 떼지 않은 채, 하연의 무릎 뒤로 손을 넣어 그녀를 번쩍 안아 올렸다.

하연도 팔을 뻗어 태환의 목을 끌어안았다. 심장박동이 미친 듯이 빨라지고 있었다.

태환은 침대 위에 하연을 내려놓으며 그녀의 몸 위로 자신의 몸을 포갰다. 그녀의 검은 머리카락이 하얀 시트 위에 부채처럼 펼쳐졌다. 이런 모습을 어제 성욱도 가까이서 보았다는데 생각이 미치자, 불끈 질투심이 치밀었다.

내 여자다. 감정 없는 연기라고 할지라도 절대 그 누구와도 그녀를 나눌 순 없었다. 향기도 숨결도 머리카락 한 올까지도.

태환은 팔꿈치로 상체를 지탱한 자세로 고개를 숙여 그녀의 얼굴로 입술을 내렸다. 그녀에게서 흘러나오는 그윽한 재스민 향기에 가슴이 설레었고 입술에 닿는 부드러운 살결에 온몸의 감각이 아우성쳤다.

끝까지 질주하고 싶은 본능이 머릿속을 어지럽혔다. 하지만 결정권은 그녀에게 있었다.

"……싫으면 말해."

귓불과 목덜미를 지나 더 아래로 입술을 미끄러뜨리며 태환이 나직이 중얼거렸다.

"지금이라도…… 멈출 수 있어."

힘겹게 내뱉는 그의 목소리 끝이 가늘게 떨렸다. 그녀가 싫다고 하면 태환은 당장에라도 멈출 것이다. 오늘이 아니더라도 지금까지 얼마나 많이 자제해왔는지 잘 알고 있었다. 이번에도 그녀가 그만하자고 하면 아무리 힘들더라도 순순히 물러날 것이다. 그는 그런 사람이었다.

하지만 이번에는 그녀가 그를 놓고 싶지 않았다. 하연은 두 손으로 그의 뺨을 감싸고 눈길을 마주했다. 그의 이글거리는 시선이 오롯이 그녀를 향하고 있었다. 태환의 뜨거운 눈빛을 보는 것만으로도 걷잡을 수 없게 가슴이 떨렸다. 그와 함께라면 후회 없이 끝까지 갈 수 있다는 확신이 들었다.

하연은 두 눈을 감으며 그의 입술에 살포시 제 입술을 포갰다. 그저 살짝 입술을 가져가는 키스였지만, 눈물이 핑 돌 정도로 달콤했다.

"……안아줘요."

그의 입술 위에서 그녀가 속삭이듯 작게 말했다.

"……하연아."

태환은 탄식하듯 그녀의 이름을 부르며 으스러질 듯 하연을 꽉 끌어안았다.

좀 더 시간을 두며 느긋하게 가려고 했는데 역시나 불가능한 일이었나 보다. 온몸을 불태울 것만 같은 욕망의 불길 앞에서는 미쳐 날뛰는 본능을 통제할 수 없었다. 애석하지만 여기까지가 한계인 것 같았다.

태환은 하연을 잠시 품에서 떼어놓고 서둘러 셔츠를 벗었다. 이어서 어깨에 반쯤 걸쳐진 그녀의 블라우스도 벗겨냈다. 하얀 살결이 드러나자, 그는 재빨리 그녀를 자신의 품으로 잡아당겼다.

맞닿은 감촉만으로도 온몸이 녹아내릴 것만 같은 전율이 흘렀다. 태환의 입술이 드러난 가슴 위로 내려왔다.

"아아."

숨이 탁 막히는 짜릿함에 저절로 탄식이 흘러나왔다. 두 사람의 심장박동이 같은 박자로 뛰고, 뜨거운 숨결이 격렬하게 얽혔다.

"하아, 하아."

하연은 거친 호흡을 고르며 태환의 어깨를 꽉 움켜쥐었다. 너무나도 달콤하고 뜨거워서 애가 탈 정도였다. 온몸에 느껴지는 태환의 입술과 손길 때문에 그대로 흐물흐물 녹아버릴 것 같았다.

"으윽."

더 이상은 가까워질 수 없을 정도로 가까운 곳까지 파고든 그의 입에서 신음이 흘러나왔다. 그의 탄탄한 가슴이 그녀를 안았고, 그녀의 부드러운 가슴이 그를 품었다. 맞물린 눈빛과 몸이 거칠게 부딪칠수록 서로의 마음은 빈틈없이 엉켜들었다.

황홀한 감각은 연기처럼 하얗게 타들었고 눈앞이 흐릿해지며 정신이 몽롱해졌다.

"……하연아."

그녀를 부르는 태환의 목소리가 저 멀리에서 들려오고 있었다. 희미한 의식 속에서 그를 향한 감정이 무엇인지 이제는 확실히 알 수 있을 것 같았다.

사랑해. 그를 사랑한다…….

나는 이 남자를 너무나도 사랑한다.

마음을 깨닫자, 거짓말처럼 짜릿한 쾌감이 온몸으로 퍼져나갔다. 불꽃처럼 터지는 환희가 온몸을 에워싸는 순간, 하연은 낯설고 황홀한 감각에 몸서리치며 그대로 까무룩 잠에 빠져들었다.

얼마나 지났을까. 하연은 무거운 눈꺼풀을 느리게 깜박거렸다. 흐릿한 초점이 서서히 맞춰지고 낯설어 보이는 어두운 실내가 시야에 들어왔다.

여기는 어디지?

하연은 자신이 어디에 있는지 잠시 어리둥절했다. 그러다 뒤에서 전해오는 따뜻한 체온을 느끼고 퍼뜩 어젯밤 일을 깨달았다.

샐러드를 준비하다가, 어쩌다 보니까 저녁은 생략한 채 그대로 침실로 직행해버렸다. 태환의 품에서 한층 달아올랐던 기억이 떠오르자, 그녀의 얼굴이 금세 빨갛게 변해버렸다. 아직도 그때의 열기가 채 가시지 않은 듯 몸 여기저기가 화끈거렸다.

태환은 뒤에서부터 그녀를 끌어안고 잠이 들었는지, 귓가로 그의 고른 숨소리가 들렸다.

시계를 보니 어느덧 새벽 3시가 넘어가고 있었다.

이러다 외박하겠네. 슬슬 일어나서 집에 가야 하는데…….

하지만 그의 품이 너무나도 따뜻하고 아늑해서 계속 안겨 있고 싶었다. 등 뒤로 느껴지는 탄탄한 가슴과 목덜미를 간질이는 숨결이 못 견디게 좋았다.

이대로 자고 갈까? 아냐, 아냐! 너무 익숙해져버리면 안 돼.

몸을 일으키려 꿈지럭거리는데, 허리를 끌어안은 태환의 팔에 힘이 들어갔다.

"……깼어?"

막 잠에서 깨어났는지 목소리가 가라앉아 있었다.

"네, 이만 집에 가려고."

"흐음."

집에 가겠다고 했는데 태환은 오히려 그녀가 꼼짝달싹 못하게 꽉 끌어안았다.

"……늦었어. 자고 가."

"괜찮아요. 바로 집 앞인데 그냥 걸어가면 되니…… 앗."

말이 끝나기도 전에 태환은 몸을 일으켜 하연을 자신의 팔 안에 가두었다. 그가 위로 올라가고 그녀는 밑에 깔리는 자세가 되어버렸다. 당황한 하연의 두 눈이 커다래졌다.

"뭐 하는 거예요?"

그는 대답 대신 손등으로 하연의 쇄골을 쓰윽 쓸어내렸다.

"성욱이 녀석이…… 여기 만졌던가?"

왜 난데없이 화제를 바꾸는 거지?

이유는 알 수 없었지만, 하연은 최대한 덤덤한 목소리로 대답했다.

"아뇨."

"그럼 여기는?"

그의 손등이 이번에는 완만한 곡선을 이루는 가슴을 배회했다. 쓰윽, 맨살을 스치는 감촉이 소름 끼치게 좋아서 하연은 티 나지 않게 숨을 들이마셨다.

"아니에요."

그녀도 모르게 목소리가 떨렸다.

"15세 이상 관람 영화에 나오는 베드 신인걸요. 그렇게 수위가 높을 리 없잖아요."

그런데도 태환은 화가 난 얼굴로 눈살을 찌푸렸다.

"수위가 높건 낮건, 불쾌해. 머리카락 한 올이라도 나 아닌 누군가가 당신을 만지는 거 싫어."

"연기일 뿐이에요."

연기라는 거 누가 몰라서 그러나. 그런데도 눈에서 불이 날 만큼 질투가 나는 건 어쩔 수 없었다.

다른 영화도 아니고 자신이 제작하는 영화인데도 이러니,

나중에 그녀가 다른 영화를 찍을 때는 어떻게 견디어낼지 모르겠다. 상상만으로도 머리카락이 곤두서는 것 같았으니까.

그의 그런 속마음을 아는지 모르는지 하연은 그의 가슴에서 대롱거리는 붉은 실 반지를 손으로 만지작거렸다.

"왜요? 붉은 실로 누에고치처럼 칭칭 감으려고요?"

태환은 피식 입꼬리를 비틀며 그녀의 귓가에 나지막이 속삭였다.

"물론. 그럴 수만 있다면……."

벌써 눈에 콩깍지가 씌었나 보다. 그렇지 않고서야 속박하고 싶다는 말에 이리도 가슴이 두근거리다니.

"나, 이틀 휴가 냈어."

그녀의 머리카락을 부드럽게 쓰다듬으며 그가 나지막이 속삭였다.

"그러니까 내 말은…… 그동안은 여기서 한 발짝도 내보내지 않을 거라는 거."

말을 끝낸 태환은 하연이 뭐라고 항의하기 전에 깨물 듯 그녀의 입술을 머금었다. 키스가 깊어지면 깊어질수록 맨살을 더듬는 손길 또한 더욱더 집요해졌다. 정신이 아득해질 정도로 아찔한 쾌감이 해일처럼 거세게 밀려들었다.

"……으음."

"하아."

두 사람의 거친 숨소리와 후끈한 열기가 서서히 어두운 방 안을 가득 채워나갔다.

—태환아.

흐릿한 안개 속에서 그녀가 두 팔을 펴고 환하게 웃고 있었다. 언제나처럼 그녀는 눈이 부시게 아름다웠다. 세상에 그 누구도 그녀보다 아름답진 못할 것이다.

어린 태환은 사랑을 듬뿍 담은 눈으로 그녀를 올려다보았다. 그녀가 두 손으로 태환의 뺨을 감싸며 시선을 마주했다. 태환을 바라보던 그녀의 얼굴에서 미소가 서서히 사라졌다.

—날아가고 싶어.

그녀가 중얼거리자, 순식간에 그녀의 등에서 날개가 돋기 시작했다. 어린 태환은 놀란 눈으로 그녀를 올려다보았다. 불길한 예감이 엄습했다.

그녀가 날개를 펄럭일 때마다 하얀 깃털이 눈송이처럼 사방에 흩어졌다. 그녀가 그를 두고 가버리려고 한다.

—안 돼. 가지 마.

날갯짓이 빨라질수록 하얀 깃털은 눈보라처럼 허공을 날아올랐다. 그녀의 몸이 서서히 공중으로 떠올랐다.

—엄마!

어린 태환은 귀청이 찢어질 것처럼 비명을 지르며 그녀에게 달려갔다. 하지만 손이 닿기도 전에 그녀의 몸은 이미 저 멀리 허공에 떠 있었다. 그리고 순간, 그녀의 몸이 땅으로 곤두박질했다.

—꺄아아악!

"헉……!"

태환은 소스라치게 놀라며 번쩍 눈을 떴다.

다행스럽게도 꿈이었다. 태환은 떨리는 마음을 진정하며 잠에서 깨어나려 빠르게 눈을 깜박거렸다. 하연은 그가 악몽을 꾸었다는 것을 모른 채 그의 품에서 곤히 잠들어 있었다.

"후우."

태환은 한숨을 내쉬며 커튼 사이로 아침 햇살이 스며드는 창으로 시선을 돌렸다. 어째서……? 그의 미간에 주름이 새겨졌다.

한동안 꾸지 않았던 꿈이었다. 언제 마지막으로 꾸었는지 기억도 나지 않을 만큼 아주 오래된 악몽. 이제는 찾아오지 않을 거라고 안심하고 있었는데, 왜 가장 행복한 지금 이 순간에 악몽이 다시금 되살아났는지 모르겠다.

태환은 하연이 잠에서 깨어나지 않게 조심하며 그녀를 꽉 끌어안았다.

"……으으응."

하연은 잠결에 뭔가를 중얼거리며 그의 목덜미에 얼굴을 비볐다. 아무리 강한 체력을 가진 그녀라지만, 밤새도록 밀어붙였던 태환 때문에 완전 녹초가 돼버린 것 같았다.

"하연아."

태환은 작게 그녀를 부르며 그녀의 이마에 입을 맞추었다. 그녀를 품에 안고서도 어딘가 허전하고 불안한 마음을 떨칠 수 없었다.

그녀도 훨훨 날아가버리는 건 아니겠지? 안 돼. 절대로 놓아주지 않을 거야.

태환은 다시 잠을 청하려 무거운 눈을 감았다. 잠들기 어려울 거라고 생각했지만, 곧바로 잠이 쏟아져 내렸다.

"……아."

얼마 지나지 않아, 그의 입술이 달싹거리며 띄엄띄엄 흐느낌 같은 속삭임이 흘러나왔다.

"……엄마, 안…… 돼."

꼭 감긴 두 눈에서 눈물이 흘러내리기 시작했다.

이런……!

하연은 곤혹스러운 표정으로 벽에 걸린 시계를 바라보았다.

지금 시각 1시 45분. 아무리 밤새도록 태환에게 시달렸다지만, 남의 집에서 이렇게까지 늦잠을 자버리다니. 외박은 둘째치고 해가 중천에 뜰 때까지 침대 속에 머물고 말았다. 태환은 벌써 일어났는지 모습이 보이지 않았다.

그가 누웠던 자리가 차가운 걸 보니 일어난 지 꽤 된 모양이었다. 하연은 재빨리 옷을 걸치고 침실에 딸린 욕실로 달려갔다. 곧바로 집에 갈 계획이었지만, 그렇다고 태환에게 부스스한 모습을 보여주긴 싫었다. 얼굴을 씻고 준비된 일회용 칫솔로 이를 닦았다. 머리를 빗고 침실 밖으로 나가니 태환은 주방에서 에스프레소 머신으로 커피를 내리고 있었다.

이미 샤워를 마쳤는지 그의 머리카락 끝이 물기에 젖어 있었다. 의도하지 않았지만 커피 잔을 들고 있는 팔로 저절로 시선이 쏠렸다. 걷어 올린 소매 밑으로 드러난 단단한 팔뚝이 눈에 들어오자, 하연은 어젯밤 그가 저 팔로 얼마나 그녀를 세게 끌어안았는지를 떠올렸다.

그다음으로 어떤 행동이 뒤따랐는지 머릿속에 떠올랐다. 어두울 땐 몰랐는데 사방이 밝은 곳에 서 있으려니 얼굴이 화끈 달아올랐다. 하연은 빨개진 얼굴을 감추려 황급히 태환으로부터 등을 돌렸다. 그러나 한 걸음도 떼지 못하고 제자리에 멈출 수밖에 없었다.

"일어났어요?"

태환이 커피 잔을 들고 옆으로 다가왔기 때문이었다.

"……네."

하연은 고개를 숙인 채, 그가 건네는 커피 잔을 받아 한 모금 들이켰다. 태환에게서는 남성 향수 냄새와 커피 향이 뒤섞인 오묘한 향이 풍겼다.

밝은 곳에서 그를 대하니, 밤새도록 그에게 안겼다는 사실이 믿어지지 않을 만큼 어색했다. 왠지 부끄러운 마음에 하연은 그의 얼굴을 똑바로 바라볼 수 없었다.

아무리 진정하려고 해도 태환이 옆에 서 있다는 사실만으로 심장이 미친 듯이 뛰었다. 그의 숨소리 하나하나에 오소소 솜털이 일어나는 것만 같았다. 지금까지 느끼던 감정과는 분명히 무언가가 달라져 있었다. 이제야말로 진정한 남녀 관계가 시작된 느낌이랄까? 우선은 자리를 피해서 혼자 곰곰이 관계를 정리해보는 게 좋을 것 같았다.

"커피 잘 마셨어요. 저는 이만 가볼게요."

하연은 태환의 시선을 피하며 커피 잔을 식탁 위에 내려놓았다. 그리고 재빨리 등을 돌려 현관으로 향했다. 하지만 이번에도 몇 걸음 떼지 못하고 태환의 손에 멈춰 섰다.

"이틀 동안 휴가 냈다는 말, 벌써 까먹었습니까?"

어제 밤새도록 반말을 하더니 아침이 되자 그는 깍듯한 존댓말을 사용했다. 너무나 상반되는 모습에 기분이 묘했다. 밤에는 정열적으로 달려들던 짐승남이 아침이 되자 예의 바른 비즈니스맨으로 돌아가 있었다.

"하지만 집에 가서 샤워도 해야 하고……."

"여기서 해요."

"옷도 갈아입어야죠. 빨리 준비하고 올게요."

"그럴 필요 없습니다."

태환은 싱긋 웃으며 그녀의 허리에 팔을 둘렀다.

"이리 와요."

그는 그녀를 복도 맨 끝에 있는 방으로 이끌었다. 문을 열자, 전혀 상상하지 못한 광경이 눈앞에 펼쳐졌다. 방의 벽은 한 면 전체는 거울로 뒤덮여 있었고, 바닥엔 산토스 마호가니 마루가 깔려 있었다. 벽에는 부티크 의류 매장을 연상시키는 가구가 붙박이로 설치되어 있었고 그 안은 화려한 색상의 옷들이 차지하고 있었다.

태환이 그녀를 끌고 온 곳은 영화에서나 볼 수 있는 드레스룸이었다. 배우인 그녀조차도 이런 드레스 룸은 갖지 못했는데…….

"이게 다 뭐예요?"

하연은 어리둥절한 눈으로 주위를 두리번거렸다. 잘못 본 게 아니라면 주위에 널려 있는 옷은 남성용이 아니라 여성용이었다. 서랍을 열어보니 안에는 여성용 속옷과 액세서리로 가득 차 있었다.

"보는 바와 같이, 내가 입을 옷은 아니겠죠?"

벽에 비스듬히 기댄 태환이 피식 웃으며 어깨를 으쓱거렸다. 하연은 행거에 달린 옷의 사이즈를 확인해보았다. 모두 그녀에게 맞는 사이즈였다.

"제 사이즈는 어떻게 알았어요?"

"전에 동대문 갔을 때, 종이에 적어줬잖습니까. 신발 사이즈까지 모두 다."

"아, 맞다."

아무리 그렇다고 해도 그가 직접 사 왔을 리는 없을 텐데…….

"어제 이곳으로 안내해준 사람 기억하죠?"

그녀의 궁금증을 안다는 듯 태환이 설명에 들어갔다.

"내 개인 비서입니다. 강 비서의 여동생이 퍼스널 쇼퍼예요. 어떤 취향을 원하는지 알려주니까 알아서 구해 오더군요."

"어떤 취향이요?"

"지적이면서 섹시한 분위기."

태환은 한눈에 보기에도 제법 가슴이 파인 원피스를 하연에게 내밀었다.

"내가 보는 앞에서 입어봐요."

왠지 분위기가 끈적끈적해지는 것 같아, 하연은 서둘러 말을 돌렸다.

"……음, 원래는 매장에 가서 패션쇼처럼 막 입어보고 그러는 거 아닌가요?"

"만약에 그렇게 했으면 내가 이걸 다 사게 하지 않았을 거 아닙니까."

"그거야 그렇지만."

"난 사람들 앞에서 실랑이 벌이는 건 딱 질색이라서……."

"혹시 은혜 갚으려는 거예요?"

"생명을 구해준 은혜를 내가 이런 식으로 쉽게 갚을 거라고 생각했습니까?"

기분이 상했는지 그의 눈빛이 약간 날카로워졌다.

"아니, 그런 건 아니지만."

하연은 그의 시선을 피해 슬그머니 고개를 돌렸다.

"그래도 내 의견을 묻지도 않고 이렇게 막 사들이는 건 곤란해요. 내가 싫다고 하면 어쩌려고요?"

"글쎄, 어떻게 할까? 가서 무르라고 할 수도 없고, 자리만 차지하는데 내다버릴까요?"

TV 드라마에서 그런 내용이 종종 나오긴 했지만, 그건 어디까지나 드라마일 뿐! 옷을 내다버린다니! 현실에선 절대로 있을 수 없는 일이었다.

"미쳤어요? 이걸 왜 버려요?"

하연은 자신도 모르게 큰 소리로 대답하고 말았다. 그러곤 아차 싶었는지 황급히 입을 다물며 태환으로부터 등을 돌렸다. 눈앞에는 협찬을 받아 행사에서나 입어볼 수 있는 드레스들이 걸려 있었다.

예쁘긴 진짜 예뻤다. 행여 보풀이라도 일까 봐 조심조심 입고 나서 행사가 끝나자마자 서영이 부리나케 반납했던 의상들.

"좋아요. 이번에만 받을게요. 하지만 다음엔 안 돼요. 다음번엔 무슨 일이 있어도 모두 환불하게 할 거예요."

"다음번 이야기는 그때 가서 하죠. 자, 우선 이것부터 입어봐요."

어느새 옆으로 바짝 다가온 태환이 그녀의 몸 위에 원피스를 대어보았다.

"나, 아직 샤워하지 않았어요. 샤워하고 입어볼게요."

새 옷을 샤워도 안 한 상태에서 입어보고 싶진 않았다. 그건 새 옷에 대한 예의가 아니었다. 그런데 태환의 입에서 전혀 상상하지도 못한 말이 흘러나왔다.

"그럼 같이 샤워할까?"

"네?"

그녀의 눈이 튀어나올 것처럼 커다래졌다. 방금 뭐라고 한 거지? 샤워를 같이 해? 하연은 자신의 귀를 의심할 수밖에 없었다. 아직 물기가 마르지 않은 젖은 머리를 한 주제에 왜 또 샤워하겠다는 건데?

"태환 씨는 이미 샤워했잖아요. 그런데 왜……?"

"또 하면 되지. 샤워, 그게 뭐 별거라고."

"네? 아니, 저……."

어느새 그의 말투는 반말로 변해 있었다. 그 말은 다시 짐승남으로 돌아갔다는 뜻?

안 돼!

하연은 태환의 눈치를 보며 슬금슬금 뒷걸음질을 쳤다. 어젯밤에 만리장성을 쌓은 사이라지만, 아직 함께 샤워하는 것까진 무리였다.

밤에는 어두워서 잘 안 보이기나 했지, 지금은 모든 게 선명히 보이는 훤한 대낮이라고! 먼저 욕실로 들어가서 문을 잠가버리자! 그러면 그도 더는 조르지 않을 거야.

"앗, 태환 씨!"

하지만 애석하게도 그의 행동이 더 빨랐다. 그녀가 반항할 틈도 없이 태환은 너무도 쉽게 그녀를 번쩍 안아 올리고 성큼성큼 욕실로 향했다.

쏴아아아—.

잠시 후, 샤워기에서 쏟아져 나오는 거센 물소리가 욕실 안을 가득 채웠다.

태환은 능숙한 손길로 그녀의 옷을 하나둘씩 벗겼다. 처음엔 부끄러운 듯 살짝 반항하던 하연은 결국엔 포기했는지 잠자코 그의 손에 몸을 맡겼다. 두 사람 모두 알몸이 되자, 그는 그녀를 샤워 부스 안으로 이끌었다.

태환은 보디클렌저가 듬뿍 묻은 스펀지로 하연의 몸 구석구석에 거품을 만들었다. 하지만 거품은 그녀의 몸에 오래 머물지 못했다. 머리 위에서 쏟아지는 물이 거품이 생기는 즉시 바로 씻어냈기 때문이다. 맨살을 어루만지는 손길과 따뜻한 물줄기의 감촉이 뒤섞여 묘한 감각을 불러일으켰다.

거품이 모두 씻겨나가자 태환은 커다란 손으로 그녀의 풍만한 가슴을 부드럽게 감싸 쥐었다. 그것으로는 만족할 수 없는지 고개 숙여 입 안 가득 가슴 끝을 물고 빨았다.

"흐음."

갑자기 밀려오는 짜릿한 감각에 하연은 입술을 깨물며 두 눈을 감아버렸다. 역시 예상했던 대로 샤워만으로 끝나지 않을

게 분명했다. 그의 입술이 이번엔 반대쪽 가슴으로 이동했다.

태환은 한참 후에야 하연의 가슴을 지분거리던 입술을 떼어내고 상체를 일으켰다.

"싫으면 말해."

그녀의 귓가에 입술을 대고 그가 탁한 목소리로 속삭였다. 하연은 대답을 미룬 채 감았던 눈을 천천히 떴다. 김이 뿌옇게 서린 거울 위로, 한 몸처럼 뒤엉킨 두 사람의 몸이 희미하게 비치고 있었다.

하연은 발끝을 세워 태환의 목에 팔을 감았다. 그리고 대답 대신 입을 벌려 그의 입술을 깨물 듯 머금고는 이내 떨어져나갔다. 하연의 적극적인 반응에 그녀의 허리를 잡고 있던 태환의 손에 힘이 들어갔다.

"……하연아."

태환은 다시금 거칠게 입술을 겹치며 힘껏 욕실 벽으로 그녀를 밀어붙였다. 맞닿은 가슴으로 거센 심장의 박동이 전해지고 겹쳐진 입술과 혀 사이로 가쁜 숨결이 얽혀들었다.

이윽고 그녀의 안으로 단단하고도 뜨거운 열기가 느릿하게 밀고 들어왔다.

"하아."

길고도 긴 샤워는 이제 막 시작되었다.

21. 여기서요?

"왜 부르셨어요?"

지은은 뚱한 표정을 지으며 맞은편 소파에 털썩 앉았다. 요즘 들어 차 회장의 호출이 왜 이렇게 잦아졌는지 도통 알 수가 없었다.

"……지은아."

차 회장은 선뜻 말을 잇지 못하고 길게 한숨을 내쉬었다. 뭔가 심각한 고민이 있는 게 분명했다. 지은은 숨을 죽이고 차 회장의 다음 말을 기다렸다.

"내가 너에게 그룹의 지분을 더 많이 남겨준다면……."

'그룹의 지분'이란 말에 지은의 눈이 반짝 빛났다.

"내가 나중에 죽고 없을 때, 우리 태환이를 돌봐줄 수 있겠……. 아, 아니다."

차 회장은 말을 멈추고 고개를 내저었다.

"고양이에게 생선을 맡기고 말지. 내가 너를 어떻게 믿고."

"아빠!"

지은이 앙칼지게 외쳤지만, 차 회장은 전혀 신경 쓰지 않고 혼잣말처럼 말을 이었다.

"내가 살아 있으니까 태환이를 지킬 수 있는 거지, 내가 죽으면 누가 녀석을 돌볼까. 한선이 말이 맞을지도 몰라. 내가 살아있을 때 터지면, 적어도 내가 수습할 수 있으니까."

"고모가 또 뭐라고 하신 모양이네요?"

지은은 따분한 표정을 지으며 소파 등받이에 등을 기댔다.

"고모는 제 자식도 '사생아'라면서 내치는 분이에요. 아빠보다 훨씬 더 냉정하다고요."

"하아."

차 회장은 긴 한숨을 내쉬며 소파 등받이에 머리를 기댔다.

"언젠간 다시 터질 거다. 내가 죽고 나서 그런 일이 터지면……. 솔직히 난 너희들 못 믿어. 내 말이 틀리냐?"

지은은 아무 말도 하지 못하고 애꿎은 커피 잔을 들어 입으로 가져갔다. 빈말이라도 자신이 책임지고 태환일 돌보겠다는 말은 할 수 없었다.

"태환이 녀석, 진심으로 정하라 좋아하는 거 맞지?"

결국은 알게 될 텐데, 모른 척 덮어준 사실이 들통나면 나중에 불리해지는 건 그녀 자신이었다. 지은은 커피 잔을 내려놓으며 잠시 심호흡을 골랐다.

"네. 제가 보기엔 두 사람, 조금 심각한 거 같긴 해요."

차 회장은 이미 알고 있었다는 듯 가만히 고개를 끄덕였다.

그리고 인터폰으로 손을 뻗었다.

[네, 회장님.]

"홍보실 민 실장 올라오라고 해. 광고 내용 손봐야 하니까."

[알겠습니다.]

차 회장이 인터폰을 끊자, 지은이 의아한 표정으로 고개를 갸웃거렸다.

"그거 최종 결정 난 거 아니었어요?"

차 회장은 대답 대신 자리에서 일어나 창가로 걸어갔다. 뒷짐을 진 채, 창밖을 내다보는 차 회장의 얼굴에 어두운 그늘이 내려앉았다.

"그동안 촬영 없었다면서 얼굴이 왜 그래?"

제주도 여행에서 돌아온 홍 여사는 죽은 듯이 소파에 널브러져 있는 하연을 보며 고개를 갸우뚱거렸다. 평소 같으면 '엄마!'를 외치며 현관으로 뛰어나왔을 하연이 오늘은 소파에 누워 고개만 까닥거렸다.

"……어, 그냥. 지금까지 촬영하면서 쌓였던 피로가 한꺼번에 몰려와서."

물론 새빨간 거짓말이었다. 피로한 건 맞지만 절대로 영화 촬영 때문은 아니었다. 그녀를 이토록 지치게 만든 건 그 영화를 제작하는 남자였다.

"하아."

하연은 천장을 향해 돌아누우며 크게 한숨을 내쉬었다.

결국 태환의 말대로 이틀 동안 꼼짝 못 하고 함께 있다가 오늘 아침에야 겨우 집에 돌아왔다. 그 이틀 동안 지금까지 살면서 해보지 못한 야릇한 경험이란 경험은 모두 해본 것 같았다.

홍 여사가 오늘 돌아왔으니까 망정이지, 안 그랬다간 더 오랫동안 잡혀 있을 뻔했다. 그가 놓아주자 서둘러 집으로 돌아왔지만, 한 가지 마음에 걸리는 게 있었다.

48시간 내내 옆에 끼고 있었으면서도 태환은 하연이 집에 가겠다고 하자, 인상을 찌푸렸다. 처음엔 보내기 싫어서 그러는 줄 알았는데, 태환이 두 손으로 머리를 감싸자 생각이 바뀌었다.

—왜 그래요? 어디 아파요?

—아니, ……두통이 좀…….

—저번에도 그러더니……. 안 되겠다. 병원 가요.

—별거 아니에요.

—별거 아니긴요. 얼굴이 백지장처럼 창백한데…….

—가벼운 두통이니까 걱정하지 마요.

최근 들어 두통이 잦아진 것 같아 하연은 태환의 건강이 걱정스러웠다. 억지로라도 병원에 끌고 가서 정밀 검사를 받게 해야 하나?

"하연아."

그녀는 홍 여사가 부르는 소리에 퍼뜩 상념에서 깨어났다.

"엄마가 옥돔 사 왔다. 오늘 저녁에 구워줄게."

홍 여사는 흐뭇한 얼굴로 가방에서 옥돔을 꺼내 보였다.

"요즘에야 세상이 좋아져서 온라인 쇼핑으로 쉽게 주문하지, 옛날에는 신혼여행 다녀오면서 선물로 사 오던 귀한 생선이잖아."

"신혼여행 다녀오면서 사 오던 선물?"

"응. 예전에는 다들 제주도로 신혼여행을 갔으니까."

흠, 옥돔이라……. 하연은 홍 여사의 손에 들린 커다란 옥돔을 빤히 쳐다보았다. 왠지 그녀 자신이 신혼여행에서 돌아온 것 같은 기분이었다.

그나저나 헤어진 지 몇 시간이나 지났다고 벌써부터 그가 보고 싶은 걸까! 옥돔 먹으러 오라고 전화해볼까?

태환에게 전화하려고 통화 버튼을 누르려는 순간, 휴대폰이 울리기 시작했다.

"어, 오빠."

민성에게 걸려온 전화였다.

[하연아, 광고 촬영 날짜 잡혔어. 다음 주, 국내 영화 촬영 다 끝나는 대로 하기로 했어. 넉넉하게 잡아도 이틀 안에는 다 찍을 수 있을 것 같대.]

"그래?"

[그런데 갑자기 콘티 내용이 바뀌었다고 대표님이 너에게 새

로 고친 콘티 보내란다.]

"알았어. 지금 메일로 보내줄 수 있어?"

[응. 지금 바로 보낼게.]

"고마워, 오빠."

통화를 끊고 나고 얼마 지나지 않아, 메일이 도착했다는 신호 음이 울렸다.

"어? 이게 뭐야."

민성이 보내준 콘티를 열어본 하연의 표정이 곤혹스럽게 일그러졌다.

"말도 안 돼."

하연은 눈앞에 펼쳐진 콘티를 눈으로 보고도 쉽게 믿을 수 없었다. 부분 수정했으려니 했는데 180도 완전 다른 내용이었다. 그건 둘째치고라도 새로 바뀐 줄거리는 세련된 그룹 홍보와는 너무나도 거리가 멀었다. 아무래도 어찌 된 일인지 상원에게 자초지종을 물어봐야 할 것 같아 그녀는 서둘러 휴대폰을 들고 상원의 전화번호를 눌렀다. 하지만 계속해서 신호만 갈 뿐, 상원은 전화를 받지 않았다. 할 수 없이 하연은 민성에게 전화를 걸어보았다. 민성은 첫 번째 신호음이 채 끝나기도 전에 재깍 전화를 받았다.

[어, 하연아.]

"대표님이랑 연락이 안 돼서……. 오빠, 혹시 지금 대표님과 함께 있어?"

[아니, 난 사무실에 있어. 대표님은 '애리' 콘서트 리허설에

가셨고. 그런데 왜?]

"방금 오빠가 보내준 콘티 열어봤거든."

[어머나, 크크크.]

휴대폰 너머로 민성의 키득거리는 웃음소리가 흘러나왔다.

[너무 황당해서 전화했구나. 그래, 말도 마. 대표님도 콘티 받아보시고 '아, 씨 비읍.' 이러셨다고. 크크크, 아니, 도대체 이게 뭐야? 쌍팔년도 광고도 아니고.]

"하아, 내 말이……."

하연은 길게 한숨을 내쉬며 노트북 화면에 뜬 콘티를 노려보았다. 어쩌자고 저리도 유치한 내용을 생각해냈을까? 병맛 광고라도 할 작정인가? 대기업이니까 광고 제작비가 높다고 항상 멋진 광고를 만드는 건 아닌가 보다.

[내가 보기에도 이상하긴 했어. F.T.R.그룹 광고는 '최고 기획'에서 하잖아. 너도 알지? '최고 기획'이 얼마나 깔끔하고 신선한 광고를 제작하는지.]

"응, 알지. '최고 기획'에서 내용을 바꾼 거야?"

[아니. 대표님 말로는 F.T.R.그룹 홍보실에서 갑자기 바꾼 거래.]

그럼 그렇지. 광고 기획사에서 이런 구태의연한 내용을 생각해냈을 리가 없었다. 광고주의 변덕이야 입 아프게 말할 필요도 없겠지만, 그래도 가만히 받아들이기에는 뭔가 꺼림칙했다.

하연은 상원을 직접 만나서 의논해봐야겠다고 생각했다.

"오빠, 대표님 언제 사무실에 돌아오셔? 직접 만나뵙고 상의

하고 싶은데."

[리허설 끝나고 한 시간 후쯤에 오신다고 했어.]

"알았어. 그럼 내가 지금 사무실로 출발할게."

하연은 전화를 끊고 빠르게 나갈 채비를 마쳤다. 그녀가 차 열쇠를 들고 현관으로 향하자, 주방에서 저녁 준비를 하던 홍 여사가 놀란 얼굴로 튀어나왔다.

"하연아, 어디 가? 옥돔 구워준다니까?"

"저녁 먹기 전까진 돌아올게. 대표님 만나서 상의할 일이 좀 있거든. 오래 걸리진 않을 거야."

"왜? 안 좋은 일이라도 있어?"

"그런 건 아니고. 갑자기 광고 내용이 바뀌어서. 큰일은 아니야."

"그래, 알았어."

하연은 후다닥 현관문을 열고 밖으로 뛰어나갔다. 홍 여사는 현관문을 닫는 하연을 지켜보다 다시 주방으로 돌아갔다.

"하여간 눈치도 없어요. 둘이 같이 있으라고 알아서 제주도 여행도 가줬구먼."

집에 돌아오니 하연은 후드티를 입고 폐인 모드로 소파 위에 널브러져 있었다. 그동안 불타는 데이트를 할 것 같은 낌새가 아니었다. 부스스한 모습으로 촬영 이야기만 하는 걸 보니까 아무 일도 없었던 모양이다.

"속상하게시리."

일도 좋다지만, 한창나이에 남자도 사귀어보고 그래야지.

지금 옆에 꽤 괜찮은 남자도 있구먼. 저러다 누가 채어 가면 아까워서 어쩌려고.

"공부만 잘하고, 연애는 정말 꽝이라니까."

홍 여사는 혼잣말을 투덜거리며 냉장고 문을 열었다.

"괜찮으세요?"

두통약과 물 잔을 책상에 내려놓으며 강 비서가 걱정스러운 얼굴로 물었다. 태환은 대답 대신 가볍게 고개를 끄덕이고는 서둘러 두통약을 삼켰다. 하연과 헤어지고 나서부터 간간이 몰려오던 두통이 시간이 지날수록 강도가 심해지고 있었다.

오후가 돼서는 눈앞이 흐릿해질 정도로 두통이 악화되었다.

"으음."

입을 꾹 다물고 있어도 고통의 신음이 저절로 흘러나왔다. 도저히 안 되겠는지 강 비서가 다급한 목소리로 말했다.

"대표님, 아무래도 병원에 가보셔야 할 것 같습니다."

"……알았어. 우선은 이 서류 마저 검토하고. ……으음."

그러나 더 이상은 서류 한 장도 넘길 수 없었다. 머리가 빠개질 것 같은 통증 때문에 인쇄된 글자가 하나도 눈에 들어오지 않았다. 결국 태환은 진료 예약을 잡아 한국 대학 병원으로 향했다. 운전할 수 없을 정도로 두통이 심해져 택시를 타야 했다.

"별다른 이상은 없어 보입니다만……."

태환을 진료한 신경과 전문의는 딱히 잘못된 부분을 찾지 못했다.

"과로나 스트레스가 원인인 스트레스성 두통 같아 보입니다만……."

의사는 만일을 위해 정밀 검사를 받아보도록 권유했다. 진료가 끝나고 태환은 진통제 처방전을 받은 후, 정밀 검사 예약을 잡았다.

택시를 잡기 위해 로비로 향하려는데 복도 저편에서 걸어오는 재호가 눈에 들어왔다. 태환은 잠시 당황스러웠다. 재호를 어떻게 대해야 할지 아직 결정하지 못한 상태였다. 그가 사촌이라는 것을 몰랐을 때라면 몰라도 이제는 모든 것을 아는데 모른 척 지나가야 할까?

재호는 분명히 자신이 그의 사촌이라는 것을 알고 있는 눈치였다. 그런데 그 혼자만 모른 척한다는 사실이 조금 꺼림칙했다. 태환이 우두커니 복도에 서 있자, 맞은편에서 걸어오던 재호도 태환을 발견하고 제자리에 멈춰 섰다.

두 사람은 한동안 침묵을 지킨 채, 서로를 바라만 보았다.

"안녕하십니까."

태환이 아무 말 없이 빤히 쳐다만 보자 결국 재호가 먼저 고개를 까닥이고 아는 척을 했다.

"안녕하세요."

태환도 재호를 향해 고개를 끄덕였다. 몸이 안 좋아서 병원을 찾은 건 태환인데 어째서인지 맞은편에 있는 재호가 더 환자처럼 보였다. 태환은 재호의 창백한 얼굴을 찬찬히 훑어보았다.

지금까진 눈여겨보지 않아서 몰랐는데 이제 보니, 재호는 한선을 그대로 빼닮아 있었다.

어째서 몰라봤을까? 이렇게 고모를 닮았는데…….

태환 역시 한선과 외출하면 모르는 사람들은 두 사람을 모자 사이라고 오해하곤 했다. 절세미인이었던 전세린의 외모를 물려받았지만, 친가의 외모 역시 적절히 섞였기 때문이다.

"혹시 괜찮으시다면 커피 한 잔 할 수 있을까요?"

태환은 이대로는 재호를 보낼 수 없다는 결론을 내렸다. 조금이라도 재호의 속을 떠본 후에 지은과 거래한 대로 그가 사촌이라는 사실을 알리든지 말든지 결정해야겠다고 생각했다. 거절할지도 모른다고 생각했는데 재호는 무덤덤한 표정으로 손목시계를 힐끗 들여다보았다.

"마침 휴식 시간이라서, 30분쯤 시간 낼 수 있습니다."

재호는 병원 환자들이 가볍게 산책할 수 있는 1층 정원으로 태환을 안내했다. 두 사람은 야외 카페 테이블에 커피 잔을 올려두고 말없이 서로를 바라보았다.

먼저 입을 연 건 태환이었다.

"오늘 내가 잠시 시간을 내어달라고 한 이유는 유하연 씨 때문은 아닙니다."

"그런가요?"

재호는 피식 웃으며 커피 잔을 입으로 가져갔다.

태환은 하연이 아닌 다른 이유로 재호와 얼굴을 마주하게 될 거라곤 꿈에도 상상하지 못했었다. 처음 만났을 때부터 어딘지 모르게 거슬린 까닭이 오로지 하연 때문이라고 여겼는데, 그보다 더 오래된 인연의 끈이 두 사람을 얽고 있었다니…….

"한 선생님은 제 아버지가 차한근 회장이라는 걸 알고 계시죠?"

"네. 원장 선생님과 함께 차 회장님을 뵙다 보니까 자연스럽게 알게 되더군요."

"정말입니까? 훨씬 전부터 알았던 건 아니고요?"

태환의 날카로운 질문에 재호의 미간이 좁혀졌다. 재호는 무슨 뜻이냐는 듯 태환을 노려보았다. 그가 긴장한 눈빛으로 바라보는 가운데 태환은 느긋하게 말을 꺼냈다.

"제겐 고모 한 분이 계시죠. 차한근 회장님께는 나이 차가 많이 나는 여동생이 한 명 있습니다."

"후후."

태환의 말이 다 끝나기도 전에 재호의 입에서 낮은 웃음소리가 흘러나왔다.

"다 알고 왔으면서……."

비웃는 듯 입매를 비트는 재호의 눈에 싸늘한 경계의 빛이 떠올랐다.

"나에게 직접 확인까지 바라는 겁니까?"

커피 잔을 잡은 재호의 손가락 끝이 가늘게 떨리고 있었다.

"네? 첫 장면은 CG가 아니라고요?"

상원을 직접 만나면 일이 좀 쉽게 풀릴 줄 알았는데, 전혀 예상을 빗나가버렸다. 하연은 곤혹스러운 얼굴로 앞에 놓인 콘티를 들여다보았다.

"그럼 와이어에 매달려서 뛰어내려야겠네요."

"응. 그렇다고 봐야지."

갑자기 바뀌어버린 콘티 내용은 이랬다. 카메라가 허공에서 산속에 있는 화려한 별장을 비추면, 2층 발코니에서 하연이 모습을 드러낸다. 발코니로 걸어 나오는 동시에 하연의 등에 하얀 날개가 돋아나고, 그녀는 2층에서 땅으로 날아 가볍게 착지한다.

별장 앞에 놓인 산책로를 따라 걸을 때마다 F.T.R.그룹이 운영하는 쇼핑몰이 등장하면서 하연이 하나씩 차례로 매장을 방문한다.

이미 너무 많은 광고에서 사용한 흔해빠진 내용이라서 고전이라고도 할 수 없었다. 언제나 참신한 아이디어로 해외 광고상을 휩쓰는 '최고 기획'에서 내놓은 아이디어라곤 믿기 어려울 정도였다.

"내용은 이래도 CG만 화려하게 잘 빠지면 또 그렇게 나쁘진 않을 거야."

"아니, 왜 갑자기 산골짜기 별장이 나타나고, 유치하게 왜 하연이 등에서 날개가 돋아요? 그리고 2층에서 뛰어내리는 건 뭔데요?"

옆에서 듣고만 있던 민성이 도저히 안 되겠는지 흥분한 목소리로 끼어들었다.

"게다가 하연이는 와이어 액션을 한 번도 해본 적 없다고요. 그런데 이렇게 막무가내로 밀어붙이면 어떡합니까? 콘티 내용이 쌍팔년도라고 촬영까지 쌍팔년도 식으로 하려고 하나?"

와이어 액션은 경험이 없거나 충분히 연습하지 않을 경우, 상당히 불편하고 고통스러운 고난도 연기였다. 다른 건 다 CG 처리하면서 뛰어내리는 장면만은 실사 촬영을 고집한다는 게 쉽게 이해되지 않았다.

"그러면 광고 촬영 들어가기 전에 날 잡아서 와이어 액션 연습을 해보죠."

하연의 제안에 상원은 고개를 내저었다.

"안 돼. 시간이 없어. 광고 촬영 때문에 영화 해외 촬영 일정을 미룰 순 없잖아. 그쪽에선 간단한 와이어 액션이니까 당일 일찍 와서 몇 번 연습해보면 충분하대."

"그렇다면 할 수 없네요. 겨우 2층 높이인데 위험하진 않겠죠."

하연이 어쩔 수 없이 동의하자, 민성이 눈살을 찌푸리며 펄쩍 뛰었다.

"무슨 소리야? 2층이래도 6~7미터는 될 텐데. 아주 높은 곳보다 오히려 그런 곳이 더 무서운 거 몰라?"

"아니, 당사자는 가만히 있는데 왜 네가 난리야?"

옆에서 민성이 자꾸만 반대 의견을 내놓자, 상원은 짜증 난 얼굴로 언성을 높였다.

"어머, 대표님. 저는 하연이 매니저인 동시에 보디가드라고요. 하연이의 안전을 누구보다도 더 챙겨야 하는……. 그러니까, 저는."

"어이구, 그러세요? 그러는 녀석이 제일 필요할 땐 코빼기도 안 보이냐? 하여간 입만 살아서는 나불나불."

"대표님."

"됐어. 그만 떠들어. 정신 사나워."

하연은 상원과 민성의 언쟁을 뒤로하고 앞에 놓인 콘티를 다시 한 번 자세히 들여다보았다. 완벽하게 안전장치를 마련하고 촬영하겠지만, 이상하게도 자꾸만 불길한 예감이 들었다. 그래도 롤러코스터처럼 빨리 내려오는 건 아니니까, 문제없을 것이다. 정말 괜찮겠지?

하연은 어두운 얼굴로 콘티가 인쇄된 종이를 어루만졌다.

'드림즈' 건물에서 걸어 나오자마자, 하연은 곧바로 핸드백에서 휴대폰을 꺼냈다. 차 회장이 태환에게 이것저것 조언을 구하는 것 같던데 그라면 무슨 이유로 광고가 전면 수정되었는지 알고 있을지도 모른다.

"태환 씨, 아직도 회사예요?"

[아뇨, 지금 집에 있습니다.]

"오늘은 일찍 퇴근했네요."

이런 깜빡했다! 아침에 헤어질 때, 두통에 시달렸었는데…….

태환에게 광고 수정에 관해 물어보려던 생각은 어느새 쏙 들어가버렸다.

"두통은 어때요? 병원엔 가봤어요?"

[병원 가느라 회사에서도 일찍 나온 겁니다.]

"의사 선생님이 뭐래요?"

[별 이상은 없다고 하더군요. 아무래도 스트레스가 주요 원인인 것 같다고. 며칠 후, 정밀 검사하기로 했으니까 그때 가면 더 자세히 알겠죠.]

별 이상이 없다고 하는데도 하연은 쉽게 마음을 놓을 수 없었다. 정밀 검사를 하고 확실한 결과가 나올 때까진 조마조마할 것 같았다.

"저녁 먹었어요?"

[아뇨. 아직…….]

"그럼 우리 집에서 같이 저녁 먹을래요? 엄마가 제주도에서 옥돔을 사 오셨거든요."

휴대폰 너머로 잠시 침묵이 흘렀다. 태환에게서 대답이 없자, 하연은 실수한 건 아닌가? 하는 불안감이 일었다.

그에게 옥돔은 그리 특별한 생선도 아닐 테니까. 생선 하나 때문에 저녁을 먹으러 오라고 하다니, 웃긴다고 생각할지도 모른다.

다행스럽게도 그녀의 걱정은 오래가지 않았다.

[그래도 됩니까?]

조금은 긴장한 것 같은 태환의 목소리가 흘러나왔다.

[괜히 폐를 끼치는 건 싫은데…….]

"아니에요. 저번에 내가 아플 때 대표님이 챙겨주셨다고 엄마가 저녁이라도 대접하고 싶다고 하셨어요. 참고로 전 요리를 못하지만, 엄마는 전문 요리사 저리 가라 할 정도로 잘하세요."

이윽고 태환이 긴장을 푼 부드러운 목소리로 대답했다.

[좋아요, 그럼.]

집에 도착하니 홍 여사는 제주도에서 사 온 해물로 찌개를 끓이고 옥돔을 굽는 등 저녁 준비에 한창이었다. 하연은 홍 여사의 눈치를 살피며 태환을 초대했다고 넌지시 귀띔했다.

"그래? 오늘 반찬도 많은데, 잘됐네."

"엄마, 나는 뭐 할까?"

"거의 다 됐으니까, 넌 들어가서 화장이나 손봐. 립스틱 지워졌어."

"응, 엄마. 고마워."

하연은 홍 여사를 와락 안아준 다음 거의 뛰듯이 그녀의 침실로 향했다. 화장을 고치고 마지막으로 립스틱을 바르려는데 현관 벨이 울리는 소리가 들렸다.

왔나 보다!

하연은 서둘러 립스틱을 바르고 침실에서 나와 현관을 향해 달려갔다. 활짝 문을 여니, 태환이 커다란 꽃다발과 케이크를 손에 들고 문밖에 서 있었다.

"빈손으로 와도 되는데 뭐 이런 것까지 준비했어요?"

하연은 환하게 웃으며 태환이 들고 있는 꽃다발에 손을 뻗었다.

"미안하지만, 이건 하연 씨를 위한 게 아닙니다."

태환은 하연이 잡지 못하게 꽃다발을 든 손을 위쪽으로 올렸다. 하연은 황당한 눈으로 태환과 머리 위로 올라간 꽃다발을 번갈아 바라보았다. 그때 하연의 등 뒤에서 홍 여사가 고개를 내밀었다.

"어서 와요."

"초대해주셔서 감사합니다."

태환은 하연을 지나쳐 뒤에 선 홍 여사에게 꽃다발을 내밀었다.

"어머, 그거 나에게 주는 거예요? 고마워요."

홍 여사가 깜짝 놀란 얼굴로 꽃다발을 받아 들었다. 곧 그녀의 얼굴이 보름달처럼 환하게 밝아졌다.

"남자에게 꽃 받아본 거, 네 아빠 돌아가시고 처음이다, 얘."

홍 여사는 빠른 걸음으로 주방으로 돌아가 찬장 문을 열고 화병을 찾았다.

"케이크는 당신 거."

"고마워요."

꿩 대신 닭이라고, 꽃다발 대신 케이크를 받은 하연은 뽀로

통한 얼굴로 케이크를 받아 들었다. 토라진 것 같은 하연의 반응에 태환은 실소를 터뜨렸다.

"왜? 질투 납니까? 꽃다발을 어머님께 드려서?"

"질투는요……."

하연은 애꿎은 케이크 박스 모서리를 만지작거리며 고개를 저었다.

참 내, 꽃다발이 뭐라고. 왜 이러나 몰라? 별거 아닌 일에 마음이 상하려고 하고. 난 절대로 속 좁은 사람이 아닌데…….

하연은 태환이 놀리기 전에 케이크를 들고 부랴부랴 주방으로 향했다.

가끔은 허둥대는 하연의 모습이 태환에겐 귀엽고 친근하게 느껴졌다. 솔직히 하연의 머리끝에서 발끝까지 한 군데도 예쁘지 않은 곳이 없었다. 화장도 하지 않은 채, 자다가 일어나 부스스해진 모습조차 못 견디게 사랑스러웠으니까. 그저 바라보는 것만으로 숨이 차올랐다.

"으음."

가슴이 벅차오르는 것과 동시에 불현듯 오후 내내 괴롭혔던 두통이 또다시 밀려왔다. 태환은 주머니에 넣어둔 진통제를 움켜쥐었다. 간호사는 처방전을 전해주며 아주 심해질 경우에만 복용하라고 충고했었다. 아직은 약을 먹어야 할 정도는 아니었다.

태환은 두통을 털어버리려는 듯 가볍게 고개를 흔들며 하연을 따라 주방으로 향했다.

"드디어 알아냈어."

갑자기 서재 문이 활짝 열리더니 태석이 환한 얼굴로 걸어 나왔다. 거실에서 TV를 시청하던 혜경은 짜증스러운 얼굴로 남편을 바라보았다.

또 뭔가 안 좋은 일을 계획하는 모양인데, 혼자 알아서 하지 왜 시시콜콜 그녀에게 털어놓는지 모르겠다. 태석의 심술궂은 계획을 듣는 것만으로도 혜경은 자신도 한패가 된 것 같아 기분이 찝찝했다.

"뭘 알아냈는데?"

"태환이 녀석, 뭔가 냄새가 난다고 했었지? 내 추측이 맞았어. 여배우랑 눈이 맞았더라고."

"도련님이?"

"응. 역시 피는 못 속여. 제 어미가 배우라고 아버지가 그렇게나 말렸는데 배우랑 놀아나고."

"왜 그렇게 도련님을 못 잡아먹어서 안달이야? 도련님은 그룹 경영권 관심 없다고 했잖아."

혜경은 못마땅한 표정을 지으며 가슴 앞으로 팔짱을 꼈다.

"글쎄……."

"뭐야? 이유도 모르고 미워하는 거야?"

"왜? 그러면 안 되나?"

태석은 씩 웃으며 와인 잔에 와인을 가득 따랐다.

"옥돔이 살이 올랐어요. 맛도 고소하고."

홍 여사는 위생 장갑을 끼고 옥돔 살을 발라내어, 태환의 앞 접시에 놓아주며 말했다. 태환은 놀란 눈으로 앞 접시에 놓인 생선 살을 내려다보았다. 순식간에 밀려온 뭉클한 감정에 코끝이 찡 울렸다. 어머니가 돌아가시고 난 후로는 이런 식의 친밀한 보살핌을 받아본 적이 없었다.

10살짜리 어린아이가 생선 살 바르는 게 서툴러서 생선에 손도 대지 않는다는 사실을 눈여겨볼 만한 사람이 집 안엔 한 명도 존재하지 않았다. 고용인들은 무심한 태도로 그를 대했고 언제나 바쁜 차 회장은 함께 식사할 시간이 거의 없었다. 이미 대학생이 된 태우와 고등학생이던 지은과 태석 역시 사고로 엄마를 잃고 방황하는 막냇동생에게 아무런 관심이 없었다.

홍 여사는 신이 난 듯 빠른 손놀림으로 가시를 발라내 모두의 앞 접시에 생선 살을 놓아주었다.

"엄마 혼자 다 차린 거예요."

"하연이도 손목을 다치기 전에는 곧잘 도와주곤 했어요."

하연의 말에 홍 여사가 재빨리 끼어들었다.

"엄마, 그 얘긴 왜 또?"

"왜? 넌 집에서 손가락 하나 까딱하지 않는다고 오해할 수도 있잖아."

홍 여사는 하연을 입 다물게 한 다음, 태환에게로 고개를 돌렸다.

"우리 하연이, 고등학교 다닐 때도 공부하느라 바쁜데도 항상 주방에 나와서 도와줬어요."

태환의 시선이 자동으로 하연의 손목으로 옮겨졌다. 그녀의 손목에는 작은 흉터가 자리 잡고 있었다. 1센티쯤 돼 보이는 연한 분홍색의 흉터.

그녀는 언제쯤 돼야 손목 부상에 관한 이야기를 해줄까?

태환은 문득 오후에 만났던 재호와의 대화를 떠올렸다. 재호에게는 한선이라는 존재가 쉽게 털어놓을 수 없는 상처가 분명했다. '어머니'라는 호칭조차 붙이지 않으려고 했으니까.

—여사님을 이해 못 하는 건 아닙니다.

—여사님이요?

—그럼 내가 그분을 뭐라고 불러드려야 합니까?

하연에게 재호와 사촌 사이라는 걸 말해야 할까?

태환은 마음속의 근심을 떨쳐버리려 식탁 밑에 놓인 하연의 손을 꽉 움켜쥐었다.

예기치 못한 돌발 행동에 하연이 살며시 미간을 찡그렸다. 손만 잡았을 뿐인데도 오늘 새벽까지 뜨겁게 달구었던 감각이 밀물처럼 밀려왔다. 살며시 닿은 무릎과 무릎으로 그의 체온이 전해졌다. 티 내지 않으려 하연은 지그시 볼살을 깨물었다.

잠시 후, 태환은 그녀의 손을 놓고 자리에서 일어났다.
"저녁 잘 먹었습니다. 저는 이만 가보겠습니다."
"벌써 가려고요? 케이크 자르려고 했는데."
"아닙니다. 오늘 돌아오셨는데 오래 있으면……."
"에이, 비행기 몇 시간 탄 거 가지고. 난 좀 있다가 외출하니까 전혀 신경 쓰지 말아요."
홍 여사는 한 손을 내저으며 태환을 말렸다.
"엄마, 이 시간에 가긴 어딜 가?"
"문숙이랑 동대문 새벽 시장 갈 거야. 경아가 이번에 매장 하나 더 오픈했다고 같이 가보기로 했어."
"엄마, 안 피곤해?"
"얘는 외국 갔다 온 것도 아니고 고작 제주도 갔다 와서, 피곤하긴 뭐가 피곤해."
홍 여사는 깜짝 놀랄 만한 강철 체력을 가지고 있었다. 하연이 누굴 닮아서 강철 체력인가 했더니 홍 여사에게서 물려받았나 보다.
"그럼 편하게 있다가 가요."
하연의 도움을 받아 뒷정리를 마친 홍 여사는 외출 준비를 하고 현관을 나섰다.
"어머니가 일부러 자리 피해주신 거, 아닙니까?"
"……글쎄요."
아무래도 그런 거 같지?
"어떻게 할까요?"

태환이 가까이 다가오며 진지한 얼굴로 물었다.

"여기 있을까? 아니면 우리 집으로 갈까?"

우리 집? 데이지가 언제 우리 집이 됐지?

태환이 그녀의 허리를 끌어안는 순간, 하연은 꿀꺽 마른침을 삼켰다. 그가 다시 짐승남으로 돌아갔다는 뜻이니까.

"그럼 우리 집으로 가지."

태환은 낮은 목소리로 그녀의 귓가에 속삭였다.

데이지에 도착하자마자, 태환은 기다릴 수 없다는 듯 하연을 현관문으로 밀어붙이며 키스를 퍼부었다.

"잠시만요."

그러나 하연은 태환의 품에서 재빨리 벗어나며 가방에서 휴대폰을 꺼냈다.

"지금 뭐 하는 겁니까?"

태환은 휴대폰을 들여다보는 하연을 의아한 눈으로 바라보았다.

"까먹기 전에 새벽 5시로 알람 설정하려고요. 엄마가 돌아오기 전에 돌아가야 해요."

"꼭 그렇게까지 해야 합니까?"

"태환 씨랑 같이 있는 거 뻔히 아는데, 외박한 거 알면 안 돼요."

"흠, 내가 보기엔 오히려 외박했으면 하시는 것 같던데……."

"네?"

"아니, 아닙니다."

하연이 무슨 뜻이냐는 듯 미간을 모으자, 태환은 빠르게 고개를 저었다. 새벽 5시에 돌아가야 한다면 함께 있을 시간이 별로 없었다. 괜한 언쟁으로 시간을 낭비할 필욘 없겠지.

태환은 하연을 품에 끌어안고 곧바로 입술을 겹쳤다. 다급한 손놀림에 순식간에 블라우스의 단추가 풀어지고 하얀 살갗이 드러났다. 거침없이 호흡을 섞던 입술이 서서히 목덜미를 따라 아래로 이동하며 드러난 맨살 위로 낙인을 찍듯 내려앉았다.

"하아, 태환 씨."

하연은 낮게 신음을 터뜨렸다. 숨결이 닿는 부위마다 오소소 솜털이 일어나는 것처럼 전율을 일으켰다. 가슴을 어루만지던 손이 밑으로 내려가 바지 버클을 풀자, 하연은 반사적으로 그의 손을 움켜쥐었다.

"여기서요?"

"왜? ……안 돼?"

태환이 동작을 멈추며 열기에 들떠 탁해진 목소리로 물었다.

"그게……."

솔직히 안 될 건 없었다. 옆에 이웃이 사는 아파트도 아니고 지금 건물 안에는 두 사람밖에 없었으니까. 그래도…….

하연이 선뜻 말하지 못하고 망설이자, 태환은 피식 웃으며 그녀의 등을 현관문으로 밀어붙였다.

"대답할 필요 없어. 괜찮아."

"괜찮긴 뭐가 괜…… 읍."

다음 말은 갑작스레 다가온 태환의 입술에 삼켜지며 입 속으로 사라졌다. 그가 이를 세워 입술을 깨물자, 하연의 입술 사이로 달뜬 신음이 흘러나왔다.

"흐윽."

태환은 그녀를 번쩍 들어 올린 후, 그녀의 다리 밑에 손을 넣어 자신의 허리를 감게 했다. 하연은 그의 목을 두 손으로 꽉 끌어안으며 목덜미에 얼굴을 묻었다.

앞으로 시작될 기대감으로 숨결이 가빠지고 심장은 미친 듯이 날뛰었다. 그의 뜨거운 손길 아래서 감각이 눈을 뜨며 환희의 쾌감이 서서히 아우성치기 시작했다.

22. 유혹하는 거지? 아니면 고문하는 건가?

두 사람의 감정의 물결은 한여름의 폭우로 한꺼번에 터져버린 봇물처럼 쏟아졌다. 처음 안은 날 이후로, 두 사람은 하루도 빠짐없이 서로를 탐하고 원했다. 신혼부부가 식탁에서 밥을 먹다가도 눈이 맞으면 바로 침대로 직행한다는 우스갯소리가 결코 과장이 아님을 증명하듯이.

가끔은 현관 앞에서도 뜨거운 일이 벌어지기도 했다. 처음에만 수줍지 그다음은 괜찮다고, 함께 샤워하는 것도 일상적인 일이 돼버렸다. 물론 순수하게 샤워만 하고 끝나는 경우는 거의 없었지만.

남녀가 사귄다는 건 몸과 마음이 서로 통한다는 뜻이다. 번번이 소설이나 영화의 소재로 쓰이는 연인의 간절함과 절실함은 바로 이런 교감을 통해 나오나 보다.

대본으로만 읽었을 때는 완벽하게 이해되지 않았던 여주인공의 감정을 이제는 알 수 있을 것 같았다. 이렇게 두 사람이 하나로 연결되었는데, 어떻게 한쪽을 멀리 보내고 견딜 수 있을까?

이제야 하연은 아프리카로 연인 '하준혁'을 떠나보내고 방황하던 '은여경'의 심리를 온전히 느낄 수 있었다. 미리 깨달았더라면 조금 더 리얼하게 연기할 수 있었을 텐데, 그 점이 아쉬울 뿐이었다.

"정하라 씨, 요새 뭔가 연기가 달라졌어요."

촬영을 끝내고 현장을 정리하느라 바쁜 가운데 창훈이 싱글벙글 웃는 얼굴로 하연에게 다가왔다.

"연기가 더 깊어졌다고 해야 하나? 오늘 눈빛 연기 정말 좋았어요."

평소에도 배우에게 칭찬을 아끼지 않는 창훈이었지만, 오늘 그는 진심으로 하연의 연기를 칭찬했다. 창훈의 입에서 '눈빛 연기'라는 단어가 나올 때는 정말로 가슴 찡하게 무언가를 느꼈다는 표현이니까. 그것을 알기에 하연은 환한 미소를 떠올렸다.

오늘은 마지막 국내 촬영이었다. 다음 주에 광고 촬영을 마치고 나면 바로 영국으로 떠날 예정이었다. 그건 태환과 떨어져 지내야 하는 날이 얼마 남지 않았다는 뜻이기도 했다.

창훈이 돌아가자, 서영이 볼멘 얼굴로 투덜거렸다.

"근데 언니, 왜 민성 오빠는 가고, 전 못 가는데요?"

제작비 여건상, 하연의 소속사 직원 중 딱 한 명만 해외 촬영에 동행할 수 있었다. 이에 상원은 서영보다는 매니저 겸 보디가드인 민성이 적합하다고 결정을 내렸다. 아프리카에 한 번도 가보지 못한 서영은 실망한 티를 숨기지 않았다.

"언니도 내가 못 가니까 서운해서 안색이 안 좋잖아요."

"응? ……어, 그래."

태환과 떨어질 생각에 안색이 어두운 걸 서영은 자신 때문이라고 착각한 모양이었다. 하연은 쓴 미소를 떠올렸다. 광고 촬영이 있는 수요일까지는 자유였지만, 태환의 일정은 눈코 뜰 새 없이 바쁘게 짜여 있었다. 오늘 아침 태환은 부산으로 지방 출장을 떠났다. 저녁쯤에는 올라온다고 했지만, 그게 언제가 될지는 확실하지 않았다.

국내 촬영 마지막 날이라 급하게 회식이 결정됐다. 장소는 촬영장에서 가까운 삼겹살 전문점이었다. 역시나 태환의 모습은 보이지 않았다. 하연은 계속해서 식당 입구 쪽을 바라보며 울리지 않는 휴대폰을 만지작거렸다. 먼저 전화를 걸거나 문자를 보내도 되지만, 혹시라도 그가 부담을 느낄까 봐 연락이 오길 기다렸다.

저녁 식사가 끝나갈 때쯤에야 태환에게서 전화가 걸려왔다. 하연은 휴대폰을 들고 아무도 눈치 못 채게 서둘러 식당 밖으로 향했다.

[미안해서 어쩌죠? 오늘 못 올라갈 것 같은데……. 리모델링에 문제가 좀 생겨서 내일 인테리어 업체를 만나봐야 해요.]

"할 수 없죠. 일 때문이잖아요."

[우리 하루도 빠지지 않고 매일 얼굴 보기로 계약한 거 아닙

니까?]

"아무리 계약이라도 예외라는 게 있잖아요. 저, 이런 것도 이해 못 할 정도로 빡빡한 사람 아니거든요."

[후후, 알아요.]

휴대폰 너머로 태환의 낮은 웃음소리가 흘러나왔다.

"어디서 묵을 거예요?"

[해운대에 있는 G호텔.]

"저녁은 먹었어요?"

[나가기 귀찮아서 간단하게 룸서비스로 해결하려던 중입니다.]

"그럼 내일 아침에 통화해요. 어서 식사하세요."

더 이상 통화하다간 목소리가 침울하게 가라앉을까 봐, 하연은 얼른 전화를 끊었다. 겨우 하루 동안 얼굴을 보지 못한다고 이러다니……. 정말 심각하게 중증이다.

울적한 마음을 달래려 하연은 가슴을 펴고 크게 숨을 들이마셨다 길게 내쉬었다. 수술실에 들어가기 전이나 연기하기 전에 자주 쓰는 방법이었다. 몇 번 심호흡을 크게 했더니 조금은 기분이 안정되었다.

휴대폰을 주머니에 넣고 안으로 들어가려는데 옆쪽에서 창훈의 목소리가 들려왔다.

"어, 그래, 태환아. ……오늘 못 와? ……응. ……그래, 그렇다면 할 수 없지. 알았어. ……호텔 몇 호실이야? 급히 사인할 계약서는 퀵 서비스로 보낼게. 응, 내일 오전에 도착할 거니까 사인하고 바로 다시 보내면 돼. ……3805호? 알았어."

별생각 없이 발걸음을 돌리던 하연은 문득 뭔가를 깨닫고 제자리에 멈춰 섰다.

도대체 뭐가 문제지? 내가 부산으로 내려가면 되는 거잖아! 고속철도를 이용하면 2시간 반이면 가는데.

하연은 휴대폰을 꺼내 고속 열차 시간표를 확인했다. 기차가 부산역에 가까워질 때쯤 앱으로 택시를 불러놓고 곧바로 호텔로 향한다면 자정 전에 도착할 수 있을 것이다.

태환에게는 비밀로 해야 할 것 같았다. 피곤하다고 오지 말라고 하거나, 무리해서라도 차를 몰아 서울로 올라올지 모르니까.

이번엔 내가 서프라이즈를 할 차례야.

하연은 설레는 마음으로 시계를 들여다보았다.

"왜 그렇게 멀뚱하게 서 있니? 와서 앉아라."

한선은 마치 자신의 사무실인 것처럼 도도한 자세로 소파에 앉아 수술을 마치고 들어오는 재호를 마주했다. 전혀 예상하지 못한 한선의 방문에 재호는 곤혹스러운 표정을 지었다.

"여긴 어떻게 들어오셨습니까?"

"왜? 여기에 훔쳐갈 물건이라도 있니?"

재호는 대답 대신 주먹을 꽉 움켜쥐었다. 그리고 떨리는 목소리를 가다듬으며 힘겹게 입을 열었다.

"분명히 사무실 문 잠그고 나갔는데요."

"응. 그랬지. 그래서 원장님께 전화해서 부탁했어. 그랬더니 직원이 바로 열어주더구나."

차 회장의 누이동생인 차한선의 부탁인데 김 원장이 마다할 리가 없었다. 한선은 원하는 것을 차지할 때까지는 쉽게 물러나지 않을 것이다. 자신이 낳은 자식조차도 사생아라고 아무렇지 않게 내치는 사람이니까.

"이렇게 막무가내로 찾아오시면 곤란합니다."

"그럼 나를 피하지 말든지. 이젠 내가 집으로 찾아올까 봐 집에 들어가지도 않고 계속 병원에서 지내더구나."

"여사님을 피하는 게 아니라 집에 들어갈 수 없을 정도로 바빴습니다."

당신 따윈 피하지 않아. 재호는 한선을 날카롭게 노려보며 맞은편에 앉았다. 하지만 그녀는 재호의 차가운 시선을 아랑곳하지 않고 느긋하게 소파에 상체를 기대며 꼬고 있는 다리의 방향을 바꿨다.

"그래서 내가 한 제안은 생각해봤니?"

"아니요."

"아하, 병원 일이 하도 바쁘셔서 못 하셨나?"

한선이 비아냥거리는 말투로 물었다.

"아뇨. 생각해볼 가치도 못 느껴서 안 했습니다."

재호는 그녀가 뭐라고 말하기 전에 재빨리 말을 이었다.

"불쑥 찾아오는 거 자제해주십시오. 저는 여사님과 이렇게 만나는 거, 불편합니다."

"너만 불편하니? 나도 불편해. 내가 지금 네가 좋아서 찾아오는 줄 아니?"

한선의 눈꼬리가 매섭게 위로 올라갔다. 맞은편에 앉은 여인은 그를 낳아준 어머니였다. 싫든 좋든 그녀의 배 속에서 열 달을 지냈을 텐데. 그녀와 하나로 이어지고 그녀에게서 영양분을 공급받고…….

배 속에 있을 때만큼은 나를 자식으로 인정했을까? 한 번쯤은 내다 버린 자식에 대해 측은한 생각을 품지 않았을까?

"세상 모든 부모와 자식이 사이가 좋을 필요는 없어. 원수보다 못한 사이도 있어."

재호의 속마음을 읽었는지 한선이 싸늘한 목소리로 말했다.

"여사님은 저란 존재가 본인의 모든 것을 빼앗아갔다고 원망하는 것 아닙니까? 저는 세상에 태어나면 안 되는 존재였으니까."

"틀린 말은 아니지. 너 때문에 집에서 쫓겨났으니까."

한선은 배신한 남자만큼이나 자신이 낳은 재호를 저주했다. 재호의 몸 안에 흐르는 피의 반은 그녀를 버린 남자에게서 물려받은 거니까. 남자는 끝까지 아내를 버리지 못 하고 가정으로 돌아갔다.

한선에게는 배 속의 핏덩어리와 미혼모가 된 딸에게 실망한 아버지의 분노밖에 남지 않았었다.

세상의 모든 것을 가졌던 재벌 집 막내딸은 그 이후 끝을 모르게 추락했다.

한참 동안 입을 다물고, 한선을 노려보던 재호가 천천히 입을 열었다.

"한 번이라도……."

그의 잠긴 목소리가 희미하게 떨리고 있었다.

"여사님은 저를 자식이라고 생각하신 적 있습니까?"

"그러는 너는……."

한선은 대답 대신 날이 선 목소리로 질문을 되돌렸다.

"너는 나를 네 어미로 인정한 적 있었니?"

두 사람의 시선이 허공에서 강렬하게 부딪쳤다.

"흐윽."

태환의 입에서 신음이 흘러나왔다. 빠개질 것 같은 통증에 태환은 두 손으로 머리를 감싸며 힘없이 의자에 앉았다.

며칠 전에 나온 정밀 검사 결과에선 아무런 이상이 없다고 했다. 그런데도 왜 두통이 끊임없이 몰려오는 걸까? 담당 의사는 건조한 목소리로 태환의 건강 상태를 설명했다.

—스트레스성 두통인 것 같습니다. 심리적인 요인으로 생기는 현상이지만, 그래도 안전한 건 아니에요. 과도하게 지

속되면 불안 장애, 식이 장애, 수면 장애 등 각종 정신 질환으로 발전할 수도 있으니까요. 우선은 스트레스를 받지 않게 안정을 취해야 합니다.

태환은 처방받은 진통제를 손에 쥔 채, 크게 한숨을 내쉬었다. 리모델링에 차질이 생긴 탓에 자신도 모르게 스트레스를 심하게 받은 게 틀림없었다. 그래도 아직까진 못 견딜 정도는 아니었다. 나중에 도저히 참을 수 없을 정도로 악화되면 그때 복용해도 늦진 않을 것이다.

태환은 두 눈을 감고 의자의 등받이에 등을 기댄 자세로 두통이 물러가길 기다렸다. 깊게 숨을 들이마시고 내쉬며 긴장을 풀려고 노력했다.

그때 벨 소리가 정적을 깨뜨렸다.

띵동—.

태환은 눈을 뜨고 책상 위에 놓인 시계로 시선을 돌렸다.

이 한밤중에 누구지? 도어 뷰어를 통해 밖을 내다본 태환은 눈을 가늘게 모았다. 정체불명의 방문객은 얼굴을 볼 수 없게 야구 모자를 푹 눌러쓰고 있었다. 태환은 가드 체인을 빼어내고 문을 열었다.

"누구십니까?"

방문객은 자신의 신분을 밝히는 대신 다짜고짜 안으로 뛰어 들어왔다. 그러곤 현관문에 등을 기대며 모자를 벗었다.

"하연아!"

태환이 믿을 수 없다는 얼굴로 하연을 바라보았다. 그녀의 시선은 태환의 뒤에 있는 벽시계로 향했다.

밤 11시 58분.

"세이프. 자정까지 헉, 헉, ……2분 남았어요."

하연은 쓰러지듯 태환의 품에 안기며 환하게 웃었다.

"어떻게 된 겁니까?"

"……하아, 하아."

얼마나 급하게 뛰어왔는지 하연은 대답을 잊은 채, 그의 가슴에 얼굴을 묻고 숨을 골랐다. 소파에 앉은 후에야 자초지종을 설명할 수 있었다.

"나흘 동안은 촬영도 없고 자유거든요."

"그러니까 혼자서 내려왔다는 말입니까?"

기뻐해줄 거라고 생각했는데 태환의 얼굴이 딱딱하게 굳어졌다. 어쩨 예상했던 방향과는 조금 다르게 흘러가는 것 같았다. 하연은 태환의 눈치를 살피며 조심스럽게 대답했다.

"민성 오빠가 수서역까지 바래다줘서 고속 열차를 타고."

"부산역에서 여기까진 어떻게 왔습니까?"

"그거야 당연히 택시를 타고 왔죠."

'택시'라는 말에 태환이 크게 눈살을 찌푸렸다.

"뭐? 위험하게 혼자서 택시 타고 왔다고?"

언성이 높아지면서 말꼬리도 짧아졌다.

"나보고 부산역으로 마중 나오라고 했어야지!"

"아니…… 난 서프라이즈 해주려고……."

"지금 그게 문제야? 겁도 없나? 택시가 만약에 이상한 곳으로 차를 몰았으면 어쩔 뻔했어?"

"……태환 씨."

기뻐할 줄 알았는데 태환은 머리끝까지 화가 난 것처럼 보였다.

"다시는 이러지 마."

걱정하는 마음은 이해하지만, 조금은 억울했다.

"그래도 지금 무사히…… 여기에 있잖아요."

갑자기 서러움이 왈칵 밀려와 눈물이 날 것 같았다. 아프리카에서도 혼자 씩씩하게 잘만 돌아다녔건만, 왜 갑자기 어린애 대하듯 과잉보호하는 걸까?

그녀 역시 온종일 촬영으로 힘든 건 마찬가지였다. 그래도 태환을 보기 위해 피곤을 무릅쓰고 달려온 건데……. 칭찬은 커녕 왜 그에게 혼나고 있는지 모르겠다.

그러는 그는 뭐 남자라서 무사했나? 아프리카에서 칼에 찔려 피를 철철 흘렸던 사람이 누군데 그래? 그리고 그런 남자를 살려냈던 게 누구였더라?

꾹 참으려 했는데 어느새 눈가에 눈물이 맺히더니 뺨으로 툭 떨어졌다. 웬만해선 울지 않는 그녀였지만, 지금 이 순간만큼은 북받치는 감정을 주체할 수 없었다. 하연이 눈물을 터뜨리자, 그의 목소리가 한층 누그러졌다.

"모르겠어?"

태환은 손을 들어 그녀의 뺨에 흐르는 눈물을 다정스럽게 닦아줬다.

“난 네가 조금이라도 잘못되면 견딜 수 없어. 게다가 그게 나 때문에 그렇게 된 거라면…… 내 마음이 어떻겠어?”

“……잘못되긴…… 뭐가 잘못된다고.”

하연은 물기를 머금은 목소리로 작게 투덜거렸다.

“그렇잖아요. 내가 뭐, 한두 살짜리 꼬마도 아니고.”

“사랑해.”

그때 불쑥 태환의 입에서 고백이 흘러나왔다.

“너무나도 사랑해서 네가 조금이라도 잘못되는 걸, 볼 수 없어. 상상하기도 싫어.”

전혀 예상하지 못한 말에 하연은 아무 말도 못 하고 눈만 깜빡거렸다. 태환이 그녀에게 빠졌다는 건 알았지만, 사랑한다고 고백할 줄은 몰랐다.

하연이 멍한 얼굴로 자신을 바라보자, 태환은 양손으로 그녀의 두 뺨을 감싸며 속삭였다.

“이런 내 마음 알겠어?”

“……태환 씨.”

“몰라도 상관없어.”

그는 혼잣말처럼 중얼거리더니 그녀에게로 고개를 숙여 입을 맞추었다. 굳게 맞물린 입술 사이로 뜨거운 사랑이 흘러들었다.

사랑해. 그러니까 제발 너는. 너만큼은 제발…….

태환은 으스러지듯 하연을 세게 끌어안았다.

한차례 폭풍이 지나가고 이어서 또다시 뜨거운 열기가 지나갔다. 그런데도 서로를 향한 목마름은 충분히 해소되지 않았다. 글쎄, 과연 그게 가능하기나 할까?

"으흠."

하연은 태환의 가슴에 뺨을 기댄 채, 한 손으로 붉은 실 반지를 만지작거렸다. 태환은 그녀의 정수리에 입을 맞추며 그녀의 매끈한 등을 손바닥으로 부드럽게 쓰다듬었다.

"어머님께는 뭐라고 말하고 왔어? 외박해도 돼?"

"……음, 적당히 둘러댔어요."

홍 여사에겐 회식이라고 둘러댔는데……. 그렇다고 100% 거짓말은 아니었다. 일부는 저녁 식사 후, 밤새도록 술 마실 계획을 세웠으니까. 다만 그녀는 저녁만 먹고 태환을 보러 부산으로 왔을 뿐이었다.

"어차피 여기 안 왔으면 밤새 회식했을 거니까……."

"뭐?"

태환은 기가 막힌다는 듯 나직한 웃음을 흘렸다. 아무래도 화제를 바꿔야 할 것 같았다.

"내일 일찍 나가야 하는 거 아니에요?"

"아니. 인테리어 업체와의 미팅은 오후 2시로 정해졌어."

하연은 벽에 걸린 시계로 힐끗 시선을 돌렸다. 숫자는 새벽 2시를 나타내고 있었다. 다행이다. 느긋하게 늦잠을 자도 괜찮을 것 같다.

하연은 만지작거리던 반지를 손에서 떼고 이번에는 태환의 가슴에 손을 올렸다. 손바닥을 통해 단단하고 탄력 있는 가슴의 근육이 느껴졌다. 인체 해부도를 끼고 다니며 달달 외운 덕분에 하연은 눈을 감고도 인간의 근육 조직을 나열할 수 있었다. 지금까지 벌거벗은 몸이야 남녀를 통틀어 셀 수도 없이 보았고…….

하지만 사랑하는 남자의 맨몸을 보는 건 또 다른 느낌이었다. 이제는 적응할 때가 되었건만, 아직도 태환이 옷을 벗는 모습을 볼 때마다 심장이 쿵 밑으로 내려앉았다.

눈이 부시게 아름다워서. 가슴이 두근거리게 근사해서.

하연은 넋을 잃고 그의 벗은 몸을 바라볼 수밖에 없었다. 바쁜 와중에도 얼마나 틈틈이 운동했는지 어깨와 가슴은 탄탄한 근육으로 뒤덮여 있었다. 가슴과 복근에 새겨진 근육을 보고 있노라면 그녀도 모르게 근육 명칭을 홍얼거리게 했다.

"의학 용어는 라틴어가 많거든요."

하연은 태환의 가슴 근육을 손바닥으로 감싸며 작게 중얼거렸다.

"요새는 영어도 많이 사용하는 편이지만, 그래도 아직은 라틴어가 많아요. 본과 1학년 시험 볼 때마다 머리에 지진 나는 줄 알았어요. 그중에서도 근육 명칭이 헷갈리곤 했어요. 그래서 인체 해부도를 옆에 끼고 다니면서 틈만 나면 외웠었죠."

하연의 손가락 끝이 태환의 가슴 부위를 쓸어내렸다.

"이건 대흉근인데 의학 용어로는 'Pectoralis major'라고 해요. 지금은 입에서 술술 나오는데 그땐 왜 그리도 어려웠나 몰라요. 아마 라틴어라서 생소해서 그랬나 봐요."

이번에는 그녀의 가느다란 손이 태환의 아랫배를 쓰윽 문질렀다.

"이 근육은 복직근인 'Rectus abdominis'예요."

하연은 아무것도 모르는 순진한 얼굴로 아니, 의사 선생님처럼 진지한 얼굴로 의학 용어를 읊어나가며 손가락으로 태환의 근육을 하나씩 짚어보았다.

"배 부위는 신경이 몰려 있는 부위라서 사람에 따라 조금만 건드려도 자극을 받죠."

말을 마친 하연은 손가락 끝으로 태환의 아랫배를 꾹 눌렀다.

"으윽."

하연의 손길에 태환은 반사적으로 미간을 찌푸렸다.

"어머, 태환 씨도 여기가 예민한가 보다."

그건 결코 아니었다. 그녀가 건드리니까 반응하는 것뿐이었다. 전기가 통하는 것 같은 짜릿함에 머리카락이 곤두서는 것만 같았다.

결국 꾹 참았던 욕망이 다시금 폭발하고 말았다. 태환은 꼼짝달싹도 하지 못하게 하연의 두 손을 움켜쥐고는 몸을 굴려 그녀의 몸 위로 올라갔다.

"태환 씨?"

갑작스러운 돌발 행동에 하연은 놀란 얼굴로 태환을 올려다보았다.

"지금 유혹하는 거지? 아니면 고문하는 건가?"

속삭이듯 물어보는 그의 목소리가 탁하게 잠겨 있었다.

"……어느 쪽이든 상관없겠지."

무슨 뜻인지 물어볼 새도 없이 태환은 뜨거운 입술로 그녀의 입을 가로막았다.

그날 밤, 태환은 아침이 밝아올 때까지 하연을 놓아주지 않았다. 커튼을 비집고 들어오는 햇살에 주위가 환해지고 나서야 두 사람은 잠 속으로 빠져들었다.

인테리어 업자와의 미팅을 위해 객실을 나설 때까지도 하연은 침대에서 일어나지 못했다. 태환은 잠이 뚝뚝 떨어지는 눈으로 힘겹게 몸을 일으키려는 하연을 다시 침대에 눕히며 그녀의 입술에 키스했다.

"자고 있어. 일 끝내고 바로 올게."

"으응."

하연은 졸린 얼굴로 힘겹게 눈을 뜨고 고개를 끄덕거렸다. 태환은 또다시 그녀의 입술에 키스한 후, 마지못해 침대에서 몸을 일으켰다. 그녀를 여기에 두고 나가려니 도저히 발걸음이 떨어지질 않았다. 하지만 조금만 더 지체했다간 약속 시간에 늦을지도 모른다.

태환은 씁쓸하게 웃으며 빠른 걸음으로 호텔 방을 나섰다. 객실 문을 닫고 엘리베이터로 향하는데 주머니에 넣어둔 휴대폰이 울리기 시작했다. 화면으로 상대를 확인하니 키안으로부터 걸려온 전화였다.

"Kiyan? What's going on?"

[잘 지내지?]

태환이 영어로 전화를 받았지만, 키안은 유창한 한국말로 대답했다.

"그래, 잘 지낸다. 너는 어때?"

[나야 뭐. 그럭저럭 지내지.]

"지금 어디야?"

키안은 한국에서 가까운 일본이나 중국에 들를 경우, 곧잘 태환에게 연락했다. 태환과 일정이 맞으면 기꺼이 한국으로 건너와 잠시라도 태환을 보고 떠났다.

[샌프란시스코.]

"그래? 무슨 일이냐?"

[어, 그냥 잘 지내나 해서. 그러니까 너 혹시…… 두통이나 근육통, 뭐 이런 거 없어?]

그가 요새 끊임없이 두통에 시달린다는 사실을 아는 것 같은 말투에 태환은 살짝 미간을 찌푸렸다.

"난데없이 전화해서 무슨 말이야?"

[별 뜻은 없어. 나도 이제 슬슬 나이가 들어서 그런지, 예전에 없던 증상이 생기더라고. 몸 여기저기가 삐거덕하고. 너도 혹시나 해서.]

"너나 나나 아직 그럴 나이는 아닌 거 같은데……."

[하하하.]

휴대폰 너머로 키안의 큰 웃음소리가 흘러나왔다.

[네 말투를 보니, 괜찮은 것 같네.]

"괜찮다고 하니까 퍽이나 실망하는 눈치군."

[실망까진 아니고. 만약에 도움 필요하면 언제든지 연락해. 알았어?]

태환은 머릿속으로 날짜를 떠올렸다. 그러고 보니 며칠만 지나면 처음으로 키안을 만났던 날이 된다. 키안은 매년 이맘때쯤 태환에게 전화를 걸어 그의 안부를 물었다. 이번에도 그냥 연중행사 차원으로 걸었나 보다.

태환은 심각하게 생각하지 않고 간단하게 안부를 교환하고 전화를 끊었다. 그리고 약속 시각에 늦지 않기 위해 빠르게 걸음을 옮겼다.

"처음 등에서 날개는 돋는 장면은 CG로 처리할 거니까, 여기까지는 그냥 팔을 벌리고 걸어오면 됩니다."

무슨 시간이 이리도 빨리 지나가는지…….

하연은 이번 광고의 연출을 맡은 이 감독의 설명에 귀를 기울이며 작게 한숨을 내쉬었다. 친구와 여행 가기로 했다고 홍여사에게 거짓말을 하면서까지 하연은 나흘 동안 태환의 옆에서 시간을 보냈다.

계속해서 호텔에 머무르면 안전하지 않을 것 같아, 달맞이 고개에 있는 별장으로 장소를 옮겼다. 나흘 동안 꼼짝 않고 침대 속에서만 지냈기에, 어차피 호텔에서 머물러도 상관없었을 것 같았지만…….

"오전에는 와이어 없는 장면을 끝내고, 오후부터 와이어 액션에 들어가죠. 정하라 씨, 와이어 액션 연기, 이번이 처음이죠?"

"네, 처음이에요."

"오래 매달려 있으면 어깨와 허리에 약간 통증도 생기고 불편하긴 한데, 정하라 씨 힘들지 않게 최대한 빨리 끝낼게요."

하연은 자신이 뛰어내려야 하는 2층 발코니를 올려다보았다. 예상했던 높이보다 훨씬 더 높았다. 2층이지만, 1층 천장이 꽤 높았기에 보통 건물로 치면 3층에 가까운 높이였다.

저 정도면 적어도 8m는 될 텐데…….

하연의 불안한 시선을 눈치챘는지, 이 감독이 넌지시 말을 보탰다.

"안전장치 역시 완벽하게 설치해놓았으니까, 걱정하지 않아도 됩니다."

"네."

하연은 떨리는 마음을 감추며 애써 웃어 보였다.

태환은 인상을 찡그리며 컴퓨터 모니터 하단에 있는 시계로 시선을 옮겼다.

지금쯤이면 한창 광고 촬영 중일 텐데……. 가봐야 하는 건 아닐까?

아까부터 계속 같은 서류만 만지작거리고 좀처럼 다음 서류로 넘어가지 않았다.

"제길!"

태환은 주먹으로 책상을 내리쳤다. 그녀가 걱정돼서 도무지 일이 손에 잡히지 않았다.

결국 태환은 오후 일정을 모두 취소하고 청평에 있는 별장으로 차를 몰았다. 무사히 광고 촬영을 끝낼 수 있게 하연을 옆에서 지켜봐야 하니까.

복잡한 서울을 빠져나가자 도로는 숲이 우거진 산으로 이어졌다. 별장이 가까워질수록 태환의 얼굴에는 어두운 그림자가 내려앉았다. 촬영 장소가 왜 하필 청평 별장인지…….

한 번도 가보지 않은 장소였다. 무슨 이유에서인지 차 회장은 자신의 소유인 청평 별장에 아무도 들어오지 못하게 막았다.

태석이 대학을 졸업하면서, 차 회장 몰래 청평 별장으로 친구들을 불러들여 파티를 열었다가 아주 크게 혼이 난 적도 있었다. 그 이후에는 아무도 청평 별장을 머릿속에 떠올리지도 않았는데 별안간 차 회장이 그곳을 광고 촬영 장소로 개방한 것이다.

별장 입구에 차를 세우고 차에서 내리는 순간, 태환은 싸늘한 기분이 자신을 에워싸는 느낌을 받았다. 처음 와보는 곳인데 어째서인지 낯설지가 않았다.

언제가 와본 적 있었던 익숙한 분위기. 가끔 꿈에 등장하던 오솔길이 그 모습 그대로 별장 옆에 놓여 있었다.

태환은 뭔가에 홀린 것처럼 천천히 별장을 향해 걸어갔다. 저 멀리 별장 건물 앞에 모인 사람들의 모습이 보였다. 모두 광고 촬영에 몰두하고 있었다.

누군가가 난간 위에 아슬아슬하게 서 있었다. 건물에 가까워질수록 얼굴을 확인할 수 있게 윤곽이 뚜렷해졌다. 태환은 믿을 수 없다는 눈으로 제자리에 우뚝 멈춰 섰다.

하연이 두 팔을 벌리고 난간에서 뛰어내릴 것 같은 자세를 취하고 있었다. 태환의 눈에는 그녀의 몸에 연결된 와이어가 보이지 않았다. 오로지 그녀의 뒤에 달린 하얀 날개만이 눈에 들어왔다.

순간 흐릿한 영상이 눈앞에 떠올랐다.

—새가 되고 싶어.

누군가의 애절한 목소리가 귓가에 울려 퍼졌다.

—엄마, 엄마.

이어서 들리는 아이의 울음소리.

—이렇게 갇혀 있는 건 싫어.

—엄마, 엄마. 그러지 마.

그녀의 목소리가 커질수록 아이의 울음소리가 커져만 간다.

—너 때문이야. 너 때문이라고! 내가 원한 건 이런 게 아니었어.

그녀의 흐느끼는 울음소리.

—엄마!

아이의 울음소리가 익숙한 이유는…….

—아아아악!

그건 바로 그 자신의 목소리이기 때문이다.

저편에 묻어두었던 기억은 회오리를 치며 그의 머릿속을 헤집어놓았다. 하연의 모습에 그 옛날 저 발코니에서 뛰어내렸던 어머니의 모습이 겹쳐지고 있었다. 태환은 정신을 차리기 위해 세차게 고개를 흔들었다.

안 돼! 제발!

"액션."

멀리서 감독이 외치는 소리가 들려왔다. 동시에 하연이 두 팔을 활짝 벌리고 난간에서 뛰어내렸다. 등에 달린 날개가 바람에 펄럭거렸다. 순간 하연의 몸을 묶은 여러 개 와이어 중 하나가 툭 끊어졌다. 균형을 잃은 그녀의 몸이 흔들리며 밑으로 불안하게 추락했다.

"안 돼!"

태환은 미친 듯이 소리 지르며 앞으로 달려갔다. 그녀의 처절한 목소리가 귓속에서 울려 퍼졌다.

—안 돼, 태환아. 내 아가!

그의 눈에서 하염없이 눈물이 흘러내렸다.

타앙—.

날카로운 소리와 함께 와이어 줄이 끊어지며 공중에 뜬 하연의 몸이 휘청거렸다.

"헉!"

"악, 어떡해!"

"뭐야? 저거?"

여기저기서 당황한 스태프의 고함이 들려왔다.

한 줄이라도 끊어지면 몸이 균형을 잃어 크게 흔들리게 된다. 자칫 잘못하다간 건물 벽이나 와이어 크레인에 부딪히는 등 부상으로 이어질 수 있었기에 지켜보던 이 감독의 표정이 경악으로 일그러졌다.

"이게 도대체 어떻게 된 거야? 하라 씨, 괜찮아요?"

가까스로 에어백 위에 무사히 착지한 하연에게 이 감독이 놀란 얼굴로 달려왔다.

"……네. 괜찮아요."

하연은 애써 담담한 얼굴로 짧게 대답했다. 솔직히 말하자면 와이어가 끊어지는 순간, 이대로 밑으로 떨어지는 건 아닐까 심장이 오그라드는 줄 알았다. 툭 떨어지는 느낌이 싫어서 놀이동산에 가도 절대로 바이킹이나 롤러코스터는 타지 않는데…….

티를 안 내고 있었지만, 다리가 후들거려 일어설 수조차 없었다. 하연은 에어백 위에 걸터앉은 채, 정신을 가다듬으려 노력했다. 아직 촬영할 분량이 꽤 남았는데, 메인 모델인 그녀가 공포에 질린 얼굴을 할 순 없으니까.

그러나 이 분야에서 잔뼈가 굵은 이 감독은 그녀가 적잖이 충격을 받았다는 사실을 단번에 알아차렸다. 그는 상체를 숙인 자세로 하연의 어깨를 다독거렸다.

"어떻게 된 일인지, 기술팀 불러서 확인할 테니까 쉬고 있어요. 정말 다친 데 없어요?"

"네. 어깨가 조금 얼얼한 거 빼곤 이상 없어요."

"어지러울 테니까 우선 앉아 있어요."

이 감독은 하연이 괜찮은지를 거듭 확인한 후에야 화난 얼굴로 스태프에게 걸어갔다.

"도대체 와이어 관리를 어떻게 한 거야? 책임자 어디 있어?"

이 감독이 물러나자, 백지장이 된 얼굴로 발만 동동거리던 민성과 서영이 곧장 하연에게로 달려왔다.

"하연아!"

"언니!"

"괜찮아? 정말 다친 데 없어?"

끊긴 와이어가 하연의 얼굴을 아슬아슬하게 스치는 장면을 매의 눈으로 확인한 민성이었기에 덜덜 떨리는 목소리로 그녀의 얼굴과 몸을 낱낱이 살펴보았다. 다행히 아무런 상처도 보이지 않았다.

"조금 어지러울 뿐이야. 나 좀 일어나게 부축해줄래?"

"응."

민성에게 도움을 받으며 겨우 에어백에서 몸을 일으키려는데 뒤쪽에서 쉰 듯 갈라진 목소리가 들려왔다.

"……하……연아."

민성에게 기댄 채 뒤를 돌아본 하연이 깜짝 놀란 듯 입을 벌렸다.

"태화…… 아……."

버릇처럼 '태환 씨'라는 호칭이 튀어나오자 하연은 서둘러 입을 다물고 숨을 들이마셨다. 민성과 서영이 있는 앞에서 그를 '태환 씨'라고 부를 수는 없었다.

"대표님, 여긴 어쩐 일이세요?"

혹시 그도 와이어가 끊어지는 장면을 목격했나?

태환은 평소와 다르게 조금은 흐트러진 모습으로 서 있었다. 한동안 넋이 나간 표정으로 그녀를 멍하게 바라만 보던 그가 어렵게 입술을 뗐다.

"……어떻게 된 거야?"

"갑자기 와이어가 끊어져서 균형을 잃었어요. 그래도 어디 다친 덴 없으니까…… 괜……."

"도대체 누가?"

그녀의 말을 도중에 끊으며 그가 큰소리로 외쳤다. 머리끝까지 화가 난 듯 두 눈은 붉게 충혈이 되고 목에는 핏대가 곤두선 상태였다.

"누가 이따위로 일을 해? 책임자 누구야? 어?"

"대표님 진정하세요. 전 괜찮아요."

"큰일 날 뻔했잖아! 와이어에 엉키기라도 했으면 어쩔 뻔했어?"

민성과 서영은 다음 주에 영국으로 떠나는 하연의 신상에 무슨 일이라도 생겼을까 봐 태환이 분노하는 것이라고 여겼다. 주연 여배우가 부상으로 촬영에 빠지게 되면 해외 촬영 일정이 엉망으로 꼬일 테니까. 일부 스태프는 촬영 준비를 위해 이미 영국으로 떠난 상태였다.

민성은 자신이 와이어를 설치한 것도 아닌데 괜히 겁에 질려 하연의 등 뒤로 몸을 숨겼다. 그 뒤로 서영 역시 은근슬쩍 끼어들었다.

말로만 듣던 '지옥에서 온 제작자'를 드디어 눈앞에 영접한 순간이랄까? 저토록 살기 어린 눈빛이라니! 눈빛만으로도 살인할 수 있다고 하던데 정말 그러고도 남을 것 같았다.

"웬 소란이냐."

멀리서 지켜만 보던 차 회장이 수행원을 거느리고 느릿한 걸음으로 다가왔다.

"……회장님."

태환의 이글거리는 눈빛이 차 회장에게 쏟아졌다.

"와이어 가지고 장난친 거, 회장님 짓입니까?"

"그게 무슨 황당한 소리냐?"

차 회장은 불쾌하다는 듯 미간을 찌푸렸다. 하지만 태환은 그를 믿을 수 없었다.

이 모든 것이 아버지의 계획이었던 말인가? 잔인하다. 잔인해도 너무나 잔인했다.

"어떻게…… 어떻게…… 이러실 수가……."

복받치는 감정에 태환은 다음 말을 이을 수 없었다. 자식을 향한 삐뚤어진 사랑 표현에 이젠 신물이 났다.

언제나 그를 위해서였다는 궁색한 변명과 함께 변함없이 드러내는 집착과 소유욕.

―새가 되고 싶어.

또다시 그녀의 애절한 목소리가 머릿속에 울리기 시작했다.

—이렇게 갇혀 있는 건 싫어.

동시에 머리가 빠개질 것 같은 두통과 함께 눈이 타들어가는 듯한 통증에 시야가 흐릿해졌다.

"으윽."

태환은 두 손으로 머리를 감싸고 제자리에 무릎을 꿇었다.

"태환아!"

차 회장이 달려와 태환을 끌어안는 동시에 그의 몸이 사시나무처럼 떨리기 시작했다. 수행원들은 아무도 그 모습을 보지 못하게 태환과 차 회장을 서둘러 에워쌌다.

……태환 씨?

하연은 앞에 펼쳐지는 광경에 놀라움을 금치 못했다. 모든 것이 느린 동작으로 재생되는 것만 같았다.

멀쩡했던 그가 왜 갑자기? 태환에게 달려가려고 했지만, 아직 그녀의 몸은 와이어에 연결되어 있었다. 하연은 서둘러 하네스의 버클에 손을 뻗으며 뒤에 서 있는 민성에게 도움을 청했다.

"이거 좀 풀어줘, 오빠. 어서!"

민성의 도움으로 하네스를 벗어던진 하연이 태환에게로 달려갔지만 수행원들이 그녀가 가까이 다가오지 못하게 앞을 막아섰다.

"비켜주세요. 나, 의사예요. 의사라고요!"

하연이 악을 쓰듯 비명을 지르자, 그제야 우두머리로 보이는 수행원이 옆으로 비켜섰다. 태환은 차 회장의 품에 안긴 채, 두 손으로 머리를 감싸고 부들부들 떨고 있었다.

"으으윽."

창백한 얼굴이 극심한 고통으로 일그러졌고 벌어진 입에선 쉴 새 없이 신음이 흘러나왔다.

"잠시만 비켜주세요."

하연은 차 회장을 옆으로 물러서게 한 후, 태환 앞에 무릎을 꿇고 응급 처치에 들어갔다. 차 회장은 처참한 표정으로 하연에게 치료를 받는 태환의 모습을 지켜보았다.

역시 우려한 대로 꽉 닫아두었던 과거의 문이 스르르 열리고 있었다. 결국엔 터져버릴 상처가 벌어지며 뜨거운 고통이 흘러나오기 시작했다.

"흐음."

차 회장의 입에서 흐느낌과도 같은 탄식이 낮게 흘러나왔다.

앰뷸런스에 실려 근처 병원에 도착한 태환은 좀 더 정밀한 검사를 위해 다시 한국 대학 병원으로 옮겨졌다. 초조한 마음으로 병실 앞을 서성이는 차 회장에게 의료팀을 대동한 김 원장이 다가왔다.

"이 사람, 너무 걱정하지 말게."

오래된 지인이건만 차 회장과 김 원장은 타인 앞에선 일정한 거리를 유지해왔다. 하지만 자식에 관한 일이기에 김 원장은 의사가 아닌 친구로서 차 회장을 위로했다.

"수면제 맞고 막 잠들었네. 우선은 안정을 취하게 하는 것이 좋아."

"검사 결과는?"

"그게 말이지…… 참."

김 원장은 착잡한 얼굴로 고개를 흔들었다.

"정밀 검사 결과로는 아무런 이상 없어. 얼마 전에도 신경외과에서 따로 검사를 받았더군. 그때나 지금이나 결과는 마찬가지야."

"흠……."

"그렇다면 심리적인 반응이라는 이야기인데……. 아무래도 그때와 같은 현상인 것 같아."

차 회장의 얼굴에 어두운 그림자가 내려앉았다.

"우선은 신경안정제를 투여할 테니까, 상태를 지켜보자고."

의료팀을 이끌고 반대 방향으로 걸어가던 김 원장이 뭔가 생각난 듯 걸음을 멈췄다.

"아 참, 예전에 뉴욕에서 태환일 치료했다는 그 의사에게 연락해보는 건 어떻겠나?"

"음."

차 회장은 대답 대신 가만히 고개를 끄덕거렸다.

김 원장과 의료팀이 사라지고 나서 얼마 지나지 않아, 지은이 사색이 된 얼굴로 달려왔고, 그 뒤를 한선이 따랐다.

"아빠, 어떻게 된 거예요?"

차 회장이 아무 말 없이 길게 한숨만 내쉬자, 한선은 무표정한 얼굴로 태환이 있는 병실 쪽으로 시선을 돌렸다.

"광고를 찍는데 태환이가 쓰러졌다니 그게 무슨 말이에요? 태환이가 왜 쓰러져요?"

재차 이유를 묻는 지은의 목소리가 가늘게 떨리고 있었다. 병원에 도착하기 전, 민 실장에게 대충 이야기를 전해 들었기 때문이었다.

그녀를 놀라게 한 건 태환이 쓰러졌다는 사실보다는 바뀌어 버린 광고 내용이었다. 수정한 내용 중에 하연이 발코니에서 뛰어내리는 묘사가 전세린이 사망한 그날의 사고와 너무나도 흡사했으니까. 만약에 일부러 작정하고 내용을 바꾼 거라면 그건 치가 떨릴 정도로 끔찍한 행위였다.

"아빠!"

지은이 차 회장의 팔을 잡아당기자, 한선은 짜증이 섞인 목소리로 지은을 막아섰다.

"호들갑 떨지 마. 터질 게 터진 것뿐이니까."

"고모는 또 그게 무슨 말이에요?"

"나한테 묻지 말고, 네 아빠에게 물어."

"둘 다 목소리 낮춰라."

차 회장은 침울한 얼굴로 지은과 한선을 둘러보았다. 광고가 완성되고 나면 태환에게 보여줄 계획이었다. 그렇다고 태환이 광고 촬영장에 나타날지 모른다는 사실을 아예 배제한 것은 아니었다.

하연이 발코니에서 뛰어내리는 모습을 본다고 해도 저 정도로 심한 반응을 나타낼 거라곤 예상하지 못했다.

촬영 도중에 와이어가 끊어진 건 그야말로 우연한 사고였다. 와이어가 끊어지지 않았더라면 태환이 저렇게까지 충격을 받진 않았을 것이다. 그러나 이미 일어난 사고이므로 한탄한들 아무 소용없었다.

"조용히 해라. 태환이 검사 끝내고 이제 막 잠들었으니까."

차 회장은 낮은 목소리로 주의를 준 후, 태환의 병실로 천천히 걸음을 옮겼다.

23. 절대로 상처받게 하지 않아요

"언니, 물 좀 마셔요."

서영이 걱정스러운 얼굴로 하연에게 생수병을 건넸다.

"……으응."

하연은 초점이 없는 멍한 눈빛으로 고개를 끄덕이며 생수병 마개를 비틀었다. 자꾸만 손길이 엇나가고 제대로 마개를 열지 못하자, 서영이 고개를 내저으며 하연 대신 마개를 따주었다. 그러나 하연은 물을 마실 생각이 없는 듯 물끄러미 생수병을 바라만 보았다.

태환을 실은 앰뷸런스가 떠나고 나서, 얼마 지나지 않아 와이어 점검을 끝낸 촬영팀이 촬영 재개를 알렸다. 마음 같아선 촬영이고 뭐고 다 때려치우고 병원으로 달려가고 싶었지만, 사적인 일로 촬영을 망칠 순 없었다. 하연은 묵묵히 이 감독의 지시에 따라 몇 번이고 와이어에 몸을 맡긴 채 발코니에서 뛰어내렸다.

어떤 정신으로 촬영을 끝냈는지도 모르겠다. 이 감독이 흡족한 목소리로 오늘 촬영의 끝을 알렸을 때, 그만 다리에 힘이 빠져 제자리에 주저앉을 뻔했다.

밴에 올라탄 하연은 넋 나간 표정을 감출 수 없었다. 자꾸만 눈앞에서 견딜 수 없는 통증으로 신음을 흘리던 태환이 떠올랐다.

응급실에 근무하면서 그보다 더한 상황을 수도 없이 보아왔으면서……. 말라위에서 처음 만났을 때도 칼에 찔려 피 흘리는 태환을 무덤덤하게 수술한 주제에. 그때보다 더 심각한 상황도 아닌데 왜 이리도 가슴이 찢어지게 아픈지 모르겠다.

"언니, 힘들어서 탈진했나 보다. 아휴, 감독님도 너무해요. 빨리 끝내주겠다고 하고선 몇 번이나 뛰어내리게 한 거야?"

서영은 하연이 와이어 액션에 온 기운이 빠진 탓에 맥을 놓고 앉아 있다고 오해했다. 그녀도 갑작스러운 태환의 혼절에 조금 놀라긴 했지만, 크게 신경 쓰진 않았다. 영화 제작하느라 무리해서 과로로 쓰러진 정도로 치부했다. 지금까지 그녀가 함께 작업했던 연예인 중에 과로로 기절하는 사람이 한둘이 아니었으니까.

"언니, 그러지 말고 물 좀 마셔요. 그러다 탈수 오겠다."

"……응."

하연이 겨우 물 한 모금을 마셨을 때, 가방에 넣어둔 휴대폰이 울리기 시작했다. 그녀는 화들짝 놀라며 휴대폰을 꺼내 발신자를 확인했다. 모르는 번호였지만, 하연은 꼭 받아야 하는 전화임을 직감했다.

"여보세요."

휴대폰 너머로 잠시 침묵이 흐른 후, 잠긴 듯 탁한 목소리가 흘러나왔다.

[나요, 차한근 회장입니다. 오늘은 정말 고마웠어요. 정하라 씨가 아니었다면 큰일 날 뻔했습니다.]

"아닙니다, 회장님. 제가 해야 할 일을 한 것뿐입니다."

[태환이가 지금 한국 대학 병원에 입원해 있는데 괜찮다면 잠시 보러 와줄 수 있습니까?]

"네, 물론이죠."

그녀 역시 원하는 바였다. 지금 태환은 전화를 받을 수 있는 상태가 아니기에 차 회장의 전화가 아니었다면 밤새도록 태환을 걱정하며 애가 탔을 것이다. 태환이 있는 병원을 알아낸 하연은 곧바로 전화를 끊었다.

"오빠, 한국 대학 병원으로 가줄 수 있어?"

"지금?"

"차 대표님이 그곳에 입원하셨나 봐."

"어머, 지금 막 촬영 끝난 사람에게 병원으로 오라고 하는 거예요? 언니, 지금까지 5시간을 허공에 대롱대롱 매달려 있었다고요."

"난 괜찮으니까 걱정하지 마."

하연은 구시렁거리는 서영을 진정시키고 서둘러 창밖으로 고개를 돌렸다.

밖에는 어느새 어둠이 내려 있었다. 그녀의 속마음처럼 어두운 거리 풍경이 시야에 들어왔다.

다행히 차가 밀리지 않아, 생각했던 것보다 빨리 병원에 도착했다. 한국 대학 병원 건물 입구에 밴이 멈추자, 하연은 다급하게 문손잡이를 잡았다.

"고마워, 오빠. 서영아, 내일 보자."

하연은 뛰어내리듯 밴에서 내리고 서둘러 건물 안으로 뛰어들어갔다.

재호는 복도 맞은편에서 걸어오는 한선을 발견하고 인상을 찌푸렸다. 며칠 전, 서로 얼굴을 붉힐 만큼 심한 말을 주고받았는데도 다시 이곳을 찾은 한선을 이해할 수 없었다.

분명히 거절의 뜻을 밝혔는데, 그것만으론 충분하지 않았나?

재호는 자신도 모르게 인상을 찌푸리며 제자리에 우뚝 멈춰 서고 말았다. 조금 늦게 재호를 알아본 한선이 걸음을 늦추고 그를 마주 보았다.

"그런 눈으로 쳐다보지 마라. 오늘은 너 때문에 여기 온 거 아니니까."

순간 재호의 눈빛이 살짝 흔들렸다. 그의 예민한 반응에 한선은 비웃는 듯 입매를 비틀었다.

"왜? 내가 무슨 병이라도 있어서 온 줄 알았니? 모르는 사람들이 보면 걱정해주는 줄 알겠구나."

"아니면 됐습니다."

잠시나마 그녀의 건강을 염려했던 자신이 바보처럼 느껴졌다. 재호는 그대로 한선을 지나치려 했다.

"조카가 쓰러졌어."

막 스쳐 지나가려는데, 한선이 무심한 말투로 입을 열었다. 재호가 걸음을 멈추고 의아한 눈으로 한선을 바라보았다.

"깨어나는 모습은 보고 가야 할 것 같아서 있었는데 어느새 시간이 이리 늦었구나."

한선은 작게 투덜거리며 손목시계를 들여다보았다.

조카라면? 재호는 불길한 예감에 눈을 가늘게 모았다.

"너도 아마 알 거야. 차태환이라고. 우리 오빠 막내."

"지금 차 대표가 쓰러졌다는 말씀입니까?"

"어머, 나에겐 전혀 관심도 없는 애가 사촌 동생이 쓰러졌다고 놀라는 거니?"

"무슨 일입니까?"

며칠 전에 만났을 때만 해도 멀쩡했는데 왜 갑자기?

"큰 병은 아닐 거야. 꾹꾹 누른 상처가 드디어 곪아 터진 거지, 뭐."

한선이 제대로 알려주지 않으려 하자, 재호의 목소리가 저도 모르게 커졌다.

"여사님."

"왜 나에게 물어보니? 너, 여기 의사잖아. 네가 요령껏 알아봐."

한선은 재호를 싸늘한 눈빛으로 쳐다보곤 그대로 그를 지나쳐갔다. 재호는 원망 어린 시선으로 한선의 뒷모습을 바라보았다.

뭐지, 두 사람?

지은은 멀어져가는 한선과 눈으로 그녀를 좇는 재호를 발견하고 걸음을 멈췄다. 절대로 의사와 보호자가 대화하는 분위기가 아니었다.

흠…….

지은은 의심스러운 표정을 지으며 미간을 찌푸렸다.

태환은 VIP 병동으로 옮겨졌다. 하연은 한국 대학 병원에서 근무했으면서도, VIP 병동 안에는 한 번도 들어가본 적이 없었다. 검은 정장을 차려입은 경호원 두 명이 병동 입구를 지키고 있었다.

하연이 가까이 다가가자, 경호원 한 명이 그녀의 앞을 가로막았다.

"차태환 대표님을 문병하려고 왔는데요."

"잠시만 기다리십시오."

경호원이 입구 벽에 설치된 인터폰으로 연락하자, 잠시 후 유리문이 열리고 차 회장의 수행원이 걸어 나왔다.

"이쪽으로 오십시오."

곧장 태환이 있는 병실로 안내할 거라고 기대했는데 수행원은 병실 밖에 마련된 거실로 하연을 안내했다. 그곳에선 차 회장이 소파에 앉아 그녀를 기다리고 있었다. 하연이 걸어오자, 그는 손으로 맞은편을 가리켰다.

"밤이 늦었는데도 와줘서 고맙군요."

"아닙니다."

하연이 소파에 앉기를 기다린 차 회장은 다시 말을 이어나갔다.

"정하라 씨가 제때 응급 처치를 잘해준 덕분에 태환이는 무사합니다. 오늘 촬영은 무사히 끝냈습니까?"

"네."

"내일도 촬영 있어 일찍 나가봐야 할 테니까, 이야기를 빨리 끝내기로 하죠."

무슨 말을 하려는 걸까? 하연은 불안한 마음으로 차 회장을 바라보았다. 심장박동이 서서히 빨라지기 시작했다.

재호는 빠르게 VIP 병동 안으로 들어섰다. 그가 알아낸 바에 의하면 태환의 병실은 유리문에서 옆으로 돌아 복도 끝에 있었다. 병실에 가까워지자, 복도를 막고 있는 수행원의 모습이 눈에 들어왔다. 이곳의 의료진이라고 해도 아무나 접근할 수 없는 것 같았다.

그때 재호를 알아본 수행원 한 명이 고개를 끄덕이며 그가 지나갈 수 있게 공간을 내주었다. 한재호 의사가 차 회장에게 특별한 존재라는 것을 민 실장과 몇몇 수행원은 이미 알고 있었다.

태환의 병실로 향하던 재호는 병실 옆에 마련된 접대용 거실 앞에서 잠시 걸음을 멈췄다. 그곳에서 하연과 차 회장이 심각한 표정으로 대화를 나누고 있었기 때문이다.

회장님이 어째서?

재호는 심각한 표정을 지으며 두 사람에게 들키지 않게 벽 뒤로 몸을 숨겼다.

"혹시……."

찻잔을 앞에 두고, 차 회장이 먼저 말문을 열었다.

"내가 예전에 정하라 씨를 처음 만난 날, 해준 이야기 기억납니까? 왜 우리가 홍보 모델로 배우를 쓰지 않는지에 관한 내용이었는데……."

"네. 기억납니다."

하연은 가만히 고개를 끄덕거렸다. 태환이 쓰러진 것과 지금 그게 무슨 관련이 있는지 모르겠지만, 그녀는 묵묵히 귀를 기울였다.

"어떤 배역을 맡느냐에 따라서 배우 이미지가 바뀌기 때문이라고 했죠. 그보단 사적인 감정이 더 크고. 이유는 설명하지 못한 걸로 기억하는데……."

하연이 아무 말 없이 잠자코 있자, 차 회장은 짧게 한숨을 내쉬었다.

"후우. 죽은 아내가, 그러니까 태환이 엄마가 배우였기 때문입니다. 전세린이라고, 정하라 씨도 아마 들어본 이름일 거요."

"네, 지금은 그분의 작품을 쉽게 찾아볼 수 없지만, '전설의 여배우'라고 불리셨다고 들었습니다."

차 회장은 죽은 아내를 머릿속에 그리는 듯 허공으로 시선을 돌렸다.

"갑자기 아내를 떠나보내고 많이 고통스러웠습니다. 아내가 죽은 후, 영화도 연극도 TV 드라마도 멀리하게 되었죠. 그러다 보니 배우를 그룹의 홍보 모델로 선정할 기회가 자연스럽게 없어지더군요."

하연은 어두운 얼굴로 가만히 고개를 끄덕였다.

"아내는 여배우로서 한창 피어날 시기에 배우를 그만두었습니다. 결혼하고 나서 곧 태환이를 가졌고 얼마 동안은 육아에 전념하느라 정신이 없었죠. 태환인 갓난아기였을 때부터 손이 많이 가는 아이였습니다."

얼마나 사랑스러운 아기였을까? 하연은 태환의 어릴 적 모습을 머릿속에 가만히 그려보았다.

"유난히 엄마를 찾았고, 한순간이라도 엄마가 보이지 않으면 경기를 일으킬 정도로 울었죠. 유치원 첫날, 엄마와 떨어지지 않겠다고 울다가 기절하기도 했어요. 그랬는데……."

차 회장은 다음 말을 잇지 못하고 말꼬리를 흐렸다. 아주 긴 시간이 흘렀지만, 아직도 가슴 깊은 곳에 박힌 아물지 않는 상처였다.

"한때 연기가 인생의 전부였던 아내는 다시 배우로 돌아가길 원했습니다. 계속 컴백하겠다는 그녀를 태환이 핑계를 대면서 말렸죠."

그러지 말았어야 했는데 그땐 그게 맞는 거라고 생각했다.

"저렇게 엄마만 찾는 아이를 떼어두고 어떻게 연기를 할 거냐고 하면서. 태환이가 조금 더 크면 연기를 다시 하라고. 난 그때 아내에게 연기가 얼마나 중요한지 몰랐습니다."

만약에 그때 알았더라면, 그 비극은 일어나지 않았을까? 그랬다면 그녀가 지금도 아름다운 미소를 지으며 옆에 있어주었을까? 누군가 시간을 돌릴 수 있다고 제안한다면 그는 자신이 가진 모든 것을 바칠 수 있었다. 다시 그때로 돌아가 비틀린 운명을 바꿀 수만 있다면…….

"후우."

그의 입에서 길고 긴 한숨이 흘러나왔다.

"아내는 자신이 도태된다고 느껴서인지 우울증에 빠졌습니다. 하필 그때 나는 새로 시작한 럭셔리 쇼핑센터 설립에 몰두하느라 아내의 변화를 알아채지 못했고, 결국 아내는 태환이가 10살이 되던 해 세상을 떠났습니다."

차 회장의 목소리가 약하게 떨리고 있었다.

"떨어지면서 머리를 심하게 다치는 바람에……. 아무도 정확한 사고 이유는 모릅니다. 발견 당시, 아내는 태환을 끌어안은 채로 땅바닥에 누워 있었습니다. 오늘 정하라 씨가 뛰어내린 바로 그 발코니 아래에서."

"네?"

다른 곳도 아니고 오늘 그녀가 촬영한 바로 그 발코니였다고? 그렇다면 왜 태환이 충격 받은 얼굴로 기절했는지 이유가 설명된다.

"2층에서 떨어졌다고 사망까진 안 가겠지만, 아내는 머리부터 땅에 떨어진 탓에 상태가 많이 나빠서…… 사경을 헤매다 일주일쯤 후에 사망했습니다."

—사실은…… 사고가 아니라 자살이라는 말이 돌았거든.

하연은 문득 상원이 해준 말을 떠올렸다.

—전세린이 자살할 때, 아이와 함께 죽으려고 했다는 말도 있었다고. 그땐 지금처럼 인터넷이 발달한 시대가 아니니까 그렇게 소문으로만 돌다가 사라졌지. 지금이었으면…….

그럼 그 말이 전혀 황당한 소문만은 아니었던 말인가?

하연은 혼란스러운 눈으로 차 회장을 바라보았다.

"가족끼리 별장에서 주말을 보내려 했습니다. 아내와 태환이 먼저 별장으로 떠났고 나머지 가족은 몇 시간 후에 도착 예정이었어요. 아내가 그토록 우울증이 심했다는 걸 알았다면 혼자 보내는 게 아니었는데……."

"그럼 태환 씨와 동반 자살을 하려고 했다는 말인가요?"

차 회장은 천천히 고개를 내저었다.

"CCTV를 설치해놓지 않아서 정확하게 어떤 일이 있었는지는 아무도 모릅니다."

그때만 해도 CCTV 설치가 흔하진 않았으니까.

"하지만 사고로 떨어질 일은 없으니까 경찰은 스스로 뛰어내렸다고 결론을 내렸죠. 그때 아내는 우울증 약을 복용하고 있었는데 와인도 함께 마신 것 같아요. 우울증 약과 술을 함께 마실 경우 가끔 환각 증상이 일어나거나, 감정이 격해진다고 하더군요."

"하지만 그렇다고 그분이 자살했을 거라고 단정 지을 순 없지 않을까요?"

하연은 조심스럽게 반대 의견을 내었다.

"그 말도 맞습니다."

차 회장은 고개를 끄덕이며 하연의 의견을 받아들였다. 그도 그렇게 믿고 싶었다. 사랑하는 아내가 아들을 데리고 자살하려고 했다는 사실은 회복할 수 없는 상처였다. 그러나 진실은 베일에 가려져 있었다.

"진실은 오로지 태환이만 알고 있겠죠. 하지만 태환인 그 사고에 관해서 입을 다물었어요. 부분 기억상실인지 아니면 사실을 숨기는 건지는 그때 태환이를 담당했던 의사도 알아낼 수 없었습니다. 그런데 문제는 그것뿐만이 아니었습니다."

차 회장은 침통한 얼굴로 다음 말을 이어나갔다.

"아내가 죽고 난 후, 몇 달이 지나서 태환이에게 이상한 징후가 나타나기 시작했습니다. 밤마다 악몽에 시달리는지 비명을 지르며 발작을 했어요. 밤잠을 설치다 보니 점점 기운을 잃어서, 말수가 줄기 시작하더니, 결국 자해를 하더군요."

"자해라면……?"

"커터로 팔을 긁거나 연필로 손등을 찍는 등, 심할 때는 벽에 머리를 박기도 했고. 두 달 만에 해외 출장에서 돌아왔더니, 태환이가 상처투성이인 모습으로 나를 맞이하더군요."

차 회장이 자세히 설명해주지 않았지만 태환이 어떤 상황이었는지 하연은 짐작할 수 있었다. 응급실 근무 도중 자해하는 환자를 치료한 적이 종종 있었기 때문이었다.

그중에는 어린 환자도 꽤 있었다. 태환도 그중 한 명이었을 거라고 생각하자, 하연은 자신도 모르게 아랫입술을 꽉 깨물었다. 어린아이는 조그만 상처에도 성인과는 비교할 수 없는 크나큰 공포를 느낀다.

자해로 생긴 상처라도 예외는 없었다. 겁에 질려 벌벌 떨고 있었을 어린 태환이 선명하게 눈앞에 그려졌다. 그런 태환이 애처로워서 참을 수 없었다.

"변명 같겠지만, 아내를 그렇게 보내고 나도 미칠 것 같았습니다. 악몽 같은 현실을 잊으려 사업에 몰두했죠. 태환일 신경 쓸 겨를이 없었어요. 그래서 결국, 미국에 있는 누이동생에게 보냈죠. 태환인 그곳에서 지내면서 저명한 의사에게 심리 치료를 받았습니다."

전혀 다른 환경이 태환에게 도움이 될 거라고 믿었다. 그리고 차 회장의 예측은 다행스럽게도 들어맞았다.

"1년 후, 태환이는 정상이 되어서 돌아왔습니다."

하지만 눈꼬리를 휘며 상냥하게 웃던 태환이는 사라지고 없었다.

"웃지 않는 아이가 되었더군요. 여름 내내 푸르렀던 나뭇잎이 버석버석한 마른 낙엽처럼 변했다고 해야 할까."

하연은 무표정한 얼굴로 카메라를 응시하는 태환의 초등학교 졸업 사진을 떠올렸다. 어머니의 품에 안겨서 행복하게 미소 짓던 모습과 너무나도 대조를 이루는 차갑고 메말라 보이던 얼굴.

태환의 눈에 반짝이던 생기가 사라진 이유가 그래서였나?

"누구에게도 정을 주지 않더군요. 좋아하지도, 호기심을 보이지도 않고. 하지만 나는 오히려 다행이라고 생각했어요. 깊이 빠질 사람이 없으면 나중에 상처받을 일도 없을 테니까."

그게 어떤 모습일지 쉽게 상상이 돼 하연은 마음이 아팠다.

"뉴욕에서 태환일 치료했던 닥터 에릭슨이 이런 말을 하더군요. 본인이 감당할 수 없는 상처이기에 머릿속에서 잠시 지운 거라고. 그런데 상처를 지우면서 사랑의 감정까지 함께 지워버렸다고. 일종의 자기방어라고 하더군요. 사랑하는 존재를 잃는 게 두려우니까……."

얼마나 큰 아픔이었으면 그랬을까?

"어쩌면 그렇게 무덤덤한 감정을 유지하는 것도 나쁘지 않을 거라고 여겼습니다. 대신 태환인 사람이 아닌 일에는 적극적으로 매달리더군요."

하연은 지금까지 태환이 보인 건조하고 싸늘한 태도를 이해할 수 있었다.

―차 대표님이 성질이 더럽거나, 걸핏하면 소리 지르거나 하진 않잖아요. 그런데도 사람들이 '지옥에서 온 제작자'라고 부르는 이유는 첫째, 뭐든지 한 번 잡으면 절대로 놓치지 않기 때문이래요.

―둘째, 일에 관해서 차 대표님 사전에는 '정상 참작'이란 단어가 없대요. ……피도 눈물도 없는 냉혈한이라고.

차 회장은 앞에 놓인 찻잔을 입으로 가져가 목을 축였다. 차를 한 모금 들이마신 그가 다시금 말을 이었다.

"난 태환이가 그대로 무덤덤한 감정을 유지하며 살기를 바랐습니다. 정략결혼으로 배우자를 만나 건조하고 고만고만하게 사랑 없이 살아간다면, 적어도 상처받을 일은 없을 테니까. 내가 아내를 만나기 전에 그렇게 살았듯이 말입니다."

그는 잠시 말을 끊고 차를 한 모금 들이켰다. 그리고 찻잔을 손에 쥔 채, 느릿하게 말을 이었다.

"평생 건조하게 살 수도 있고, 아니면 다시 사랑이라는 감정이 생겨서 지금까지 감춰두었던 상처가 터질 수도 있겠죠. 그게 언제가 될는지는 아무도 모릅니다."

찻잔을 내려다보던 그의 시선이 천천히 하연을 향했다.

"나는 지금 태환이에게 사랑하는 감정이 생겼다고 봅니다만."

수많은 물음을 내포한 차 회장의 눈빛에 하연은 무릎에 놓인 두 손을 꽉 마주 잡았다.

"그리고 그 상대는 바로 정하라 씨, 아니 유하연 씨라고 생각하는데요."

감추고 싶은 아픔을 그녀에게 모두 털어놓는 차 회장에게 하연은 자신과 태환과의 사이를 숨길 수 없었다. 그건 공평하지 않은 일이었다. 어쩌면 나중에 태환에게서 핀잔을 들을지도 모르겠다. 그러나 하연은 슬픈 눈빛으로 자신을 바라보는 차 회장에게 차마 거짓말을 할 수는 없었다.

"회장님이 생각하시는 대로……태환 씨와 저는 사귀는 사이가 맞습니다."

"그렇군요."

차 회장의 얼굴에 씁쓸한 미소가 떠올랐다.

"그럼 오늘 태환 씨가 일으킨 발작은……."

"발코니에서 떨어지는 모습을 보는 순간, 그때 일이 떠올라서 그랬을 겁니다. 닥터 에릭슨은 태환이에게 사랑이란 감정이 생길 경우, 혼란스러운 감정 변화로 두통이나 근육통 또는 불면증이 올 수 있다고 하더군요."

하연은 근래 들어 자주 두통을 호소하던 태환을 떠올렸다. 그렇다면 이미 그는 혼란스러운 감정의 변화를 겪기 시작했던 걸까?

"그리고 결국은 기억 저편에 감춰두었던 상처가 한꺼번에 터질 거라고."

그 말은 잊고 있었던 어머니의 죽음과 관련된 진실과 다시 대면한다는 뜻일 것이다.

"그때는 어렸고 이젠 성인이니까, 이번에는 잘 견디어낼 거라고 생각합니다. 그래도 트라우마는 평생 태환이의 발목을 잡겠죠. 바로 자기 눈앞에서 일어난 사고이니까."

"그럼 일부러……."

차 회장은 천천히 고개를 끄덕였다. 언젠가 태환은 기억 저편에 묻어두었던 어머니의 죽음을 모두 기억해낼 것이다. 차 회장 자신이 세상에 없을 때 그런 일이 터진다면 가족 중 누구도 태환을 돌봐주지 않을 것이다.

"무모할지도 모르겠지만, 어차피 터질 거라면 빨리 터져버리는 게 나을 거라고 생각했습니다."

과거와는 달리 이젠 태환 혼자서도 잘 극복해낼 수 있을 거라고 믿었다. 이미 먼 과거가 되어 버린 일이니까. 그때는 그렇지 못했지만, 이번에는 차 회장도 옆에서 태환을 보살필 작정이었다.

하지만 어머니의 죽음에 얽힌 악몽은 그렇게 치료한다고 쳐도, 또 하나 남은 문제가 있었다. 차 회장은 침울한 얼굴로 하연을 마주 보았다.

"부탁이 하나 있습니다."

쉽지 않은 말이지만, 지금 해야만 했다. 더는 뒤에서 지켜볼 수 없었다. 유하연이란 여자가 태환에게 얼마나 심각한 존재인지를 알았으니까.

"태환이를 놓아줘요."

"네? 무슨 말씀이신지, 잘 이해가……."

하연은 차 회장을 물끄러미 보며 살며시 미간을 모았다.

"나는 태환이가 불안하게 감정에 흔들리는 모습을 볼 수 없어요. 하연 씨는 죽은 아내와 비슷한 점이 많아요. 배우인 것도 그렇고, 언뜻 분위기도 그렇고. 당신을 보면서 계속 그 악몽을 떠올릴 게 분명해요."

유하연이란 존재는 태환에게 또 다른 전세린이 될 수도 있었다. 그녀는 배우가 아닌가! 너무나 많은 점이 비슷했다. 위험했다.

"태환이는 예전의 무감각했던 그때로 돌아가야 합니다. 그게 그 애를 위한 일이니까."

차 회장의 입에서 헤어지라는 말이 나올 거라는 것을 전혀 예상하지 못한 것은 아니었다. 두 번의 만남이었지만, 그가 자신을 마땅치 않게 여긴다는 것을 막연히 느낄 수 있었으니까. 그래도 직접 듣게 되자, 입 안이 씁쓸해지는 것은 어쩔 수 없었다.

"아뇨. 그럴 수 없습니다."

하연은 차 회장의 시선을 피하지 않고 정면으로 마주했다.

"저는 태환 씨와 헤어지지 않을 겁니다."

그녀는 담담하지만 단호한 목소리로 말했다. 하연과 차 회장, 두 사람의 시선이 허공에서 부딪쳤다.

차 회장은 한동안 입을 다문 채 하연을 응시했다. 가만히 보고만 있어도 온몸이 떨릴 것 같은 강렬한 눈빛이었다. 그렇다고 힘없이 고개를 숙이고 물러날 수는 없었다. 차 회장이 아들을 아끼는 만큼 그녀도 태환을 걱정했으니까.

하연은 결의에 찬 표정으로 차 회장의 눈빛을 오롯이 받아냈다.

먼저 눈길을 돌린 건 차 회장이었다. 그는 찻잔으로 시선을 내리며 희미하게 미소를 지었다.

"그렇군요. 쉽게 헤어지지 않을 거라고 예상은 했습니다. 태환이의 화려한 배경이 보통 남자와는 다를 테니까. 인생 로또라고 할 수 있겠지."

분명 그녀를 모욕하기 위한 말이었다. 저번 만남에서도 차 회장은 유혹 많은 연예계에서 재벌 3세인 태환에게 쏟아지는 유혹에 관해 언급했었다.

차 회장이 그녀를 그런 부류로 오해한다고 해도 하연은 심각하게 받아들이지 않았다. 사실이 아닌 것에 분노하는 건 에너지 낭비일 뿐이다.

"태환 씨의 배경이 그리 남다르다곤 생각하지 않습니다. 그리고 저는 배경보다는 사람을 먼저 봅니다. 제 말을 믿지 않으시겠지만……."

"흐흠."

차 회장은 한숨을 내쉬고 찻잔을 들어 올렸다.

"좋아요. 그 말 믿도록 하죠. 어차피 다음 주면 영국으로 해외 촬영을 떠날 텐데……. 몸이 멀어지면 마음도 멀어지기 마련이니, 자연스레 정리될 테지."

물론 몸이 멀어진다고 마음까지 멀어지는 가벼운 사이라고 생각했다면 이렇게까지 대응하진 않았을 것이다. 그 말은 하연이 해외 촬영 나가 있는 동안 두 사람 사이를 방해하겠다는 뜻이었다.

"오늘은 이렇게 끝났지만, 태환이가 또 어떤 발작을 일으킬지는 아무도 모릅니다."

"그럴지도 모르죠."

그가 고통에 몸부림치며 쓰러지는 모습을 상상하자, 하연은 칼로 심장이 베이는 것처럼 아팠다. 그러나 차 회장 앞에서 약한 모습을 보일 순 없었다. 하연은 마음을 다잡고 또박또박 말을 이었다.

"하지만 고통 없이는 상처가 회복될 수 없습니다."

"고통을 줄 수 있는 존재가 없다면 크게 문제 되진 않을 거요."

과거의 악몽을 치료한다고 해도 새로운 사랑이 또 어떤 악몽으로 변할지 모른다. 차 회장은 그것이 두려웠다. 사랑은 미친 짓이니까. 태환이 더 깊게 사랑에 빠지기 전에 정리해야 했다.

"회장님은 태환 씨를 감정 없는 빈 껍데기로 살게 하실 건가요?"

"괴로워하는 것보단 그게 나아요."

"아무리 그래도 부모가 자식의 삶을 대신할 순 없습니다."

하연은 보면 볼수록 죽은 아내인 전세린을 떠오르게 했다. 그녀도 저렇게 당당한 자세로 그와 맞서곤 했었다. 태환이 하연에게 끌리는 이유 중 하나도 그 때문일까?

어쩌면 그녀는 아내가 태환이에게 남겼던 상처를 아물게 해 줄지도 모른다. 하지만 반대로 더 큰 상처를 입힐지도 모른다. 위험한 도박을 하기에는 차 회장은 태환을 너무나도 사랑했다. 또다시 멍한 눈빛으로 자신을 바라보는 태환을 마주하고 싶지 않았다. 오늘 오후에 고통스러운 비명을 지르며 정신을 잃는 모습을 본 것만으로도 충분했다.

"그래서 결국은 순순히 헤어지지 않겠다는 건가?"

"네, 저는 태환 씨가 원치 않는다면 헤어지지 않을 겁니다."

"난 하연 씨가 상처받을까 봐, 먼저 충고하는 것뿐이요."

"충고는 감사합니다만 상처가 나면 치료하면 됩니다. 상처가 무서워서 살면서 후회하는 일을 만들고 싶진 않습니다."

"과연 그럴까?"

"네."

하연은 이쯤 해서 대화를 끝내야겠다고 생각했다. 차 회장을 탓하고 싶진 않았다. 그는 자식을 향한 지독한 사랑을 잘못 표현하고 있을 뿐이었다. 지금으로선 계속 대화를 나누어 봤자 제자리 도돌이표가 될 게 뻔했다. 두 사람은 한 번의 대화로 절대로 의견 차이를 좁히지 못할 것이다.

"태환 씨를 볼 수 있을까요?"

"안정제를 투약하고 지금 자고 있어요. 아직 깨어나지 않았습니다."

"자는 모습이라도 볼 수 있게 해주세요."

"가족 이외에 면회 금지라서 아무래……."

"저는……."

무례하다는 것을 알면서도, 하연은 차 회장의 말을 도중에 끊어버렸다. 그리고 차 회장의 눈을 마주 보며 한마디 한마디 힘주어 말했다.

"저는 의사로서 태환 씨를 볼 자격이 있다고 생각합니다. 오늘 태환 씨를 제일 처음으로 진료한 사람은 저니까요."

그녀의 말대로 태환을 응급 치료한 사람은 하연이었다. 차 회장은 할 수 없다는 듯 고개를 끄덕거렸다.

"좋아요. 오늘은 예외로 하겠습니다."

"감사합니다."

하연은 깍듯이 고개를 숙여 인사한 후, 자리에서 일어나 곧바로 병실로 향했다.

문을 열자마자, 병실 가운데 놓인 침대로 천천히 다가갔다. 차 회장의 말대로 태환은 두 눈을 감고 깊게 잠들어 있었다. 다행히도 아까 마지막으로 보았던 고통에 일그러진 얼굴은 아니었다. 꿈을 꾸는지 가끔 무겁게 감긴 눈꺼풀이 움찔거렸다.

"……태환 씨."

하연은 침대 옆에 앉으며 시트 밖으로 나온 태환의 손을 가만히 움켜쥐었다.

"이젠 아프지 않죠?"

하연은 그의 손등을 토닥거리며 작게 속삭였다.

"……사랑해요, 태환 씨."

사랑해요. 난 절대로 당신이 상처받게 하지 않아요. 더는 혼자 있게 하지 않을 거예요.

하연은 태환의 손을 더욱더 꽉 움켜쥐었다.

"태환이가 쓰러졌단다."

오랜만에 태석을 찾아온 태우가 뜻밖의 소식을 전했다.

"그래?"

태석은 어깨를 으쓱해 보이는 것 외엔 별다른 반응을 보이지 않았다.

"넌 막내가 쓰러졌다는데 태도가 그게 뭐야?"

"이번에는 또 무슨 일인데? 왜? 서울 한복판에서 칼에 찔리기라도 했어?"

태환의 주변에선 크고 작은 사고가 언제나 끊이지 않고 일어났다. 아주 심각한 사고가 아니면 이제는 신경 쓰이지도 않을 정도였다. 그랬기에 시큰둥한 반응을 보이는 태석을 나무랄 수만은 없었다. 그저 짜증스러운 눈빛으로 힐끗 노려볼 뿐이었다.

"청평 별장에서 오늘 우리 그룹 광고 촬영한 건 알고 있어? 촬영 중, 작은 사고가 있었나 봐. 그걸 보고 발작을 일으키다가 기절했단다. 우선 지은이가 병원으로 갔는데 아직 못 깨어나고 있는 모양이야."

"그래? 녀석이 그새 발작하는 병이라도 생겼나?"

걱정은 못 해줄망정, 태석은 아예 싱글벙글 웃기까지 했다. 차 회장이 저 모습을 보았더라면 아마도 불호령이 떨어졌을 것이다.

"지은이 말에 의하면 이번에 바뀐 광고 내용 때문이라던데……."

"아, 그 우스꽝스러운 광고?"

태석은 실소를 흘리며 서류 파일을 탁 소리 나게 덮었다.

"너, 알고 있었어?"

"내가 알고 있었다고 해도 뭐 다를 거 있나? 어차피 아버지가 알아서 하실 텐데. 아버지 변덕이야 그 누구보다도 형이 더 잘 알잖아. 태환이 녀석, 요새 여배우랑 재미 본다더라고. 아버지가 진노하실 만했지."

태석의 입에서 도를 넘는 말이 끊임없이 흘러나오자, 태우는 눈살을 찌푸렸다.

"재미 본다니, 말이 너무 심한 거 아니냐?"

태우 역시 태환을 동생으로서 아껴주거나 신경 써서 챙기고 싶은 마음은 없었다. 하지만 가족으로서 최소한으로 지켜야 할 의무가 있다고 생각했다.

"차태석, 말조심해. 반쪽이라도 태환인 우리와 피가 섞인 형제야."

"하, 형이 태환이 걱정을 다 해주고, 와, 감동해서 눈물이 나려고 하네!"

태석의 얼굴이 험상궂게 일그러졌다.

"형은 형수 관리나 잘해. 태환이에게서 지분 빼앗아 오려고 난리라며……. 왜? 형수가 하는 건, 형 잘못이 아닌가? 정략으로 결혼한 사이라도 부부는 일심동체일 텐데……."

태석의 비아냥거림에 태우는 못마땅한 표정으로 자리에서 일어났다.

"나, 이만 간다. 너도 여기서 이러고 있지 말고 병원에 얼굴이라도 내밀어."

"쳇. 죽을병에 걸린 것도 아닌데, 호들갑은……."

태우가 나가자, 태석은 투덜거리며 인터폰을 눌렀다.

[네, 상무님.]

"백 기자, 지금 어디에 있는지 수소문해서 연결해줘."

[네, 알겠습니다.]

인터폰을 끊고 자리에서 일어나는 태석의 얼굴에 비릿한 미소가 떠올랐다.

"장난 좀 쳤다고 기절하는 꼴이라니."

생각했던 것보다 일이 재미있게 돌아간다.

"녀석, 약해빠져서는."

태석은 아주 오랜만에 즐거운 마음으로 퇴근을 준비했다.

—엄마.

언젠가부터 엄마는 항상 슬픈 표정을 하고 있었다. 예전처럼 잘 웃어주지도 않고, 자상하게 안아주지도 않는다. 그래도 나는 엄마가 좋다. 엄마에게 안겨 있으면 좋은 냄새가 난다. 따뜻하다. 포근하고 아늑하다. 표현할 수 있는 단어를 모두 동원해도 제대로 묘사할 수 없을 정도로.

하늘 아래, 좋은 건 다 엄마에게 있다. 아주 작은 상처가 나도 엄마는 눈물을 글썽거리며 '태환아, 많이 아파?'라고 물어봐준다.

세상에서 엄마가 제일 좋아! 엄마가 없으면 하루도 살지 못할 거야.

—엄마, 엄마.

—태환아, 우리 아가.

언제나 희미하던 꿈이 오늘따라 마치 실제로 일어난 일처럼 생생하게 눈앞에서 펼쳐졌다.

"……엄마, ……안…… 돼."

시트 위에 놓인 손이 가늘게 떨리기 시작했다.

"으음."

태환은 힘겹게 눈꺼풀을 들어 올렸다. 흐릿한 시야가 서서히 초점이 잡히며 낯선 윤곽이 드러나고 있었다.

"태환아, 정신 들어?"

지은의 걱정스러운 얼굴이 시야에 들어왔다. 태환은 의아한 표정으로 상체를 일으키고 주위를 두리번거렸다. 분명히 하연의 목소리를 들은 것 같은데……. 하지만 아무리 둘러보아도 그녀의 모습은 보이지 않았다. 태환은 다시 침대에 상체를 누이며 눈을 감았다.

"……어떻게 된 거야?"

"어떻게 되다니? 그걸 나에게 물으면 어떡해? 아까 낮에 머리 아프다고 비명 지르다가 기절한 거 몰라? 기억 안 나?"

"……아."

그제야 태환은 청평 별장에서의 일을 머릿속에 떠올렸다. 지은의 입에서 '아까 낮에'라고 하는 것을 보면 아직 날짜가 바뀐 것 같진 않았다. 태환은 다시 눈을 뜨고 어둠이 내린 창밖으로 시선을 돌렸다.

"지금 몇 시지?"

"밤 11시 조금 넘었어."

"으음."

"왜 그래? 다시 머리 아파?"

"……아니, 괜찮아."

태환은 한 손을 이마에 짚으며 살며시 고개를 내저었다. 지금까지 계속해서 꿈을 꾼 것 같은데 무슨 꿈이었는지 도무지 기억나지 않았다. 그저 가슴이 먹먹하고 답답해서 이상하게 기분이 가라앉을 뿐.

"지금까지 누나가 옆에 있었던 거야?"

"아니? 난 일이 있어서 밖에 나갔다가 지금 방금 돌아왔어."

"그럼 누가 옆에 있었지?"

"글쎄, 아무도 없었을걸. 고모도 계셨는데 나와 함께 나가셨고. 지금은 가족밖에 면회가 안 되거든."

그렇다면 그건 꿈이었나? 분명히 하연이 옆에 앉아서 손을 꽉 잡아준 것 같았는데……. 사랑한다고 속삭여준 것도 같은데, 확실하진 않았다.

"알았어."

태환이 침대에서 나오려 하자 지은이 기겁하며 그를 말렸다.

"너, 지금 어디 가려고?"

"어디 가긴? 퇴원해야지."

"미쳤어? 앰뷸런스에 실려 온 주제에 어딜 퇴원하겠다는 거야? 너는 기절해서 모르는 모양인데 정밀 검사하고 난리도 아니었어."

"호들갑 떨지 마. 그냥 머리가 좀 아픈 것뿐이야."

"그건 네 생각이고. 퇴원은 의사 선생님이 결정할 일이지."

"그러면 휴대폰이나 좀 가져다줘."

촬영장에서 그런 모습을 보였으니 하연은 무척 걱정하고 있을 것이다. 전화를 걸고 싶었지만, 자정이 가까워지는 시각이었다. 내일도 촬영이 있기에 그녀는 어쩌면 벌써 잠자리에 들었을지도 모른다.

태환은 전화를 거는 대신 우선 문자를 남기기로 했다.

나, 깨어났어. 아무 이상 없으니까
걱정하지 마.

이미 잠이 들었는지 하연에게선 아무런 문자도 오지 않았다. 태환은 휴대폰 화면을 빤히 바라보다가 스르르 두 눈을 감았다. 그리고 얼마 가지 않아, 다시 잠 속으로 빠져들었다.

띠링—.

30분이 지난 후에야, 휴대폰 화면에 문자 알림이 떴다.

정말 괜찮아요? 아직도 머리 아파요?

태환 대신 지은이 휴대폰 화면을 들여다보았다. 그때 노크 소리와 함께 문이 열리고 재호가 안으로 들어섰다. 지은이 뒤를 돌아보자, 재호는 가볍게 고개를 끄덕였다.

"차태환 씨, 깨어났습니까?"

"잠시 깨어났다가 다시 잠들었는데요."

"그렇군요. 실례했습니다."

재호의 얼굴을 찬찬히 훑어보던 지은은 그가 바로 아까 한선과 대화를 나누었던 잘생긴 의사라는 사실을 깨달았다. 고모뿐만 아니라 태환이랑도 안면이 있는 거야?

"잠시만요."

지은은 병실에서 나가려는 재호를 재빨리 불러 세웠다.

"할 이야기가 있어요."

재호가 걸음을 멈추고 의아한 표정으로 뒤를 돌아보았다.

속상해!

잠이 안 와서 더운물로 샤워를 했는데 그새 태환에게서 문자가 와 있었다. 드디어 깨어났나 하면서 기쁜 마음에 문자를 보냈지만, 무슨 일인지 아무런 답장이 없었다. 하연은 늦게까지 태환의 문자를 기다리다 새벽녘에 겨우 잠이 들었다.

아침에 일어나자마자 휴대폰을 확인했지만, 그에게선 아무런 문자도 와 있지 않았다. 혹시라도 상태가 나빠진 건 아닐까 하는 걱정으로 가슴이 두근거렸다. 지금 당장 병원으로 달려가고 싶었지만 조금 있으면 민성이 올 시간이었다.

혼자 애타게 발만 동동 구르고 있는데 침대 위에 놓아둔 휴대폰이 울리기 시작했다. 하연은 부리나케 휴대폰을 집어 들었다. 화면에 '한재호'란 글자가 떠올랐다.

"하아."

하연은 실망의 한숨을 내쉬며 통화 버튼을 눌렀다.

"네, 선배님."

축 처진 목소리가 그녀가 듣기에도 처량하기만 했다.

[혹시나 해서 전화했어. 유 선생이 걱정하고 있을까 봐.]

"걱정이라뇨?"

[차 대표 걱정하고 있었던 거 아니었어?]

"어떻게 아셨어요?"

재호는 대답을 해주는 대신 태환의 상태에 관해 간략하게 설명했다.

[정밀 검사했는데 모두 정상으로 나왔어. 걱정하지 않아도 돼. 지금은 신경안정제를 투여해서 계속 잠들었다 깼다를 반복 중이라고 들었어. 내일쯤이면 퇴원할 수 있을 거야.]

가뭄 끝에 내리는 단비 같은 소식이었다.

"감사합니다, 선배님. 정말 감사합니다."

꾹 참았지만, 어느새 목소리 끝에 물기가 배어들었다.

[새로운 소식이 있으면 알려줄 테니까, 마음 편히 촬영하고 있어.]

"네."

전화를 끊은 하연은 눈을 깜빡거리며 억지로 눈물을 참았다. 조금 있으면 촬영인데 울어서 얼굴이라도 부어버리면 큰 낭패였다. 울더라도 촬영이 끝나고 나서 울어야 한다.

우선은 촬영만 생각하자!

하연은 깊게 호흡을 가다듬으며 나갈 채비를 서둘렀다.

"어머, 오늘도야?"

광고 촬영을 마치고, 민성은 스튜디오에서 제일 가까운 서영을 먼저 집에 바래다주었다. 막 밴을 출발시키려는데, 하연은 집 대신 한국 대학 병원으로 데려다달라고 부탁했다.

"아파서 쓰러진 사람이 좀 쉬었다 하면 안 된다니? 그러다 그 남자, 진짜 병나겠다."

민성은 일벌레인 태환이 병원에 입원해서도 업무를 본다고 생각한 모양이다. 해외 촬영을 앞두고 병실에까지 관계자를 불러서 하나하나 체크하는 것이라고 넘겨짚었다.

"송 감독님도 오셔?"

"응? 글쎄……. 아마도?"

"성욱 씨는 안 부르고 왜 맨날 너만 호출이래? 너보다는 성욱 씨 장면이 더 많던데……."

민성은 혼자 구시렁거리며 차를 몰았다. 한국 대학 병원에 거의 다 왔을 때쯤, 하연은 야구 모자를 눌러쓰고 마스크와 빨간 뿔테 안경을 착용했다.

병원에 도착하자, 하연은 스스로 밴의 문을 열고 내린 후, 빠르게 VIP 병동으로 향했다. 간단하게나마 변장을 한 덕분에 대부분은 그녀를 알아보지 못하고 지나쳤다. 간혹 그녀의 빼어난 몸매를 확인하느라 몇몇이 힐끗 훔쳐보는 정도였다.

이런…….

하연은 제자리에 멈춰 서며 곤혹스러운 표정을 지었다. 우려했던 것처럼 VIP 병동 앞에는 어제와 같이 검은 양복을 입은 경호원이 서 있었다. 출입이 까다로운 VIP 병동이라고 할지라도 평소에는 경호원이 출입을 통제하진 않았다. 그녀가 태환에게 접근하지 못하도록 차 회장이 특별 지시를 내린 게 분명했다. 가까이 다가간다면 경호원은 어제처럼 그녀 앞을 막아설 것이다. 차 회장은 어제만 예외로 태환을 만나게 해준다고 다짐했었다.

하연은 할 수 없이 VIP 병동 입구로부터 등을 돌렸다. 아무런 계획 없이 괜히 앞에서 얼쩡거렸다간 경호원으로부터 경계의 시선을 받을 테니까. 태환과 연락을 시도했지만, 그는 전화도 받지 않았고 문자에도 답장이 없었다.

혹시 전화를 받을 수 없을 정도로 상태가 나빠진 건 아닐까? 어제 병실을 나설 때까지도 그는 깨어나지 않았었다. 문자를 보냈다곤 하지만, 직접 목소리를 들은 게 아니었기에 불안감을 말끔히 해소할 수 없었다. 혼자 머릿속으로 궁리하며 복도를 왔다 갔다 하는데 누군가 그녀를 알아보고 다가왔다.

"유 선생."

고개를 돌리니 재호가 가운 주머니에 손을 넣은 채, 옆에서 있었다.

"선배님?"

아무리 그녀가 변장한다고 해도 재호는 한눈에 그녀를 알아볼 수 있었다. 지금까지는 그게 당연하다고 생각했는데, 오늘에서야 하연은 잠시 의문이 들었다. 어째서일까?

"따라와."

재호는 그대로 등을 돌려 자신의 사무실로 걸어갔다. 사무실에 도착하자, 재호는 옷장에서 의사 가운과 명찰을 꺼내 하연에게 건네었다.

"선배님, 이건?"

가운과 명찰을 받아 든 하연이 의아한 표정으로 재호를 바라보았다. 의사 가운에는 '한국 대학 병원 유하연'이란 이름이 자수로 새겨져 있었다. 병원에서 지급되는 가운에는 이름이 없지만, 가끔 개인이 사비를 들여 본인의 이름을 자수로 새기기도 했다.

"예전에 생일 선물로 주려고 준비했었는데 전할 기회를 놓쳤었어."

재호의 얼굴에 조금은 서글픈 미소가 떠올랐다. 하연의 가운을 주문하고 얼마 되지 않아, 응급실에서 사고가 일어나고 말았다. 손목 부상으로 상심한 그녀에게 도저히 건네줄 수가 없어서 지금까지 간직하고 있었던 것이다.

"지금에라도 유용하게 쓸 수 있어서 다행이군."

"선배님?"

"우선 사과부터 할게. 어젯밤 본의 아니게 너와 회장님의 대화를 엿듣게 됐어."

"……아."

"내 도움 필요하지 않아?"

하연은 말 대신 가만히 고개를 끄덕거렸다. 울컥 복받치는 감정에 목이 메어 순간 말이 나오지 않았다.

"자, 어서 입어. 나와 동행하면 쉽게 들어갈 수 있을 거야."

"……감사합니다, 선배님."

"내가 전에 그랬지? 그 남자, 쉽지 않을 거라고."

"네."

"차 대표와 사귀게 된 것, 후회해?"

"아뇨."

"그럼 됐어."

재호는 언제나처럼 따뜻하게 웃어주었다. 하연은 의사 가운을 입고 머리를 단정하게 하나로 묶었다. 뿔테 안경까지 쓰고 나니, 누가 보더라도 영락없는 의사 선생님이었다.

재호의 말대로 VIP 병동을 지켜선 경호원들은 두 사람을 막아서지 않았다. 복도에 서 있는 수행원들 역시 재호를 보자, 옆으로 비켜서며 길을 내주었다. 재호는 태환의 병실 앞에서 멈추고는 하연을 향해 뒤를 돌았다.

"들어가봐."

"선배님은요?"

"난 접대용 거실에서 기다리고 있을게."

어제와 마찬가지로 병실 안에는 아무도 없었다. 그녀가 침대 옆으로 다가갈 때까지도 태환은 두 눈을 감은 채 꼼짝도 하지 않고 누워 있었다. 하연은 손을 들어 이마에 흘러내린 그의 앞머리를 쓸어 올려주었다.

부드러운 손길에 그의 눈꺼풀이 파르르 떨리더니 느릿하게 눈이 떠졌다.

"……으음."

"태환 씨?"

태환은 하연에게로 고개를 돌리며 힘겹게 눈을 깜박거렸다.

"……하……연?"

"네. 저예요."

하연은 부드럽게 미소 지으며 시트 밖으로 나온 태환의 손을 꽉 움켜쥐었다.

"……꿈을 꿨는데…… 지금도 ……꿈인가?"

"아니에요. 꿈 아니에요."

하연의 대답에 태환의 입꼬리가 살며시 위로 올라갔다.

"미안해. 많이 놀랐지?"

"아뇨. 그때, 말라위에서의 일과 비교하면 아무것도 아니죠."

"……후, 그런가?"

"그럼요. 나, 나름대로 태환 씨에게 단련돼서 웬만한 일에 안 놀래요."

"그래, 다행이군. 지금 몇 시지? 나, 계속해서 잠만 자는 것 같은데……. 나한테 연락 온 거 없어?"

"글쎄요?"

하연은 자리에서 일어나, 태환의 휴대폰을 찾기 위해 주위를 두리번거렸다. 하지만 어느 곳에서도 휴대폰은 보이지 않았다. 수면에 방해가 될까 봐 누군가 치워놓은 모양이었다.

그래서 연락이 닿질 않았구나.

"회장님은 다녀가셨어요?"

"……아침에 잠시 오셨다 가신 것 같아."

차 회장이 다시 온다고 해도 겁날 건 없었다. 그녀는 어제 물러서지 않을 거라고 당당히 선언했으니까.

"태환 씨, 고백할 게 하나 있어요. 회장님께 우리 사귀는 사이라고 털어놨어요. 그분 얼굴 보면서 거짓말을 할 수 없어서……."

"이런…… 고백이라고 해서 난 다른 걸 기대했는데……."

농담하는 것을 보니까 기분이 상한 것 같진 않았다. 태환은 피식 웃으며 고개를 내저었다.

"……괜찮아."

대답을 얻어내기 위해 차 회장이 하연에게 어떤 심리전을 벌였을지 뻔했다. 동정심을 자극했거나, 두려움을 극대화시켰겠지. 하연이라면 동정심을 자극했을 가능성이 높다. 차 회장을 상대로 포커페이스를 유지하기란 쉽지 않았을 것이다. 그 자신도 가끔 차 회장의 페이스에 말려들었으니까.

"……대신, 퇴원하게 되면……."

손을 들어 그녀의 뺨을 어루만지며 태환은 나직한 목소리로 속삭였다.

"밤새 안 재울 거야. 각오해."

"농담하는 걸 보니, 다 나았나 봐. 내일 퇴원해도 되겠어요."

하연은 태환을 살짝 흘겨보며 킥 하고 웃음을 터뜨렸다. 놀리는 말투에 태환은 뺨을 감싼 손에 힘을 주며 하연을 자신 쪽으로 이끌었다. 그리고 부드럽게 입을 맞추었다.

하연의 입술은 언제나처럼 달콤하고 말캉말캉한 마시멜로

와 같이 부드러웠다. 아주 작은 감촉에도 사막에서 오아시스를 발견한 것 같은 기분이었다.

옆에 있어도 그립다는 노래의 가사가 뭘 뜻하는지 이제는 알 수 있을 것 같았다. 이토록 사랑하는데…….

"……미안하다."

입술을 떼어내며 태환이 낮은 목소리로 속삭였다. 불현듯 튀어나온 태환의 사과에 하연은 콧잔등에 주름을 만들었다.

"갑자기 그게 무슨 소리예요? 뭐가 미안한데요?"

"아버지가 좋은 소리 안 하셨을 테니까."

그 말에 하연의 얼굴빛이 어두워졌다.

"……그렇지?"

"음……."

하연은 잠시 태환의 눈치를 살폈다. 그렇지 않았다고 둘러댈 수도 있겠지만, 그래도 사실을 말하는 게 나을 것이다. 거짓말한다고 눈치를 채지 못할 태환도 아니고, 결국은 곧 들통이 나고 말 테니까.

"솔직히 기뻐하시진 않았어요."

하연의 대답에 태환은 씁쓸한 미소를 떠올리며 상체를 일으켰다. 짐작은 하고 있었지만, 막상 하연에게 사실을 확인하게 되자 마음이 무거웠다.

아버지는 그녀에게 어디까지 이야기하신 걸까? 아예 대놓고 헤어지라고 하신 건 아니겠지? 아버지의 저돌적인 성격이라면 그러고도 남았을 텐데…….

언젠가는 차 회장이 두 사람의 관계를 밝혀낼 거란 것은 알았지만, 예상보다 빨리 들키고 말았다. 그녀에게는 어떻게 설명해야 할까.

"후……."

태환의 입에서 긴 한숨이 흘러나왔다.

"기분 상할까 봐 이야기 안 했었는데……. 아버지는 배우에 대해 선입견을 품고 계셔. 내 어머니, 전세린은 한때 유명한 배우셨어. 결혼하느라 은퇴한 걸 후회하셨다고 들었어. 기회가 있을 때마다 컴백하려고 하셨지."

하연은 잠자코 태환의 말에 귀를 기울였다.

"아버지는 그걸 이해하지 못하셨어. 연기를 향한 끊임없는 열정을 아버지는……."

무슨 말을 하려는지 갑자기 태환은 말을 멈추고 하연의 눈을 빤히 들여다보았다.

"듣기 좀 그렇겠지만, 아버지는 그걸…… 광기라고 표현하셨어."

"광기라고요?"

태환은 굳은 표정으로 고개를 끄덕였다.

"아버진 지금도 그렇게 생각하고 계셔. ……어머니를 빼앗아간 건 바로 그 광기였다고. 아버진 이성적인 사업가셨고 어머니는 감성적인 예술가셨어. 서로 사랑했지만, 서로의 다른 점을 이해하진 못했지."

두 사람이 어떤 모습으로 부딪혔을지 하연은 상상할 수 있었다. 서로 열렬히 사랑했기에 더욱더 큰 상처로 남았을 것이다.

"항상 상냥하게 미소 짓던 어머니였지만, 컴백 문제에서만큼은 양보하지 않으려고 하셨어. 아버지는 그런 어머니의 열정이 무서우셨나 봐. 다시는 배우를 집안에 들이지 않을 거라고 공공연하게 말씀하셨어. 내가 영화 일을 시작하자, 절대로 여배우와 사귀지 않겠다는 약속을 하라고 하시더군."

하연은 왜 그리도 차 회장이 그녀를 꺼림칙하게 여기는지 이해할 수 있었다. 차 회장의 눈에 그녀는 광기를 품은 배우일 뿐일 테니까. 그러나 하연을 반대하는 이유는 그것뿐만은 아니었다.

차 회장 자신 역시 미칠 듯한 사랑에 깊은 상처를 받았고, 전세린의 피를 가진 태환이 조금이라도 그런 감정에 휩싸일까 봐 두려웠을 것이다. 전세린이 어린 태환을 데리고 자살하려고 했던 게 사실이라면 말이다.

하지만 태환이 사고를 기억하고 있는지 아닌지 모르기에 섣불리 차 회장이 한 말을 털어놓을 순 없었다. 결국 하연은 자세한 이야기는 잠시 덮어두기로 했다.

"태환 씨가 잘못했네요."

흘러내린 태환의 앞머리를 어루만지며 그녀는 살며시 미소 지었다.

"아버지와의 약속을 먼저 깬 거잖아요. 배우 안 사귄다고 했으면서……. 태환 씨가 멋대로 약속을 깨버렸으니까 회장님이 기분 나빠한다고 해도 할 말은 없겠네요."

"뭐?"

"하지만 살다 보면 어쩔 수 없이 약속을 깨야 하는 경우도 있겠죠. 회장님이 지금은 반대하셔도 결국은 허락하실 거예요."

태환은 가라앉은 분위기를 회복하려고 그녀가 일부러 농담하고 있다는 걸 알아차렸다. '내가 뭐가 부족해서 당신 아버지에게 이런 대접을 받아요?'라고 화내도 이상하지 않을 판에……. 그게 너무 미안해서 오히려 미안하다고 말할 수 없었다.

태환은 사과하는 대신 그녀를 품으로 끌어당겼다.

"……하연아, 아버지는 아버지고 난 나야. 신경 쓸 것 없어. 아버지가 뭐라고 하셨는지 모르겠지만 다 잊어버려."

그녀는 알겠다고 말하는 대신 손바닥으로 태환의 등을 토닥거렸다. 태환은 하연의 한쪽 어깨 위에 턱을 올리며 그녀의 따뜻한 손길을 음미했다. 아늑한 느낌에 서서히 눈꺼풀이 무거워졌다.

"머리 아픈 건 좀 어때요?"

그녀가 슬그머니 화제를 다른 쪽으로 돌렸다.

"괜찮아. 솔직히 깨어 있었던 적이 별로 없어서, 잘 모르겠어. 지금까지 계속…… 잠만 잤던 거 같은데……."

말하는 속도가 점점 느려지더니 결국엔 문장을 끝내지 못하고 멈춰버렸다. 어느새 잠이 들었는지 태환의 고른 숨소리가 들렸다. 얼마나 두통이 심한지 모르겠지만, 계속해서 강한 약물을 투여하는 것 같았다.

하연은 깨우지 않게 조심하며 태환을 도로 침대에 눕혔다. 그리고 태환의 이마에 살며시 입을 맞추었다.

"내일 다시 올게요."

하연은 다시 의사 가운을 입고 벗어두었던 뿔테 안경을 쓰고 병실을 나섰다. 병실 문이 열리자, 거실 소파에 앉아 있던 재호가 몸을 일으켰다.

"고마워요, 선배님."

"차 대표는 어때?"

"……겉으로 보기엔 안정돼 보였어요."

"그래."

하연은 입을 다문 채 심각한 얼굴로 VIP 병동을 나왔다.

"뭘 그리도 골똘히 생각해?"

엘리베이터 앞에 도착해서도 그녀가 바닥만 내려다보고 아무 말이 없자, 재호가 넌지시 말을 건넸다. 그제야 하연은 고개를 들어 재호를 바라보았다.

"제 전공이 심리 쪽이 아니라서…… 심리적인 요인으로 일어나는 두통은 어떻게 치료해야 할까요? 마음의 평정을 유지하는 게 중요하다는, 그런 통상적인 방법 말고요."

"글쎄, 우선은 환자와 의사와의 면담이 중요하겠지. 정확한 심리적 원인을 찾아내야 하니까."

예전에는 닥터 에릭슨이 그런 역할을 했을 것이다. 그는 심리 치료와 정신분석학 분야에서 저명한 의사라고 들었다.

"제가 할 수 있는 일은 뭐가 있을까요?"

"계속 옆에 있으면서 힘이 되어줘. 그게 사랑하는 사람이 해줄 수 있는 가장 큰 도움이 아닐까 싶은데. 가끔은 어떤 약물보다도 사랑의 힘이 더 큰 치료 작용을 하니까."

"네에?"

전혀 예상하지 못한 재호의 대답에 하연의 눈이 동그랗게 커졌다.

"왜 그런 표정이야?"

"선배님답지 않아서요. 항상 사탕발림 같은 소리는 집어치우고 더 늦기 전에 칼로 째고 꿰매야 한다고 하셨잖아요."

"내가 그랬나?"

"네. 우리 동기들 한 줄로 쫙 세워놓고 그러셨거든요."

"후, 그런가."

재호는 피식 웃으며 엘리베이터 버튼을 꾹 눌렀다.

하연 덕분에 경직된 듯 딱딱하기만 했던 자신이 변화하기 시작했다는 말은 할 수 없었다. 그녀가 그에게 어떤 의미인지 역시 털어놓을 수 없었다.

그저 입가에 모호한 미소를 띠며 밑으로 내려오는 엘리베이터 불빛을 바라볼 수밖에 없었다.

개를 들어 재호를 바라보았다.

"제 전공이 심리 쪽이 아니라서…… 심리적인 요인으로 일어나는 두통은 어떻게 치료해야 할까요? 마음의 평정을 유지하는 게 중요하다는, 그런 통상적인 방법 말고요."

"글쎄, 우선은 환자와 의사와의 면담이 중요하겠지. 정확한 심리적 원인을 찾아내야 하니까.”

예전에는 닥터 에릭슨이 그런 역할을 했을 것이다. 그는 심리 치료와 정신분석학 분야에서 저명한 의사라고 들었다.

“제가 할 수 있는 일은 뭐가 있을까요?”

“계속 옆에 있으면서 힘이 되어줘. 그게 사랑하는 사람이 해줄 수 있는 가장 큰 도움이 아닐까 싶은데. 가끔은 어떤 약물보다도 사랑의 힘이 더 큰 치료 작용을 하니까.”

“네에?”

전혀 예상하지 못한 재호의 대답에 하연의 눈이 동그랗게 커졌다.

“왜 그런 표정이야?”

“선배님답지 않아서요. 항상 사탕발림 같은 소리는 집어치우고 더 늦기 전에 칼로 째고 꿰매야 한다고 하셨잖아요.”

“내가 그랬나?”

“네. 우리 동기들 한 줄로 쫙 세워놓고 그러셨거든요.”

“후, 그런가.”

재호는 피식 웃으며 엘리베이터 버튼을 꾹 눌렀다.

하연 덕분에 경직된 듯 딱딱하기만 했던 자신이 변화하기 시작했다는 말은 할 수 없었다. 그녀가 그에게 어떤 의미인지 역시 털어놓을 수 없었다.

그저 입가에 모호한 미소를 띠며 밑으로 내려오는 엘리베이터 불빛을 바라볼 수밖에 없었다.

24. 이런 관계를 원한 건 아니었을까?

이상하네?

다음 날 오후, 병원을 찾은 하연은 문득 불길한 예감에 사로잡혔다. VIP 병동 입구를 지키던 경호원의 모습이 보이지 않았기 때문이었다. 병동 안으로 들어서자, 복도에 서 있던 수행원 역시 사라지고 없었다. 하연은 빠르게 태환의 병실로 향했다.

아직 태환과는 연락이 제대로 되지 않는 중이었다. 전화는 받지 않았고 문자를 보내도 아무런 답장이 없었다. 재호 역시 오전부터 10시간 넘는 수술을 집도하느라 연락이 닿지 않았다. 그래서 할 수 없이 무작정 병원으로 향했다. 그런데…….

하연은 텅 빈 병실을 멍하니 바라보았다. 회복돼서 퇴원한 거라면 그녀에게 알렸을 텐데……. 그렇다고 중환자실로 옮길 정도로 상태가 나빠졌을 리는 없고, 도대체 어떻게 된 걸까?

하연이 창백한 얼굴로 병실을 나오자, 마침 앞을 지나가던 간호사가 걸음을 멈추었다.

"어떻게 도와드릴까요?"

"이 병실에 있던 환자분 어디로 가셨는지 아세요?"

"차태환 환자분이요? 그분, 오늘 오전에 퇴원하셨는데요."

"아, 네. 그렇군요. 감사합니다."

퇴원했다면 적어도 상태가 호전되었다는 뜻일 테니 걱정하지 않아도 되겠지. 하연은 다시금 태환과 통화를 시도했다. 그러나 신호음이 울리자마자 곧바로 음성 사서함으로 넘어갔다.

하연은 태환이 어느 곳으로 갔는지 도무지 알 도리가 없었다. 본가에 갔을 수도 있고, 펜트하우스나 데이지로 갔을 수도 있었다. 우선 데이지로 가볼까?

하연은 혹시나 하는 마음에 창훈에게 전화를 걸어보았다.

[정하라 씨?]

창훈의 경쾌한 목소리가 휴대폰 너머에서 흘러나왔다.

"안녕하세요, 감독님."

[무슨 일이에요?]

무슨 일이냐고 물어보는 것으로 봐서, 어쩌면 창훈은 아직 태환의 상태에 관해 모르는 것 같았다.

"다음 주 금요일에 출발 일정, 확인하려고요."

하연은 전화한 이유를 적당히 둘러대었다.

[네. 맞아요. 다음 주 금요일 밤 9시까지 공항에 오면 됩니다. 일주일 남았네요. 하라 씨, 잘 쉬고 있죠?]

"네, 감독님."

[쉴 수 있을 때, 마음껏 쉬어요. 앞으로 3개월 동안 고생길

이 훤하니까. 차 대표, 같이 가자고 하는데도 못 간다고 하는 거 보면 아마도 고생할까 봐 몸 사리는 것 같아요.]

이렇게까지 나온다면 창훈은 태환이 병원에 입원했었다는 사실조차 모르는 게 확실했다.

[네, 그럼 다음 주 금요일에 공항에서 뵙겠습니다.]

하연은 전화를 끊고 고개를 숙인 채 힘없이 걸음을 옮겼다. 걱정하지 말자. 기다리고 있으면 연락이 오겠지.

VIP 병동을 막 나서려는데 누군가가 그녀를 불렀다.

"정하라 씨?"

고개를 드니 어딘지 낯이 익은 여인이 앞을 막고 서 있었다. 하연은 곤혹스러운 얼굴로 상대를 바라보았다. 누구지? 변장했는데 어떻게 알아봤을까?

"기억 안 나요? 데이지에서 차한근 회장님과 함께 본 적 있는데……. 그때 계약이 성사되면 내 소개를 한다고 했었죠."

아, 생각났다! 강한 카리스마를 풍기며 차 회장의 입을 단번에 다물게 했던 인물.

"난 차지은이라고 해요."

지은이 하연에게 손을 내밀며 말했다.

"안녕하세요."

하연이 내민 손을 잡자, 지은은 자신의 소개를 이어나갔다.

"차한근 회장님의 둘째 딸이에요. 그 말은 차태환 대표의 누나가 된다는 말이죠."

깜짝 놀란 듯 마주 잡은 하연의 손이 움찔거렸다.

"마침 잘됐어요. 이곳 정리하는 대로 정하라 씨를 찾아가려고 했거든요. 잠시만 기다려주겠어요? 할 말이 있으니까."

엊그제는 차한근 회장, 오늘은 그의 누나 차지은을 상대해야 하나? 내키진 않았지만, 지은이라면 태환의 행방을 알고 있을지도 모른다. 하연이 허락의 뜻으로 고개를 끄덕거리자, 지은은 빠른 걸음으로 태환이 머물렀던 병실로 향했다.

잠시 후, 종이 가방을 들고 돌아온 지은은 자연스럽게 하연의 팔에 팔짱을 끼었다.

"차, 안 가지고 왔죠? 집에 바래다줄게요."

"아뇨. 괜찮습니다."

"서로 바쁘니까 시간도 아낄 겸, 어디 가서 차 마시지 말고 가면서 이야기해요."

누가 태환의 누나 아니랄까 봐, 혼자 결정을 내린 지은은 하연을 지하 주차장으로 이끌었다. 그런데 차를 출발하고 한참이 지나서도 지은은 입을 다문 채, 아무 말도 하지 않았다.

이상한 것은 그뿐이 아니었다. 차는 그녀의 집 방향과는 전혀 다른 방향으로 가고 있었다.

"저, 여기서 좌회전해야 하는데요."

"알아요. 지금 하라 씨, 아니, 하연 씨 집으로 가는 거 아니거든요."

"네? 그럼 어디로 가는 거죠?"

깜짝 놀란 하연은 자신도 모르게 큰소리를 내고 말았다. 지은은 힐끗 하연을 보더니 다시 고개를 돌려 운전에 집중했다.

"걱정하지 말아요. 하연 씨를 납치할 생각이었으면 전문가를 고용하지 내가 직접 왔겠어요?"

"그럼 뭐죠?"

"지금 태환이가 있는 곳으로 가는 중이에요. 교외에 있는 친구 별장에 있어요. 지금은 그곳이 제일 안전하니까."

목적지를 알려주었음에도 하연이 경계심을 풀지 않자, 지은은 길게 숨을 내쉬었다.

"후우, 아버지가 태환이를 다른 병원으로 옮기려고 한다는 연락을 받았어요. 그래서 내가 아버지보다 먼저 손을 썼어요. 태환이는 지금 신경안정제 때문에 힘을 쓸 수 없거든요."

"어째서 도와주는 거죠?"

하연은 지은을 100% 믿을 수 없었다. 태환은 자신의 가족에 관해서 말을 아꼈지만, 분명 형제끼리 서로 견제하고 헐뜯고 미워한다고 했다. 그런데 왜?

"아버지에게 청평 별장 사고에 관해서 들었죠?"

"네."

"원래는 나도 새엄마와 함께 출발할 예정이었어요. 그런데 내가 친구와 밤새도록 노느라, 집에 안 들어갔어요. 그날 집에 있었더라면 새엄마와 함께 별장에 갔을 테고. 그랬다면 끔찍한 비극을 막았을지도 모르죠."

그날의 기억은 지금도 지은을 괴롭혔다.

"그래서 조금은 태환이에게 빚진 것 같기도 하고……. 그러니까 부담 가질 것 없어요. 순수하게 태환이를 위해서 도와주는 건 아니에요. 일종의 거래라고 생각해요."

"거래라고요?"

빚진 마음에 도와준다는 건 이해할 수 있겠는데, 사업을 하는 것도 아니고, 동생과 거래를 한다고? 하연은 이해할 수 없다는 표정으로 지은을 바라보았다.

"아무튼, 그런 게 있어요."

시선은 앞으로 고정되어 있었지만, 지은은 하연이 자신을 바라본다는 것을 안다는 듯 어깨를 으쓱했다.

"하연 씨는 모를 거예요. 본인에게 든든한 흑기사가 있다는 거."

흑기사라니? 태환 씨를 말하는 건가?

그녀가 하는 말을 모두 알아들을 순 없었지만, 지금 중요한 건 지은이 자신을 태환에게 데려다주고 있다는 사실이었다.

하연은 서서히 어두워지는 창밖으로 시선을 돌렸다. 퇴근 시간이 되어서인지 도로의 정체가 점점 심해지고 있었다.

한시라도 빨리 태환을 보고 싶은 마음에 하연은 초조해지기 시작했다.

"으음."

두 눈을 감은 태환의 입에서 나직한 신음이 흘러나왔다. 태환은 부스럭 몸을 뒤척이며 미간을 찌푸렸다.

—태환아, 우리 아가!

머릿속에선 다양한 영상과 소리가 끊임없이 되살아났다.

—엄마, 엄마!

밀물이 들어오듯이 펼쳐지는 이미지는 순식간에 썰물처럼 빠져나가고 다른 이미지가 뒤따랐다.

—다 알고 왔으면서……. 나에게 직접 확인까지 바라는 겁니까?

약물 때문에 꿈인지, 현실인지, 과거인지, 현재인지 구분이 모호했다.

—하연이가 손목을 다치는 사고가 났을 때, 난 그때 바로 옆에 있었어.

가운을 입은 재호가 서글픈 표정으로 고해를 하듯 말했다.

—한순간에 생긴 사고였지.

언제였더라? 진료를 받으러 간 날, 우연히 재호와 부딪힌 그날이었나?

재호의 입에서 사촌이라는 확인을 받던 그날, 두 사람은 커피 잔을 앞에 두고 많은 이야기를 나누었었다.

—바로 옆에 있었는데도 막지 못했어. 그때 깨달았다고 할까. 아무리 내가 사랑하는 이를 보호하려고 해도 역부족일 때가 있겠구나. 그러니까 내가 있는 구렁텅이로는 데려오지 말자.

어째서 그때 재호가 한 말이 머릿속에 맴도는 걸까?

—포기하는 게 옳아. 가슴이 무너질 정도로 아프더라도. 나 혼자만 아파하는 게 옳아.

"으윽……."

이제 그만 일어나야 하는데……. 눈꺼풀이 너무 무거워서 도저히 눈을 뜰 수가 없어.

"태환 씨?"

어디선가 들리는 다정한 목소리에 가슴이 뭉클했다.

"……태환 씨? 내 말 들려요?"

이것도 꿈일까? 코끝에 스며드는 달콤한 향에 태환은 작게 한숨을 내쉬었다. 꿈에서도 냄새를 맡을 수 있나?

"조금 더 잘래요?"

뺨을 어루만지는 포근하고도 따뜻한 감촉에 저도 모르게 스르르 두 눈이 열렸다. 태환은 힘겹게 눈꺼풀을 깜빡거렸다.

"……누……구?"

억지로 눈을 뜬 상태에서 태환이 속삭이듯 물었다. 초점을 잃은 태환의 눈빛에, 하연은 낭패한 표정을 지어 보였다. 얼마나 약물에 취했으면 바로 앞에 있는데도 못 알아보는 걸까?

"……누……구냐고 물……."

태환은 바짝 마른 입술을 힘겹게 달싹거렸다. 하지만 그것도 잠시, 그대로 눈이 감기더니 다시 잠 속으로 빠졌다. 하연은 걱정스러운 표정을 지으며 지은에게로 시선을 돌렸다.

"도대체 신경안정제를 얼마나 투여한 거죠?"

"너무 걱정하지 말아요. 2~3시간이 지나면 약물 효과가 떨어질 테니까."

하연과 달리 지은은 무심한 얼굴로 태환을 보며 말을 이어나갔다.

"태환이를 이렇게 빼돌리는 거, 솔직히 도박이긴 해요. 하연 씨도 의사이지만, 전공 분야가 다르니까……. 아, 아니죠. 하연 씨가 뇌 신경 전문의였다고 해도 도박이긴 마찬가지겠네요. 내로라하는 전문의조차 제대로 치료하지 못했으니까."

"그때도 이렇게 약을 투여해서 잠만 자게 했나요?"

"네. 자꾸만 자해하려고 해서 어쩔 수 없었어요. 겁에 질린 어린아이의 손발을 계속 묶어둘 수만은 없잖아요."

지은에게 그 일은 되도록 떠올리고 싶지 않은 기억이었다.

그녀는 손발을 묶인 채, 눈물을 흘리며 침대에 누워 있던 어린 태환의 모습을 떠올렸다.

태환을 동생으로서 살갑게 아낀다거나 사랑하진 않았지만, 그래도 가족은 가족이었다. 그런 태환을 보며 마음이 편할 리가 없었다. 그건 지금도 마찬가지였다.

진심으로 태환을 걱정하는 건 아니었지만, 그렇다고 그가 잘못되기를 바라진 않았다. 그놈의 혈육이 뭔지, 태환은 가족이니까.

"태환이가 깨어나면 어떻게 나올지, 겁나긴 해요. 저번처럼 심한 두통에 발작하는 게 아닌가 해서……."

차 회장은 닥터 에릭슨의 치료에 희망을 걸었지만, 지은의 생각은 달랐다. 닥터 에릭슨이 올 때까지 두 손 놓고 기다릴 순 없었다. 어쩌면 지금 태환에게 필요한 사람은 닥터 에릭슨이 아니라 사랑하는 사람일지도 몰랐다.

"처방전은 두고 갈게요. 하연 씨가 판단해서 약을 투여할지 말지 결정해요."

"저는 일주일 후면 영국으로 떠납니다. 그 이후엔 어떻게 할 거죠?"

"그때쯤이면 닥터 에릭슨이 한국에 도착할 거예요."

"닥터 에릭슨이라면 전에 태환 씨를 치료했다던 분인가요?"

지은은 대답 대신 가볍게 고개를 끄덕였다.

"닥터 에릭슨이 태환 씨의 증상을 치료한다고 가정하고, 그 다음엔 어떻게 되는 거죠? 회장님은 저란 존재가 태환 씨에게 또 다른 트라우마가 될 거라고 우려하시던데요."

"알아요. 이야기 들었어요."

지은의 얼굴에 씁쓸한 미소가 떠올랐다.

"우리 아빠, 이해 안 되죠? 그래요. 딸인 나도 이해 안 되는데……."

부모들은 종종 이유 같지 않은 이유를 들며 자식의 사랑을 반대한다. 학벌이 낮고, 집안이 마음에 안 들고, 직업도 성에 차지 않고, 그것도 아니면 사주팔자가 나쁘다느니, 궁합이 안 맞는다는 등등 그 이유는 다양했다.

그중에서도 차 회장은 사랑에 크게 덴 탓인지, 반대 이유가 참으로 유별났다. 사랑하는 아내가 아들을 끌어안고 자살하려고 한 것 자체가 보통 일은 아니겠지만…….

"세상엔 별의별 부모가 다 있는 거니까, 우리 아빠는 크게 신경 쓰지 말아요. 저렇게 나오셔도 태환이가 안 헤어진다고 버티면 어쩔 수 없을 거예요. 문제는 유하연 씨가 우리 가족과 얽힐 의사가 있느냐는 거죠. 미리 경고하겠는데 삶이 평탄하진 않을 거예요."

지은은 앞으로 팔짱을 끼며 하연의 눈을 들여다보았다.

"물론 돈은 상상할 수 없을 만큼 많아요. 그런데 그뿐이에요. 가족끼리의 유대감, 형제간의 우애, 화목함, 이런 건 꿈도 꾸지 않아요. 전에 태환이가 그러더군요. 사랑하는 여자를 이런 콩가루 집안에 데려올 생각은 전혀 없다고."

지은의 말에 하연은 살며시 미간을 찌푸렸다. 콩가루 집안이라니……. 그는 정말 자신의 입으로 그렇게 말했단 말인가?

"지금이라도 늦지 않았어요. 부담된다면 그냥 돌아가요. 태환인 닥터 에릭슨이 올 때까지 내가 어떻게든 해볼 테니까."

부담이라기보다는 지금까지 홀로 외로웠을 태환이 안쓰러워 가슴이 먹먹할 뿐이었다. 그는 정말 외로웠겠구나.

"아니에요. 태환 씨 옆에 있겠습니다."

"좋아요."

지은은 흡족한 미소를 띠며 소파에 올려놓은 재킷을 집어 들었다.

"지내기 불편하지 않게 갈아입을 속옷과 옷, 화장품 등 옆방에 모두 준비해놓았어요. 그래도 빠진 게 있거나, 필요한 게 있으면 언제든지 연락해요."

"네."

"그럼 난 이만 가볼게요."

밖으로 향하던 지은은 잠시 걸음을 멈추고 하연을 향해 고개를 돌렸다.

"……고마워요."

그 말을 끝으로 지은은 별장을 빠져나갔다.

하연은 침대 옆 의자에 앉아 오랫동안 태환을 지켜보았다. 얼마나 깊이 잠들었는지 그는 미동조차 없었다. 시간이 지나도 깨어날 기미가 보이지 않자, 하연은 침실을 빠져나와 홍 여사에게 전화를 걸었다. 이번에는 진실을 말해야 할 것 같아서 그녀는 있는 그대로의 상황을 설명했다.

홍 여사는 이렇다 할 말은 하지 않았다. 그저 딱 한 가지만 물었을 뿐이었다.

[네가 옆에 있으면 도움이 될 것 같아?]

“응. 그리고 도움이 안 된다고 하더라도 내가 옆에 있어야 할 것 같아.”

홍 여사는 잠시 침묵을 지킨 후, 담담한 목소리로 허락했다.

[알았어. 네가 어련히 알아서 결정했겠니. 필요한 거 있으면 전화해.]

“응, 엄마. 고마워.”

하연은 홍 여사와의 전화를 끊고 옆방으로 건너가보았다. 문을 열자, 옷장 앞에 세워진 슈트케이스가 눈에 들어왔다. 지은이 말한 대로 슈트케이스 안에는 갈아입을 속옷과 옷, 화장품 등이 들어 있었다.

주방 찬장과 냉장고 안에도 일주일 동안 지낼 수 있을 정도로 넉넉하게 음식이 채워져 있었다. 그가 일어나면 배고파 할지도 모르는데……. 아무래도 소화가 잘되는 음식이 좋을 것 같아, 하연은 즉석 밥을 이용해 간단하게나마 죽을 끓이기로 했다. 그러고 나서 1시간쯤 지난 후였다.

“……으음.”

악몽을 꾸는지 태환이 인상을 쓰며 몸을 뒤척이기 시작했다. 소파에 앉아 책을 읽던 하연은 자리에서 일어나 빠르게 침대로 다가갔다.

“……하아, 하아.”

태환의 입에서 격한 숨이 흘러나오고 이마에는 식은땀이 맺혔다.

"태환 씨?"

하연은 그의 이름을 부르며 이마에 흘러내린 앞머리를 살며시 쓸어 올렸다.

그는 언제나 잔인하다. 오늘도 그는 험상궂은 얼굴로 크게 소리를 질렀다.

—너는 지어미를 잡아먹는 새끼 거미 같은 존재야. 그게 지어미 살인 줄도 모르고 맛있다고 뜯어 먹지.

—아니야, 아니야.

어린 태환의 눈에서 눈물이 흘러내렸다. 하지만 그에게 자비란 없었다. 그는 싸늘한 눈으로 어깨를 들썩이며 흐느끼는 태환을 노려보며 악담을 퍼부었다.

—네가 죽였어. 네가 죽인 거라고.

—아냐! 그렇지 않아!

—너 때문에 우울증에 걸렸고 널 살리려다가 2층에서 떨어진 거야. 새끼 거미 같은 네 녀석 때문에…….

—아냐! 거짓말이야! 아아악!

처절한 절규가 싸늘한 공간을 가득 메웠다.

"……헉."

태환은 나직한 탄식을 흘리며 눈꺼풀을 들어 올렸다. 그리고 초점을 맞추려는지 서너 번 느릿하게 눈을 깜박거렸다.

"태환 씨, 정신이 좀 들어요?"

하연이 걱정스러운 얼굴로 태환을 내려다보았다.

"……하……하연……아."

태환이 자신을 알아보자, 하연은 작게 안도의 한숨을 내쉬었다. 혹시라도 아까처럼 못 알아보는 것은 아닐까, 잠시나마 불안했었는데 다행이었다.

"얼마나 오랫동안 잠들어 있었는지 알아요?"

그가 고개를 내젓자, 하연은 침대 위로 올라가 그 옆에 조심스레 몸을 뉘었다. 그녀가 옆으로 오자 태환의 팔이 자연스럽게 그녀를 품으로 끌어당겼다. 하연도 태환을 끌어안으며 넓은 가슴에 얼굴을 기대었다.

"아깐 잠에 취해서 나를 알아보지도 못했어요."

"……내가…… 그랬어?"

그의 입에서 쉰 듯 잠긴 목소리가 흘러나왔다. 눈을 감는 순간, 연속으로 꿈속으로 빨려 들어가곤 했다. 방금도 매우 안 좋은 꿈을 꾼 것 같은데 무슨 내용이었는지는 정확하게 기억나지 않았다. 눈을 뜨는 순간, 연기처럼 사라져버렸다.

"하도 잠만 자서 '잠자는 숲속의 미남'인 줄 알았다니까요."

하연은 손가락으로 태환의 코끝을 톡 건드렸다.

"퇴원하면 밤새도록 안 재울 거라고 각오하라고 하더니……. 쿨쿨 잠만 자고."

"……미안."

그녀의 재잘거리는 목소리를 듣고 있자니, 어느새 기분이 좋아지고 있었다. 태환은 부드럽게 미소 지으며 하연의 이마에 가만히 입을 맞추었다. 그런데 퇴원했다니, 무슨 말이지?

위를 올려다보니 하얀 병실 천장과는 다른 짙은 갈색의 천장이 눈에 들어왔다. 태환은 곧 자신이 병실이 아닌 낯선 곳에 있다는 사실을 깨달았다. 그는 살짝 고개를 들어 빠르게 주위를 둘러보았다.

어떻게 된 거지? 아직 꿈을 꾸고 있는 건가?

"하연아."

품에 있는 그녀의 몸은 따뜻했고 코끝에는 달콤한 재스민 향이 스며들었다. 꿈이라면 절대로 느낄 수 없을 텐데……. 그러니까 이건 꿈일 리가 없었다.

그런데 왜 자꾸만 불안한 걸까?

태환은 있는 힘을 다해 하연을 품에 꽉 끌어안았다. 그러자 하연이 작게 신음을 흘리며 품 안에서 바르작거렸다.

"아앗! 태환 씨, 숨 막힌다고요."

"나, 지금도 꿈꾸는 거, 아니지?"

"네. 꿈 아니니까, ……좀 놔줘요."

하연은 태환의 품에서 빠져나와 팔꿈치로 상체를 지탱한 자세로 태환을 내려다보았다.

"여긴 어디지?"

"설명하자면 길어요. 그런데 어떤 꿈을 꿨는데 그래요?"

"……후우."

태환은 대답을 미룬 채, 작게 한숨을 내쉬었다. 하지만 하연이 대답을 재촉하는 눈빛을 보내자, 마지못해 입을 열었다.

"네가 촬영 중에 발코니에서 떨어지고…… 그리고……."

말하기 어려운지, 태환은 잠시 뜸을 들이고는 조심스럽게 말을 이어나갔다.

"……내 어머니가 나를 끌어안고 그 발코니에서 뛰어내리는 꿈……."

동시에 하연과 태환의 얼굴에 어두운 그림자가 내려앉았다.

"이 시간에 어쩐 일이세요?"

난데없는 차 회장의 방문에도 지은은 별로 놀라지 않은 표정이었다.

"너냐? 태환이 빼돌린 사람이?"

"아빠는 태환이가 물건이에요? 빼돌리게?"

"좋은 말로 할 때, 태환이 어디 있는지 말해라."

차 회장은 치미는 화를 누르며 낮은 목소리로 말했다.

"태환인 지금 정하라와 함께 있어요."

"너, 기어코 일을 저질렀구나."

지은이 순순히 털어놓자, 차 회장은 침통한 얼굴로 주먹을 움켜쥐었다.

"일주일 있으면 어차피 정하라는 해외 촬영을 떠난다고요. 그때까진 두 사람 함께 있게 해주세요."

"좋다. 내가 백번 양보해서 정하라를 허락했다고 치자. 그다음엔 어쩔 거냐?"

차 회장은 그다음이 더 무서웠다. 10살 어린 나이에 겪었던 어머니의 죽음과 성인이 된 태환이 느끼는 어머니의 죽음은 다를 것이다. 하지만 이성을 향한 사랑은 어떨까?

"태환인 날 너무나도 닮았어. 사랑 때문에 무너질 거다."

"후, 어떨 때 보면 아빠는 태환이에 관해서 잘 모르는 것 같아요."

지은의 비수 같은 한마디가 차 회장의 심장을 찔렀다.

"무슨 말이냐. 내가 태환이에 관해서 잘 모르다니. 나 말고 누가 그 애에 관해서 더 잘 아는데?"

큰 소리로 말했지만, 차 회장은 자신의 말에 확신이 없었다. 문득 어쩌면 아무것도 알지 못한다는 불안감이 밀려왔다.

"제발 태환일 내버려두세요. 실수는 한 번으로 충분해요.

아빠, 지금도 새엄마 일 후회하고 있잖아요."

지은은 조곤조곤한 목소리로 차 회장을 설득했다.

"일주일이에요. 딱 일주일 동안 두 사람 더 같이 있게 한다고 큰일 나는 거 아니잖아요."

자식 이기는 부모 없다더니…….

차 회장은 뒤로 고개를 젖히며 길게 한숨을 내쉬었다.

하연은 눈을 들어 두꺼운 커튼 사이로 새어 들어오는 아침 햇살을 바라보았다. 옆에서는 태환의 나직한 목소리가 계속해서 흘러나왔다.

"……꽤 오랫동안 꿈을 꾸지 않았어. 그런데 두통이 생기고부터 다시 꿈을 꾸게 됐어. 어머니가 돌아가셨을 때의 일을. 어떤 게 먼저인지는 모르겠어. 두통인지, 악몽인지."

두 사람은 끌어안은 채, 과거 아팠던 상처에 관해서 이야기를 나누었다. 태환은 어머니의 죽음과 적대 관계와 다름없는 가족 간의 경쟁을, 하연은 아버지의 죽음과 손목 부상에 관해 털어놓았다.

그러다 보니 시간이 훌쩍 지나버렸다. 태환도 하연을 따라 커튼을 뚫고 들어오는 아침 햇살로 시선을 돌렸다.

"……아직까지도 사고에 관한 정확한 기억이 안 나. 꿈에서도 항상 내용이 바뀌더군. 나도 이젠 어떤 게 진짜고, 어떤 게 꿈인지 모르겠어. 그러다 보니 서서히 머릿속에서 사라졌어."

"태환 씨가 당한 사고와는 비교도 안 되겠지만, 나도 손목을 다치고 처음에 그랬어요."

그녀가 가라앉은 목소리로 속삭이듯 말했다.

"되도록 떠올리지 않으려고 애썼죠. 나중에는 사고가 어떻게 일어났는지조차 희미해졌어요. 나보다도 옆에 있던 재호 선배가 더 선명하게 기억하더군요."

태환은 위로의 말 대신 그녀를 안고 있는 팔에 힘을 주었다. 날이 밝을 때까지 꽤 여러 번 두통이 밀려왔지만, 견딜 수 없을 정도는 아니었다. 하연의 부드러운 목소리를 듣다 보면 어느새 두통은 사라지고 없었다.

"……고마워. 나에게 모두 이야기해줘서."

"나도 고마워요. 말하기 쉽지 않았을 테니까요."

"후."

태환은 피식 웃으며 하연의 이마에 입을 맞추었다.

"퇴원하면 밤새도록 안 재울 거라던 약속은 지킨 건가?"

"네?"

하연은 곱게 눈을 흘기다, 곧 태환을 따라 웃음을 터뜨렸다.

"맞아요. 어떻게 잠을 안 재우는지 방법만 살짝 바뀌었을 뿐이지."

"그러면 우리, 약속 하나 더 할까?"

태환은 웃음을 머금은 그녀의 입술에 키스하며 작게 속삭였다.

"……하아암, 뭔데요?"

갑자기 졸음이 밀려온 하연은 크게 하품을 하며 태환의 품으로 파고들었다. 눈을 뜨고 있으려고 노력했지만, 자꾸만 눈꺼풀이 감겼다.

"두통이 다 나으면 이틀 연속으로 밤새 안 재울……."

태환의 목소리가 작아지며 하연은 서서히 잠 속으로 빠져들었다.

"어이, 백 기자. 요새 뭐 해?"

백 기자가 사무실 안으로 들어오자, 태석은 반가운 표정을 지으며 자리에서 일어났다.

"뭐 이렇다 할 일은 없습니다."

백 기자는 억지로 환한 미소를 지으며 태석이 권하는 소파에 앉았다.

한눈에 봐도 머리가 희끗희끗한 백 기자보다 태석이 훨씬 나이가 어림에도 그는 첫 만남부터 말을 놓았다. 태석의 안하무인 태도가 거슬렀지만, 목구멍이 포도청이라고 돈을 벌 수 있는 좋은 기회가 있을지 몰랐다. 그랬기에 백 기자는 이를 악물고 참곤 했다.

얼마 전에도 차 회장의 개인적인 부탁을 들어주고 목돈을 두둑하게 챙겼었다. 절대로 다른 곳에 발설하면 안 된다고 했지만, 인터넷 신문 '팩트 폭'의 우 기자에게 슬쩍 정보를 흘려 짭짤하게 용돈도 벌었었다. 백 기자는 오늘은 또 무슨 건수를 잡을 수 있을까, 하는 기대를 품으며 태석을 향해 눈을 반짝거렸다.

"이거 자네 작품이지?"

태석이 백 기자 앞으로 서류 봉투를 툭 던지며 물었다. 서류 봉투를 열자 여러 장의 사진이 쏟아져 나왔다. 사진을 들여다본 백 기자의 눈꼬리가 살짝 위로 올라갔다. 태석은 그 미묘한 변화를 알아채고 씨익 입꼬리를 비틀었다.

"아버지가 사적으로 찍게 한 사진인데, 연예계 기자 손에 넘어가면 안 되지. 안 그래? 아, 발뺌할 생각은 하지 마. 백 기자가 넘긴 거라는 거, 이 사진 건네준 사람에게서 다 확인했으니까."

우 기자, 이 개새끼를 그냥……!

백 기자는 사진을 움켜쥐며 속으로 욕설을 퍼부었다. 무슨 일이 있어도 정보를 제공한 자의 신원을 밝히면 안 된다는 불문율을 깨뜨리다니. 아무리 연예계 기자라고 하지만, 지킬 건 지켜야 했다.

하지만 자신 역시 몰래 사진을 빼돌린 상황인지라 입이 열 개라도 할 말은 없었다. 백 기자는 사진에 찍힌 정하라의 얼굴을 뚫어지게 바라보다 천천히 태석에게로 시선을 돌렸다.

"제게 원하시는 게 뭡니까?"

"자네에게 원하는 거라……. 흐음."

태석은 소파 등받이에 기대며 느긋하게 팔짱을 꼈다. 그리고 비아냥거리는 말투로 말을 이었다.

"기자인 자네에게 내가 원하는 게 뭐겠어? 응?"

태석은 재킷 안주머니에서 휴대폰을 꺼내 백 기자 앞에 내려놓았다. 서로 손을 잡고 도쿄 아오야마 거리를 거니는 하연과 태환의 사진이 화면을 가득 채우고 있었다.

"기자라면 특종을 잡아야지. 안 그래?"

백 기자를 보는 태석의 얼굴에 비릿한 미소가 떠올랐다.

띠리리—. 띠리리—.

침대 옆 작은 탁자에 놓아둔 휴대폰이 요란하게 울리기 시작했다.

"……으흠."

벨 소리에 잠이 깬 하연은 눈을 감은 채, 손으로 더듬어 휴대폰을 찾았다.

"응?"

졸린 눈을 억지로 뜨고 발신자를 확인한 하연의 눈이 순간 동그랗게 떠졌다. 화면에는 민성의 이름이 떠 있었다.

오빠가 전화할 일이 없는데 무슨 일이지? 갑자기 없던 스케줄이라도 생겼다면 난처한데…….

하연은 불안한 마음에 재빨리 통화 버튼을 눌렀다.

"여보세요?"

[하연아, 너 지금 어디야?]

휴대폰 너머로 민성의 다급한 목소리가 흘러나왔다.

"무슨 소리야? 지금 어디냐니?"

다짜고짜 지금 어디 있는지를 묻는 민성 때문에 하연은 미간을 찌푸렸다. 민성은 평소와는 다르게 쫓기는 사람처럼 속사포같이 말을 쏟아내었다.

[내가 무슨 소리 하는지 모르는 거 보니까, 지금 집은 아니네. 그렇지? 어디야, 밖이야?]

"응. 그런데 왜?"

[어머머, 얘가, 얘가…….]

민성은 호들갑스럽게 언성을 높였다.

[너, 오늘 온종일 컴퓨터 안 켰어? 휴대폰도 안 들여다보고? 지금 인터넷에서 난리 났다고, 난리.]

"뭐가 그렇게 난리인데?"

하연은 침대에서 몸을 일으키며 벽시계를 올려다보았다. 시계 숫자는 오후 2시 32분을 나타내고 있었다. 옆으로 시선을 돌리자, 태환이 누워 있어야 할 자리가 비어 있었다.

어, 벌써 일어났나?

하연은 침대에서 일어나 거실로 걸음을 옮겼다.

[근처에 인터넷 뉴스 볼 만한 곳 없어? 너, 운전 중 아니지?]

휴대폰에서는 민성의 목소리가 쉴 새 없이 흘러나왔다.

"잠깐만 오빠."

태환은 주방에서 커피를 내리는 중이었다. 하연이 전화를 받으며 침실에서 나오자, 그는 커피 마시겠냐는 듯, 커피 잔을 들어 보였다. 하연은 가볍게 고개를 끄덕이고 컴퓨터가 놓인 옆방으로 걸음을 옮겼다.

자리에 앉아 컴퓨터를 켜고 곧장 인터넷 뉴스 사이트에 들어갔다.

"헉!"

홈페이지가 화면에 뜨자마자, 하연의 입에서 탄성이 쏟아져 나왔다.

[봤어? 봤어? 기사 봤냐고?]

"이게 다 뭐야?"

하연은 '연예 뉴스 섹션' 톱을 차지한 기사의 헤드라인을 중얼거리듯 작게 따라 읽었다.

"여배우 정하라, 한류 스타 주성욱과 영화 제작자 C를 사이에 두고 양다리 중?"

그 밑으로 줄줄이 관련 기사가 이어졌다.

영화 촬영 중, 뜨거운 눈빛을 교환하는 정하라와 주성욱

한류 스타 성욱과 열애 중!
C에게 갈아탄 이유, 알고 보니 재벌 3세 영화 제작자 C

불행 중 다행이라면 태환의 이름이 이니셜로 처리되어 있다는 점이었다. 하지만 영화 제작자 C가 차태환이라는 것은 영화계에 몸담은 사람이라면 누구라도 쉽게 추리할 수 있었다. 누가 언제 어떻게 찍었는지 일본에서 몰래 데이트한 사진까지 모자이크 처리되어 실려 있었다.

"이거 소속사에서 처리한 스캔들이잖아."

충격으로 하연의 목소리가 가늘게 떨리고 있었다.

[그래. 그런데 무슨 일인지 뒤통수치듯 터져버렸어. 지금 대표님이 애써 수습 중이긴 한데, 기자들이 건물 앞으로 개떼처럼 몰려들었어. 성욱 씨는 어제 화보 촬영으로 하와이로 떠나서 지금 타깃은 너랑 차 대표뿐이야.]

하연은 당황한 얼굴로 계속해서 스캔들 기사를 하나씩 하나씩 읽어 내려갔다. 대부분은 정확한 사실이 아니라 추측하는 내용이 대부분이었지만, 기사를 읽는 사람들은 기사의 신뢰도는 그리 크게 따지지 않는다. 그저 심심풀이로 떠들어댈 화젯거리가 생겼다고 좋아할 것이다. 스캔들은 당하는 사람에게만 악몽이지 옆에서 지켜보는 이들에겐 흥미로운 유흥일 뿐이었다.

예전에도 그랬다. 좋은 마음으로 캄보디아 봉사 활동을 떠났지만, 말도 안 되는 헛소문은 그녀를 꽤 곤란한 상황으로까지 몰고 갔다. 인기를 위한 쇼라는 네티즌의 손가락질에 아무도 알아보지 못하게 변장을 하고 봉사 활동을 떠날 수밖에 없었다. 나중에야 그녀를 질투한 동료의 모함이었다는 것이 밝혀졌지만, 그 누구도 진실에는 관심을 두지 않았다.

"이제 어떡하지, 오빠?"

하연은 애써 떨리는 마음을 진정하며 차분하게 물었다.

지금 상황에선 이곳에 있는 게 안전할까? 그랬다가 두 사람이 함께 여기 있다는 것을 기자들이 알게 된다면……? 상상만으로도 등줄기에 식은땀이 흘렀다.

[대표님은 영국행을 앞당기는 게 좋을 거라고 하셨어. 그래서 내일 아침 비행기 표로 바꿨어. 참, 그리고 집에는 들어가지 마. 지금 집 앞에도 기자들이 쫙 깔렸을 거야.]

"그 정도야?"

[당연하지. 네 스캔들 상대는 한류 스타 주성욱이라고. 지금 주성욱 팬들도 완전 난리야. 네가 자기들 오빠 눈에 피눈물 나게 했다고, 가만히 두지 않을 거란다.]

완전 산 넘어 산인 상황이었다. 기자들도 상대하기 골치 아픈데, 주성욱 팬클럽까지 가세하다니……. 그렇다고 이곳에 태환을 혼자 두고 떠날 순 없었다.

어떻게 해야 하지?

민성은 휴대폰 저 너머에서 계속해서 상원이 세운 계획에 관해서 설명해나갔다.

[며칠만 무사히 지나면 또 다른 곳으로 관심이 갈 테니까, 너무 걱정하진 마. 하여간 어머니에게 부탁해서 짐이랑 여권 챙겨놔. 내가 가서 가져올게. 넌 오늘 밤은 친구 집에서 지내고.]

"무슨 일이야?"

그때 뒤에서 태환의 의아한 목소리가 들렸다.

"태환 씨."

하연은 깜짝 놀라며 뒤를 돌아보았다. 민성과 통화에 집중하느라 그가 커피 잔을 들고 방으로 들어온 것도 알아차리지 못했나 보다.

하연은 급하게 기사 화면 창을 닫으려 했지만, 한발 늦고 말았다. 그의 손이 창을 닫지 못하게 그녀의 손과 마우스를 동시에 움켜쥐었다. 태환은 하연의 어깨너머로 컴퓨터 모니터에 뜬 기사를 읽으며 곤혹스러운 듯 미간을 일그러뜨렸다.

"어머, 어머, 어머!"

별장에 도착한 민성은 하연과 태환이 함께 있다는 사실에 기가 막힌다는 듯 입을 쩍 벌렸다.

"아무리 위기 상황이라고 해도 두 사람이 같이 숨어버리면 어떡합니까?"

민성의 머리로는 아직도 하연과 태환이 서로 사귀는 사이라는 건, 꿈에도 상상할 수 없는 모양이었다. 억울한 스캔들 당사자끼리 머리를 맞대고 의논하고 있다고 생각하는 걸까?

"이따가 김 대표님이 전화하실 거예요. 우리 대표님과 같이 대처하세요. 저와 하연이는 우선 영국으로 피해 있겠습니다. 걱정하지 마세요. 사실이 아닌 이상, 오래가진 않을 겁니다."

민성은 마치 전장에 나가는 병사처럼 결의에 찬 얼굴로 힘주어 말했다. 하연은 내키지 않는 얼굴로 태환과 민성을 번갈아 바라보았다.

그녀는 절대로 태환의 곁을 떠나지 않겠다고 버텼지만, 태환은 막무가내로 하연의 등을 떠밀었다. 자신은 이제 아무렇지 않으니, 한시라도 빨리 영국으로 떠나라고 그녀를 설득했다.

—난 네가 곤란한 상황에 부딪치는 거 볼 수 없어. 그러니까 나를 위한다면 지금 당장 민성 씨 따라서 영국으로 가.

—태환 씨, 지금 그 몸으로 어떻게 혼자 있겠다는 거예요? 안 돼요. 난 태환 씨를 혼자 둘 수 없어요.

—내 걱정은 하지 마. 어제부터 두통이 약하게 오긴 했지만, 곧 나아졌어. 강 비서를 불러서 함께 있을 테니까, 제발 내 말 들어.

그래도 하연이 물러서지 않자, 태환은 직접 민성에게 전화를 걸어, 별장의 위치를 알려주었다. 민성은 태환의 전화를 받고 약 2시간 후에, 별장 앞으로 차를 몰고 나타났다. 혹시 기자들이 따라붙을까 봐, 소속사 밴이 아닌 친구의 알록달록한 그림이 그려진 유치원 등하교 차를 빌려오는 치밀함을 보였다.

"장민성 씨."

막 현관문을 나서려 하는데, 태환이 조용히 민성을 불렀다. 민성이 의아한 얼굴로 뒤를 돌아보자, 태환은 민성을 향해 정중하게 고개를 숙였다.

"우리 하연이 잘 부탁합니다."

"네. 물론이죠. 저만 믿으세요."

민성은 태환의 태도에 당황해하며 그보다 더 아래로 고개를 숙였다. 태환은 두 사람이 현관문을 나서고 한참이 지나서도 선뜻 자리를 뜨지 못했다. 하지만 이렇게 가만히 시간을 낭비할 순 없었다. 우선은 누가 스캔들 기사를 냈는지부터 알아내야 했다.

특히 일본에서 찍힌 사진은 화질로 보아 일반인이 휴대폰으로 찍은 게 분명했다. 태환은 사진 배경으로 보이는 상점을 기억하며 아오야마 거리의 풍경을 머릿속에 떠올려보았다.

잠시 후, 그는 뭔가를 알아낸 듯 눈을 가늘게 모았다.

"제길."

그의 입에서 짧은 욕설이 튀어나왔다.

태환이 서둘러 누군가에게 전화를 거는 사이, 민성이 모는 유치원 차는 빠르게 고속도로를 달렸다.

"참, 사람이 어려운 일을 함께 당하면 서로 가까워진다고."

민성은 운전대를 톡톡 손바닥으로 내리치며 혼잣말처럼 작게 중얼거렸다. 하연이 궁금한 표정으로 고개를 돌리자, 민성은 그녀도 들으라는 듯 목소리를 크게 했다.

"억울한 스캔들로 너랑 얽혔다고, 차 대표가 너에 대한 태도를 확 바꾸었잖아. 너보고 '우리 하연이'란다. 하 참. 너랑 동지의식이라도 느끼나?"

"……흐흠."

하연은 별말하지 않고 긴 한숨을 내쉬었다. 그리고 잠시 후, 나긋한 목소리로 민성을 불렀다.

"저기 오빠."

"응?"

"주위에서 누가 오빠보고 참 눈치 없다고 하지 않아?"

"어머, 어머, 얘는. 너랑 서영이랑 대표님 빼고는 아무도 그런 말 안 해. 나 이래 봬도 눈치 백 단이라고. 몰랐니?"

"……응."

민성이 끝까지 모른다고 해도 그리 나쁠 건 없었다. 어쩌면 기자가 따라붙어서 꼬치꼬치 유도하는 질문을 한다고 해도 민성에게선 아무것도 나올 것이 없을 테니까 말이다. 하연은 고개를 내저으며 창밖으로 시선을 돌렸다.

아직도 마음 한편으론 혼자 두고 온 태환이 걱정돼서 가슴이 불안정하게 뛰었다. 지금에라도 당장 차를 돌려 그에게 달려가고 싶은 생각뿐이었다. 하연은 손끝으로 유리창을 톡톡 두드리며 마음을 가다듬으려 애썼다.

"근데 저 차 뭐지?"

"응? 뭐?"

"아까부터 우리 뒤를 졸졸 따라오는 것 같은데……. 이상하지?"

민성은 불안한 눈으로 룸미러를 힐끗 노려보았다. 하연은 아무 생각 없이 고개를 돌려 뒤를 돌아보았다. 검은 세단이 유치원 차의 뒤쪽을 바짝 따라붙고 있었다. 그리고 어느 순간……!

"오빠, 조심해!"

콰쾅—.

귀청이 떨어져나갈 것 같은 굉음이 울려 퍼졌다.

재호는 자신의 눈을 믿을 수 없었다. 며칠 전만 해도 그를 보며 환히 웃던 하연이 피를 흘리며 응급실에 실려 온 것이다.

어떻게 이런 일이……. 어떻게…….

그녀가 피를 흘리는 모습을 보는 것은 응급실에서의 사고가 마지막이길 빌었다.

그런데 왜 또다시 이런 일이……. 안 돼! 내가 어떤 마음으로 너를 놓아주었는데, 왜 이런 모습으로 온 거야?

왜?

"하연아…… 제발."

재호는 미친 듯이 하연에게로 달려갔다.

세상이 어지럽게 그의 주위를 빙글빙글 돌고 있었다.

띵—. 띵—. 띵—.

별장의 현관 벨이 끊임없이 울렸다. 태환이 문을 열자, 얼굴이 하얗게 질린 강 비서가 안으로 뛰어 들어왔다.

"소식 들으셨습니까?"

"무슨 소식?"

"이곳으로 오면서 라디오로 들었는데……."

강 비서는 벅찬 숨을 몰아쉬며 안타까운 얼굴로 태환을 바라보았다.

"……교통……사고가 났다고."

"교통사고라니? 난데없이 무슨……?"

이해할 수 없다는 듯 미간을 찌푸리던 태환의 얼굴이 순간 딱딱하게 굳어졌다.

"……사고 난 사람이…… 혹시…… 하연이?"

강 비서는 비통한 얼굴로 고개를 끄덕였다.

"5중 추돌 사고랍니다. 상태는 아직 모릅니다. 한국 대학 병원으로 실려 갔다는 뉴스만 나왔습니다."

태환은 강 비서의 말이 채 끝나기도 전에 별장 밖으로 달려 나갔다.

병원에 도착하자, 이미 연락을 받고 수술실 앞을 지키던 상원이 비통한 얼굴로 다가왔다.

"어떻게 된 겁니까?"

"앞에 가던 트럭이 도로에 떨어진 물건을 보고 급정거를 했는데, 민성이가 몰던 차 뒤에 있던 차가 바짝 따라붙고 있었나 봅니다. 우리 차가 멈추자, 바로 뒤를 들이받았답니다. 그 충격으로 우리 차가 옆으로 튕겨져 나가면서 또 다른 차와 충돌하고……."

상원이 어두운 얼굴로 설명을 이어나갔다.

"그래도 하늘이 도왔는지 우리 하연이 얼굴은 말짱하답니다. 뼈가 크게 부러진 곳도 없는 것 같고. 수술이 끝나봐야 알겠지만……. 제일 실력 있는 한재호 선생님이 집도하시니까 괜찮을 겁니다."

태환은 상원의 말에 묵묵히 귀를 기울였다.

"민성이가 좀 크게 다친 것 같아요. 생명에 지장이 있는 건 아니지만, 오른쪽 다리가 부러졌거든요. 철심을 박아야 한다고 하던데……."

"우리 차를 뒤에서 받은 쪽은 상태가 어떻습니까?"

"확실한 건 아니지만, 경찰 말로는 가벼운 타박상만 입었답니다. 나쁜 녀석, 안전거리 유지도 제대로 안 하고……. 에잇, 이런 쌍노……."

욕설이 튀어나오려고 하자, 상원은 급하게 입을 다물며 힐끗 태환의 얼굴빛을 살폈다. 말도 안 되는 스캔들에 휘말린 것도 기가 막힐 텐데, 해외 촬영을 앞둔 영화의 주연 배우가 저렇게 사고를 당했으니, 속이 부글부글 끓고 있을 게 분명했다. 어디 크게 다친 게 아니라면, 영국 일정을 조금만 뒤로 미루면 촬영에 지장이 없긴 할 텐데…….

상원은 조마조마한 심정으로 대충 날짜를 계산해보았다.

"저, 대표님."

그때 강 비서가 태환에게 다가와 신호를 보냈다. 태환은 상원에게 잠시 양해를 구하고 강 비서를 따라 인적이 뜸한 복도 끝으로 자리를 옮겼다.

"그래서 알아봤어?"

"뒤에서 유하연 씨가 탄 차를 들이받은 자는 전직 기자 출신이고 지금은 프리랜서 사진 특종 전문인으로 활동하는 백동혁이었습니다."

"그러니까 그놈이 파파라치였단 말이지……."

강 비서가 태환에게 백 기자의 사진을 내밀며 보고를 이어갔다.

"네. 백동혁은 가벼운 타박상만 입고 근처 병원에서 간단하게 치료받은 다음, 집에 돌아갔다고 하더군요."

태환은 사진 속의 백 기자를 죽일 듯이 노려보았다.

"목격자의 말에 의하면 위협적으로 따라붙었다고 합니다만 경찰은 아직은 운전 과실로 보고 있습니다. 그런데 말이죠. 오늘 오전에 백동혁이 차태석 상무님을 만나러 사무실로 찾아왔었다고 합니다."

"뭐?"

손에 쥔 백 기자의 사진을 확 구겨버리며 태환이 눈살을 찌푸렸다.

"녀석이 형을 만났다고?"

"회장님의 지시로 얼마 전까지 대표님을 따라다니며 사진을 찍은 것 역시 백동혁이었습니다. 스캔들 기사는 '팩트 폭'에서 터뜨렸지만, 먼저 사진을 제공한 것도 백동혁이었고요."

"그럼 이번 일도 아버지가 뒤에서 조종했단 말이야?"

"그건 아닌 것 같습니다. 회장님과의 거래는 예전에 끝났다고 하더군요. 이번 일은 차 상무님 단독 지시로 보입니다만……."

태환은 잘 이해가 가지 않는다는 듯 눈을 가늘게 모았다.

"본인이 의심 살 것이 뻔한데 남들 다 보는데 사무실로 불러들였다고?"

"백동혁과의 악연은 차 상무님의 대학 시절부터 시작됐다고 합니다. 차 상무님의 스캔들 대부분을 백동혁이 터뜨렸으니까요. 그럴 때마다 차 상무님이 뒷돈으로 입막음했고요."

강 비서의 말에 태환은 가만히 고개를 끄덕였다.

"그러니까 이번에도 본인 일 때문에 백동혁을 사무실로 불어들인 거라고 변명할 거다?"

"제 생각엔 그렇습니다."

태환은 굳은 표정으로 잠시 생각에 잠겼다. 마음 같아선 지금 당장 태석에게 달려가 뻔뻔한 얼굴에 주먹을 날리고 싶었다. 그는 분명히 태환을 골탕 먹이기 위해서 백동혁을 고용했을 것이다.

오늘 터진 스캔들도 태석이 뒤에서 조종했을 가능성이 컸다. 차 회장이라면 이렇게 뻔히 보이는 수를 쓸 리가 없으니까.

제길! 태환은 속으로 욕설을 내뱉으며 주먹을 움켜쥐었다. 피가 섞인 형만 아니었다면 아주 예전에 흠씬 패버렸을 텐데……. 하지만 상대가 상대인 만큼 섣불리 덤벼선 안 됐다.

"심증만 가지곤 안 돼. 물증을 찾아봐."

"네, 알겠습니다."

강 비서가 물러가고 태환은 다시 수술실 앞 대기실로 향했다. 멀리서 수술을 막 끝내고 걸어 나오는 재호에게 상원이 다가가는 모습이 보였다.

신속하게 걸음을 옮기려는데 갑자기 심장박동이 가파르게 빨라지며 머리가 빠개질 것 같은 두통이 몰려왔다. 태환은 한 손으로 가슴을 움켜쥐고 제자리에 멈춰 섰다.

지잉―.

기분 나쁜 쇳소리와 함께 눈앞이 뿌옇게 흐려지기 시작했다.

쿵쿵―. 쿵쿵―. 쿵쿵―.

불규칙한 심장 소리가 귓속을 가득 채우며 천둥 치듯이 크게 메아리쳤다.

안 돼……! 차태환, 머저리처럼 지금 뭐 하는 거냐?

태환은 아랫입술을 깨물며 복도의 벽에 한쪽 어깨를 기대었다.

지금 하연은 수술대에 누워 있는데, 나약하게 두통 따위에 무릎을 꿇을 순 없어!

쿵쿵―. 쿵쿵―. 쿵쿵―.

쇠망치로 마구 머리를 내리치는 것 같은 고통에 숨조차 제대로 쉴 수 없었다. 뿌옇게 희미해진 눈앞이 점점 검게 변해갔다. 동시에 속이 울렁거리며 심한 구역질이 밀려왔다. 태환은 한 손으로 입을 틀어막으며 깊숙이 상체를 숙였다.

찌이이잉―. 귀청이 떨어질 것 같은 굉음과 함께 겨우 이어가던 호흡이 멈춰버렸다. 애써 지탱하고 있던 다리에 힘이 풀리며 서 있기조차 힘겨웠다. 여기서 힘없이 무너질 순 없는데…… 그런데…….

—태환 씨.

순간 하연의 목소리가 귀에 울려 퍼졌다. 까맣게 타버린 머릿속으로 침대에 누운 그의 옆을 지키던 하연의 모습이 그려졌다.

—이젠 아프지 않죠?

잠들어 있는 그의 손을 움켜잡으며 그녀가 물었었다.

—……사랑해요, 태환 씨.

그의 손등을 다정하게 토닥거리며 그녀가 나직이 속삭였다. 촬영장에서 쓰러진 날, 하연은 그를 찾아왔었다.

그래, 그건 꿈이 아니었어.

마치 그날처럼, 하연이 그의 손을 움켜쥔 것 같은 은은한 온기가 손바닥에 느껴졌다.

"허억!"

태환은 멈췄던 숨을 한꺼번에 몰아쉬었다. 그를 괴롭히던 두통이 서서히 물러가며 컴컴했던 눈앞이 밝아지기 시작했다.

"하아, 하아."

태환은 거친 숨을 헐떡이며 구부렸던 상체를 일으켰다. 쓰러지는 건 하연이 회복한 후에 해도 늦지 않을 것이다. 지금은 자신보다 그녀가 우선이니까. 그러니까 두통 따위에 무너질 순 없었다.

태환은 재호를 향해 빠른 걸음을 내디뎠다.

"이게 지금 무슨 소리야! 스캔들은 또 뭐고? 교통사고는 또 뭐야?"

차 회장은 언성을 높이며 자리에서 일어섰다.

"저, 그게……."

민 실장이 선뜻 대답하지 못하자, 차 회장은 손바닥으로 책상을 '쾅' 내리쳤다.

"어떤 녀석이 감히 장난질을 쳤느냐고?"

"아무래도 차태석 상무님 같습니다."

"뭐?"

차 회장의 얼굴이 곤혹스럽게 일그러졌다.

"광고 촬영 중 와이어가 끊어진 사고 역시 차 상무님이 벌인 일 같습니다."

"한동안 잠잠한 것 같더니, 기어이…… 태석이 그 녀석이!"

모든 것이 그가 계획했던 것과 전혀 다른 방향으로 흘러가고 있었다.

상처를 주려는 게 아니라, 상처받지 않게 지켜주려는 건데. 어째서 모든 일은 항상 나쁜 쪽으로 꼬이기만 하는 걸까.

차 회장은 넋을 잃은 얼굴로 털썩 자리에 주저앉았다.

"어째서 아직도 못 깨어나고 있는 거지?"

수술이 끝나고 회복실로 들어간 지, 한 시간이 넘어가고 있었지만 하연은 아직 의식이 돌아오지 않고 있었다.

기다리다 못한 태환이 재호의 사무실로 찾아왔다.

"사람마다 깨어나는 시간이 달라."

재호는 무표정한 얼굴로 담담히 질문에 답했다. 태환은 재호가 사촌 형이라는 것을 알고부터 두 사람만 있을 때는 말을 놓았다. 그가 먼저 말을 놓자, 재호도 자연스럽게 말을 놓게 되었다. 말을 놓는다고 관계가 더 친밀해지는 것은 아니었지만, 두 사람 사이에 존재하는 서먹함은 조금 옅어졌다.

"걱정하지 말고 기다려. 곧 깨어날 테니까."

자리에서 일어난 재호는 커피 머신으로 걸어가 원두커피를 내렸다. 커피 두 잔을 내려 한 잔은 태환에게 건네고 다른 한 잔을 입으로 가져갔다. 재호는 커피를 들이켜며 태환을 바라보았다.

"……그러는 넌 어때?"

"뭐가?"

"센 척하지 마. 너, 아직 정상 아닌 거 알아."

태환은 날 선 눈빛으로 재호를 노려보았다. 그러나 곧 어깨를 으쓱하곤 커피를 들이켰다.

"내 걱정할 필요는 없어. 난 멀쩡하니까."

"나, 두 사람 한꺼번에 돌볼 여유 없다. 그러니까 네 몸은 네가 챙겨. 조금이라도 두통이 심해지려고 하면 즉시 알려줘."

"……알았어."

사촌 지간이라고 해도 두 사람은 아직은 뭔가 낯설고 불편했다. 유하연이란 공통분모가 없다면 이렇게 한자리에 있을 까닭도 없는…….

어색한 침묵이 두 사람 사이에 흘렀다. 먼저 입을 연 사람은 태환이었다.

"그때 해준 말…… 이런 뜻이었나?"

"무슨 말?"

재호는 의아한 듯 되물으며 미간을 좁혔다.

"바로 옆에 있었는데도 막지 못했다고 했었지, 아마? 그래서 깨달았다고. 아무리 보호하려고 해도 역부족일 때가 있을 거라고."

그 말에 재호는 씁쓸하게 웃으며 책상 위에 커피 잔을 내려놓았다. 태환의 눈에 가늘게 떨리는 재호의 손이 들어왔다. 겉으론 평정을 유지하고 있었지만, 재호는 커피 잔을 들지 못할 정도로 흔들리고 있었다.

"본인이 있는 구렁텅이로 데려오는 것보단 아프더라도 포기하는 게 낫다고 했던 말, 기억나?"

"왜 그걸 지금 묻는 거지?"

"형이나 나나, 서로 구렁텅이에 사는 건 마찬가지인 것 같아서……."

오늘의 사고가 차태석이 붙인 파파라치에 의해서 생긴 것이라고 털어놓으면 재호는 어떤 표정을 지을까? 비틀어진 가족관계를 모르는 건 아닐 테지만, 직접 겪어보지 않았으니 그게 얼마나 엿 같은지 상상도 하지 못할 것이다.

"아닌가? 내 쪽이 더 악취가 진동하는 구렁텅이인가?"

태환의 비아냥거림에 재호의 얼굴에 슬픈 미소가 떠올랐다.

"그래도 너는…… 사생아는 아니잖아. 나와는 차원이 달라."

허를 찌르는 재호의 반격에 태환은 잠시 할 말을 잃었다. 재호를 놀리려고 한 말은 절대 아니었다. 그저 자신의 상황에 화가 나서 한 말이었는데, 의도하지 않게 또 다른 공격의 화살이 되어 재호의 상처를 건드리고 말았다.

"미안, 내 말은……."

그때 전화벨이 요란하게 울렸다. 재호는 책상으로 다가가 수화기를 집어 들었다.

"……네. 알겠습니다. 알려줘서 고마워요."

전화를 끊은 재호가 태환을 향해 고개를 돌렸다.

"깨어났단다. 이제 일반 병실로 옮길 거라니까, 어서 가봐."

"형은?"

"유 선생에게 필요한 건, 내가 아니라 너야. 난 어차피 조금 있다가 응급실로 돌아가봐야 해."

재호는 무심한 얼굴로 말하며 책상 위에 놓인 커피 잔을 들어 올렸다. 어느새 떨리던 손이 진정되어 있었다.

태환은 가만히 고개를 끄덕이고 사무실을 나서기 위해 등을 돌렸다. 하연을 사이에 두고 라이벌로 만나지 않았더라면, 좀 더 일찍 만났더라면 어쩌면 재호는 속마음을 털어놓을 수 있는 가족이 되었을지도 모르겠다. 지금도 아주 불가능한 건 아닐 테지만.

"……으음."

일반 병실로 옮겼지만, 완전히 의식이 돌아온 것은 아니었다. 하연은 얼마 동안 깨었다 잠들었다가를 반복했다. 태환은 두 눈을 감고 죽은 듯이 누워 있는 하연을 보며 그녀도 자신을 이렇게 지켜보았을까 상상해보았다.

본인이 대신 아픈 한이 있더라도 그녀는 아프지 말았으면 하는 마음이 간절했다. 잠결에 미간만 찌푸려도 혹시 통증 때문에 그러는 건 아닐까 하는 걱정에 가슴이 먹먹했다.

"하연아."

태환은 나직한 목소리로 부르며 그녀의 뺨을 살며시 어루만졌다. 잠시 후, 하연의 눈꺼풀이 파르르 떨리더니 천천히 떠지기 시작했다.

"음…… 태환 씨?"

하연이 태환을 알아보고 느릿하게 눈꺼풀을 깜박거렸다.

"정신이 들어?"

태환은 그녀의 이마에 입을 맞추며 다정한 목소리로 속삭였다.

"태환 씨, 지금 여기서 뭐 하는 거예요?"

하연은 눈을 가늘게 모으며 느릿느릿하게 말을 이었다.

"……벌써 밖에 돌아다녀도 돼요? ……아직 안정을 취해야 하잖아요."

"지금 내 걱정할 때가 아니거든. 본인 걱정이나 해."

"네……? 아."

하연은 그제야 고통을 느끼고 인상을 찌푸리다가 자신의 팔에 연결된 주삿바늘을 발견했다.

"아무 생각도 안 나?"

그녀는 기억을 되살리려는 듯 빠르게 눈을 깜박거렸다.

"아…… 맞다!"

생각난다는 듯 하연의 두 눈이 커다래졌다.

"……공항으로 가던 중이었어요."

아직 마취가 덜 가신 탓에 약간은 부정확한 발음으로 그녀가 말을 이었다.

"누군가 바짝…… 따라오는 것 같다고, 민성 오빠가 신경 쓰인다고 했거든요. 계속…… 운전하면서 룸미러를 들여다보다가……."

하연은 민성을 찾는 듯 주위를 두리번거렸다.

"……민성 오빠는요? 오빠는 어디 있어요? 오빠, 괜찮아요?"

"진정해."

하연이 침대에서 몸을 일으키려 하자, 태환은 재빨리 그녀의 행동을 저지했다. 아무리 그래도 그렇지. 그녀는 또 자기 걱정보다 다른 사람 걱정이 먼저였다.

"민성 씨는 괜찮아. 생명에 지장이 있는 건 아니고. 오른쪽 다리가 부러져서 철심을 박았어. 한동안 운전은 못 할 거야."

"어머, 어떡해요? 오빠, 아픈 거 못 참는데……. 뼈 부러지면…… 엄청 아플 텐데."

"뭐?"

태환은 울상이 된 하연을 기가 막힌다는 눈빛으로 바라보았다. 지금 남 걱정할 때인가?

"본인 상태는 안 궁금해?"

"음……."

하연은 심각한 표정으로 천천히 양손을 들어 올렸다. 그리고 아주 조심스럽게 눈, 코, 입을 만져보았다.

"얼굴은 걱정하지 않아도 돼. 작은 생채기 하나 생기지 않았으니까. 물론 멍도 들지 않았고. 김상원 대표는 하늘이 도왔다고 하더군."

태환의 말에 하연은 크게 안도의 한숨을 내쉬었다. 배우가 촬영 중에 얼굴을 다치는 것만큼 큰 낭패는 없을 테니까. 얼굴은 그렇다 치고……. 하연은 이번에는 천천히 손가락을 접었다 폈다 해보았다.

"손가락, 발가락 자유자재로 움직일 수 있는 것 보면…… 팔다리엔 아무 이상 없고."

이어서 그녀는 손바닥으로 상체를 더듬어보았다.

"아랫배와 옆구리에 붕대를…… 감은 걸 보니. 찰과상이 심하거나, ……어딘가 찢어져서 수처(suture : 봉합)했나 보네요."

그녀의 자가 진단은 거기에서 끝나지 않았다.

"온몸이 여기저기 쑤신 걸 보니까…… 타박상도 좀 있고. 머리가 무겁고…… 말이 좀 어눌한 건…… 마취 때문에 그럴 거예요."

"후우."

태환은 피식 웃으며 설레설레 고개를 내저었다.

"누가 의사 아니랄까 봐."

"다행히…… 어디 부러진 곳은 없네요. 뼈가 붙으려면 시간이 좀 걸리거든요. 다음 주에 촬영이잖아요."

"그래도 당장 비행기 여행은 무리야. 적어도 이 주일은 넘게 안정을 취하라고 했어."

이 주일이란 말에 하연의 목소리가 커졌다.

"네? ……열흘이 아니라, 이 주일이나 넘게요? 그러면 촬영은요? ……다음 주에 촬영 시작이잖아요!"

이럴 때 보면 누가 영화 제작자이고 누가 배우인지 모르겠다. 제작비로 촬영 일정에 민감해야 할 태환보다 하연이 더욱 더 안타까운 표정을 지었으니까. 태환은 두 손으로 하연의 뺨을 감싸고 살짝 입을 맞추었다.

"괜찮아. 창훈이에게 우선 성욱이 파트만 먼저 찍으라고 했어. 영국에선 둘이 함께 있는 신은 별로 없으니까, 큰 문제는 없을 거야."

한 글자도 빠짐없이 대본을 통째로 달달 외운 하연은 태환이 저렇게 말해도 상당한 부분에서 대본 수정이 불가피하다는 사실을 알고 있었다. 게다가 창훈은 이번 영국 촬영에 엄청 공을 들여 모든 계획을 빈틈없이 세웠다. 그런데 시작도 전에 주연 배우가 교통사고를 당하다니.

"미안해서 어쩌죠?"

하연이 풀이 죽은 목소리로 중얼거렸다.

"일부러 사고 낸 것도 아닌데, 뭐가 미안해?"

"그래도……."

몇 마디 나누었다고 금방 피곤해졌는지 하연의 눈꺼풀이 점점 무거워지기 시작했다.

"……그런데…… 태환 씨."

하연은 무거운 눈꺼풀을 억지로 들어 올리며 웅얼거리듯 물었다.

"……으음, 두통은 ……어때요?"

"아까도 말했지만, 지금은 남 걱정할 때가 아니야, 본인 몸조리부터 해."

"……으응."

"하연아."

잠이 쏟아지는지, 하연은 한참 후에야 입술을 달싹거리며 대답했다.

"……네?"

"아냐."

"……으응."

하연이 다시 잠 속으로 빠져들자, 태환은 부드럽게 웃으며 그녀의 코끝과 입술에 조심스럽게 입을 맞추었다.

"……사랑해."

그러니까 제발 나 때문에 상처받지 마라. 내가 너를 지켜줄 수 있게 해줘.

하연아……. 사랑한다.

25. 포기하는 게 옳아. 가슴이 무너질 정도로 아프더라도

하연이 잠들고 나서 한 시간쯤 지난 후, 홍 여사가 병실에 들어섰다. 휴대폰을 집에 두고 외출한 탓에 홍 여사는 집에 돌아와서야 상원이 남긴 메시지를 확인할 수 있었다.

재호를 만나 하연의 상태에 관해 설명을 들었지만, 막상 병실에 누운 하연을 보자, 홍 여사의 안색이 어두워졌다.

그녀는 하연 옆을 지키는 태환의 어깨를 가볍게 두드렸다.

"나 대신 보호자 노릇해줘서 고마워요. 휴대폰을 집에 놓고 가서 연락을 늦게 받는 바람에……."

"아닙니다, 어머님."

"이제부턴 내가 옆에 있을 테니, 대표님은 그만 가보세요."

"저는……."

"대표님도 지금 몸이 안 좋다면서요. 그러다가 탈 나면 저 나중에 하연이에게 혼나요. 오늘 밤은 내가 여기 있을 테니까, 가서 푹 주무시고 내일 오세요."

더는 홍 여사의 말을 거절할 수 없어, 태환은 병실을 나섰다. 지하 주차장으로 향하던 도중 재킷 안에 넣어둔 휴대폰이 울리기 시작했다.

"여보세요."

[대표님, 증거를 찾았습니다.]

휴대폰 너머로 강 비서의 목소리가 흘러나왔다.

쾅—.

거칠게 문이 열리며 태환이 화난 얼굴로 서재 안으로 들어섰다. 책꽂이에서 책을 꺼내던 태석이 문 쪽으로 휙 고개를 돌렸다.

성큼성큼 태석에게로 걸어간 태환은 그대로 태석의 멱살을 잡고 벽으로 밀어붙였다.

"너지?"

"뭐? 너? 지금 나보고 너라고 했어?"

태석이 황당하다는 얼굴로 크게 외쳤지만, 태환은 아랑곳하지 않고 더더욱 세게 그를 벽으로 밀어붙였다.

"백동혁, 그 파파라치! 형이 따라붙게 한 거잖아!"

"무슨 황당한 소리야? 파파라치라니? 이 자식이 드디어 미쳤나?"

태석은 멱살 잡힌 손을 강하게 뿌리치고는 옆으로 비켜섰다. 그는 태환을 노려본 채, 흐트러진 셔츠 깃을 바로잡았다.

"……형인 거 다 알아."

태환은 거친 숨을 내뱉으며 말을 이었다.

"어렸을 때, 내 음식에 장난을 쳐서 한밤중에 응급실에 실려 가게 했었지."

"뭐?"

태석의 얼굴이 험상궂게 일그러졌다.

"계단에서 굴러서 죽을 뻔했던 것도, 갑자기 2층에서 내 머리 위로 화분이 떨어진 것 등등, 지금까지 크고 작은 사고, 그거 다 형이 한 짓이잖아."

"하, 미친놈! 그래서 증거 있어?"

"물론 증거는 없어. 난 그때 어렸으니까. 하지만 지금은 아니지."

태환은 손에 들고 있던 서류를 태석의 얼굴에 집어 던졌다. 하얀 종이가 순식간에 허공으로 흩어졌다. 태석은 그중에서 한 장을 잡아채 내용을 들여다보았다. 잠시 후, 불쾌하다는 듯 태석의 입매가 비틀어졌다.

"제법 많이 컸는데? 이런 것까지 알아내고. 하지만 이런다고 달라지는 게 있어? 넌 그래봤자, 새끼 거미야."

"뭐?"

"알면서 모르는 척하지 마. 제 어미의 살을 뜯어 먹는 새끼 거미, 몰라?"

꿈에서 들리던 잔인한 목소리가 현실에서 울려 퍼졌다.

—너는 지어미를 잡아먹는 새끼 거미 같은 존재야. 그게 지어미 살인 줄도 모르고 맛있다고 뜯어 먹지.

—너 때문에 우울증에 걸렸고 널 살리려다가 2층에서 떨어진 거야. 새끼 거미 같은 네 녀석 때문에…….

그러면 꿈속에서 외치던 사람은 바로…….

태환은 믿을 수 없다는 얼굴로 태석을 바라보았다. 태석의 잔인한 말은 계속해서 이어졌다.

"너 때문에 새엄마가 죽은 거잖아. 너 때문에…… 기억 안 나?"

"그게 무슨 말도 안 되는……."

태환은 말을 끝내지 못하고 입을 다물었다. 저편에 묻어두었던 그날의 기억이 마치 파노라마처럼 눈앞에 펼쳐지기 시작했다.

—엄마, 엄마!

어디선가 어린 시절의 앳된 목소리가 들려왔다. 태환은 무너지듯 제자리에 주저앉았다.

녀석, 꽤 충격 받은 모양이군.

태환이 아무 말도 하지 못하자, 태석의 얼굴에 승리의 미소가 그려졌다.

언제나 빈틈없이 자아를 컨트롤하는 태환이었기에 함부로

건드릴 수 없었다. 아무리 잔인한 말을 퍼부어도 눈 하나 꿈쩍하지 않았으니까. 오히려 차 회장에게서 불호령만 날아올 뿐이었다.

혼자 외로움에 떨던 10살의 어린아이는 세상에서 사라진 지 오래였다.

그때는 모든 것이 쉬웠다.

조금만 건드려도 어린 동생은 감정의 둑을 터뜨리며 울음을 쏟아냈으니까. 태석의 입에서 나오는 모진 말에 태환은 어쩔 줄 모르고 부들부들 떨곤 했었다. 얼마 전에 엄마를 잃은 태환이었지만, 측은함 따윈 전혀 들지 않았다.

아무 것도 기억나지 않는다는 듯 멍한 눈을 한 태환을 볼 때마다 태석은 화가 치밀어 올랐다. 기회를 엿보던 태석은 차 회장이 해외 출장을 떠난 날, 어린 태환을 방으로 불러들였다. 그리고 태환에게 그날, 청평 별장에서 어떤 일이 일어났는지 슬쩍 떠보았다.

—널 살리려다가 2층에서 떨어진 거야. 새끼 거미 같은 네 녀석 때문에…….

창백한 얼굴로 제자리에 주저앉던 어린 태환의 모습은 지금도 눈에 선했다. 태환은 그날부터 자해를 했고 실어증에 가까운 증상을 나타냈으며, 차 회장은 미국에 있는 한선에게 태환을 보낼 수밖에 없었다.

1년 후, 태환은 단단하게 탈바꿈한 모습으로 돌아왔다. 공부면 공부, 일이면 일, 본인이 정한 목표를 독하게 파고들었다. 차 회장의 사랑을 독차지한 것도 모자라 태석이 차지한 자리까지 야금야금 갉아먹었다. 이대로 놔두었다가는 그룹 후계자의 위치가 위태로울지도 몰랐다. 그런데 뜻밖에 그때처럼 태환을 흔들 기회가 온 것이다.

태석은 태환의 귓가에 비아냥거리듯 속삭였다.

"어려서 기억하지 못하겠지만, 넌 태어난 순간부터 완전히 골칫덩어리였어. 새엄마 품에서 조금만 벗어나도 경기를 일으키며 미친 듯이 울어댔거든. 너 때문에 새엄마는 외출은 엄두도 못 냈지."

기억나진 않지만, 까다로운 갓난아기였다는 말을 주위에서 듣긴 했었다. 하지만 그 정도로 심각한 줄은 몰랐다.

"커서도 마찬가지였어. 학교에서 돌아오면 신발도 벗지 않고 새엄마를 찾아 집 안으로 뛰어들었지. 완전 거머리처럼 들러붙는데 새엄마가 어떻게 복귀하겠어? 안 그래?"

태석의 말 한마디 한마디가 빛바랜 과거를 떠올리게 했다.

—엄마!

집에 돌아오면 언제나 환한 미소로 안아주던 어머니. 그땐 행복하기만 했는데….

태환은 꽉 입을 다문 채, 성난 눈으로 태석을 노려보았다.

그 눈빛에 태석은 낄낄거리며 상체를 일으켰다. 그리고 바(Bar)로 걸어가 위스키 병을 꺼냈다. 잔에 위스키를 따르며 태석이 말을 이어나갔다.

“물론 아버지도 새엄마의 컴백을 반대하셨지. 하지만 네가 아니었다면 그렇게까지 발목 잡히진 않았을 거야.”

“……어머니가 우울증에 빠진 건…….”

“알아. 결정적인 이유는 아버지 때문이라는 거.”

태석은 선수를 뺏기지 않겠다는 듯이 태환의 말을 빠르게 잘랐다.

“자의 반 타의 반으로 은퇴하게 된 배후에 아버지가 있다는 사실을 알고 크게 충격 받으셨지.”

심술궂은 미소가 태석의 얼굴에 떠올랐다.

“그렇잖아? 앞에선 사랑한다, 어쩐다, 사탕발림하더니 뒤에선 새엄마가 은퇴할 수밖에 없도록 궁지로 몰아붙였으니까. 하, 우리 아버지. 집착, 소유욕 정말 무서울 정도로 대단하단 말이지.”

“그러면 어머니에게 그 사실을 알린 것도 네 짓이었어?”

“이 새끼가 또 형보고 너란다.”

태석은 못마땅한 표정을 지으며 잔을 입으로 가져갔다.

“……그래. 나도 뭐, 할 말은 없다. 내가 너에게 형다운 행동을 했어야 말이지. 이해한다. 형이라고 부르기엔 배알이 꼴리겠지.”

위스키를 한 모금 들이켠 태석의 입가에 비릿한 미소가 어렸다.

"……하지만 네 어머니를 발코니에서 떨어지게 한 사람은 내가 아니야. 난 발코니에서 멀찍이 떨어져 있었다고."

그의 말을 미처 이해하지 못한 태환이 눈살을 찌푸렸다.

잠시 후, 그게 무슨 뜻인지 깨달은 태환은 자리에서 몸을 일으켰다. 그리고 한 걸음씩 천천히 태석에게로 다가갔다.

"……그때 거기 있었어?"

태석은 대답 대신 어깨를 으쓱거리고 다시금 위스키를 들이켰다.

"날 원망하진 마. 운동신경이 둔해서 너와 네 엄마를 붙잡는 건 불가능했거든. 대신 전화로 응급차를 불렀지. 나도 새엄마가 죽는 건 바라지 않았거든."

태환이 불끈 주먹을 쥐자, 태석은 약 올리듯 '휘익' 휘파람을 불었다.

"왜? 그 주먹으로 나를 치기라도 하려고? 새엄마가 발코니에서 떨어진 건 네가……."

"그만해!"

태환은 핏발 선 눈으로 태석의 멱살을 움켜쥐며 외쳤다.

"그만하긴 뭘, 그만해?"

태석도 지지 않고 목에 핏대를 세우며 소리쳤다.

"피해자인 척하지 마! 새엄마를 저세상으로 보낸 건 네놈이야."

태석은 지금도 전세린을 처음 만난 순간을 잊을 수 없었다.

어린 태석의 눈에 세린은 예뻤고 상냥했고 따뜻했으며 친엄마에게 받아보지 못한 사랑을 주었다.

그랬던 새엄마는 태환이 태어나고부터 달라졌다. 일부러 태석을 멀리한 건 아니었지만, 한시도 떨어지려고 하지 않는 태환 때문에 가까이 다가갈 수 없었다.

처음에는 태석도 이해하려고 노력했다. 갓난아이니까 100일만 지나면 괜찮을 거야. 돌이 지나면……. 하지만 초등학교에 입학하고도 태환은 새엄마를 독차지했다.

그런 녀석이 아예 새엄마를 다시는 볼 수 없는 곳으로 보내버린 것이다.

그래놓고선 상처받은 얼굴로 위로 받으려고 해?

"잘 들어둬. 난 네놈이 불행해졌으면 좋겠어."

태환은 움켜쥐었던 멱살을 놓으며 한 걸음 뒤로 물러섰다. 태석이 자신을 미워한다는 것은 알고 있었지만, 이 정도일 줄은 몰랐다.

"개새끼!"

태석은 태환을 똑바로 바라보며 거친 욕설을 내뱉었다.

"네 여자에게 파파라치 좀 붙였다고, 감히 나한테 지랄을 해?"

연거푸 위스키 잔을 비우는 태석을 바라보며 태환은 쥐었던 주먹을 풀었다. 이 상태로는 태석을 두들겨 팬다고 해도 해결되지 않을 것이다.

"해코지하고 싶으면 나에게 해. 그 여자는 제발 가만 놔둬."

태석은 코웃음을 흘렸다.

"하, 미친 새끼, 이게 지금 어디서 명령이야?"

"명령이 아니라, 부탁이야."

어느새 취기가 올랐는지 태석은 붉어진 얼굴로 입매를 비틀었다.

"그 여자, 너와 사귀는 동안은 절대로 편하지 않을 거다. 내가 아니더라도 네…… 녀석 때문에 지옥 같을 거야."

술기운 때문인지 태석의 혀가 약간 꼬여 있었다. 태환은 아무런 대꾸도 하지 않고 문을 향해 등을 돌렸다.

"비겁한 새끼! 그래, 꺼져버려!"

서재 문을 닫는 순간 유리잔이 부딪치는 소리가 들렸다.

"도련님 오셨어요?"

언제 돌아왔는지 혜경이 팔짱을 낀 채로 복도에 서 있었다.

"안녕하세요, 형수님."

태환이 인사하자, 혜경은 어깨를 으쓱해 보이고는 그대로 지나쳐갔다. 혜경은 관심 없다는 듯이 별다른 반응을 보이지 않았다.

사랑 없는 정략결혼이기 때문일까?

서류상으로만 부부일 뿐, 각자의 삶을 사는 두 사람은 이런 일 따위로 상처 받진 않을 것이다.

어쩌면 아버지는 이런 관계를 원한 게 아니었을까?

태환은 제자리에 물끄러미 선 채, 멀어져가는 혜경의 뒷모습을 바라보았다.

눈을 떴을 때 침대 옆을 지킨 사람은 태환이 아닌 홍 여사였다.

"……엄마?"

하연은 어리둥절한 눈으로 주위를 둘러보았다.

"몸은 어때? 아픈 데 없어? 진통제 더 놓아달라고 할까?"

"아니. 괜찮아. 엄마, 침대 좀 올려줘."

"응, 그래."

홍 여사가 스위치를 누르자 위이잉, 소리와 함께 침대 상단이 천천히 올라갔다.

하연은 침대에 편안하게 등을 기댄 자세로 홍 여사를 마주보았다. 하룻밤 사이에 홍 여사 얼굴에 주름이 늘어난 것 같았다.

"……엄마. 많이 놀랐지?"

"얘는 지금 네가 내 걱정할 때니? 진짜 진통제 필요 없어?"

솔직히 옆구리가 뻐근하게 당기면서 온몸 여기저기가 욱신거렸다. 그래도 진통제를 더 놓아달라고 애원할 정도는 아니었다.

"제발, 아프면 아픈 티 좀 내고 그래라. 나 걱정할까 봐 혼자 꾹꾹 참지 말고."

하연의 머리카락을 쓸어 넘겨주며 홍 여사가 볼멘 목소리로 투덜거렸다.

"지금 몇 시야?"

"11시 좀 넘었어. 깨워서 아침 먹일까 하다가 간호사 선생님이 더 자게 하라고 해서 안 깨웠어."

자연스럽게 벽에 달린 시계로 눈길이 돌아갔다. 시간은 11시를 넘어 12시에 가까워지고 있었다.

그는 집에 돌아간 걸까? 아니면 잠시 밖에 나간 걸까?

"어제 늦게 소식 듣고 달려왔는데 차 대표가 있더라. 밤늦게까지 피곤할 것 같아서 집에 가서 쉬라고 했어. 이따 오후에 올 거야."

"민성 오빠는 좀 어때?"

"말도 마라. 덩치 큰 남자가 수도꼭지처럼 눈물 펑펑 흘리는 거 처음 봤다."

하연은 괜히 자신 때문에 민성이 사고를 당한 것 같아서 마음이 무거웠다. 그녀의 안색이 어두워지자, 홍 여사는 재빨리 화제를 바꿨다.

"그러다 서영이가 와서 등짝을 때리니까 바로 그치던데. 그런 거 보면 못 견딜 정돈 아닌가 봐."

"서영이 왔었어?"

"응. 너 보러 온다는 걸, 넌 잔다고, 다음에 오라고 하고 보냈어. 김 대표님이랑 송 감독님도 왔다 가셨어. 촬영 걱정하지 말고 푹 쉬라더라. 그래도 이만큼인 게 어디냐고 하면서……."

홍 여사의 말을 들으며 하연은 다시 벽에 걸린 시계로 눈길을 돌렸다.

시간은 오후 12시를 향해가고 있었다.

태환은 지금 뭐 하고 있을까? 혼자 두통에 시달리고 있는 건 아니겠지? 상태만 이렇지 않다면 지금 당장에라도 달려가고 싶은데. 몸의 상처보다 마음의 상처가 치유하기 더 까다롭기에…….

두꺼운 커튼으로 가린 방은 한줄기 빛도 들어오지 않고 한밤처럼 캄캄했다.

"……우욱."

태환은 방 한가운데 놓인 소파에 앉아 두 손으로 얼굴을 감싸고 고통의 탄식을 흘렸다.

사람의 머리는 참으로 이기적이다. 자기 마음대로 사라지게 해놓았다가 자기 마음대로 가져와 머릿속에 가득 부어버린다.

—꺄악!

—태환아!

그때 일이 마치 현재 눈앞에서 일어나는 것처럼 재생되기 시작했다.

"……어머니……."

충혈된 두 눈에 눈물이 맺히기 시작했다.

엄마는 오늘도 슬퍼 보였다. 눈물을 글썽이며 허공을 노려보던 엄마는 다시 땅을 내려다보며 크게 한숨지었다.

—너 때문이야.

간간이 흘러나오는 원망을 담은 신음과 같은 독백.

—새가 되고 싶어. 새처럼 날아가버리면 그만인데…….

엄마는 항상 새가 되고 싶다는 말을 한다. 어째서일까?

그때 푸드덕, 날갯짓 소리와 함께 하얀 새가 발코니 위에 살포시 내려앉았다.

와아, 예쁘다!

온몸이 하얀 깃털로 뒤덮인 새는 하얀 눈꽃 송이처럼 화사했다.

엄마에게 저 새를 가져다주면 조금은 기분이 풀리지 않을까?

조심조심 새를 향해 다가갔다.

새는 아무것도 눈치채지 못한 듯 '구구구' 소리를 내며 고개를 이리저리 돌리고만 있었다.

조금만 더, 조금만…….

막 새를 잡으려는 순간, 인기척을 느낀 새는 날개를 펼치며 재빨리 하늘 위로 날아올랐다.

어, 어, 어!

균형을 잃은 몸이 휘청, 아래로 흔들렸다.

—까악!

—태환아!

발코니 아래로 몸이 떨어지는 순간 엄마가 달려와 나를 부둥켜안았다.

—누가 좀 도와줘요, 누구 없어요?

엄마의 다급한 외침이 귓가에 메아리쳤다.

—태환아, 괜찮을 거야. 겁먹지 마.

엄마의 물기 어린 속삭임이 귓속을 파고들었다.

차가운 바람이 뺨을 스치고 지나갔지만, 엄마의 품은 언제나처럼 따스했다.

—사랑해, 엄마.

꼭 감은 두 눈에서 끊임없이 눈물이 흘러내렸다. 태환은 얼굴을 감쌌던 손을 내리고, 한줄기 밝은 햇살이 스며드는 커튼의 틈새를 멍하니 바라보았다.

머릿속에서 지워진 기억이란 햇빛과도 같다. 아무리 완벽하게 커튼으로 가린다고 해도 언젠가는 작은 틈새를 비집고 안으로 스며들기 마련이니까.

컴컴한 망각 속으로 스며든 그날의 기억은 점점 더 그 범위를 넓혀갔다.

"……어머니…… 어……머니."

태환은 오랫동안 불러보지 못한 '어머니'란 단어를 계속 반복해서 속삭였다.

어머니. 한때 온 세계의 중심이었던 어머니. 그녀가 웃으면 그도 웃었고 그녀가 울면 그도 울었다. 그녀만 옆에 있으면 전혀 무섭지 않았다. 어머니라는 존재는 세상의 어떤 것으로부터도 그를 지켜줄 수 있는 단단한 방패였다.

어……머니.

일부러 잊으려고 한 건 절대로 아니었다. 견딜 수 없이 가슴이 아파서, 어머니의 사망 원인이 자신이라는 사실에 죄책감이 들어서, 그래서 잠시 기억의 저편으로 보내버렸다. 그렇지 않으면 미쳐버릴 것 같았으니까. 그렇지 않으면 생을 이어갈 자신이 없었으니까.

"후우."

그의 입에서는 계속해서 탄식의 한숨이 흘러나왔다.

태석이 그를 경멸하는 것도 무리는 아니었다. 얼마나 가식적으로 보였을까. 얼마나 비열하게 보였을까? 차 회장도 사고의 진실을 알게 되면 그에게서 등을 돌릴지도 모른다. 언제나 아버지의 숨 막히는 관심에서 벗어나고 싶다고 불평한 주제에. 막상 그렇게 될지 모른다고 생각하니까 두려운 걸까?

태석에 의해 그날의 진실을 기억해낸 이후로 가끔 찾아오던 두통마저 사라져버렸다. 오히려 쇠망치로 내리치는 두통에 시달리는 것이, 잔인한 현실과 오롯이 마주하는 것보단 나을 것이다.

비겁한 자식!

나는 어쩌면…… 지금까지 모두에게 상처를 주고 있었는지도 모른다.

태환은 다시 두 손으로 얼굴을 감싸며 소파 깊숙이 몸을 묻었다. 그리고 얼마 되지 않아서였다.

띠리리리—.

테이블 위에 놓아둔 휴대폰이 울리기 시작했다.

벨 소리는 울리고 그치고 다시 울리고 그치기를 몇 번이나 계속했다.

창훈은 며칠 후면 영국으로 떠날 예정이었지만, 정하라와 주성욱, 태환까지 말려든 스캔들을 모른 척할 순 없었다. 우선 김상원 대표를 만나기 위해 '드림즈'로 향했다.

"뭔가 이상하단 말이죠."

상원은 창훈에게 인터넷에 떠도는 글을 보여주었다.

"누군가 작정하고 달려드는 것 같아요. 교통사고로 병원에 입원해 있는데도 이런다는 건……."

익명 사이트에 '정하라, 펑'이란 제목의 글이 올라왔다. 교통사고 후, 여론이 동정론 쪽으로 기울기 시작하는 시점에서였다.

"해도 해도 너무하네요. 이건 '펑'이 아니지. '뻥'이지!"

창훈은 혀를 내두르며 사이트에 오른 글과 그 글을 소개하는 기사를 훑어보았다. 사태는 짐작했던 것보다 심각했다.

> 의사 출신이지만, 한 번도 어느 병원에서 근무했었다는 정확한 인터뷰가 없는 걸 보면 모두 거짓이다. 아무래도 허언증이 있는 것 같다.
>
> 데뷔 후, 처음 떠난 해외 봉사 활동에서 봉사는 하지 않고 풀 메이크업에 카메라 촬영에 정신이 없었다고.
>
> 미혼인 의사들에게 추파를 던지는 등 무료 진료하러 온 다른 의료 봉사자들에게 폐만 끼쳤다는데…….

……등등의 허황된 사연이 마치 하연 측근의 입을 통해서 나온 것처럼 묘사돼 있었다.

그때 노크 소리와 함께 문이 열리고 태환이 사무실 안으로 들어왔다.

"인터넷에 올라온 글을 봤습니다."

상원은 침통한 얼굴로 고개를 끄덕거렸다.

"정하라가 안티팬이 생길 정도로 인기가 있는 것도 아닌데……. 분명히 누군가 뒤에 있습니다."

태환은 잠자코 상원의 말에 귀를 기울였다. 누구의 짓인지 짐작이 갔다. 차 회장이든지 태석이든지 아니면 둘 다이든지.

"최초 배포한 자를 찾아내서 명예훼손으로 고소하도록 하죠."

"그랬다가 너무 빡빡하다고 여론이 나빠지기라도 한다면……."

"교통사고로 수술까지 한 사람에게 이런 글을 올리는 악질입니다. 여론이 나빠질 리는 없을 겁니다."

"그렇긴 하지만."

상원은 떨떠름한 얼굴로 마지못해 동의했다.

"병원에 입원한 당사자가 절대로 이 일을 알게 해선 안 됩니다."

태환은 모니터에 뜬 하연에 관한 허무맹랑한 글을 읽으며 표정을 굳혔다.

기사로 안 되겠으니까 이젠 헛소문을 퍼뜨리겠다는 건가? 이런 일은 계속해서 일어날 텐데. 과연 그녀를 지켜줄 수 있을까?

태환은 참담한 심정으로 모니터에 뜬 하연의 사진을 바라보았다.

“예상보다 늦게 찾아왔구나.”

태환의 갑작스러운 방문에 차 회장은 이미 알고 있었다는 듯 덤덤한 표정으로 맞이했다.

“인터넷에 떠도는 말도 안 되는 글들, 아버지 작품입니까?”

태환에겐 낭비할 시간이 없었다. 그는 말을 돌리지 않고 단도직입적으로 물었다. 태환의 공격적인 태도에 차 회장의 미간이 살며시 좁혀졌다.

“믿지 않을 테지만, 나는 아니다.”

자리에서 일어난 차 회장은 창가로 걸어가 창밖을 내다보며 뒷짐을 지었다.

“정하라가 영국으로 떠날 때까지 일주일 정도쯤은 두 사람에게 시간을 주려고 했었다. 어쩌면 그녀가 너를 치유할 수 있을지도 모른다는 희망도 품었었고…….”

“그렇다면 제가 짐작하는 사람입니까?”

“……아마도.”

차 회장은 숨을 들이마시며 느릿하게 대답했다.

“……태석이가 꾸민 짓 같구나.”

그러자 태환의 얼굴에 비릿한 조소가 떠올랐다.

“그래요? 이번 건은 형의 작품이라고 하죠. 하지만 아버지도 모든 걸 알면서 아무런 조치도 취하지 않으셨잖아요. 그게 그거 아닙니까?”

"나를 너무 원망하지는 마라. 내가 꼭 중간에서 막아야 할 이유는 없었으니까."

차 회장은 태환을 향해 등을 돌렸다. 두 사람의 시선이 허공에서 부딪쳤다.

두 사람 사이에 기나긴 침묵이 흘렀다.

"좋습니다."

태환이 먼저 입을 열었다.

"아버지 뜻대로 하연이와 헤어지겠습니다."

태환의 폭탄선언에 놀란 듯 차 회장의 눈꼬리가 파르르 떨렸다.

"헤어질 테니까, 하연이 건드리지 말고 저대로 놔두세요. 태석이 형도 막아주세요. 아버지라면 가능할 겁니다."

"좋다. 이번 스캔들은 내가 알아서 무마해주마."

태환이 하연과 헤어진다면 태석이 하연을 공격할 이유도 없어진다.

"지금 당장은 헤어질 수 없습니다. 하연이가 퇴원할 때까지만 기다려주세요. 영국으로 떠나기 전에는 정리하겠습니다."

"알았다."

한입 가지고 두말하지 않는 태환의 성격을 알기에 차 회장은 헤어지는 시기까지 문제 삼고 싶지는 않았다.

결국은 이렇게 될 것을…….

차 회장은 속으로 혀를 차며 안타까운 눈으로 태환을 바라보았다. 좀 더 일찍 헤어졌더라면 하연이 사고를 당할 일도,

스캔들에 휘말릴 일도 없었을 텐데……. 괜한 고집을 부려서 일을 복잡하게 만든 것이다.

태환은 차 회장에게 고개를 숙여 인사한 후, 문 쪽으로 등을 돌렸다. 그러나 한 걸음도 채 떼지 못하고 우뚝 멈춰 섰다.

"그래서……."

태환의 목소리가 가늘게 떨리고 있었다.

"……이제 만족하십니까?"

태환은 다시금 차 회장을 향해 천천히 뒤돌았다. 그의 얼굴에는 허탈한 미소가 가득 떠올라 있었다.

"……행복했습니다. 어머니가 돌아가시고 처음으로 행복이 뭔지 다시 알게 됐죠. 평생 그런 거 모르고 살 줄 알았는데……. 그래요. 조금이라도 알게 되었으니까, ……그걸로 된 거겠죠."

"태환아."

태환은 고개를 숙여 차 회장의 시선을 피한 채로 혼잣말처럼 작게 중얼거렸다.

"나 혼자 행복해지자고, 멀쩡한 사람을 이런 진흙 구덩이로 끌고 올 순 없는 거니까."

숨을 크게 한 번 들이마신 태환은 고개를 들고 차 회장을 빤히 바라보았다.

"아버지께 꼭 드려야 할 말이 있습니다. ……어머니, 자살 미수 아니었습니다. 저 때문에 사고로 돌아가신 거예요."

"뭐?"

차 회장은 믿을 수 없다는 얼굴로 되물었다.

"……너, 지금 뭐라고 그랬냐?"

"그건 사고였어요. 발코니에서 떨어지려는 저를 잡으려다가 어머니도 함께 떨어진 겁니다."

"어떻……게…… 너, 아무것도 기억나지 않는다고……."

충격적인 사실에 차 회장의 목소리가 심하게 떨렸다.

"사고 당시에는 아무것도 생각나지 않았습니다. 시간이 지나면서 점점 기억이 나기 시작했고…… 그런데 난 비겁한 겁쟁이라서, 나 때문에 사고가 났다는 사실을 견딜 수 없었어요."

희미하게 떠오르는 기억을 그저 악몽일 거라고 여기며 애써 부정했다.

"혼자 부인하고 또 부인하다 보니까 나도 모르게 서서히 지워지더군요."

"……태환아."

태석의 짓궂은 태도로 기억이 되살아나려고 했다. 자의식은 기억을 되찾는 대신 자해와 실어증을 택했고, 닥터 에릭슨의 심리 치료는 그날의 기억을 더욱더 딱딱한 껍질 밑으로 숨겨 버렸다.

"그 벌을 받는 거라고 생각할게요. 아버지가 나 때문에 사랑하는 사람을 잃었으니까, 이번에는 제가 아버지 뜻대로 사랑하는 사람을 포기하겠습니다."

누구 탓도 아니었다.

"저는 아버지를 원망하지 않습니다."

태환은 깊이 허리를 숙여 인사한 후, 그대로 등을 돌려 조용히 방을 걸어나갔다.

차 회장은 멍하니 태환의 뒷모습을 바라만 보았다. 사랑하던 아내가 자신을 버린 게 아니었다는 진실보다 어린 태환이 혼자 자책하며 괴로워했다는 사실에 마음이 무거웠다.

문득 차 회장은 자신이 태환에게 어떤 존재였는가를 되짚어 봤다. 진실을 털어놓지 못하고 혼자 두려움에 떨 정도로 먼 존재였을까?

"태환아……."

무서울 정도로 공허한 태환의 눈빛이 마음에 걸렸다. 차 회장은 자신이 한 일이 과연 태환을 위해 잘한 일인지 처음으로 진지하게 의문을 갖기 시작했다.

태환이 하연을 찾아왔을 때 마침 홍 여사는 옷을 챙기러 집에 돌아간 직후였다. 하연은 상단이 올라간 침대에 등을 기댄 채 책을 읽던 중이었다. 혹시라도 인터넷에 떠돌고 있는 이상한 글을 읽게 될까 봐, 상원의 부탁으로 홍 여사는 휴대폰과 노트북을 멀리 치워버렸다.

TV 시청도 홍 여사가 옆에 있을 때만 가능했다. 그 탓에 하연은 대부분의 시간을 책을 읽으며 보낼 수밖에 없었다.

"이렇게 대낮에 찾아와도 돼요? 밖에 기자들이 쫙 깔린 거 아니에요?"

하연은 책을 덮으며 태환을 향해 환하게 미소 지었다.

"본인이 톱스타라도 되는 줄 아는 모양이지?"

"네?"

"기자들은 다른 기사로 바쁘니까, 걱정하지 마."

태환은 피식 웃으며 하연의 이마에 살며시 입을 맞추었다.

"늦어서 미안해. 처리해야 할 일이 좀 있어서. 몸은 좀 어때?"

"음, 많이 좋아지고 있어요."

"통증은?"

"몰랐는데 진통제가 잘 듣는 체질인가 봐요. 저번에 손목 다쳤을 때도 그랬고 지금도 그렇고. 아픈 거 잘 모르겠어요."

하연은 환자답지 않은 생기발랄한 목소리로 조잘거렸다.

어떤 상황에서도 웃음을 잃지 않는 여자. 그래서 나는 이 여자를 미치도록 사랑한다.

"다행이네."

태환은 부드럽게 미소를 지으며 두 손으로 그녀의 뺨을 감쌌다.

"난 이런데, 민성 오빠는 아파서 힘든가 봐요. 어떡하죠?"

"또, 또 남 걱정."

"어머, 태환 씨? 민성 오빠가 어떻게 남이에요? 솔직히 태환 씨보다 더 옆에 붙어 다니는 내 사람인데……."

태환이 고개를 숙여 살포시 입을 맞춘 탓에 그녀의 말은 이어지지 못했다. 그녀의 달콤한 입술과 은은한 재스민 향기에 심장 박동이 걷잡을 수 없이 빨라졌다.

하연아, 사랑해. 그러니까 내 결심을 이해해줘. 제발…… 날 이해해줘.

재호는 심각한 표정으로 입을 다문 채, 소파 한구석을 차지하고 있는 태환을 바라보았다. 예고도 없이 느닷없이 사무실로 들이닥친 태환은 아까부터 한마디도 하지 않고 가만히 앉아만 있었다. 결국 재호는 어색한 침묵을 견디지 못하고 먼저 말을 꺼냈다.

"나에게 할 말이 있어서 온 거 아니었어?"

"할 말? 무슨 할 말?"

평소와 다르게 태환은 뭔가 나사가 풀린 것처럼 불안정해 보였다. 하연의 교통사고 때문에 그런 거라면 이해 못 할 것도 없었지만, 그녀는 후유증 없이 빠른 속도로 회복 중이었다. 그러니까 태환이 저런 표정을 지을 필요는 전혀 없었다. 하연은 내일이면 퇴원할 예정이었고 집에서 일주일 정도 더 안정을 취한다면 비행기 여행도 가능했다.

"형."

다시 침묵을 지키던 태환이 이윽고 나직이 재호를 불렀다.

"난 말이지. 그때 형이 해준 말을 들으면서…… 참 비겁하다고 생각했거든. 아니면 겁쟁이거나."

재호는 자세하게 설명하지 않아도 태환이 무슨 말을 하는지 알 수 있었다. 그는 커피 잔을 앞에 두고 태환에게 자신의 씁쓸한 속내를 털어놓았었다. 그때 한 말을 뜻하는 거였다.

―바로 옆에 있었는데도 막지 못했어. 그때 깨달았다고 할까. 아무리 내가 사랑하는 이를 보호하려고 해도 역부족일 때가 있겠구나. 그러니까 내가 있는 구렁텅이로는 데려오지 말자.

―포기하는 게 옳아. 가슴이 무너질 정도로 아프더라도. 나 혼자만 아파하는 게 옳아.

태환이 비겁하고 겁쟁이라고 해서 마음이 상할 이유는 없었다. 재호 자신도 본인이 비겁하고 겁쟁이라고 여겼으니까.

"그런데……."

태환의 입에서 전혀 생각하지도 못한 말이 흘러나왔다.

"그게 아니야. 형의 결심이 옳았어. 내가 오만했던 거야."

"……."

"이제야 그게 진정 무슨 뜻인지, 가슴으로 이해할 수 있을 것 같아. 어쩌면 형은 나보다도 더 하연이를 아끼고 위했어."

"갑자기 그게 무슨 말이지?"

태환은 대답 대신 희미하게 웃으며 자리에서 일어났다. 어딘지 모르게 슬퍼 보이는 분위기 때문에 재호는 선뜻 대답을 재촉할 수 없었다.

"굳이 설명하지 않아도 무슨 뜻인지 형도 잘 알 거야."

태환은 그 말 한마디를 남기고 조용히 사무실을 빠져나갔다. 재호는 문득 불길한 예감에 사로잡혔다.

모든 것이 제대로 풀리고 있는데 왜 태환은 저런 표정이지? 아무래도 뭔가 이상했다.

재호는 휴대폰을 들고 빠르게 전화번호를 눌렀다. 신호음이 몇 번 울린 후, 상대방이 전화를 받았다.

"안녕하세요. 한재호입니다. 아무래도 분위기가 이상해서 전화했습니다. 혹시 뭔가 아실까 해서……. 네……."

재호은 숨을 죽이며 통화 상대의 목소리에 귀를 기울였다.

"내일 퇴원하지?"

태환의 물음에 하연은 눈가에 주름이 지도록 활짝 웃었다.

"네. 내일 퇴원해요."

어느새 하연은 실밥을 풀고 혼자 걸어 다닐 수 있을 정도로 회복되었다. 아직 빨리 뛰는 건 무리였지만, 걷는 데는 아무 지장이 없었다. 계단도 천천히 오르면 아무 문제가 되지 않았다. 그래서인지 그녀의 얼굴은 어느 때보다 밝아 보였다.

스캔들 기사와 터무니없는 게시판의 글 모두 차 회장의 조치로 인터넷에서 자취를 감추었다. 며칠 전부터 하연은 아무거리낌 없이 휴대폰이나 노트북을 사용하고 있어서 인터넷에 접속할 수 있었다.

“일주일만 집에서 쉬면 영국 촬영에 합류할 수 있을 거래요.”

“그래, 그거 잘됐네.”

영화 제작자인 태환은 그 누구보다도 영화 촬영 진행에 신경을 곤두세워야만 했다. 그러나 그는 남의 이야기를 듣는 것처럼 시큰둥한 반응을 보였다.

“뭐에요, 그 표정은? 완전히 관심 없다는 표정인데……. 송 감독님이 영국에서 고군분투하고 있다고요.”

“창훈이라면 걱정하지 마. 틈틈이 관광하면서 마음 편하게 제작비 펑펑 쓰고 있으니까.”

“푸훗, 뭐라고요?”

하연은 기가 막힌다는 듯 웃음을 터뜨렸다. 겉으론 밝은 척 했지만, 속으로는 어딘지 모르게 평소와 다른 태환 때문에 불안했다. 딱히 꼬집어서 뭐라고 할 수 없지만, 태환은 조금씩 변해가고 있었다.

눈길을 피한 적도 많았고 예전처럼 사랑한다는 말도 하지 않았다. 엊그제부터는 이마에도 키스해주지 않고 되도록 신체 접촉을 피하는 것처럼 느껴졌다. 환자인 그녀를 배려해서 나온 행동이라고 하기에는 뭔가 거북하면서도 무뚝뚝한 느낌이었다.

“……하연아.”

태환이 하연의 곁으로 다가가 조심스럽게 그녀를 불렀다.

"오늘이 우리 계약서에 사인하고 꼭 한 달째 되는 날이야."

"벌써 그렇게 됐나요?"

"응."

그가 살며시 고개를 끄덕였다.

"그 이후엔 해외 촬영으로 떨어져 있게 되니까, 그동안 서로에 관해 진지하게 생각해보기로 했던 거 기억나?"

"네."

"난 그러지 말고 지금 결정했으면 좋겠어."

기분 탓일까? 말끝이 흔들리고 있는 것처럼 느껴졌다.

왜 이러지?

쿵쿵―. 쿵쿵―. 이상하게도 마지막 선고를 기다리는 사형수처럼 심장 박동이 빨라졌다.

"우리……."

태환은 잠시 말을 멈추고 하연을 똑바로 바라보았다. 그의 눈빛에서 말로 표현할 수 없는 비통한 감정이 느껴졌다.

그래서일까? 이미 대답을 들은 것 같은 기분이 들었다.

다음 말을 기다리며 하연은 자신도 모르게 마른침을 꿀꺽 삼켰다.

"……그만하자."

태환의 쓸쓸한 눈동자가 오롯이 그녀를 향하고 있었다.

"힘들어서 더는 안 되겠어. 난 꽤 이성적인 사람이라고 생각했는데, 너와 있으면 그게 안 돼. 언제 폭발할지 몰라서, 그게 너무 불안해. 더 이상, 내가 알던 나 자신이 아닌 것 같아."

하연은 아무 말도 하지 못하고 무릎 위에 놓인 두 손을 꽉 움켜쥐었다.

"그만하자는 이유가 오직 그것뿐인가요?"

"나에겐 중요한 이유야. 내 존재 자체가 흔들리는 거니까."

솔직히 헤어지자고 하는데 이유가 무슨 소용일까? 헤어지자고 마음먹었다는 게 중요한 거지.

꽤 큰 충격을 받았음에도 불구하고 하연은 아무것도 느낄 수 없었다. 눈물이 핑 도는 것도 아니었고 눈앞이 캄캄한 것도 아니었다.

단지 목이 메어 목소리가 잠기는 정도랄까? 그 외엔 너무나도 멀쩡했다. 그와 헤어진다는 사실이 아직 실감 나지 않아서일까?

"그만하자는 결심은 언제 한 거죠?"

"조금 됐어."

"그러면 한 달 동안 만나자고 약속한 것 때문에 억지로 만난 건가요?"

"……억지로는 아니었어."

"그렇군요."

하연은 의미 없는 말을 중얼거리며 고개를 끄덕거렸다.

그는 아직도 심한 두통에 시달리는 걸까? 그 모든 이유는 차 회장의 말대로 나 때문일까? 그 역시 감정이 되살아난 것이 버거운 걸까?

수많은 질문이 그녀의 머릿속을 유영했다.

"태환 씨……. 많이 힘들어요?"

"응."

그는 부정하지 않았다. 짧지만 단호한 목소리였다. 지금 보니까 그의 얼굴이 예전과 달리 많이 수척해진 것도 같았다.

"……그래요, 그럼."

하연은 속삭이듯 작게 말하며 태환에게서 눈길을 돌렸다.

"태환 씨는 언제나 신중하게 고민하고 결정을 내리는 사람이니까. 그래서 나온 결론이 그만하자는 거라면…… 당신 뜻을 따를게요."

"……하연아."

"사랑은 두 사람이 하는 거잖아요. 한 사람만 한다고 유지되는 건 아니니까."

울면서 매달리는 것까진 하지 않아도, 한 번이라도 다시 생각해보라고 할 줄 알았다. 그러나 하연은 담담한 표정으로 태환의 결정을 받아들였다.

그래도 태환은 지금 그녀의 모습이 그녀의 진심이 아니라는 걸 알고 있었다. 그녀는 헤어지는 순간까지도 그를 배려하고 있었다. 혹시라도 그가 불편해할까 봐, 그녀는 무너지지 않고 태도를 바르게 지키고 있었다.

어쩌면 너는 이렇게까지……. 태환은 가슴 밑에서 울컥 치솟는 감정을 내리누르기 위해 주먹을 꽉 움켜쥐었다. 손톱이 살을 파고드는 아픔도 마음의 고통에 비교하면 아무것도 아니었다.

더 이상은 하연을 똑바로 바라볼 수 없는 태환은 그녀로부터 등을 돌렸다.

"석 달 후에 해외 촬영에서 돌아오면……. 그때는 아무렇지 않게 서로 마주 볼 수 있을 거야."

"……네."

하연의 부드러운 목소리가 뒤에서 들려왔다.

"그럼 몸조리 잘해."

그 말을 끝으로 태환은 병실을 나섰다. 하지만 밖으로만 나갔을 뿐, 하연의 병실 앞에서 한 걸음도 떼지 못했다.

'하연아, 사랑해.'

그러나 이제는 입 밖으로 내면 안 되는 말이었다. 마음속으로만 그녀를 사랑해야 한다. 그녀를 그가 속한 지옥으로 끌어내릴 순 없었다. 사랑하니까 포기하는 게 옳았다.

태환은 복도의 벽에 기댄 채, 아주 오랫동안 꽉 닫힌 병실 문을 바라보았다.

"흐윽."

병실 문이 닫히자마자, 뜨거운 눈물이 쏟아져 나왔다. 하연은 혹시라도 밖으로 흐느낌이 새어나갈까 봐 한 손으로 입을 틀어막았다. 한 번 터진 눈물은 끊임없이 두 뺨을 타고 밑으로 흘러내렸다.

"……우윽. 으윽."

참으려고 할수록 흐느낌은 더욱더 커졌다. 결국 하연은 두 손으로 입을 틀어막고 고개를 숙였다.

태환 씨…….

그의 눈빛이 너무 어둡게 가라앉아서 헤어질 수 없다고 조를 수 없었다. 먼저 헤어지자는 말을 하기까지, 얼마나 많이 고민했는지 알기에.

두통이 심해서이든, 격해진 감정을 주체하지 못해서이든, 그 이유는 중요하지 않았다. 태환이 그녀가 없는 삶을 스스로 선택했다는 것이 중요했다. 그는 지금 충분히 힘든 시간을 보내고 있을 텐데 그녀마저 짐이 되고 싶진 않았다.

그래도 그가 없는 곳에서 실컷 우는 것쯤은 괜찮을 거야.

하연은 고개를 푹 숙인 채, 가늘게 어깨를 들썩였다.

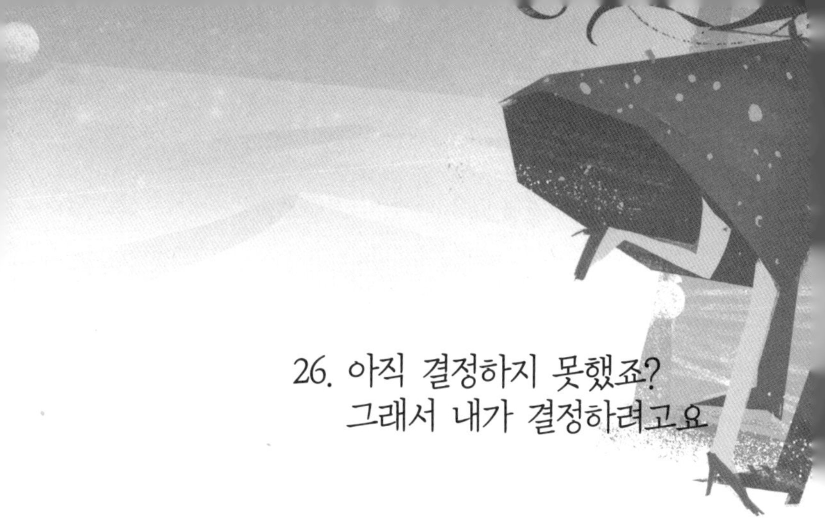

26. 아직 결정하지 못했죠? 그래서 내가 결정하려고요

실연당하고, 바로 다음 날이 가장 견디기 어렵다고 했던가?

그리고 날이 갈수록 실연의 아픔은 점점 무뎌져가고 언젠가는 다른 사랑에 눈을 돌린다.

그건 모두 말장난에 불과했다.

하연에게는 태환과 헤어진 날이나 그 다음 날이나 며칠이 지난 후나 모두 같았다. 실밥을 푼 수술 부위보다 보이지 않는 마음의 상처에 몸서리를 쳤다.

혹시라도 홍 여사가 걱정할까 봐 낮에는 아무런 티도 내지 않았지만, 밤만 되면 이불을 뒤집어쓰고 끅끅 소리를 죽이며 눈물을 흘렸다.

"그거 진통제 부작용이니?"

다음 날, 두 눈이 퉁퉁 부어버린 하연을 보며 홍 여사는 고개를 갸우뚱거렸다.

"……어. 그런가 봐. 이따 오후에 병원 가서 진통제 바꿔 오려고."

"그래라. 병원에 있을 때 받았던 진통제랑 똑같은 걸로 달라고 해."

"으응."

마음의 상처는 느리게 아물었지만, 몸의 상처는 빠르게 회복되었다. 그렇다고 해도 아직 운전대를 잡는 건 무리였다. 자신이 운전하다가 사고를 낸 것은 아니었지만, 운전석에 앉기가 꺼려졌다.

택시를 타고 한국 대학 병원에 도착한 그녀는 간단한 체크업을 받은 후, 재호의 사무실을 방문했다. 그는 막 진료를 마치고 돌아온 길이었다.

"몸은 좀 어때?"

"다 나았어요. 아마 다음 주면 비행기 탈 수 있을 거예요."

"비행기 여행이 가능하다는 뜻이지 완전히 나은 건 아니야. 수술한 부위 무리 가지 않게 조심해야 해."

"네. 조심할게요."

어쩐지 풀이 죽은 것 같은 목소리로 그녀가 대답했다. 재호는 문득 하연의 안색이 평소와 다르게 어둡다는 사실을 깨달았다. 몸 상태 때문에 그런 것은 아닌 것 같았다. 지금보다 안 좋았을 때도 안색만큼은 밝았으니까.

"무슨 일 있어?"

"……아뇨. 아무 일도 없어요. 그냥 선배님 얼굴 보고 싶었어요. 저 힘들 때마다 선배님 보면…… 막 기운 나고 그러거든요. 선배님은 제 비타민이니까."

"하연아."

재호가 그녀의 이름을 불러주자, 그만 참고 있던 눈물이 터져버리고 말았다. 하연은 빠르게 눈을 깜박이며 자리에서 일어났다.

"저, 이만 가볼게요."

제길! 찰나였지만, 재호는 하연의 눈가에 맺힌 눈물을 보았다. 그녀가 웬만해선 눈물을 흘리지 않는다는 것을 알기에 재호는 팔을 뻗어 하연을 붙잡았다. 재호의 품에 안기는 순간, 하연은 결국 꾹꾹 내리눌렀던 울음을 터뜨리고 말았다.

"흐으흑. 흑흑."

그녀는 그대로 재호에게 안긴 채로 뜨거운 눈물을 펑펑 쏟아냈다.

한참이 지난 후에야 하연은 겸연쩍은 표정을 지으며 재호에게서 한 걸음 뒤로 물러섰다.

"죄송해요, 선배님. 저 때문에 의사 가운이…… 엉망이 돼버려서……."

"괜찮아. 가운 따위 상관없어."

재호는 하연을 부축해 다시 소파에 앉히고 티슈 케이스를 내밀었다.

"자, 진정됐으면 말해봐. 도대체 무슨 일인지."

"선배님……."

"혼자 삭이지 말고 말해. 그러면 기분이 훨씬 나아질 테니까. 응?"

"후우."

하연은 길게 숨을 내쉬고 최대한 무덤덤한 목소리로 태환과의 이별을 털어놓았다. 재호는 그녀의 말이 끝날 때까지 한마디도 하지 않고 묵묵히 듣기만 했다.

"그때 차 회장님께 그랬거든요. 태환 씨가 원하지 않는다면 절대로 헤어지지 않을 거라고. 하지만 태환 씨가 헤어지자고 하니까…… 반대할 수 없었어요."

"왜? 잡지 못한 거 후회돼?"

그 말에 하연은 고개를 가로저었다.

"아뇨. 후회하지는 않아요."

"그렇다면 다행이고."

재호는 손목시계를 들여다보며 자리에서 몸을 일으켰다.

"나, 지금 회진 돌 시간이거든. 오래 걸리진 않을 거야. 여기서 기다려줄래? 같이 저녁 먹자."

어차피 이런 몰골로는 집에 갈 수도 없었다.

눈이 퉁퉁 부은 걸 보면 홍 여사가 걱정할 게 틀림없었다.

"네."

하연이 동의하자, 재호는 그녀의 어깨를 가볍게 토닥거려주고 사무실을 나섰다. 재호의 말대로 그에게 털어놓으니 가슴이 꽉 막힌 것 같은 답답함이 조금은 나아진 것 같기도 했다.

한 20분쯤 지났을까? 노크도 없이 문이 활짝 열렸다. 회진이 이렇게 빨리 끝났을 리가 없는데? 라고 생각하며 고개를 돌리자, 지은이 빨갛게 상기된 얼굴로 걸어 들어오고 있었다.

"하아, 다 된 밥에 코를 빠뜨려도 유분수지."

지은은 인사를 생략한 채 하연의 맞은편에 털썩 앉았다.

"도대체 왜 그래요? 내가 위험을 무릅쓰고 두 사람 같이 있게 해줬는데, 어떻게 이리도 쉽게……."

"저……."

"아, 몰라. 됐어요. 변명은 필요 없어요."

지은은 짜증 난다는 듯 손을 내저으며 하연의 말을 막았다.

"내 말 잘 들어요. 태환이가 지금 사흘째 행방불명이에요."

"네에?"

"태환이 지금 그 상태론 혼자 있으면 안 되거든요. 그건 하연 씨도 잘 알고 있죠?"

지은은 하연의 대답을 기대하는 듯 잠시 말을 멈췄다. 하연이 고개를 끄덕이자, 지은은 다시 말을 이어나갔다.

"그래서 당분간 우리 집에 머물기로 했었어요. 하연 씨 병문안도 우리 집에 묵으면서 왔다 갔다 한 거예요. 그런데 얘가 사흘 전부터 집에 안 들어와요."

"그런 거라면 혹시 다른 곳에……."

"아뇨."

이번에도 지은은 매몰차게 하연의 말을 끊어버렸다.

"있을 만한 곳 다 찾아봤는데 없어요. 강 비서에겐 한동안 찾지 말라고 하고, 알아서 일 처리하라고 밑에 사람들에게 다 맡겼대요."

오른팔인 강 비서도 태환의 행방에 관해 모른다면 정말 어디로 가버린 걸까?

"갑자기 이게 무슨 일인가 했더니, 이제야 이유를 알겠네요. 태환이와 헤어졌다면서요?"

잠깐만! 지은 씨가 어떻게 지금에야 우리가 헤어진 걸 알아낸 거지? 태환 씨가 아무 말도 하지 않고 사라졌다면 아무도 모를 텐데…….

"하여간 두 사람이 헤어진 건 헤어진 거고, 하연 씨가 우리 태환이 찾아내요."

"네?"

말도 안 되는 황당한 요구에 하연의 눈이 커다래졌다. 하지만 지은은 심각한 표정이었다.

"인천 공항을 통해서 일본으로 출국했다는 사실만 알아냈어요. 지금 여기서 태환일 찾아낼 수 있는 사람은 하연 씨밖에 없어요. 부탁해요. 제발 우리 동생 좀 찾아주세요."

"하지만 아시다시피 태환 씨와 저는 헤어졌습니다. 헤어진 이유는 태환 씨가 원했기 때문이고요."

"순진하긴……. 그 말을 곧이곧대로 믿다니! 후, 좋아요. 그런 거라면……."

지은이 자리에서 일어나며 하연에게 손을 내밀었다.

"아빠를 만나게 해줄게요. 아빠에게 설명을 들어보세요."

"차 회장님을요?"

"태환이 다시 찾고 싶지 않아요? 그럼 날 따라와요."

물론 그를 다시 찾고 싶었다. 만약에 헤어진 이유가 다른 거라면?

그렇다면 그녀는 태환을 절대로 포기할 수 없었다.

하연은 조금 전까지 펑펑 울었다는 사실도 잊은 채, 지은을 따라 자리에서 벌떡 일어났다. 잠시 잊고 있었던 투쟁심이 활활 불타오르고 있었다.

지은은 본가 앞에까지만 하연을 데려다주었다.

"내가 나선 거 알려지면, 일이 복잡해질 수 있으니까 하연 씨, 본인 의지로 회장님을 찾아온 걸로 해요. 태환이 없어진 거, 아는 티도 내지 말고."

"회장님이 저를 만나는 걸 원하지 않으시면 어떡하죠?"

"그럴 리 없어요. 아빠에겐 지금 누구보다도 하연 씨의 도움이 절실하니까."

지은의 말 그대로였다. 하연이 신분을 밝히자, 육중한 철문은 철컹 소리를 내며 곧바로 열렸다.

잠시 후, 고용인으로 보이는 남자가 걸어 나오더니 아주 공손하게 그녀를 집 안으로 안내했다.

"회장님은 지금 서재에 계십니다."

남자는 그녀를 2층 서재로 이끈 후, 그녀를 대신해서 고풍스러운 문에 노크했다.

"들어가보십시오."

안으로 발을 들여놓자, 서류를 들여다보던 차 회장이 고개를 들었다.

"안녕하세요, 회장님. 갑자기 찾아와서 죄송합니다."

갑작스러운 방문인데도 불구하고 차 회장은 놀라는 기색을 보이지 않았다. 그는 담담한 표정으로 자리에서 일어나며 방 중앙에 놓인 소파를 가리켰다.

"거기 앉아요."

하연이 소파에 앉자, 그도 맞은편에 자리를 잡았다.

"사고 소식 들었습니다. 몸은 좀 어떻습니까?"

"덕분에 빨리 회복되고 있는 중입니다."

"다행이군요."

진심으로 다행이라고 여기는 걸까? 예전에는 없었던 파파라치가 그녀 주위를 끊임없이 맴도는 이유는 단순히 그녀의 인지도가 올랐기 때문이라고는 생각되지 않았다. 그 배후에 아마도 차 회장이 있을 가능성이 높았다. 그렇다면 얼마 전의 교통사고도 단순한 사고였을까? 하는 의심이 문득 들었다. 차 회장은 하연의 표정이 살짝 굳어지는 것을 놓치지 않았다.

"내가 불편하죠?"

그는 씁쓸한 미소를 지으며 살며시 고개를 내저었다.

"아니지. 불편한 정도가 아니겠지. 내가 미울 겁니다. 내 자식 구하자고 남의 자식 가슴에 구멍을 냈으니까."

하연은 아무 말도 하지 않았다. 솔직히 불편했으니까.

"더는 상처 받을 일은 없습니다. 태환 씨와는 이미 헤어졌거든요. 제가 오늘 회장님을 찾아뵌 건…… 태환 씨가 저와 헤어진 이유를 확실하게 알기 위해서입니다."

그때 노크 소리가 들리며 서재 문이 열렸다. 하연을 안내해 준 남자가 찻잔이 담긴 쟁반을 들고 안으로 들어왔다. 테이블 위에 찻잔을 내려놓는 동안 잠시 대화가 끊어졌다.

"하연 씨가 병원에 입원에 있을 때, 태환이가 나를 찾아왔습니다. 헤어질 테니까 제발 하연 씨를 건드리지 말라고."

뜻밖의 이야기에 하연의 눈이 충격으로 커다래졌다. 순수한 의지로 헤어진 게 아니었던 거야?

"한동안 '배우 정하라'에 관한 질 나쁜 헛소문으로 인터넷이 떠들썩했습니다."

"저는 금시초문입니다만……."

"그럴 거요. 내가 한 군데도 빠짐없이 모두 내려버렸으니까."

차 회장은 차를 들이켜며 말을 이었다.

"원래 대중이라는 게 그래요. 확인도 안 되는 거짓 뉴스에 쉽게 선동되죠. 우르르 몰려와서 손가락질하고, 그 누구도 진실엔 관심 없고. 태환이 힘으로 모두 막아내기는 역부족이었을 겁니다. 자신 때문에 하연 씨가 표적이 될 수도 있다는 사실도 깨달았을 테고."

"표적이라니요?"

하연은 도무지 무슨 말인지 이해되지 않았다.

"태환이에겐 적이 많아요. F.T.R.그룹의 후계자 후보이니까."

차 회장의 얼굴에 쓴 미소가 떠올랐다.

"태환인 일찌감치 후계자 자리를 포기한다고 했지만, 아무도 그렇게 생각하지 않았어요. 누구보다 후계자로 적합한 인물이니까."

"그러니까 누군가가 태환 씨를 끌어내리기 위해 저를 이용했다는 말인가요? 태환 씨는 저를 보호하기 위해서 일부러 헤어졌고?"

"그래요."

차 회장이 침통한 표정으로 짧게 대답했다.

바보! 지금 태환이 옆에 있다면 하연은 거침없이 그의 가슴을 팡팡 때렸을 것이다.

그를 위해서 붙잡지 않은 건데, 그는 그녀를 위해서 헤어진 거란다. 두 사람 모두 상대를 배려하다가 정작 중요한 진실을 보지 못하고 지나친 것이다.

"그런데 회장님은 그 이야기를 왜 저에게 해주시는 거죠?"

하연은 지금에서야 진실을 알려주는 차 회장의 의도가 궁금했다.

"미안하지만 나는 또 이기적인 일을 벌여야겠습니다."

차 회장은 찻잔을 내려놓으며 하연을 바라보았다.

"태환이가 지금 연락이 닿지 않아요. 일본으로 출국한 이후로는 강 비서조차 태환이의 소재를 파악하지 못하고 있더군요. 욕해도 좋습니다. 헤어지게 하려고 할 땐 언제고, 지금은 제 자식 때문에 고개를 숙이냐고."

저번 만남과 비교한다면 차 회장의 태도는 확실히 달랐다. 큰 권력을 가진 대기업 오너답지 않게 오늘따라 차 회장의 어깨는 축 처져 보였다.

"부탁합니다. 하연 씨라면 태환이를 찾을 수 있을 거라고 믿어요."

"하지만 제가 어떻게……?"

"……딸아이가 나보고 그러더군요. 아빠는 태환이에 관해서 잘 모르는 것 같다고. 그 말이 맞더군요. 그래서 누가 태환이에 관해서 제일 잘 알까? 고민해봤습니다. 결론은 유하연 씨더군요. 태환이를 제일 잘 아는 사람이, 어디 있는지 알 수 있지 않을까…… 하는 생각이 듭니다. 하연 씨라면 우리 태환이를 포기하지 않을 테니까."

그녀는 아무런 말도 할 수 없었다.

"전 이만 가보겠습니다."

하연은 차 회장에게 인사하고, 자리에서 일어났다.

집에 돌아온 하연은 침대에 앉아, 휴대폰 화면을 빤히 들여다보았다. 그녀라면 태환을 찾을 수 있을지 모른다고 말한 이유는, 혹시라도 그녀가 전화하면 태환이 받을지도 모른다는 기대감 때문이었을 것이다.

하지만 그 까닭에 전화 걸고 싶어도, 차마 버튼을 누를 수 없었다. 태환이 전화를 받지 않으면 마지막 남은 희망의 끈이 끊어지는 거니까.

그녀가 휴대폰을 침대 위에 내려놓는 찰나, 휴대폰이 울리기 시작했다. 깜짝 놀란 하연은 서둘러 휴대폰을 도로 집어 들었다. 화면에는 '한재호 선배님'이란 발신자 표시가 떠올랐다. 실망하는 것도 잠시, 하연은 재호와 저녁 약속을 했던 것을 기억하고 부랴부랴 통화 버튼을 눌렀다.

"선배님."

[그래, 유 선생.]

"말도 없이 먼저 와버려서 정말 죄송해요. 갑자기 일이 생겨서……."

[아니야. 회진 가는 중에 로비에서 차지은 씨 만났어. 급한 일이 있어서 너와 어디 좀 가야겠다고 양해를 구하시더군.]

"아, 네……."

재호 선배가 어떻게 지은 씨를 알까 하는 의문이 떠올랐지만, 회장님과 아는 사이니까 지은 씨와도 안면이 있을 거라고 생각했다. 그에게 태환의 행방불명 사실을 알려야 하나 말아야 하나 잠깐 고민했지만, 재호는 그녀가 괜찮은지만 확인하고 바로 전화를 끊었다.

재호와 통화를 끝낸 하연은 다시 태환의 번호를 누르려고 했지만 쉽지 않았다.

결국 다음 날이 돼서야 몇 번이나 망설인 끝에 떨리는 손으로 전화를 걸었다.

뚜―. 뚜―. 뚜―.

신호는 갔지만 태환은 끝내 전화를 받지 않았다. 처음부터 쉽게 전화가 연결될 거라곤 기대하지 않았다.

하연은 몇 번 더 전화를 걸어보았지만, 역시 마찬가지였다. 문자를 보내도 읽지 않았고, 이메일을 보냈지만 열어보지 않았다.

그러는 동안 영국으로 떠나는 날이 코앞으로 다가왔다. 그때까지도 태환과는 연락이 닿지 않았다. 영국으로 떠나는 날을 며칠 남겨두고 하연은 창훈에게 전화를 걸었다. 영국에서의 촬영을 논의하기 위해서였다. 대화를 끝내고 하연은 용기를 내어 창훈에게 태환에 관해 물어보았다.

"감독님, 혹시 차 대표님과 연락 되세요?"

[태환이요? 아뇨. 일이 좀 있다고 한동안은 연락 안 될 거라고 했어요. 나보고 다 알아서 처리하라면서 법인 카드를 세 개나 넘겨주던데요. 하하하.]

그래, 만약에 송 감독님과 연락이 되었다면 회장님이 모를 리가 없겠지.

실망감을 감추며 하연은 창훈과의 통화를 끝냈다. 싱숭생숭한 마음을 달래려, 우선 짐이라도 싸두자는 생각에 슈트케이스를 열었다. 이것저것 가져갈 옷들을 챙기던 하연은 그중 재킷의 주머니에서 뭔가 바닥으로 떨어지는 것을 발견했다.

얼핏 보니 전화번호가 인쇄된 네모난 종이였다. 명함인가? 하연은 아무 생각 없이 바닥에 떨어진 명함을 집어 들었다.

키안 맥그레이? 명함에 새겨진 낯익은 이름에 하연은 눈을 가늘게 모았다. 누구더라? 아는 이름 같은데…….

순간 나직한 키안의 목소리가 떠올랐다.

—내 개인 연락처에요. 언젠가 도움이 필요할 테니까 가지
고 있어요. 태환에게는 아무 말도 하지 말고.

아, 맞다! 홍콩에서 만났던 태환 씨 친구!

하연은 명함이 뚫어질 듯 빤히 쳐다보았다. 어째서 키안이라면 태환이 어디에 있는지 알지도 모른다는 느낌이 드는 걸까? 언젠가 도움이 필요할 거란 말 때문에?

왜 한 번밖에 만나지 않은 남자에게 부탁할 생각이 들었는지 모르겠지만, 하연은 지푸라기라도 잡고 싶은 심정이었다. 하연은 떨리는 마음으로 키안의 번호를 눌렀다.

여러 번 신호음이 들린 후, 전화가 연결되었다.

[Hello?]

수화기 너머로 막 잠에서 깼는지 쉰 듯 가라앉은 목소리가 흘러나왔다.

"밤늦게 죄송합니다. 기억하실지 모르겠네요. 저, 정하라에요."

[정하라?]

"네. 저번 홍콩 선상 파티에서 태환 씨와 함께 만났었죠. 실례라는 거 아는데 급한 일이 생겨서 전화 드렸어요. 저, 그게……."

어떻게 말을 꺼내야 할지 잠시 망설이는데 저편에서 짧은 욕설이 흘러나왔다.

[……Shit, I knew it!]

갑작스럽게 튀어나온 원색적인 욕설에 하연은 순간 당황하고 말았다. 화난 듯 나직한 목소리로 키안이 물었다.

[태환이에게 무슨 일 생긴 겁니까?]

아직 말하지도 않았는데 어떻게 알았지? 하연은 얼떨떨한 기분으로 전화 건 목적을 털어놓았다.

"태환 씨가 사라졌어요. 며칠 전 일본으로 출국했다는데 그 이후론 아무도 그의 행방을 모른다고 해서……. 혹시나 키안 씨가……."

[Fuxx!]

키안은 그녀의 말을 도중에 끊으며 또다시 욕설을 내뱉었다. 이어서 흥분한 어조로 빠르게 말을 쏟아냈다.

[왜 이제야 연락하는 겁니까? 그런 일이 있으면 진작에 나에게 전화했어야지. 그래서 내가 태환이 몰래 개인 연락처도 준 거잖아요. 내 이럴 줄 알았다니까.]

"네?"

키안은 혼자만 알 수 있는 말을 계속해서 뱉어냈다.

[……I knew it would happen this way. Stupid!]

"저, 키안 씨?"

보다 못한 하연이 그의 말을 끊으려 하자, 키안은 돌연 태도를 바꾸고 정색한 목소리로 말했다.

[우선 녀석이 갔을 만한 곳을 찾아보죠. 어디에 있을지 감이 잡히니까.]

"짐작 가는 곳이라도 있나요?"

차 회장도 못 알아냈는데 어떻게 키안은 저리도 쉽게 말하는 걸까. 물론 지푸라기라도 잡는 심정이니까 그를 굳게 믿어야 했지만 조금 의구심이 들었다.

[카드를 쓰면 위치 추적이 되니까 쓰지 않았을 거예요. 해외에서 많은 현금을 들고 다니기도 쉽지 않을 테고. 그러니 아무래도 공짜로 지낼 수 있는 곳으로 갈 가능성이 크죠. 예를 들면 마음대로 드나들 수 있는 친구 집이랄까?]

키안은 잠시 뜸을 들인 후, 다시 추리를 이어나갔다.

[그러나 차 회장님이 쉽게 접근할 수 없는 상대여야 해요. 그 조건을 만족시키는 곳은 내 집뿐이죠.]

키안과 그의 가족은 전 세계에 걸쳐 다수의 저택을 소유하고 있는데, 태환이 자유자재로 드나들 수 있게 그의 지문을 게이트와 도어 인식기에 저장했다고 했다.

[전 세계 어디로 가든지 만약에 '맥그레이 가' 저택 중 한 곳에 머무른다면 위치 파악을 할 수 있어요. 메인 서버로 지문 인식이 뜨니까. 조금만 기다려봐요. 내가 녀석이 어디에 처박혀 있는지 알아내죠.]

그 말을 끝으로 키안은 전화를 끊었다. 하연은 전화를 끊고 멍하니 휴대폰 화면을 바라보았다.

태환을 찾아준다니까 고맙긴 한데, 뭔가 느낌이 이상했다. 키안은 태환에게 이런 일이 일어날 걸 알고 있었다는 것처럼 반응했다. 어째서지?

하지만 태환을 찾는 게 우선이었다.

아무 일도 없겠지? 아무 일도 없을 거야. 하연은 간절히 기도하는 마음으로 휴대폰을 꼭 움켜쥐었다.

찰싹이는 파도 소리가 고요한 밤하늘 아래 울려 퍼졌다. 태환은 난간에 기대어 화려한 야경이 반사되는 밤바다를 말없이 바라보았다. 끊임없이 몰아치는 바닷바람이 제법 차가웠지만, 견딜 수 없을 정도는 아니었다.

바다를 바라보던 그의 시선이 가슴 위에 놓인 꽉 움켜쥔 손으로 향했다. 주먹을 펴자 목걸이에 달린 붉은 실 반지가 눈에 들어왔다.

—월하노인의 붉은 실을 반지로 만들었나 봐요.

어디선가 하연의 목소리가 들려오는 것만 같았다.

—월하노인이 남녀 아이 발목에 붉은 실을 묶어서 인연을 맺어준다는 옛이야기가 있어요.

"흐음."

태환은 미간을 찌푸리며 붉은 실 반지를 꽉 움켜쥐었다.

하연과 헤어진 날, 바로 버렸어야 했는데…….

그게 아니라도 한국을 떠나오면서 버렸어야 했다. 어쩌다 여기까지 가지고 왔는지 모르겠다. 살짝 힘을 주어 목걸이를 잡아당기자 줄은 힘없이 툭 끊겼다.

태환은 손바닥에 놓인 붉은 실 반지를 물끄러미 내려다보았다. 이런 반지 따위, 이제는 미련 없이 버려야 한다.

이런 거 하나 제대로 버리지 못하면서 무슨 이별이라는 거냐, 차태환!

이제는 서로를 꽁꽁 묶은 붉은 실을 가차 없이 끊어버릴 때였다. 태환은 반지를 쥔 주먹에 살며시 입을 맞추고 바다를 향해 손을 들어 올렸다.

띠리리리—. 띠리리리—.

반지를 막 바다로 던지려는 찰나, 휴대폰이 울리기 시작했다. 태환은 흠칫 행동을 멈추고 재킷 주머니에서 휴대폰을 꺼냈다.

화면 위로 하연의 이름이 떠올라 있었다. 잠시 태환은 자신의 눈을 의심했다.

하연이 전화를 하다니? 헤어진 마당에 절대로 먼저 연락을 할 리가 없는데…….

그녀는 질척거리게 매달리는 타입과는 거리가 멀었다. 혹시라도 자신을 찾기 위해서 아버지가 그녀를 만난 건 아니겠지? 그렇다면 더더욱 그녀의 전화를 받을 수 없었다. 태환은 서글픈 눈빛으로 끊임없이 반짝거리는 휴대폰을 내려다보았다.

……미안하다. 우리의 인연은 여기까지야.

"후우."

태환은 낮게 한숨을 내쉬며 바다를 향해 휴대폰을 던져버렸다. 하지만 반지는 도저히 던질 수 없었다. 태환은 굳은 표정으로 반지를 재킷 주머니에 소중히 집어넣었다. 이미 끊어진 붉은 실이라도 차마 손에서 놓을 수가 없었다.

영국으로 떠나는 날을 이틀 남겨두고 키안으로부터 전화가 걸려왔다.

[지금 당장 홍콩으로 떠날 수 있어요?]

키안은 인사를 생략한 채 다급하게 물었다.

"지금이요?"

시간이 촉박하긴 했지만, 홍콩에 들렀다가 영국으로 가면 될 것이다. 민성 대신 해외 촬영에 합류하게 된 서영은 소속사의 다른 배우 화보 촬영을 돕기 위해 이미 유럽에 머물고 있었다. 하연 혼자만 비행기 일정을 바꾸면 되니까 큰 문제는 아니었다.

"네. 갈 수 있어요."

[좋아요. 전용기 보낼 테니까, 준비하고 있어요.]

"태환 씨 소재를 파악했나요?"

[아뇨. 하지만 내가 원하는 장소로 유인할 수 있을 것 같아요. 나만 믿어요.]

"네, 당신을 믿어요."

하연은 단호한 목소리로 대답했다. 그녀를 태환에게 데려다 줄 수만 있다면 지금으로선 그 누구라도 믿을 수 있었다.

키안이 보내온 전용기로 홍콩 국제공항에 착륙한 것은 막 노을이 지기 시작하는 저녁 무렵이었다. 전용기 계단을 이용해 비행기에서 내리자, 검은 리무진이 그녀 앞에 멈춰 섰다. 잠시 후, 리무진 뒷좌석 문이 열리고 키안이 모습을 드러냈다. 긴장해서인지 오늘 그의 분위기는 선상 파티에서 만났을 때와는 달리, 조금 날카로워 보였다.

"시간이 없으니까 우선 타요. 가면서 들어요."

하연이 차에 올라타자, 키안은 곧바로 리무진을 출발시켰다. 리무진이 공항을 빠져나가자, 주위는 어느새 어둑어둑한 어둠이 내려앉았다.

"어떻게…… 태환 씨는 찾았나요?"

키안은 고개를 끄덕이는 것으로 대답을 대신했다.

"지금 녀석이 있는 곳으로 가는 중입니다. 서둘러야 해요. 하라 씨가 온다는 사실을 알면 훌쩍 사라질지도 모르니까."

"태환 씨는 괜찮은 거죠?"

혹시라도 저번처럼 심한 두통에 시달리는 건 아닐까 하는 걱정에 하연은 며칠 밤을 뜬눈으로 보냈다.

"지금 나하고 농담하자는 겁니까?"

키안은 기가 막힌 듯 웃음을 터뜨렸다.

"녀석이 지금 괜찮을 리가 있겠어요? 완전 저승사자를 보는 것 같았는데……."

"왜요? 두통이 그렇게나 심한가요?"

하연은 울음이라도 터뜨릴 것 같은 얼굴로 되물었다. 머나먼 타국에서 홀로 아픈 것보다 더 서러운 것은 없으니까.

"두통이라니?"

키안의 표정이 순식간에 딱딱하게 굳어졌다.

"태환이가 두통에 시달리기라도 했단 말인가요?"

"네. 그것 때문에 한동안 입원했었어요."

"Shit, I knew he didn't tell me the true story. Dumbass!"

저번처럼 키안의 입에서 막말이 튀어나왔다. 하연의 표정이 불편하게 변하자, 키안은 그제야 자신의 말투가 거칠었다는 사실을 깨달았다.

"Sorry."

그는 짧게 사과의 말을 내뱉고는 짜증이 난다는 듯, 한 손으로 앞머리를 헝클어뜨렸다.

"너무 걱정하지는 말아요. 이번엔 두통 같은 신체적인 증상은 없었으니까."

저번 통화에서도 느꼈지만, 키안은 마치 모든 일을 예상했던 것처럼 말했다.

"이런 일이 일어날 줄 알았던 것처럼 말씀하시네요. 어째서죠?"

하연의 물음에 키안은 쓴 미소를 지으며 어깨를 으쓱거렸다.

"내가 전에 그랬죠. 상담하다가 태환이를 만나게 됐다고. 사실은 그거, 상담이 아니라 심리 치료였어요. 녀석과 나는 같은 증상으로 닥터 에릭슨에게 치료받았죠."

"그러면 그래서 그때……."

하연은 유람선에서 키안이 해주었던 말을 떠올렸다.

—녀석이나 나나, 둘 다 제일 힘들 때 만났어요. 어떻게 만나게 됐는지 자세히 알고 싶으면 나중에 태환이에게 물어봐요. 별로 좋은 기억은 아니니까.

키안은 가만히 고개를 끄덕였다.

"그쪽이 먼저 나에게 모든 이야기를 해줘야 할 것 같군요. 그럼 나도 이야기해주죠."

"좋아요."

하연은 자신이 어떻게 해서 태환과 만나게 되고 사귀게 되었는지, 차 회장에게서 어떤 이야기를 들었는지 모두 털어놓았다. 선상 파티에서는 그를 믿지 못했지만, 지금은 키안밖에 믿을 사람이 없다는 확신이 들었다. 키안은 그녀의 말이 끝날 때까지 잠자코 귀를 기울였다.

"이제야 의문이 풀렸네요."

모든 이야기를 끝내자, 키안은 입가에 미소를 떠올렸다.

"정하라 씨…… 아니, 원래 이름은 유하연이라고 했죠. 유하연 씨, 이제부터 내가 하는 말 잘 들어요."

하연은 긴장한 표정으로 키안의 입에서 나올 말을 기다렸다.

"나와 태환이는 스스로 감정을 컨트롤할 수 없을 만큼 망가져 있었어요. 자해는 물론이고 조그만 일에도 격한 반응을 나타냈죠. 닥터 에릭슨은 우리에게 조금은 색다른 심리 치료를 시도했습니다."

완벽한 한국 발음은 아니었지만, 키안의 말을 알아듣는 데 어려움은 없었다.

"감정을 무에 가깝게 컨트롤하는 방법을 배웠죠. 나중에는 쉽게 기쁨이나 슬픔을 느낄 수 없을 정도로 감정이 무디어졌어요. 장점도 있었죠. 그 덕분에 감정을 배제하고 이성적으로 집중할 수 있었으니까."

하연은 그게 무슨 뜻인지 이해할 수 있었다.

'지옥에서 온 제작자'라고 불린 차태환. '나폴레옹'에서 재회했을 때, 태환은 얼음 막으로 쌓인 것처럼 차가웠고 얼굴에서는 아무런 감정도 느낄 수 없었다.

"난 조금 일찍 껍질을 벗었는데, 태환인 지금에서야 당신을 만나서 그걸 깨게 된 거고."

차 회장은 그것 때문에 태환과 헤어져달라고 부탁했다. 그녀만 아니었다면 그는 무딘 감정을 지닌 채, 적어도 상처는 받지 않고 살았을지도 모르겠다.

"모든 건 하연 씨가 말라위에서 태환일 구해주면서 시작된 것 같아요. 무의식 상태에서 자신을 돌봐준 하연 씨에게 방어의 벽이 자연스럽게 무너졌을 겁니다."

의식이 희미했을 때의 태환과 서울에서 재회한 태환은 같은 모습을 하고 있었지만 서로 다른 사람인 것처럼 분위기가 달랐다.

"어떤 여자도 녀석의 벽을 허물지 못했어요. 가볍게 만나고 가볍게 헤어졌죠. 만남은 잦았지만, 녀석의 무심한 감정에 질려서 떨어져나갔어요."

"그렇다면 내가 그의 생명을 구했기 때문에……."

"그건 아니에요. 하연 씨라면 시간은 좀 더 걸렸겠지만, 언젠가는 껍질을 벗겨냈을 거예요."

"……과연 그랬을까요?"

그녀의 눈빛이 살짝 흔들렸다.

어느새 리무진은 항구에 도착했다. 앞에는 선상 파티가 열렸던 유람선이 정박해 있었다.

"태환이는 지금 저 유람선 안에 있습니다."

키안은 재킷에서 카드 키를 꺼내 하연에게 건네주었다.

"3층 키예요. 그리로 올라가요."

하연이 키를 받아 들자, 키안은 굳은 표정으로 경고했다.

"명심해요. 저 안으로 들어가면 나오는 출구는 없을 겁니다. 녀석을 책임질 자신이 없다면 지금 포기해요."

"아뇨, 절대로 포기하지 않을 거예요."

그제야 키안은 굳은 표정을 풀고 이를 드러내며 환히 웃었다.

"좋아요. 꽉 잡고 절대로 놓지 말아요."

리무진에서 내린 하연은 정박한 유람선으로 다가갔다. 은은한 조명 아래, 물 위에 뜬 아름다운 유람선이 눈에 가득 찼다.

띠리릭—.

문이 열리고 익숙한 향기가 흘러들어왔다. 유리창에 이마를 기대고 있던 태환은 감았던 눈을 스르르 떴다. 말을 하지 않아도 누구인지 알 수 있었다. 그녀만의 독특한 재스민 향이 퍼졌으니까.

순간 심장이 쿵, 아래로 떨어졌다.

하연이 어떻게 여기에 오게 됐는지는 모르겠지만, 이성보다는 감정이 한발 앞섰다. 그녀에게 온 신경이 반응하듯 가슴이 걷잡을 수 없이 두근거렸다.

하지만 안 돼! 더는 안 된다.

"돌아가."

태환은 뒤도 돌아보지 않고 냉랭한 말투로 말했다. 그러나 하연은 한 걸음 더 가까이 태환에게로 다가섰다.

"……돌아가라고 했어."

재스민 향이 점점 더 강해지고 있었다. 더불어 심장 박동도 빨라졌다.

"내 말 안 들려? 제발 돌아가라고."

결국, 하연은 다가가는 것을 멈췄고 한동안 무거운 침묵이 내려앉았다.

"뭔가 오해가 있나 본데……."

그녀가 먼저 어색을 침묵을 깨고 말을 꺼냈다.

"난 지금 태환 씨의 헤어진 여자 친구로서 온 게 아니에요."

전혀 예상하지 못한 대답에 태환은 뒤를 돌아 하연을 바라보았다. 시야에 그녀가 가득 들어오자, 태환은 자신의 어리석은 행동을 후회했다.

단지 일주일 동안 그녀를 보지 못했을 뿐인데도 그녀를 보는 순간, 그리움이 물밀듯이 밀려들었다. 태환은 그녀에게 다가가고 싶은 충동을 자제하기 위해 주먹을 꽉 움켜쥐었다.

"나는 지금 생명의 은인으로서 보답을 받으러 온 거예요. 어떻게 은혜를 갚아야 할지, 아직 결정하지 못했죠? 그래서 내가 결정하려고요."

하연은 태환의 눈을 빤히 쳐다보며 담담한 목소리로 말을 이었다.

"평생 내 옆에 있어요. 그게 내가 당신에게서 원하는 보답이에요."

"하연아, 그건……."

"내 말 아직 다 안 끝났어요."

하연은 태환의 말을 매몰차게 잘라버렸다.

"내가 옆에 없으면 태환 씨는 이제부터 혼자 아파하고, 혼자 참아내야 하는데……. 나, 당신이 그러는 꼴 못 봐요. 그러니까 아파하더라도 이제부턴 내 옆에서 아파해요."

태환은 아무 말도 하지 못하고 잔뜩 찡그린 얼굴로 그녀를 바라보았다.

"그것만이 태환 씨가 나한테 은혜를 갚을 수 있는 유일한 방법이에요. 그 외에는 다 거절할 거예요."

"미안하다. 하지만…… 나는 네가 원하는 걸 줄 수 없어."

"왜죠?"

"말했잖아. 너와 있으면 내 존재 자체가 흔들린다고. 나 자신이 아닌 것 같다고."

감정이 격해진 태환의 눈이 빨개지기 시작했다. 그러나 하연은 흔들리지 않고 계속해서 말을 이어나갔다.

"아뇨. 태환 씨는 지금 나에게 거짓말을 하고 있어요. 날 지켜주기 위해서 억지로 헤어진 거, 모를 줄 알았어요?"

하연의 말에 태환의 표정이 크게 흔들렸다. 그녀에게 진실을 말해줄 사람은 차 회장밖에 없었다.

"아버지한테 들었어?"

"누구한테 들었느냐가 뭐가 중요하죠? 사실이잖아요. 안 그래요?"

태환은 그녀의 물음에 답을 해주는 대신 입을 꾹 다물었다.

"내가 나 하나 제대로 지키지 못할 만큼, 태환 씨의 눈에 그렇게나 무능력해 보였어요?"

"그런 게 아니야. 상대는……."

"상대가 뭐 어때서요? 살다 보면 그보다 더한 상대도 마주칠 수 있어요. 그러면 그때마다 도망쳐야 하나요?"

물론 그건 아니었다. 하지만 자신 때문에 상처받는 사람은 다른 누구도 아닌 하연이었다. 다른 것은 다 견딜 수 있었지만, 그것만은 감당할 수 없었다. 그래서 이별을 선택한 건데 하연은 화난 얼굴로 그를 나무랐다.

"왜 혼자서만 무거운 짐을 짊어지려고 해요?"

"하연아, 내가 속한 세계가 얼마나 잔인한지, 넌 몰라. 그들은 네가 병원에 있을 동안에도 입에 담지 못할 글을 쉬지 않고 올렸어. 앞으로도 그런 일이 계속해서 일어날 거야."

"나도 알아요. 그렇다고 고작 그런 것 때문에 나와 헤어진 거예요?"

"그것뿐이 아니야!"

드디어 참지 못하고 태환이 소리쳤다.

"……교통사고 난 거, 그거 우리 형 때문이야. 형이 나를 공격하려고 네 뒤에 파파라치를 따라붙게 했고. 그래서…… 사고가 난 거라고."

"아뇨."

하연은 태환의 앞으로 바짝 다가가며 크게 말했다.

"그건 단지 사고였어요! 언제 어디서라도 일어날 수 있는 사고였다고요."

"하연아."

하연은 아랫입술을 깨물고 크리스털로 뒤덮인 천장을 말없이 노려보았다. 울지 않으려고 시선을 돌린 건데 눈부신 조명 탓에 오히려 눈물이 왈칵 쏟아졌다.

"……난 당신 절대 포기하지 않아요. 어떻게 그래요?"

한 번 터진 눈물은 멈출 줄 모르고 흘러내렸다.

"……내가 없으면 다시 또 그 단단한 껍질 속으로 숨어들

텐데……. 기쁨이 뭔지도 모르고…… 행복이 뭔지도 모르고……. 하루하루 버석버석하게 살아갈 거잖아요. 나보고 그걸 옆에서 지켜보라고요?"

그가 다시 예전의 모습으로 돌아가는 것을 상상하는 것만으로도 가슴이 찢어질 듯 아팠다. 또다시 얼마나 외로울까?

"내가 당신과 헤어지면…… 다른 남자 만나서 행복하게 살 거라고 생각해요? ……나, 앞으로도 계속해서 연기할 건데, 그러면 싫든 좋든 당신과 계속 부딪칠 텐데……. 외로운 당신 보면서 마음이 편할 것 같아요?"

눈물이 그녀의 두 뺨을 타고 하염없이 흘러내렸다.

"아뇨. 혼자 고통스러운 당신 보면서 더 힘들고 더 아플 거예요."

"……하연아."

"내가 아파하길 원해요? 정말 그래요?"

하연은 태환이 어디 가지 못하게 붙잡으려는 듯 두 팔을 내밀어 그의 셔츠 깃을 움켜쥐었다. 그는 차마 그녀의 손길을 뿌리치지 못했다. 그저 슬픈 얼굴로 눈물에 흠뻑 젖은 하연을 바라볼 뿐이었다.

"……뭐야, 정말? 기껏해서 다 죽어가는 사람 살려놨더니, 이렇게 뒤통수만 치고. 머리 검은 짐승은 거두는 게…… 아니라고 하더니……. 은혜를 갚기는커녕…… 흐흑, 사람 속이나 마구 긁……어……놓고……."

이제는 말도 제대로 잇지 못할 만큼 눈물이 펑펑 쏟아졌다.

"하연아."

그녀가 우는 모습은 보고 싶지 않았다. 울게 하지 않으려고 보내준 건데……. 그런데 왜 그녀는 이리도 서럽게 우는지 모르겠다.

태환은 그녀의 뺨을 감싸고 엄지손가락으로 눈가에 맺힌 눈물을 닦아냈다.

"울지 마. 내가 잘못했으니까, 제발 울지 마라."

"본인이…… 흑흑, 잘……못한…… 건 알긴…… 알아요?"

울음이 섞인 탓에 그녀의 목소리가 불안정하게 흔들렸다.

"나 우는 거 보고…… 싫지 않으면…… 내 옆에 있어요."

하연은 그의 등 뒤로 팔을 두르더니, 절대로 놓지 않겠다는 듯 깍지를 껴서 두 손을 꽉 움켜잡았다.

"같이 힘들면 되잖아요. 작은 난관 하나 함께 견디어내지 못한다면, 그건 진실로 사랑하는 게 아니에요."

그녀의 재스민 향기가 너무나도 그리웠다. 따뜻한 체온과 부드러운 살결, 말랑말랑한 감촉 모두, 못 견디게 간절했다.

"하연아."

태환은 다시 자신의 품에 들어온 하연을 밀어낼 수 없었다. 그녀를 잊고 살 수 있다고 생각한 건, 경솔하고도 오만한 결정이었나 보다.

내가 어떻게…… 내가 어떻게…… 너 없이 살 수 있을까.

태환은 그녀의 등 뒤로 팔을 둘러 으스러질 듯이 그녀를 끌어안았다.

"미안하다. 내 생각이 짧았어."

"……흐윽, 태환 씨."

그의 품 안에서 하연의 가냘픈 어깨가 애처롭게 흔들렸다. 태환은 그녀의 목덜미에 얼굴을 묻으며 그녀의 향기를 듬뿍 들이마셨다.

그래, 어떻게 하면 서로를 지켜낼 수 있을지 함께 고민하자.

하연의 옆에 있기 위해서 태환은 그 무슨 짓이라도 할 각오가 되어 있었다. 그녀가 다시 품에 뛰어 들어오는 순간, 태환은 그녀가 없는 세상이 얼마나 지옥이었는지를 깨달았다.

지금 여기서 그녀를 돌려보낸다면 어쩌면 그는 더 이상 숨을 쉴 수 없을지도 몰랐다. 죽을 용기가 있으면 죽을 용기로 살아보라고 했나? 이제 그에게 그녀와 헤어진다는 것은 죽음을 의미하는 것과도 같았다. 감성이 죽어버린 이성만 남은 괴물로 돌아가라는 뜻일 것이다.

헤어질 용기가 있으면, 그 용기로 앞으로 그녀를 지켜낼 거라고 태환은 다짐했다.

"하연아, 다시는 나 때문에 울지 않게 할게. ……맹세해."

"……흐흑."

그의 품 안에서 끊임없이 흐느끼던 그녀가 쉰 목소리로 작게 속삭였다.

"……사랑……해요, 태환 씨. ……사랑해요."

"사랑해, 하연아."

태환은 다시금 그녀를 꽉 끌어안으며 그녀의 정수리에 입술을 묻었다.

얼마나 울었는지, 얼마나 오래 안겨 있었는지 모르겠다.

처음에는 그저 태환을 놓치지 않으려고 끌어안았다. 그런데 막상 껴안고 보니 따뜻한 품이 너무 좋아서 손을 풀 수가 없었다. 하연은 태환의 가슴에 얼굴을 묻고 꿈에도 그리던 그만의 체취를 흠뻑 들이마셨다.

"눈이 퉁퉁 부어버렸군."

태환의 감미롭고 나직한 목소리가 머리 위에 내려앉았다. 꿈만 같았다. 하연은 천천히 감았던 눈을 뜨고 그를 올려다보았다. 미소를 머금은 그의 얼굴이 시야를 가득 채웠다.

"……나, 너구리 같죠?"

"응."

태환은 하연의 부어오른 눈을 어루만지며 가볍게 고개를 끄덕였다.

"아니라곤 말 못 하겠네."

"피!"

하연은 태환을 슬쩍 흘겨보고는 다시 그의 가슴에 얼굴을 묻었다. 아무 말 하지 않고 그저 품에 안겨만 있어도 좋았다. 다시는 그의 품에 안기지 못할 거라고 생각했기에 더더욱 그의 숨결 하나하나, 그의 몸짓 하나하나가 소중하고 소중했다.

태환도 그녀와 마찬가지일 것이다. 그도 아까부터 잠자코 그녀를 품에 안고, 재회의 기쁨을 누리고 있었으니까.

"유하연, 알고 보면 아주 무서운 여자야."

한참 후에야 그가 중얼거리듯 입을 열었다.

"왜요?"

"받을 건 꼭 받아내니까."

"큭, 당연하죠. 받아내는 건 채권자의 권리인데……."

태환의 농담에 하연이 킥킥거리며 작게 웃었다.

"몸은 좀 어때?"

"흐음, 다행히도 몸과 마음이 따로따로 놀아서…… 마음은 지옥 같은데, 몸은 하루가 다르게 혼자 알아서 나아지더라고요. 그러는 태환 씨는 어때요? 아직도 두통 심해요?"

그녀가 물어보기 전까진 태환은 두통에 관해 생각조차 하지 않고 있었다. 그를 괴롭히던 두통은 사라진 지 오래였다. 자신이 제대로 서야 하연을 지킬 수 있다고 깨달은 순간, 두통은 점차 없어졌다.

"이젠 두통 거의 없어."

"정말이요? 다행이다. 그래도 그때 약속, 당장 지키지 않아도 돼요."

"약속이라니?"

무슨 말이냐는 듯 태환이 눈을 가늘게 모았다.

"두통 다 나으면 이틀 연속으로 밤에 잠 안 재울 거라고 했던 약속 말이에요. 그건 해외 촬영에서 돌아오는 3개월 뒤로 미뤄요."

"뭐?"

"나도 아쉽긴 한데, 내일 밤이면 영국으로 떠나야 하거든요."

그제야 태환은 또다시 헤어져야 하는 상황을 하연이 돌려서 표현했다는 사실을 깨달았다. 만나자마자 이별이라니…….

"알아."

태환의 얼굴에 어두운 그림자가 드리워졌다. 이미 알고 있던 일정이지만, 3개월이란 시간이 영원처럼 길게 느껴졌다. 하연은 손바닥으로 태환의 뺨을 어루만지며 속삭이듯 말했다.

"일주일도 이렇게 힘든데, 석 달 동안 견딜 수 있을까요?"

"자주 전화할게."

"으응."

하연은 슬픈 표정을 숨기려 태환의 가슴에 다시금 얼굴을 묻고는 짧게 대답했다.

사람 마음이라는 게 간사하다고, 조금 전까진 그가 돌아오기만 하면 바랄 게 없다고 생각하고선 막상 그가 돌아오니까, 앞으로 닥칠 이별에 마음이 아팠다. 그래도 헤어져서 못 보는 것보단 일 때문에 떨어져 있는 게 훨씬 덜 고통스러울 것이다.

태환은 하연을 더욱더 힘주어 꽉 끌어안았다. 내일 밤, 하연이 떠날 때까지, 그 짧은 시간이라도 조금 더 그녀를 느끼고 싶었다.

3개월. 앞으로 3개월.

태환은 속으로 그녀와 떨어져 있는 기간을 되뇌어보았다. 어쩌면 두 사람이 잠시 떨어져 있는 것도 그리 나쁘진 않을 것이다. 하연이 한국을 떠나 있는 동안, 그 혼자 해결해야 할 일이 많았으니까.

우선은 비틀린 가족 관계부터 바로잡아야 했다. 쉽지는 않겠지만 하연을 위해서라면 꼭 풀어야 할 숙제였다. 다시는 그녀가 자신 때문에 고통을 당하게 할 순 없었다.

기필코 다시는 그런 일이 일어나지 못하게 태석의 손발을 꽁꽁 묶어버릴 작정이었다.

"음, 아까 그랬잖아요. 형이 태환 씨를 공격하려고 내 뒤에 파파라치를 따라붙게 했다고."

마치 태환의 속마음을 읽은 것처럼 하연이 넌지시 질문을 던졌다.

"지은 씨가 누나인 건 알고 있고, 형이 있어요?"

"큰형, 작은형. 이렇게 둘. 큰형이랑은 데면데면하지만, 사이가 나쁜 건 아니야."

하연은 잠자코 그의 설명에 귀를 기울였다.

"작은형이랑 사이가 나빠. 앙숙이라고 해야 하나? 사실 나는 작은형에 대해 그리 나쁜 감정은 없는데, 형은 아닌가 봐."

"앞으로도 계속 그럴 거예요?"

"아니……."

하연을 위해서라도 부질없는 싸움은 그만두어야 했다.

"쉽지는 않겠지만, 할 수 있다면 작은형과 화해해요."

"나보고 지금 화해하라고?"

하연은 살며시 품에서 빠져나오며 고개를 들어 그를 올려다보았다.

"이솝 우화, '해님과 바람' 들어본 적 있을 거예요. 누가 나그

네의 외투를 벗길 것인가를 내기하는 이야기. 세차게 밀어붙이는 바람이 아니라 따뜻하게 다가간 해님이 이겼죠."

그녀가 진지한 눈으로 말을 이어나갔다.

"우화의 교훈이 항상 현실에 통하는 건 아니지만, 그래도 한 번쯤 고려해보는 것도 좋을 것 같아요."

그제야 태환은 지금까지 한 번도 태석에게 따뜻한 말 한마디 건네지 않았다는 것을 깨달았다.

물론 태석이 먼저 송곳니를 드러냈었다. 하지만 그 역시 태석 못지않게 거칠게 맞받아치곤 했다.

글쎄, 과연 그 방법이 먹힐까?

시도해보지 않고선 모르는 일이었다.

"방금 키안에게서 전화 왔었어."

지은의 목소리에 난간에 기대 있던 재호가 뒤를 돌아보았다.

"두 사람, 만났단다. 내가 뭐랬어. 쉽게 헤어지지 않는다고 했지."

그 말에 재호는 가만히 미소를 떠올렸다.

"자, 다 된 거지? 약속 지켜라."

"물론입니다. 지분을 받는 대로, 모두 넘겨드리죠."

"아니, 그렇게까지 할 필요는 없고. 나도 양심이라는 게 있는데, 전부 가질 순 없지."

한선과 함께 있는 재호를 본 후, 그가 태환의 병실로 찾아왔을 때, 지은은 본인이 찾는 사촌 동생이 재호일 것이라고 확신했다. 재호는 지은의 질문에 순순히 자신의 신분을 밝혔다. 그리고 한선이 찾아와, 차 회장이 넘길 그룹 지분을 수락하라고 종용한다는 사실까지 알려주었다.

—그런데 저는 그룹 지분에는 관심 없습니다.

재호는 지은에게 지분을 넘기는 대신, 하연과 태환을 도와달라고 부탁했었다.

"태우 오빠와 태석, 태환이가 가진 지분과 동등해질 수 있는 수준으로만 넘겨줘. 나머진 네 몫이야."

"어째서죠? 제가 받을 지분을 다 가져가면 회장님 다음으로 대주주가 될 텐데요."

그런 유혹이 아예 없었던 건 아니었다. 하지만 그렇게 되었다간 혼자 감당하기 어려워질지도 몰랐다. 재산이 불어나는 건 좋았지만, 골치 아파지는 것은 질색이었다.

"내가 딸이란 이유로 불공평한 분배가 불만이었어. 네 지분으로 나머지 형제와 같아진다면 그걸로 만족해."

재호는 이해했다는 듯이 고개를 끄덕였다.

"참, 고모 만나봤어? 다시 미국으로 돌아가실 것 같던데……."

"아뇨. 지분을 받기로 했으니, 이젠 저를 찾아올 이유가 없으시겠죠."

그의 말대로 지분을 받기로 한 이후로 한선은 발길을 딱 끊어버렸다.

"왜 너에게 그 지분을 받으라고 한 줄 알아? 고모는 절대로 받을 수 없거든. 할아버지의 유언이었어. 우리끼리 지분을 넘길 순 있지만 절대로 고모에게만은 안 되게 하셨지. 할아버지, 잔인할 땐 엄청 잔인하신 분이셨어. 어떻게 자기 친자식에게 그러는지."

"여사님은 정말 그분을 꼭 빼닮으신 거군요. 제게 하는 태도를 보면……."

재호는 잠시 뜸을 들였다가 천천히 말을 이었다.

"제가 왜 굳이 의사가 되었는지 아십니까? 세상에 소중하지 않은 탄생은 없다는 걸 증명하고 싶어서였어요. 불륜의 관계에서 태어난 사생아라도 말이죠. '사생아'란 손가락질에 맞서기 위해 생명을 살리는 의사의 길을 선택했죠."

재호의 고백에 지은은 미간을 살짝 찌푸렸다. 전혀 교류가 없는 모자간이면서, 어쩌면 저리도 생각하는 게 비슷할까. 그녀가 참견한 일은 아니었지만, 힌트 정도 준다고 해서 나쁠 건 없을 것이다.

"고모가 쫓겨난 이유는 아기를 포기하지 않아서야. 너를 낳는 순간, 고모는 모든 걸 잃었어."

전혀 뜻밖의 내용에 재호의 얼굴이 굳어졌다.

"나도 얼마 전에야 알았어. 유언장 문제로 박 변호사님을 만났는데 그분이 그러시더라고. 고모가 널 매정하게 버린 줄로만 알았는데."

"……저를 낳았기 때문이라고요?"

재호가 믿을 수 없다는 표정으로 되물었다.

"믿기 어렵겠지만 사실이야. 얼마 전에 고모에게 물어봤어. 그랬더니 그러시더라고. 생명이라는 건 원망이나 미움, 이런 것과 비교도 할 수 없는 거래. 생명을 지우라는 할아버지의 뜻은 절대로 따를 수 없으셨대."

"그런데 왜 나를 만나서, '넌 세상에 태어나지 말았어야 했어.'라는 말을 한 거죠?"

본인을 희생하면서까지 낳았다면, 왜 그리도 싸늘한 태도를 보였을까.

"그건 말이야. 아마도……."

잠시 골똘히 생각에 잠겼던 지은이 가라앉은 목소리로 말을 이었다.

"널 밀어내려고 그러셨겠지. 안 그러면 너에게 매달릴 것 같으니까. 하지만 그럴 순 없잖아. 무슨 면목으로 다가가겠니? 대신 너에게 지분을 넘기는 것으로 자신의 과오를 덮으려 하신 것 같아."

그런 속사정 따위 이해하지 말아야 하는데, 자신과는 아무 상관도 없는 일인데……. 자신이 겪은 것 만큼이나 한선이 겪은 고통이 느껴지는 것 같아, 재호는 아무 말도 할 수 없었다.

말없이 커피 잔을 내려다보던 그는 천천히 커피 잔을 입으로 가져갔다. 쓰디쓴 커피 맛이 입 안을 가득 채웠다. 문득 자신과 한선의 관계가 지금까지 두 사람이 겪은 인생만큼 씁쓸하다는 생각이 들었다.

중역 회의를 마치고 돌아온 태석은 빈 사무실에서 자신을 기다리는 태환을 발견했다.

"누구 마음대로 여기 들어와 있어?"

태석은 태환에게 눈길도 주지 않고 책상으로 걸어갔다.

"회사 내에선 큰소리를 낼 수 없으니까, 일부러 사무실로 찾아왔냐?"

태석의 지시로 올린 글들은 모든 사이트에서 내려간 상태였다. 인터넷에 올리면 올리는 대로 즉시 삭제되었다. 새로운 스캔들을 일으키려고 해도 백동혁을 비롯한 연예 기자들과 연락이 닿지 않았다. 그건 차 회장이 이번 일에 개입했다는 소리였다. 제기랄! 태석은 속으로 욕설을 퍼부었다.

"형…… 아니, 형님이라고 부를까?"

공손한 호칭에 태석은 놀란 표정으로 태환을 바라보았다.

"형님? 너 잠시 머리가 어떻게 됐어?"

"이제 그만하자."

"뭐?"

갑자기 돌변한 태환의 태도에 태석은 당황했다. 상대가 이를 드러내야 싸울 맛이 나는 거니까. 적에게 배를 드러낸 상대는 물어뜯을 수 없었다.

"내가 가지고 있는 그룹 지분, 형에게 다 양도할게."

"뭐? 네 지분 따위, 필요 없어!"

"그렇다면 그룹 경영에 뛰어들지 않겠다는 혈서라도 쓸까?"

태환이 고분고분하게 나오자 태석은 혼란스러웠다. 두통에 시달리더니 돌아버리기라도 했나?

"너 지금 나에게 수작 부리는 거야?"

"어떻게 하면 화해할 수 있을지, 대화하자는 거야."

"그럴 일 절대로 없을 거다."

"좋아, 그러면…… 여기서 더 나빠지지만 말자."

한 번의 시도로 오랫동안 비틀어져 있었던 태석과의 관계가 좋아질 거라곤 기대하지 않았다.

"나빠지지만 말자고? 하, 그거야 내 마음이지. 그런데 너, 혹시……."

입매를 비틀며 비아냥거리던 태석은 뭔가를 깨달았는지 눈빛을 빛냈다.

"그 배우랑 결혼이라도 할 생각이야? 제대로 정신 나갔구나. 아버지가 허락하실 것 같아?"

"아버지 허락은 필요 없어. 축하해주시면 좋은 거고, 아니면 할 수 없는 거고."

"미친 새끼. 아버지 돈 없어도 혼자 잘 살 수 있다는 소리군."

"앞으로는……."

태환은 태석에게 다가와 그의 손을 움켜잡았다. 그러곤 움찔하는 태석의 손을 자신의 가슴으로 끌어당겼다.

"나만 공격해. 형이 때린다면 맞아줄게."

"뭐? 이 자식이 정말?"

태석은 잡힌 손을 빼내려 했지만, 태환의 힘이 너무 강해 꼼짝도 할 수 없었다.

"이 손 못 놔? 이 새끼가 지금."

태석은 얼굴을 붉히며 태환을 향해 욕설을 퍼부었다. 그러나 태환은 표정 하나 바꾸지 않고, 차분한 목소리로 말했다.

"형 마음이 풀릴 때까지 매일 찾아올 거야."

그 말을 끝으로 태환은 순순히 태석의 손을 놓아주었다. 그리고 조용히 사무실을 걸어나갔다.

누구에게도 무릎을 꿇고 싶지 않았지만, 하연을 위해서라면 더한 일도 할 수 있었다. 오래 걸리겠지만, 하연의 말대로 강압적으로 밀고 나가는 것보다 상대를 설득하는 것이 최고의 해결책일 것이다. 찰나의 순간이지만, 태환은 태석의 눈빛이 희미하게 흔들리는 것을 발견했다.

오늘은 첫날일 뿐이다. 내일은 좀 더 흔들 수 있을 것이다.

27. 아주 은밀한 결혼이란

3개월 후…….

"으아아아악!"

여느 날과 다름없이 오늘 아침도 서영의 비명으로 하루가 시작되었다.

"언니! 언니! 꺄악!"

서영은 재빨리 침대 속으로 뛰어들어 자고 있는 하연을 끌어안았다.

"으응, 왜, 또?"

하연은 잠에 취한 목소리로 웅얼거리며 달래듯 서영의 어깨를 토닥거려주었다.

"언니, 언니! 재들 또 왔어요. 오늘은 아예 창문에 딱 달라붙었어요."

객실 안을 빤히 들여다보는 원숭이 떼와 또다시 눈이 마주친 모양이었다. 호텔 창문에 매달린 채, 객실 안을 들여다보는 원숭이와 마주치는 일은 말라위에선 흔하디흔한 일상이었다.

하지만 TV 다큐멘터리를 통해서만 원숭이를 접해본 서영에게는 화들짝하게 놀랄 일이었다. 그것도 샤워하고 나서, 아무것도 두르지 않은 알몸인 상태라면 더더욱 말이다.

"하아암."

서영의 호들갑 때문에 잠에서 깨어난 하연은 크게 기지개를 켰다.

말라위에 도착한 지, 벌써 한 달하고 반이나 지나가고 있었다. 영국에서 보낸 한 달까지 합하면 거의 석 달에 가까운 시간이 흘러갔다.

영화 촬영은 호텔에서 차로 한 시간 이상 떨어진 곳에서 진행되었다. 새벽 일찍 호텔을 떠나서, 해가 지면 다시 호텔로 돌아오는 일이 매일 되풀이되었다. 첫 아프리카 여행이라고 한껏 들떴던 서영은 도착하고 사흘 만에 집 떠나면 고생이라던 민성의 말을 뼈저리게 느끼기 시작했다.

마지막 촬영을 앞두고 오늘은 모두에게 짧은 자유 시간이 주어졌다. 그래서 하연은 느긋하게 늦잠이라도 자려고 했는데, 서영과 원숭이 때문에 물 건너가버렸다.

곧장 침대에서 일어난 하연은 샤워를 마치고 간단하게 화장을 했다. 서영과 함께 호텔 로비로 내려가 간단하게 아침을 끝내자, 시간은 9시를 넘어가고 있었다. 서영은 너무 일찍 일어났다며 한숨 더 자겠다고 객실로 돌아갔다.

하연은 느긋하게 책이라도 읽을 생각으로 호텔 정원에 세워진 카바나(Cabana)로 향했다. 푹신한 소파에 등을 기대고 책을 펼쳤지만, 몇 장 넘기지 못하고 책을 덮어버렸다.

머릿속이 뒤숭숭해 활자가 눈에 들어오지 않았다. 촬영으로 바쁜 날은 덜 힘들었지만, 오늘처럼 자유가 주어지는 날은 더더욱 견디기 어려웠다. 태환이 못 견디게 그리웠으니까.

시간이 지나면 지날수록 그리움이 커져 요 며칠 들어서는 아예 통화를 자제했다. 목소리를 듣고 있으면 울컥 눈물이 쏟아지려 하고, 다음 날 내내 우울한 상태가 지속됐기 때문이다.

이곳에서의 촬영이 끝나면 그녀와 몇몇 스태프는 보충 촬영을 위해 다시 영국으로 향해야 했다.

"하아."

하연은 자신도 모르게 한숨을 내쉬며 눈을 감았다. 앞으로 보름을 더 견뎌야만 태환을 볼 수 있다는 뜻이었다.

그때였다.

"여기 있었군. 한참 찾았어."

어디선가 익숙한 목소리가 들려왔다.

그럴 리가 없는데?

하연은 자신의 귀를 의심하며 천천히 눈을 떴다. 그리고 믿을 수 없다는 표정으로 소리가 나는 쪽으로 고개를 돌렸다.

"아니, 왜? 그런 표정이지? 몇 달 안 봤다고, 벌써 내 얼굴을 잊어버린 건가?"

세상에나! 태환이 환하게 웃는 얼굴로 그녀 앞에 서 있었다.

귀도 믿을 수 없었지만, 이젠 눈도 믿을 수 없었다. 정말 앞에 서 있는 남자가 태환 씨일까?

하연은 멍한 표정을 지으며 계속해서 눈만 깜박거렸다. 계속 눈을 깜박거려도 그의 모습이 사라지지 않는 걸 보면 꿈은 아닌가 보다. 그래도 입을 열면 그가 연기처럼 사라지는 것은 아닐까 두려웠다.

하연은 이게 꿈이라면 깨어나지 않았으면 하는 마음으로 조심스럽게 말을 꺼냈다.

"바빠서 시간 낼 수 없다고 하지 않았어요? 저번 통화에서도 도저히 올 수 없다고 하더니."

"응. 그런데 아주 중요한 일이 생겼어."

"중요한 일이요? 촬영에 무슨 문제라도 생겼어요?"

그녀가 알기로 촬영은 순조롭게 진행 중이었다. 하연이 걱정스러운 얼굴로 묻자, 태환은 가볍게 어깨를 으쓱거렸다.

"아니, 촬영엔 문제없어. 이건 우리 두 사람의 일이야."

"우리 두 사람이라면……?"

너무 보고 싶어서 견딜 수 없었다는 뜻일까? 그래서 모든 일을 제쳐두고 달려왔다?

하지만 뒤에 이어진 태환의 말은 그녀의 환상을 무참하게 깨버렸다.

"키안에게 말라위에서의 우리 일을 모두 말했다면서?"

그의 입에서 전혀 예상 밖의 말이 튀어나오자, 하연은 콧잔등에 주름을 지었다.

"그게 왜요?"

"그거 계약 위반 아닌가? 민성 씨는 서로 동의하에 알려주기로 한 거고. 키안은 아니잖아."

"그거야 어쩔 수 없이 그랬죠. 사정이 그랬잖아요."

갑자기 행방불명된 사람이 누군데 그래? 그때는 키안밖에 그녀를 도와줄 사람이 없었다. 하지만 태환은 그녀의 변명을 들어줄 생각이 없는 듯했다.

"사정은 사정이고……."

어머머! 뭐래? 사전에 정상 참작이란 게 없는 사람이라더니, 지금 나에게도 그러는 거야?

하연은 기가 막힌다는 듯 눈살을 찌푸렸다. 그러자 태환은 피식 웃으며 한 손으로 하연의 가는 허리를 잡아 자신 쪽으로 끌어당겼다.

"난 지금 남자 친구로 여기에 온 게 아니야. 계약 위반에 따른 보상적 손해 배상을 받으러 온 거야."

"뭐라고요?"

뭐지? 어디서 들어본 것 같은 이 내용은? 입술 새로 웃음이 삐져나오려는 걸 참으며, 하연은 토라진 눈으로 태환을 노려보았다.

"그래서 뭘 원하는데요?"

태환은 키스하려는 듯 그녀를 향해 고개를 숙였다. 손해 배상을 위한 키스쯤이야 얼마든지 해줄 수 있었다. 뜨거운 입술을 기대하고 사르르 두 눈을 감으려는데, 태환이 그녀의 팔을 힘껏 잡아당겼다.

어, 어, 어? 그녀의 몸이 균형을 잃고 크게 휘청거렸다. 태환은 재빨리 하연의 어깨를 감아 자신의 품으로 끌어안았다. 그러곤 서둘러 어딘가로 향했다.

"지금 어디 가는 거예요?"

"따라와보면 알아."

태환은 대답 대신 발걸음을 더 빨리했다. 로비 앞에는 호텔 직원이 몰고 온 사륜구동 차가 세워져 있었다. 그는 조수석에 하연을 태우고 재빨리 운전석에 올라타 차를 몰았다.

흙먼지를 날리며 한참이나 달린 후에야 하연은 태환이 지금 자신을 어디로 데려가는지 깨달았다.

"저기군."

차를 멈춘 태환이 창밖으로 보이는 나무 한 그루를 가리켰다. 벼락을 맞아 까맣게 타버린 나무가 눈에 들어왔다. 수십 년 전에 벼락을 맞고 뿌리까지 말라붙은 채, 이곳을 나타내는 지표가 되어버린 나무였다.

먼저 차에서 내린 태환이 보조석으로 돌아가 차 문을 열고 하연이 차에서 내리는 것을 도왔다.

"와아."

그때는 눈에 들어오지 않던 자연의 아름다움이 눈앞에 펼쳐져 있었다.

"그때 신부님의 차가 여기에 세워져 있었죠."

하연은 땅이 움푹 파인 곳을 손으로 가리켰다. 주위에는 자잘한 돌멩이가 쌓여 있었다. 긴박했던 그 순간을 떠올리는 듯 하연은 말없이 땅바닥을 내려다보았다.

태환이 사라진 텅 빈 차 안을 보면서 얼마나 놀랐었던가! 솔직히 그 이후로 다시는 그를 만날 수 없을 거라고 생각했는데, 운명은 두 사람을 서울 한복판에서 다시 재회하게 만들었다.

"내가 너를 여기에 데리고 온 이유는……."

뒤에서 하연을 끌어안으며 태환이 그녀의 귀에 속삭였다.

"아무래도 여기 말고는 적합한 장소가 없을 것 같아서야."

"적합한 장소라니요?"

"계약 위반에 관한 손해 보상을 받을 장소."

도대체 계약 위반 손해 보상으로 뭘 받아내려고 이러는 거지? 아무리 사랑하는 여자라도 계약에 관해서는 예외란 없는 걸까?

집요하리만치 그녀를 밀어붙이는 태환의 태도에 하연은 은근히 화가 나기 시작했다. 그런 그녀의 속마음도 모르고, 태환은 그녀를 나무 아래로 이끌어, 나무 기둥에 등을 지고 서게 했다.

"키안이 이야기해주더군. 왜 내가 너에게 마음의 문을 열게 되었는지……. 그런데 반은 맞고 반은 틀렸어. 너였기 때문에 무의식중에 나를 둘러싼 벽을 허물 수 있었던 거야. 네가 아니었다면 아무리 의식이 없었다고 하더라도 그런 일은 없었을 거야."

"……태환 씨."

"다른 사람이었다면 생명만 구했겠지, 마음까진 구하지 못했을 거야. 너 때문이었어. 유하연, 당신이란 여자 덕분에…… 난 다시 태어난 거야."

말을 마친 태환은 재킷 주머니에서 검은 벨벳 상자를 꺼내 그녀 앞으로 내밀었다. 하연이 의아한 눈으로 상자를 바라보자, 태환은 조심스럽게 상자를 열어 보였다.

"아!"

하연의 입에서는 그녀도 모르게 감탄사가 흘러나왔다.

상자 안에는 반지가 놓여 있었다. 커다란 다이아몬드가 중앙을 차지하고 그 둘레에는 빨간 루비가 촘촘하게 박혀 있었다. 너무나도 아름다운 반지의 모습에 하연은 할 말을 잃고 태환과 반지를 번갈아 바라보았다.

"……태환 씨, 이게 뭐예요?"

"홍콩에서 산 붉은 실 반지도 마음에 들긴 하지만, 플라스틱이라서 견고하진 않잖아. 그래서 영원히 간직할 수 있게 이니스에게 다시 만들어달라고 부탁했어."

이니스라면 유럽 왕실 보석 디자이너인 이니스를 말하는 건가? 지금 그녀가 목에 걸고 있는 하트 목걸이를 제작한 그 이니스?

"지금 주문하면 내년에야 받을 수 있다는 걸, 하트 목걸이 주인공에게 프러포즈하려는 반지라고 했더니, 바로 부탁을 들어주더군. 유 박사님의 따님이라면 언제든지 환영이라고 하면서……."

"잠깐만요!"

하연은 태환의 말을 자르며 자신이 얼핏 흘려들은 말을 확인했다.

"프러포즈라고요?"

"그러면 내가 이렇게 특별한 반지를 그냥 커플링이나 하자고 가져왔겠어?"

"그거야 그렇지만……."

그녀의 말꼬리가 희미하게 흔들리고 있었다.

"은혜를 갚으려면 어차피 네 옆에 평생 있어야 하는데 어떻게 옆에 있느냐가 문제더라고. 내가 가족으로서, 남편으로서 영원히 옆에 있을 수 있을까?"

태환의 생명을 구했던 곳에서 프러포즈를 받다니…….

그의 세세한 마음 씀씀이에 감동한 하연의 눈에 눈물이 맺히기 시작했다.

"영화 상영이 끝날 때까진 스캔들 계약에 묶여 있지만, 내년에 영화 상영이 끝나는 대로 우리 결혼하자. 그땐 내 생명을 구해준 거고, 지금은 내 인생을 구해주는 거야. 그래줄래?"

"……정말…… 생명 구해주고 인생까지 책임져야 하는 거예요? 뭐야, 이게……. 나만 손해잖아요."

말은 그렇게 하면서도 하연은 태환에게 재빨리 손을 내밀었다. 태환은 그녀의 손을 잡고는 넷째 손가락으로 부드럽게 반지를 밀어 넣었다. 반지는 빨려 들어가듯 스르르 손가락 안으로 들어갔다.

"후, 다행이다."

반지가 완벽하게 맞자, 태환은 짧게 안도의 한숨을 내쉬었다. 그녀의 가늘고 긴 손가락 위에서 반지가 영롱한 빛을 발했다.

이번에는 태환이 하연에게 손을 내밀었다. 그리고 주머니에서 자신의 반지를 꺼냈다. 하연에게 끼워준 반지와 커플을 이루는 디자인이었다. 하연은 태환의 손가락에 반지를 껴주고, 자신의 손을 옆에 가져다 대었다. 그러자 태환은 그녀의 손과 자신의 손을 마주잡아 깍지를 꼈다.

"사랑해."

"저도요."

태환은 환한 미소를 되돌리는 하연을 한 팔로 끌어안으며 그녀의 이마에 살며시 입을 맞추었다.

서로의 깍지 낀 손에서 루비로 수놓아진 두 사람만의 붉은 실 반지가 햇살을 받아 반짝거렸다.

사랑이 반짝거렸다.

"그래서 결혼하겠다고?"

"네. 영화 상영이 끝나는 대로 결혼할 겁니다."

가족이 함께 모인 식사 자리에서 태환은 하연과의 결혼 계획을 밝혔다. 차 회장은 태환의 계획이 별로 내키지 않는 얼굴이었다.

"너무 서두르는 거 아니냐? 두 사람 만난 지 아직 일 년도 채 안 됐다."

두 사람이 사귀는 것을 허락했을 뿐이지, 이렇게 빨리 결혼을 결정하리라곤 예상하지 못했다. 하지만 태환은 그 반대였다. 영화 상영이 끝날 때까지 이성 스캔들에 휘말리면 안 된다는 계약서 조항만 아니었다면 진작 결혼하고도 남았을 것이다.

아무래도 차 회장과 가족 모두에게 밝혀야 할 때가 온 것 같았다.

"그때 말라위에서 저를 살렸던 의사 말입니다……."

태환은 식사하던 동작을 멈추며 가만히 포크를 내려놓았다.

"그동안 숨기고 있었지만, 이제는 누구인지 밝혀야 할 것 같습니다."

연락이 닿지 않는다고 하더니, 그동안 숨기고 있었다고? 어째서?

모두가 호기심 어린 눈빛으로 태환의 대답을 기다렸다.

"저를 살린 의사는 바로……."

태환은 식탁에 둘러앉은 가족 한 사람, 한 사람과 시선을 마주했다.

"배우 정하라, 그러니까 유하연입니다."

"뭐라고?"

차 회장은 깜짝 놀란 듯 손에 쥐고 있던 포크를 툭 떨어뜨렸다. 그의 손끝이 가늘게 떨리고 있었다. 차 회장을 비롯한 가족 모두, 전혀 예상하지 못한 눈치였다.

"너, 그런데 왜 지금까지 아무 말도 하지 않았던 게냐?"

"아버지가 순수하게 하연이만 보고 허락해주시길 바랐으니까요. 하연이가 생명의 은인이라는 것을 알면 아버지도 반대 못 하실 테니까."

"넌 그렇다 치고 그 아인, 그 아인 왜 나에게 그런 말을 하지 않은 거냐?"

생명의 은인에게 고맙다고 감사의 말은 하지 못할망정, '인생로또'란 말을 들먹이며 그녀를 모욕했었다. 차 회장은 얼굴이 화끈 달아오르는 것을 느꼈다.

"하연이 성격 잘 아시면서 그러세요? 스스로 '내가 당신 아들을 구해준 사람이다!'라고 밝힐 리가 없잖습니까. 그러니까 앞으론 제 결혼에 관해서 왈가왈부하지 마세요."

"미친놈."

태석의 입에서 거친 욕설이 튀어나왔다.

"동생에게 그게 무슨 말이냐!"

차 회장이 화난 듯 노려보자, 태석은 입을 다물고 눈길을 돌려버렸다. 그래도 예전처럼 자리를 박차고 일어나진 않았다.

태환이 하연에게 프러포즈할 수 있었던 것은 태석과의 관계가 조금은 수월해졌기 때문이다.

하루도 빼먹지 않고 태석을 찾아갔지만, 그의 태도는 바뀌지 않았다. 결국 태환은 태석의 약한 부분을 건드렸다.

—좋아, 그렇다면 형이 하연이를 건드렸던 것처럼 내가 형수를 건드리면 어떨까? 눈에는 눈, 이에는 이처럼 말이지.

—뭐?

그 한마디에 태석의 얼굴이 흉하게 일그러졌다.

—이 새끼가 미쳤나?
—어쩌겠어. 형 때문에 하연이가 다치는 꼴은 볼 수 없는데. 하연일 지키기 위해선 무슨 짓이라도 해야지.

태석은 주먹을 움켜쥐며 죽일 듯이 태환을 노려보았다.

—혜경이 머리카락 한 올이라도 건드려봐. 죽여버릴 테니까. 정략결혼 때문에 사랑하던 남자와 헤어지고 나와 억지로 결혼한 불쌍한 애야. 혜경인 건들지 마!

태환이 말라위로 떠나기 며칠 전, 태석은 태환을 집으로 불러들였다. 혜경을 건드리지 않는다고 약속하면 하연을 그냥 놔두겠다는 약속을 하기 위해서였다. 태석 나름대로 휴전 제안이었다.

"축하한다, 태환아."

어색한 침묵을 깨고 제일 먼저 입을 연 사람은 태우였다.

"잘됐네요, 도련님."

태우의 아내, 은주도 남편을 따라 짧은 축하의 말을 건넸다.

"잘됐네. 행복해라."

지은은 와인 잔을 들어 올리며 태환을 향해 윙크를 날렸다. 태석은 끝까지 아무 말도 하지 않았지만, 그렇다고 비아냥대거나 악담을 퍼붓지도 않았다. 그저 못마땅한 얼굴로 끝까지 식사 자리를 지켰을 뿐이었다.

혜경은 축하의 말 대신 태환을 향해 눈꼬리를 휘며 활짝 웃어주었다. 어쩌면 이 자리에서 태환의 결혼을 가장 축하해주는 사람은 혜경일지도 모르겠다.

완벽하진 않았지만, 하연을 가족으로 맞이할 준비가 하나씩 되어가고 있었다.

'따뜻한 심장'은 개봉 첫날부터 50만 명의 관객을 모으더니 개봉 3일 만에 100만을 넘겼다. 그리고 일주일이 넘자 관객 400만을 돌파했다. 상영한 지 4주도 안 돼서 관객 천만을 훌쩍 넘어선 후, 역대 흥행 순위 5위에 당당하게 이름을 남기며 극장에서 내려갈 준비에 들어갔다.

천만 관객 동원에 감사하는 무대 인사를 하기 위해 제작진과 배우들이 마지막 상영 날, 극장으로 모여들었다.

"이제 정하라 씨도 '따뜻한 심장'으로 천만 배우 대열에 합류한 건가요?"

대기실로 들어선 성욱은 하연을 보자마자 밝게 웃으며 다가왔다. 성욱은 '따뜻한 심장'의 홍보 활동을 마친 후, TV 드라마 촬영을 위해 호주로 떠났다가 얼마 전에 귀국한 상태였다. 성욱에게는 이번이 그의 두 번째 천만 관객 돌파 영화였다.

"호주 촬영은 어땠어요? 많이 힘들었죠?"

하연도 성욱을 향해 환하게 미소 지었다.

"아프리카 촬영보다는 덜 힘들었지만, 대신 재미는 없었죠. 촬영 때문에 계속 대도시에만 머물러서 캥거루나 코알라는 그림자도 구경 못 했어요. 스릴도 없었고."

성욱은 약간 볼멘 목소리로 불만을 털어놓았다.

"스릴 같은 소리 한다. 촬영이 뭐 애들 장난일 줄 알아?"

옆에서 두 사람의 대화를 듣던 창훈이 불쑥 끼어들었다. 해외 촬영 이후, 편집이다 홍보다 뭐다 하면서 스트레스를 받아서인지 창훈은 한눈에 보기에도 살이 쫙 빠져버린 상태였다. 다행히도 이번 영화 역시 큰 성공을 이룬 덕분에 얼마 전부터 조금씩 체중이 늘고 있었다.

"무대 인사 끝나면 차 대표가 중대 발표를 할 거라고 하던데……. 성욱아, 뭐, 감 잡히는 거 없니?"

"아뇨."

"하라 씨는 무슨 일인지 알아요?"

"글쎄요."

하연은 금시초문이란 표정으로 고개를 내저었다. 정말로 그녀는 태환에게서 아무런 말도 듣지 못했다. 태환은 '데이지' 건물 증축 공사와 홍콩과의 합작으로 얼마 전 오픈한 광동식 레스토랑 '킹 코리아'를 둘러보느라 정신없이 바빴다. 하연 역시

새 드라마 준비로 두 사람은 일주일에 고작 한두 번 정도 얼굴을 볼 수 있었다.

"감독님도 모르는데 우리가 어떻게 알겠어요?"

성욱의 말에 창훈은 위아래로 눈동자를 굴렸다.

"흠, 무슨 일이지? 아무리 물어봐도 통 대답을 해야 말이지."

창훈의 궁금증은 관객을 위한 무대 인사가 끝나고 대기실에 돌아오는 순간 풀렸다.

"오늘이 마지막 상영이니까, 이제 계약은 모두 끝난 건가?"

지나가듯 물어보는 태환의 질문에 창훈은 깊게 생각하지 않고 바로 대답했다.

"그렇지. 이젠 성욱이가 스캔들 일으켜도 상관없는 거지. 성욱아, 그동안 고생 많았다. 한정애랑 연애하는 거, 공개하고 싶으면 마음대로 해. 너희, 지금까지 몰래 연애하느라 제대로……."

"아니, 그보다."

태환은 창훈이 수다를 더 늘어놓기 전에 재빨리 손을 들어 그의 말을 잘라버렸다. 창훈이 놀란 눈으로 입을 다물자, 태환은 싱긋 웃어 보였다.

"내 결혼 발표가 먼저야!"

"결혼 발표?"

창훈이 금시초문이라는 듯 눈을 크게 뜨며 언성을 높였다.

"무슨 결혼 발표? 야, 차태환? 너, 결혼해?"

대기실 안에 있는 사람 중, 성욱만이 무슨 일인지 감을 잡고 하연을 향해 윙크를 날렸다.

"어떻게 된 거야? 너, 정략결혼 같은 거, 안 할 거라며?"

창훈이 또다시 수다를 떨자, 태환은 이번에도 손을 들어 그의 말을 잘라버렸다. 슬쩍 손만 들어 올렸을 뿐인데도 창훈은 즉시 입을 다물고 심각한 표정으로 태환을 바라보았다.

태환은 하연의 어깨에 팔을 두르더니, 자연스럽게 그녀를 품으로 끌어당겼다.

"정하라 씨와 나, 다음 달에 결혼한다."

그의 입에서 폭탄 같은 선언이 나오는 순간, 대기실 안에 정적이 흘렀다.

창훈은 멍한 표정으로 입만 크게 벌렸고 나머지 스태프도 할 말을 잃은 표정이었다. 민성의 반응은 더 가관이었다.

"어머나!"

그는 외마디 비명을 지르며 발라당, 넘어져버렸다. 바로 뒤에 푹신푹신한 소파가 있었기에 망정이지, 안 그랬으면 또다시 다리가 부러질 뻔했다.

"뭐라고? 너랑 정하라 씨랑 다음 달에 결혼한다고?"

한참이 지나서야 정신을 차린 창훈이 버럭 소리를 질렀다.

"너, 이 자식! 나한테까지 감쪽같이 속이고! 야, 야! 차태환, 너 그럴 수 있어?"

"내 기억에 너한테까지 속인 적은 없는 것 같은데……. 티 엄청 냈거든. 네 녀석이 눈치가 느린 거지."

창훈은 기가 막힌다는 듯 입을 쩌억 벌리며 민성 옆으로 털썩 주저앉았다.

"긴가민가했지. 그런 것 같기도 하고, 아닌 것 같기도 하고."

"저도요. 뭔가 분위기가 이상하긴 한데……. 결정적인 뭔가가 부족해서 아무 말도 못 했다고요."

김상원 대표와 서영의 반응은 정말 몰랐다는 듯 크게 충격받은 두 사람과는 사뭇 달랐다. 퀴즈 게임이라도 하듯 서로 의견을 주고받던 상원과 서영은 결국, 활짝 웃으며 두 사람의 결혼을 축하해주었다.

그날 밤, 각종 매스컴은 두 사람의 결혼 발표로 떠들썩했다. 두 사람과 함께 스캔들의 주인공이었던 주성욱의 인터뷰도 여기저기 올라오기 시작했다.

인터뷰는 한마디로 성욱이 그동안 밝히지 못한 진실을 털어놓는 자리였다.

> 정하라 씨가 저와 차 대표님을 사이에 두고 양다리라니요? 정말 말도 안 되는 헛소문이었죠. 저는 두 사람이 연애하는 것을 알고 뒤에서 몰래 도와준 것뿐이었습니다.

한류 스타 주성욱이 몰래 도와줬다니!

'얼굴뿐만 아니라, 마음도 엄청 잘생긴 주성욱', '천사 주성욱'이라는 제목이 어울리는 내용이었다.

> 전 그때나 지금이나 한정애밖에 없는걸요.

홍분한 성욱이 인터뷰 끝에 살짝 실수하기 전까지는…….

정하라의 결혼 발표에 이어 성욱과 한정애의 열애 스캔들이 그 뒤를 따랐다.

상견례는 매스컴에 결혼 발표 기사가 나가고 일주일이 지난 후, '나폴레옹'에서 이루어졌다.

차 회장에겐 아주 오랜만의 방문이었다. '나폴레옹'은 죽은 아내의 흔적이 많이 남아 있어서 되도록 가지 않으려고 노력했던 장소이기 때문이었다.

차 회장은 감회가 새로운 얼굴로 레스토랑을 둘러보았다.

미국에 있던 하석은 누나의 상견례인데 어떻게 빠지냐면서, 어렵게 시간을 내어 한국으로 날아왔다. 태환을 만난 하석의 첫마디는 "와아, 배우 해야 할 사람은 누나가 아니라, 매형 아닙니까?"였다.

붙임성이 좋은 하석은 태환을 소개받자마자, 바로 '매형'이라고 부르며 살갑게 굴었다. 또한 "누나가 지금까지 남자가 없었던 이유는 공부하느라 시간이 없어서도 아니었고, 일하느라 바빠서도 아니었군. 다 눈이 너무 높아서였네." 라고 하연을 놀리는 것도 빼먹지 않았다.

하연 쪽은 홍 여사와 하석이, 태환 쪽은 차 회장과 지은이 가족을 대표로 상견례 자리에 나왔다.

"따님을 정말 훌륭하게 키우셨습니다."

하연이 태환의 목숨을 구해준 의사라는 사실을 안 이후부터 차 회장의 태도는 180도 변했다. 마지못해 그녀를 허락했던 태도가 아니라, 하연을 며느리로 맞게 되어서 몸 둘 바를 모르겠다는 듯 행동했다.

"결혼식은 스몰 웨딩으로 하고 싶습니다."

상견례가 끝나갈 무렵 하연이 조심스럽게 그녀의 의견을 내비쳤다.

스몰 웨딩이라는 말에 차 회장과 지은은 난처한 표정으로 시선을 교환했다.

"저도 그러고 싶습니다."

태환이 빠르게 하연의 의견에 동의했다. 상견례 자리를 마련하기 전에, 두 사람은 이미 의견 일치를 본 상태였다.

"아주 가까운 지인만을 모아놓고 결혼식 올리고 싶습니다. 괜히 크게 해봤자 기자들이 몰려들어서 제대로 된 결혼식 진행이 어려울 테니까요."

"그거야 식장 출입만 잘 통제한다면 문제 될 것도 없는 일 아니냐."

차 회장의 말에 태환은 빠르게 고개를 내저었다.

"아뇨. 너무 강압적으로 취재를 막다 보면 나중에 안 좋은 소리가 나올 게 뻔합니다. 야외 결혼식 같은 경우엔 드론을 띄울지도 모르고요."

"아무리 그래도 그렇지. 스몰 웨딩이라니……."

홍 여사는 당사자 뜻대로 하라고 허락했지만, 차 회장은 끝까지 불만을 나타냈다. 사랑하는 막내아들의 결혼식이기에 아주 거창하고 화려하게 해주고 싶었기 때문이었다.

"그게 이유라면 섬을 하나 통째로 빌리는 건 어떨까? 아니면 비행기를 전세 내서 하객을 태우고 해외로 나가는 방법도 있다. 거기까진 기자들이 따라오지 못할 거 아니냐. 비용은 걱정하지 마라. 내가 다 댈 테니까."

"아버지!"

어마어마한 차 회장의 제안에 태환은 눈살을 찌푸렸다. '지금 돈 지랄 하시겠다는 겁니까?'라는 말이 목구멍까지 올라왔다가 도로 내려갔다. 상견례 자리인지라 얼굴 붉힐 말은 삼가야 하니까.

"아버님."

두 사람의 대화를 듣고 있던 하연이 조용히 나섰다.

"멋진 결혼식장이야 어디에나 많겠지만, 저는 좀 더 특별한 사연이 있는 곳에서 결혼하고 싶습니다. 저희가 다시 한국에서 재회한 곳이 여기 '나폴레옹'이거든요. 이곳에서 저희 두 사람, 부부로서의 첫출발을 하고 싶어요."

"이곳에서 두 사람이 재회했다고?"

차 회장은 믿을 수 없다는 표정으로 하연을 바라보았다.

그가 아내 전세린을 처음 만난 건 유럽 출장 중, 파리 시내 한복판에서였다. 그때 차 회장은 세린이 배우라는 사실도 모른 채, 첫눈에 반해버리고 말았다. 하지만 그녀는 아무런 연락처도 남기지 않고 사라졌다. 할 수 없이 차 회장은 여행지에서 만난 사랑, 한여름의 꿈같은 인연이라고 여기며 애써 마음을 접었다.

얼마 후, 한국에 돌아온 그는 이곳 '나폴레옹'에서 세린과 우연히 재회하게 되었다.

마침 그날, 세린은 촬영을 끝내고 부모님이 운영하는 '나폴레옹'에 잠시 들렀던 참이었다.

"하하하, 그렇구나."

빛바랜 추억을 떠올리는 차 회장의 얼굴에 씁쓸한 미소가 떠올랐다.

"알았다. 그게 이유라면 더는 반대하지 않으마."

무사히 상견례를 마치고 자리에서 일어나려는데 차 회장은 하연을 본가로 초대했다. 오늘 상견례에 나오지 못한 나머지 가족을 소개해준다는 명목에서였다.

"참, 중요하게 할 말이 있어."

본가로 향하는 차 안에서 태환이 조심스럽게 말을 꺼냈다.

"중요한 할 말이라니요?"

"내 가족에 관해서야. 형 둘이랑 누나 말고, 사촌 형이 한 명 더 있거든."

"아…… 그래요?"

"진작 털어놨어야 하는데, 그 사촌 형이……."

"어느 쪽으로 사촌인데요? 이종사촌? 고종사촌?"

상대가 누구인지 모르는 하연은 순진한 질문을 던졌다.

"고종사촌. 고모의 하나밖에 없는 아들이야."

"태환 씨와 가까운 사이에요?"

"글쎄……. 가깝다고 해야 하나?"

솔직히 지난 몇 달 동안 친형보다 재호와 더 가까워진 것은 사실이었다. 하연을 사이에 두고 경쟁할 땐 볼 수 없었던 재호의 매력이 차츰 눈에 들어왔기 때문이었다.

차는 어느새 평창동 본가에 도착했다. 게이트가 열리고 막 저택 안으로 발을 들여놓던 하연은 정원에 서 있는 낯익은 누군가를 발견했다.

"선배님?"

곧 상대가 누구인지 확인한 그녀의 눈이 동그랗게 커졌다. 자신을 부르는 소리에 재호가 천천히 뒤를 돌아보았다.

"어, 유 선생."

"선배님이 여긴 어쩐 일이세요?"

재호는 대답 대신 하연의 뒤에 서 있는 태환을 불만스러운 눈초리로 바라보았다.

이미 하연에게 두 사람의 관계에 관해서 이야기한 줄 알았는데 아무 말도 하지 않은 모양이었다.

공은 이미 태환의 손을 떠나 재호에게 던져졌다.

"소개가 늦었군. 그러니까…… 음."

재호은 어색한 미소를 지으며 잠시 뜸을 들이다, 다시 말을 이었다.

"나, 차 대표의 사촌이야. 고종사촌 형."

"네에? 선배님과 태환 씨가 사촌 지간이라고요?"

하연은 뭐라고 말 좀 해보라는 듯 뒤에 서 있는 태환에게 고개를 돌렸다. 태환은 어깨를 으쓱해 보이곤 재호의 옆으로 자리를 옮겼다.

"미안해, 형. 여기 오면서 차 안에서 털어놓으려고 했는데."

형이라고? 태환 씨가 지금 재호 선배님에게 형이라고 부르는 거야?

"두 사람, 도대체 어떻게 된 거예요? 그동안 사촌 지간이면서 아닌 척한 건가요? 왜요?"

"설명하자면 좀 길어. 그러니까……."

재호는 담담한 목소리로 지금까지 숨겼던 가족에 관한 이야기를 털어놓기 시작했다.

[어쩌면 나에게 이럴 수가 있어요?]

태환의 결혼 소식을 들은 유민이 울먹거리는 목소리로 전화를 걸었다.

[언니가 그랬잖아요. 태환 씨는 절대로 결혼 안 할 거라고. 그거 다 거짓말이었어요?]

"태환이가 직접 그랬어. 사랑하는 여자, 콩가루 집안에 데려와서 고생시키지 않을 거라고. 나도 그럴 거라고 생각했고. 그런데……."

지은은 잠시 말을 멈추고 길게 심호흡을 했다.

"그건 태환이가 진짜로 사랑하는 여자를 만나지 못해서 그런 거였나 봐. 사랑하는 여자가 생기니까, 자기 인생관도 바꿔버리네."

태환은 하연을 만나고부터 180도로 완전히 달라져버렸다. 이렇게까지 말했는데도 유민은 전혀 상황을 파악하지 못하는 것 같았다.

[태환 씨는 지금 제정신이 아닐 거예요. 나를 만나면 생각이 바뀔 거예요. 언니, 나, 결혼식에 초대해줘요. 내가 태환 씨, 설득해볼게요.]

"뭐?"

얼토당토않은 말에 지은은 자신의 귀를 의심했다.

"너 태환이 앞에 나타날 생각은 하지도 마. 네가 일본에서 몰래 찍은 사진을 태석이에게 넘긴 거 알고, 태환이가 얼마나 화냈는지 아니? 너, 다시 눈앞에서 얼쩡거리면 가만히 두지 않겠다고 했어."

[말도 안 돼. 태석이 오빠가 그 사진을 연예 기자에게 넘겨줄줄 제가 어떻게 알았겠어요? 저는…….]

"됐어. 듣기 싫어."

지은은 유민이 말도 안 되는 변명을 늘어놓으려 하자, 매몰차게 잘라버렸다.

"바쁘니까 끊자."

그 말을 끝으로 지은은 전화를 끊어버렸다.

서영은 상기된 얼굴로 오늘만 특별히 대기실로 사용 중인 특실로 뛰어 들어왔다.

"준비하세요. 10분 후에 식이 시작될 거예요."

소파에 앉아 대기 중인 하연과 태환에게 사인을 보낸 서영은 또다시 헐레벌떡 밖으로 뛰어나갔다.

홀은 결혼식에 초대된 가족과 지인으로 꽉 차 있었다. 유 박사가 먼저 세상을 떠나 함께할 수 없기에 하연은 태환과 함께 손을 잡고 버진 로드를 걷기로 했다.

그녀 혼자서 버진 로드를 걸어갈까도 생각해보았다. 하지만 그것보다는 태환과 함께 새로운 시작을 걷고 싶었다.

버진 로드라고 해보았자, 형식상 레스토랑 입구에 하얀 비단을 깔아놓은 게 전부였다.

지인을 초대할 때도 결혼이란 단어를 사용하지 않고, 두 사람의 앞날을 축복하기 위한 간단한 파티라고 밝혔다.

그랬기에 연예 기자들은 두 사람이 오늘 결혼식을 올린다는 사실을 전혀 눈치채지 못했다.

누군가 오늘의 파티에 관한 정보를 흘렸다고 할지라도 마찬가지였다. 아무리 그래도 F.T.R.그룹의 막내아들 결혼식인데 본인이 경영하는 레스토랑에서 조촐하게 식을 올릴 거라곤 상상도 하지 못할 것이다.

아마도 초대장에 나온 것처럼 결혼식을 앞두고 지인들을 초대해 간단하게 파티를 여는 것이라고 넘겨짚을 게 분명했다.

"이 정도면 우리는 결혼까지도 아주 은밀하게 하는 건가?"

태환의 농담에 하연은 곱게 눈꼬리를 휘며 웃음을 터뜨렸다.

"큭, 듣고 보니 그러네요."

오늘 하연은 바닥에 치맛자락이 끌리는 웨딩드레스 대신 하얀 실크에 하얀 자수가 수놓아진 무릎 길이의 원피스를 입고 있었다. 태환 역시 턱시도 대신 은빛이 도는 슈트를 걸치고 있었다.

결혼하는 신랑 신부의 복장이라기보다는 칵테일파티에 참석하는 복장에 가까웠다.

허니문으로 어디에 갈 것인지는 아직 결정하지 못한 상태였다. 저번 주부터 하연은 새 드라마에 들어갔고, 태환은 '데이지' 건물 증축 공사가 끝날 때까지는 당분간 자리를 비울 수 없었다. 그렇다고 마냥 기다리기엔 두 사람의 인내심은 그다지 길지 않았다.

결국 하연과 태환은 우선 결혼식을 올리고 허니문은 나중에 시간이 되는대로 떠나는 걸로 합의했다. 우선은 부부라는 이름으로, 한 지붕 아래서 사는 게 가장 절실했다. 아침마다 눈을 뜨면 옆에 누워 있는 서로를 보며 하루를 시작하고 싶었다.

"5분 남았어요. 문 앞에서 대기하세요!"

갑자기 문밖에서 서영의 외침 소리가 흘러들었다. 태환이 먼저 소파에서 일어나며 하연에게 손을 내밀었다.

"기억나?"

하연이 태환의 손을 잡자, 태환이 하연의 손을 꽉 움켜쥐며 말했다.

"말라위에서 구조 요청하러 떠날 때, 내가 네 손을 이렇게 꽉 움켜잡았었지."

말할 힘도 없었는데 갑자기 어떻게 그런 힘이 났었는지, 태환은 그녀의 손을 꽉 잡고 놓아주지 않았었다. 너무 강하게 잡아끄는 힘에 하연은 빨려가듯 그의 품으로 넘어졌었다.

—……이 은혜…… 꼭 갚죠.

진실한 눈빛으로 뚫어지게 바라보던 눈동자가 아직도 눈에 선했다. 마치 그때처럼 하연은 왠지 모르게 뭉클한 기분에 눈물이 핑 돌았다.

"아마도 그때부터 널 절대로 놓아줄 생각이 없었던 것 같아."

태환은 꽉 잡은 그녀의 손을 입으로 가져가 살며시 입을 맞추었다. 손가락 하나하나에 태환의 따스한 입술이 느껴졌다.

"절대로 놓지 않을 거야."

"그래요. 평생 놓지 말아요."

태환은 립스틱이 번지지 않게 아주 조심스럽게 그녀의 입술에 입을 맞췄다.

"지금이에요! 나오세요, 두 사람!"

문밖에서 서영의 흥분한 목소리가 들려왔다.

두 사람은 서로의 손을 마주 잡은 채, 문을 열고 밖으로 발을 내디뎠다. 동시에 물처럼 흐르는 은은한 피아노 연주가 두 사람 앞으로 깔렸다.

두 사람의 아름다운 미래가 눈앞에 펼쳐지고 있었다.

결혼식을 올리기에 그만인, 사랑으로 충만한 어느 따뜻한 오후였다.

에필로그

"하연아."

일주일 만에 해외 출장에서 돌아온 태환은 집에 들어서자마자, 다급하게 하연을 찾아 헤맸다.

펜트하우스에서 살다가 교외에 있는 3층짜리 단독 주택으로 이사 온 지는 열흘이 채 되지 않았고, 이사 오고 나서 바로 출장을 떠났기에 태환은 아직 집 구조에 익숙하지 못했다.

그녀가 있을 만한 곳을 찾아 이곳저곳 확인했지만, 하연의 모습은 어디에서도 보이지 않았다.

차 소리를 들었을 텐데도 현관에 나와보지 않은 것을 보면 집에 없다는 뜻이겠지만, 그래도 혹시나 하는 마음에 태환은 여기저기 방의 문을 열고 안을 들여다보았다.

"하연아, 유하연."

이럴 줄 알았으면, 예정보다 일이 빨리 끝나서 일찍 돌아오게 됐다고 말할 걸 그랬나?

태환은 하연을 놀라게 하려고 연락도 하지 않고 곧장 집으로 향한 자신의 결정을 살짝 후회하기 시작했다.

1층에서 하연을 찾지 못한 태환은 2층으로 향했다. 2층에서도 허탕 치고 난 후, 3층에 올라간 태환은 테라스로 향하는 유리문이 조금 열린 것을 발견했다.

태환은 서둘러 유리문을 열고 테라스로 나가보았다. 라운지체어에 누워 헤드폰을 끼고, 두 눈을 감은 채 음악 감상하는 하연의 모습이 눈에 들어왔다.

여기 있었군!

태환이 가까이 다가가자, 그의 몸이 햇빛을 가려 자연스럽게 라운지체어 위로 그림자를 드리웠다. 따뜻한 햇볕을 느낄 수 없자, 눈을 감은 하연의 인상이 살짝 찌푸려졌다. 구름 한 점 없는 날씨인데 왜 갑자기 해가 가려졌지? 뭔가 이상한 느낌에 하연은 가만히 눈을 떠보았다.

"어머, 태환 씨?"

하연은 깜짝 놀란 눈으로 태환을 올려다보았다. 내일모레 돌아오기로 한 남자가 떡 하고 앞에 서 있으니 놀랄 수밖에!

하연이 헤드폰을 벗고 라운지체어에서 몸을 일으키자, 태환은 두 팔로 그녀를 와락 끌어안았다. 동시에 달콤한 그녀의 재스민 향이 코끝에 확 스며들었다. 그런데…….

"어떻게 벌써 왔어요? 내일모레 오는 거 아니었어요?"

걸걸하게 변해버린 하연의 목소리에 태환은 그녀를 안은 팔의 힘을 풀었다. 이어서 뒤로 한 발 물러서며 미간을 좁혔다.

"하연아, 너 목소리가……."

처음 그녀를 만났을 때 들었던 허스키한 목소리가 하연의 입에서 흘러나오고 있었다.

피곤해서 쉰 목소리를 그녀의 원래 목소리인 줄 오해하고 허스키한 목소리의 주인공만 애타게 찾았었는데…….

"……하 참…… 목소리…… 큭큭."

태환의 지적에 하연은 손으로 목을 감싸며 곤혹스러운 표정을 지어 보였다. 마지막 방송을 앞두고 사흘 연속 밤샘 촬영을 했더니, 그새 몸에 무리가 왔는지 목이 팍 잠겨버렸다. 다른 이유도 약간 있긴 했지만…….

그나저나 목이 이 정도로 팍 쉰 게 얼마 만이지? 3년 만인가?

하연은 태환과 결혼한 후에도 연기면 연기, 의료 봉사면 의료 봉사 등 눈코 뜰 새 없이 바쁜 나날을 보냈다. 하지만 아무리 피곤해도 지금처럼 목소리가 변할 만큼 잠긴 적은 없었다.

역시 몸의 변화가 확실하게 나타나고 있다는 증거였다.

"요새 조금 무리했더니 목이 쉬었나 봐요."

하연의 대답에 태환은 못마땅한 얼굴로 하연을 끌어안았다.

"그러게 왜 무리를 해? 이번 드라마 계약할 때, 절대로 쪽 대본 없이 시간에 쫓겨 촬영하는 일 없을 거라고 약속한 거 아니었어?"

"그랬는데 뒤로 가면서 스토리가 급하게 바뀌는 바람에 어쩔 수 없었어요. 그래도 마지막 촬영하고 목이 가서 다행이지, 안 그랬으면 큰일 날 뻔했어요."

또! 또! 본인 생각은 하지 않고 다른 사람 걱정이다!

"그만! 목에 무리 가니까 더 이상은 말하지 마. 우선 안으로 들어가자."

태환은 하연의 손을 잡고 아래층 거실로 이끌었다. 그리고 그녀를 소파에 앉힌 다음, 빠르게 주방으로 사라졌다. 잠시 후 그는 배를 갈아서 만든 차를 들고 돌아왔다.

"자, 우선 이거 마셔."

"태환 씨도 출장에서 돌아와서 피곤할 텐데, 뭐 이런 걸 만들어 와요."

하연은 현관 앞에 덩그러니 놓인 슈트케이스를 보며 인상을 찌푸렸다. 10시간이 넘는 비행으로 그녀보다는 그가 더 피곤할 테니까 말이다.

"쉬!"

태환은 손가락으로 입을 막으며 험악한 인상을 지어 보였다.

"내가 말하지 말라고 했지. 목에 무리 가니까 되도록 아무 말도 하지 마."

마치 유치원생을 혼내듯 그는 엄한 표정으로 말했다.

"자, 쭉 들이켜."

하연은 차를 마시는 대신 잔을 들고 잠시 머뭇거렸다.

"이 차에 뭐, 뭐 들었어요?"

"왜? 독이라도 탔을까 봐?"

아직도 가끔 태환의 입에선 예전처럼 까칠한 단어가 툭툭 튀어나오곤 했다.

사람은 변했지만, 아직 말투까진 변하지 않았나 보다. 하연은 피식 웃으며 찻잔을 테이블 위에 내려놓았다.

"태환 씨, 할 말이……."

"그건 나중에 해. 왜? 차 안 마실 거야?"

"아, 그게 조금 뜨거워서……."

"알았어. 말하지 마."

하연이 뭐라고 말만 하려고 하면 태환은 그녀가 말을 하지 못하게 막았다. 아직 두 사람 사이에 아이가 없어서인지, 그는 가끔 하연을 가끔 지나칠 정도로 과보호했다.

태환은 은혜 갚는 거라고 했지만, 조금 과장을 보태서 하연의 손끝에 물 한 방울 묻히지 않게 여왕님 모시듯 떠받들었다.

결혼 생활 2년 동안 그녀가 직접 음식을 한 적은 손가락으로 꼽을 정도로 드물었다.

—나도 요리하고 싶다니까요.

—안 돼, 그러다 손목 아프기라도 하면 어쩌려고 그래.

태환이 요리한 음식을 먹고 나서 설거지라도 하려고 하면…….

—식기세척기가 다 알아서 하는데 그걸 왜 네가 해?

—식기세척기에 넣기 전에 물에 헹구는 건 내가 할게요.

—뭐 하러, 손에 물을 묻혀? 저리 가.

그런 태환이니까, 말 한마디도 못 하게 막는 행동이 전혀 이해가 가지 않는 건 아니었다.

"이번 드라마 끝나면 한동안 쉴 거라고 그랬지?"

말을 못 하게 했기에 하연은 할 수 없이 고개만 끄덕거렸다.

"그래, 잘 생각했어. 그동안 무리했어. 올해는 해외 봉사 활동도 쉬는 건 어떨까?"

사실 그 문제에 관해서 의견을 나누어야 했다. 왜냐하면…….

"잠깐, 몸에 열나는 거 같은데?"

하연을 끌어안고 이마에 입을 맞춘 태환은 이번에는 그녀의 체온을 가지고 물고 늘어졌다. 평소보다 약간 체온이 올라간 건 맞았다. 그건 바로…….

"혹시 감기 걸린 거 아냐? 안 되겠다. 더 심해지기 전에 약 먹자."

"약은 안 돼……."

"말하지 말라니까!"

하연이 한마디 하려고 입을 벌리자, 태환은 또다시 그녀의 말을 잘라버렸다.

"이번엔 내 말 들어. 어떻게 된 게 의사라는 사람이 약 먹자고 하면 인상부터 찡그려? 저번에도 소화제 먹었으면 됐을걸, 꾹꾹 참다가 고생했잖아!"

저번이라면 떡볶이를 엄청 먹은 상황에서 태환이 요리해준 저녁을 거절하지 못하고 또 먹어서 심하게 체했던 그 일을 말하는 건가?

그게 도대체 몇 년 전 일인데, 또 들먹이는지 모르겠다. 곰탕 우려먹는 것도 아니고.

"……태……."

"말하지 말라니까."

"읍!"

하연이 다시 입을 열자, 이번에는 아예 손바닥으로 하연의 입을 막아버렸다.

아, 정말!

"잠깐!"

결국 참고 참았던 하연의 인내심이 폭발하고 말았다.

"한마디만 할게요."

하연은 태환의 손을 밀어내며, 쇳소리가 섞인 목소리로 빠르게 외쳤다.

"4주래요."

처음에 태환은 그녀가 무슨 말을 하는지 알아차리지 못했다. 아니, 무슨 말인지 알았지만, 너무 기뻐서 쉽게 믿을 수가 없었다.

"……4주라면? 그……그게."

말을 잇지 못하고 잠시 주춤거리던 태환의 목소리가 심하게 흔들렸다.

"네. 임신 4주요. 어제 병원 다녀왔어요. 임신 초기라서 미열이 있는 거예요. 그러니까 걱정하지 않아도 돼요."

"그런데 왜 그걸 이제야 말해?"

말 한마디 못 하게 막은 사람이 누군데?

"아니, 그게 무슨 말……."

"하연아!"

이번에도 하연은 말을 끝맺을 수 없었다. 그녀의 말이 끝나기도 전에 태환이 그녀를 품에 끌어안았기 때문이었다.

"……하연아, 나는…… 나는……."

너무나도 감격해서인지 태환은 제대로 말을 잇지 못했다. 하연은 다 이해한다는 듯이 손바닥으로 그의 등을 가볍게 토닥거렸다.

한시라도 빨리 아이를 가지고 싶었지만, 혹시라도 하연의 일에 방해가 될까 봐, 아무 말도 하지 않고 꾹 참고 있었다는 것을 잘 알고 있었다.

두 사람보다 늦게 결혼을 한 주성욱과 한정애는 식을 올리고 6개월 만에 예쁜 왕자를 얻었다.

태환을 만날 때마다 의리 없이 먼저 결혼했다고 투덜거리던 창훈도 얼마 전에 서영과 결혼해서 허니문 베이비를 가졌단다.

집이 같은 방향이라 차를 태워주다 친해진 창훈과 서영은 말라위 촬영 중 제대로 눈이 맞았다. 호텔 방에 침입한 새끼 원숭이를 창훈이 무사히 밖으로 내보내준 날, 두 사람의 사랑이 시작되었다고 했다.

그러나 10살이 넘는 나이 차 탓에 두 사람의 사랑이 원만하게 진행된 건 아니었다. 헤어짐과 만남을 거듭하던 두 사람은 얼마 전에야 사랑의 결실을 보고 바로 2세 계획에 뛰어들었다. 아무래도 태환보다 먼저 아빠가 되고 싶은 창훈의 소심한 경쟁 심리 때문이 아니었을까?

아이를 서두르자고 할 수도 있었지만, 혹여 하연이 부담스러워할까 봐 태환은 끝까지 입을 다물었다. 그런 태환의 속 깊은 배려를 느꼈기에 하연은 지금 그의 목소리가 한없이 떨리는 이유를 알 수 있을 것 같았다.

"고마워요, 태환 씨."

"……무슨 소리야? 내가 고마워해야지. 하연아, 고마워."

태환은 하연의 머리카락을 쓰다듬으며 부드러운 목소리로 속삭였다. 그녀의 귓가로 태환의 물기 어린 목소리가 흘러들었다.

"고맙다. ……정말."

내 생명의 은인이자 내 사랑하는 아내.

세상에서 가장 소중한 그녀가 그에게 세상에서 가장 값진 선물을 선사했다.

"동서, 축하해. 아기 가졌다면서?"

가족 모임을 위해 본가에 들른 하연에게 혜경이 다가왔다. 가족 중 가장 먼저 도착한 혜경은 거실 소파에 앉아 와인을 마시던 중이었다.

"감사합니다, 형님."

"공주님이 태어나든 왕자님이 태어나든 엄마, 아빠가 멋지니까, 외모는 걱정하지 않아도 되겠네."

언제나 무표정인 태석과 달리 혜경은 곧잘 웃는 얼굴로 먼저 말을 걸어왔다.

오늘도 그녀는 진심 어린 표정으로 축하의 말을 건넸다. 혜경에게는 최고 정치가 집안의 배경을 가진 콧대 높은 은주보다는 하연이 훨씬 대하기 편한 상대였다.

혜경이 하연을 다정하게 대하자, 하연을 대하는 태석의 태도도 언젠가부터 한층 부드러워졌다. 태환에게 먼저 시비 거는 일도 뜸해졌다. 태환이 거듭해서 후계자 자리를 사양했고, 최근 들어서 차 회장이 태석의 업무 능력을 인정하기 시작한 이유도 있을 것이다.

"아가야. 새아가!"

혜경과 이런저런 이야기를 나누고 있는데 갑자기 현관문이 열리더니 차 회장이 상기된 얼굴로 들어왔다. 태환과 결혼한 지 2년이 지났건만, 차 회장은 아직도 하연을 '새아가'라고 불렀다.

"이야기 들었다. 아이 가졌다면서?"

"네, 아버님."

"고맙다. 새아가. 정말 고마워."

차 회장은 하연의 손을 덥석 잡으며 눈물을 글썽거렸다.

차 회장도 말을 못 해서 그렇지, 하연이 언제 아기를 가질까, 노심초사 손주를 기다리던 중이었다. 하지만 연기자 생활로 바쁜 그녀에게 빈말이라도 2세 계획을 물었다가, 혹시라도 부담이라도 가질까, 입을 꾹 다물고 있었던 것이다.

비슷한 이야기라도 할라치면 태환이 경고의 눈빛을 보내기도 했고, 차 회장 본인 역시 처음에 하연에게 잘못한 점이 있었기에 매사에 조심에 또 조심하는 행동을 보였다.

그래도 인내심이 깊은 자에게 행운이 있다더니, 하연이 더 늦기 전에 알아서 아이를 가져주고 얼마나 고마운지 몰랐다.

"오늘 너희에게 중요하게 할 말이 있다."

그날 저녁, 모든 가족이 모인 저녁 자리에서 차 회장은 앞으로의 은퇴 계획을 밝혔다. 내후년에는 일선에서 물러나, 명예회장으로 올라가고 첫째인 태우에게 회장 자리를, 태석은 부회장으로 승진시킨다는 내용이었다.

그룹 내에 태환의 자리는 어디에도 없었다. 그룹 경영에는 참여하지 않겠다고 말한 태환의 의사가 받아들여진 결과였다.

"난 은퇴하고 손주 녀석들 재롱이나 보면서 편하게 여생을 즐길 생각이다."

차 회장은 흡족한 미소를 떠올리며 식탁에 둘러앉은 가족 모두와 시선을 마주했다.

"이제부터라도 서로 견제하지 말고, 다른 보통 가족들처럼 잘 지내보자. 당장에 화기애애한 가족이 될 수는 없겠지만, 서로 얼굴 붉히고 싸우지만 말아라. 너희야 그렇다 치고, 애들까지 그래선 안 되잖아. 안 그러냐?"

차 회장은 하연에게 고개를 돌리며 부드럽게 미소 지었다.

"이제 앞으로 새 식구가 생길 텐데, 그때까지 조금이라도 더 가까워질 수 있게 노력했으면 한다."

가족 모두 입을 다물고 아무 말도 하지 않았다. 그렇다고 부정적인 반응을 보이는 이도 없었다. 그날만큼은 다툼 없이 모두 평온하게 저녁 식사를 마칠 수 있었다.

시작이 반이랬다고 화목한 가족을 위해 나아가는 첫걸음치곤 나쁘지 않았다.

"연락도 없이 네가 여긴 웬일이니?"

벨 소리에 문을 연 한선은 현관 앞에 서 있는 재호를 발견하고 놀란 표정을 지어 보였다.

"여사님도 아무 예고 없이 불쑥 절 찾아오셨잖습니까."

"그거야……."

뭐라고 한마디 하려던 한선은 곧바로 입을 다물고 씁쓸하게 웃었다.

"그래, 커피 한 잔쯤은 괜찮겠지. 들어오너라."

석 달 전에야 복잡한 상속이 모두 마무리되었다. 차 회장은 돌아가신 왕 회장에게 물려받은 주식 중에서 한선 몫에 해당했던 주식을 재호 앞으로 돌렸다. 재호는 일부 주식을 팔아서 상속세를 물었고 지은과 약속한 대로 일정 주식을 그녀에게 양도했다.

"소식 들으셨죠? 제가 받은 주식 일부를 지은 누나에게 넘겼습니다."

거실 소파에 앉자마자, 재호가 먼저 말을 꺼냈다.

"네 몫으로 간 건데, 네가 어련히 알아서 했을까. 내 손을 떠난 일이니, 난 관심 없다."

한선은 여느 때와 마찬가지로 싸늘한 표정으로 재호를 바라보았다.

하지만 이제는 그녀의 손끝이 가늘게 떨리고 있다는 것을 안다. 마주 보는 눈빛에 여린 슬픔이 배어 있다는 것도 보였다. 아무 감정을 드러내지 않는 것이 그녀가 재호에게 할 수 있는 최고의 배려라는 것을…….

두 사람은 30분 정도 커피를 마시며 대화를 나누었다. 특별한 내용은 없었다. 그저 일상에 관한 단순한 이야기들…….

"앞으로 가끔 뉴욕에 올 일이 있을 겁니다."

커피를 마신 후, 집을 나서던 재호는 걸음을 멈추고 한선을 향해 등을 돌렸다.

"괜찮으시다면 가끔…… 아주 가끔 찾아와도 되겠습니까?"

재호의 조심스러운 질문에 한선은 곧바로 대답하지 않았다. 무표정으로 재호를 빤히 바라보던 그녀는 한참 후에야 고개를 끄덕거렸다.

"그러려무나. 대신 오기 며칠 전에 알려줬으면 좋겠다. 내가 그때 여행 중일 수도 있으니까."

"네. 그러죠. 어……."

잠시 주춤거리던 재호는 크게 숨을 내쉬고는 천천히 말을 이었다.

"……어머니."

그 한마디에 한선의 눈에 왈칵 눈물이 맺혔다. 전혀 생각하지 못한 그녀의 반응에 재호는 서둘러 등을 돌려 계단을 내려갔다.

오늘은 여기까지다. 더 다가가면 그녀나 자신이나 감당할 수 없을 테니까.

그래도 이렇게 서서히 다가간다면 언젠가는 아무렇지 않게 그녀를 어머니라고 부를 수 있을 것이다. 어쩌면…….

재호는 돌아보지 않으려 노력하며 빠르게 걸음을 옮겼다.

"태환 씨는?"

임신 막달이 다가오자, 하연은 잠이 많아졌다. 낮잠을 자고 일어나니, 태환은 온데간데없고 홍 여사만이 홀로 저녁을 준비하고 있었다. 그녀는 하연의 산달이 다가오자, 아예 하연의 집에 머물며 이것저것 챙겨주었다.

홍 여사가 하연의 집에 있게 되자 방학 동안 한국에서 지낼 예정인 하석도 자연스럽게 홍 여사를 따라왔다.

"응, 하석이랑 동대문 시장 갔어. 하석이가 입을 옷이 없다고 해서."

"또 둘이서?"

"그러게 말이다."

요사이 부쩍 태환과 하석이 단둘이 외출하는 일이 많아졌다. 몸이 무거운 하연이 함께하지 못하자, 두 남자는 하연을 남겨두고 밖으로 나갔다.

"어떨 때 보면 하석이가 차 서방 부를 때, '매' 자를 생략하고 그냥 '형'이라고도 부르더라고."

하석이 붙임성이 좋은 건, 세상 모든 사람이 다 아는 사실이지만, 까다로운 태환을 어떻게 사로잡았을까? 저러다 남편을 남동생에게 빼앗기는 건 아닐까 하는 걱정이 들기도 했다.

"올 때 됐어?"

"글쎄, 저녁 먹을 때까진 오지 않을까?"

그러나 몇 시간이 지나도 두 사람은 집에 돌아오지 않고 있었다.

"먹고 들어오려나? 하연아, 차 서방에게 전화해볼래?"

"응."

휴대폰을 집어 들던 하연이 순간 눈살을 찌푸렸다. 동시에 급하게 아랫배를 감싸며 의자에 주저앉았다.

"……엄마."

"왜?"

"신호가 온 거 같아."

"뭐? 예정일 아직이잖아. 다음 주 아니야?"

"음, 그렇긴 한데. 아까부터 주기적으로 진통이 오고 있어."

"이를 어떡한다? 지금 차 서방도 없고 하석이도 없……. 아,

그래. 민성이 부르자."

누가 매니저 아니랄까 봐! 민성은 전화를 받고 15분 만에 숨을 헉헉거리며 총알같이 달려왔다.

"어머, 어머, 어머, 하연아! 하연아!"

현관문이 열리자마자, 민성은 큰 몸집을 쿵쾅거리며 뛰어와 하연이 앉은 소파 옆에 무릎을 꿇었다.

"어떡해, 어떡해! 애, 지금 나오는 거 아니지?"

"아우, 이 사람아. 호들갑 좀 그만 떨고."

"네, 네. 어머니."

초산인데도 하연은 병원에 도착하고 나서 40분간의 진통을 겪은 후 곧바로 아이를 낳았다. 소식을 듣고 한걸음에 달려온 태환과 하석이 병원 로비에 들어서던 순간이었다.

"하연아."

"……왔어요?"

하연은 조금은 피곤해 보이는 얼굴로 환하게 미소 지었다. 태환은 믿을 수 없다는 얼굴로 하연 옆에 자리를 잡고 앉았다.

"미안해. 내가 좀 더 빨리 왔어야 했는데……."

"괜찮아요. 태하가 예정일보다 빨리 나온 건데요 뭘. 성질이 급해서 더는 기다릴 수 없었나 봐요. 태하는 봤어요?"

"응. 엄마를 닮아서 아주 잘생겼던걸."

그 말에 하연은 피식 입꼬리를 올렸다.

"아직 너무 어려서 잘 몰라요. 크면서 계속 얼굴 바뀔 거예요. 첫째는 아들이니까 둘째는 딸이었으면 좋겠다."

"급하긴. 벌써 둘째 계획 세우는 거야?"

다정한 손길로 하연의 머리카락을 어루만지며 태환이 작게 속삭였다. 이어서 그녀의 입술에 살며시 입을 맞추었다.

"사랑해, 하연아. 그리고 고마워. 네 덕분에 행복이란 걸 배웠어. 어머니가 내게 마지막으로 해주신 말씀이 '태환아, 행복해라.'였는데…… 널 만날 때까지 그걸 모르고 살았어."

"……태환 씨."

하연은 부드럽게 웃으며 양손으로 태환의 뺨을 감쌌다. 그리고 그가 그녀에게 입을 맞추었듯이 그녀도 살짝 그의 입술에 입을 맞추었다.

"나에게 너무 고마워하지 말아요. 우리 행복, 아직 제대로 시작도 안 했어요."

"……알아."

태환이 부드러운 미소를 떠올리며 살며시 고개를 끄덕였다. 하연의 눈꼬리가 자연스럽게 반달 모양으로 휘어졌다.

서로 마주 보며 환하게 웃던 두 사람은 다시금 서로의 입술에 자잘한 키스를 퍼부었다. 서로 바라만 보아도 이렇게나 행복한데…….

그런 두 사람 행복 속으로 오늘, 새로운 식구가 들어왔다.

그래서 오늘은 더욱더 행복한 날이었다.

아니, 오늘은 더욱더 행복한 날의 시작이었다.

외전

"이제부터 나 혼자 자라고?"

하연의 말이 채 끝나기도 전에 태하의 눈이 휘둥그레 커졌다. 왜 아니겠는가? 시커멓고 적막한 긴긴밤을 엄마 없이 혼자 자야 한다니……. 꼬마 태하에겐 마른하늘에 날벼락 같은 소리였다.

불안한 태하의 마음을 아는지 모르는지 하연은 환하게 웃으며 아들의 머리를 쓰다듬었다.

"우리 태하, 이젠 다 컸잖니. 다음 주부터 학교도 가는데……."

"싫어!"

태하는 울음을 터뜨리며 하연의 품으로 파고들었다.

"엄마, 가지 마. 나랑 있어. 응?"

"태하야, 아기처럼 왜 그래?"

옆에서 지켜보던 태환이 보다 못해 하연에게서 아들을 떼어 놓았다.

"싫어!"

태하는 태환의 손을 뿌리치고 다시금 하연에게 달라붙었다.

"엄마, 나, 아직 아기야. 아기라고!"

아침까지만 해도, 태하는 자긴 이제 다 컸다며 어른 취급해 달라고 어깨를 으쓱거렸었다. 하지만 혼자 자야 한다는 말에 어른이란 타이틀을 냉큼 내려놓았다.

"동생 갖고 싶다며! 계속 엄마랑 자면 동생 안 생기는데, 그래도 괜찮아?"

"히잉."

"동생 원한다고 그랬어, 안 그랬어?"

태하는 하연을 꼭 끌어안은 채, 원망스러운 눈으로 태환을 노려보았다. 동생도 갖고 싶고 이대로 쭉 엄마와도 자고 싶었다. 왜 둘 중, 하나만 선택해야 하는데?

"좋아. 그러면 아람이에게 태하가 아직도 엄마랑 잔다고 말해줘야겠구나."

옆집 사는 아람이는 2살 어린 태하를 항상 아기 취급했다. 아람이는 갓난아기 때부터 혼자 잤다는데, 태하가 아직도 엄마 품에서 잠드는 걸 알면 한심하게 여길 게 뻔했다. 아람이를 좋아하는 태하에게 이보다 더 강력한 협박은 없었다.

"아빠, 미워!"

할 수 없이 태하는 눈물을 글썽거리며 하연의 품에서 벗어났다.

1시간 가깝게 설득과 협박을 오간 후에야 하연과 태환은 어럽게 태하의 방을 빠져나올 수 있었다.

“좀 살살하지 그랬어요.”

“나름대로 살살한 거야.”

“이게 다 누구를 닮아서 이런 건데요.”

“나를 닮아서 그런 거라고?”

태환이 우뚝 걸음을 멈추며 눈살을 찌푸리자, 하연은 기가 막힌 듯 웃음을 터뜨렸다.

“진짜 몰라서 물어보는 건 아니겠죠?”

하연의 말에 양심이 찔렸는지 태환은 살며시 옆으로 시선을 돌렸다.

태하는 태어난 순간부터 쉽지 않았다. 아빠 별명이 ‘지옥에서 온 제작자’가 아니랄까 봐, 태하는 ‘지옥에서 온 아기’, 그 자체였다.

거슬러 올라가 지금까지의 일을 쭉 짚어보자면…….

“태환이 어렸을 때, 어땠느냐고? 하! 말도 마.”

질문이 끝나자마자, 지은의 입에선 짙은 탄성이 흘러나왔다. 그녀는 한 손으로 이마를 짚으며 설레설레 고개를 내저었다. 어릴 때부터 태환이 까다로웠다는 말을 듣긴 했지만, 지은의 반응을 보니 상상했던 것보다 더욱더 심각했나 보다.

“길게 이야기하지 않을게. 나는 그저 태하가 제 아빠 닮지 않고 엄마를 닮길 바랄 뿐이야.”

어떻게 물어볼 때마다 죄다 같은 대답이 돌아올까? 태우는 어두운 표정으로 한숨만 내쉬었고 태석은 한쪽 입꼬리를 올리며 씩 웃었다. 하연의 기억으론 처음 보는 태석의 웃는 모습이었다.

모두의 반응이 이러하니, 하연은 슬슬 불안해지기 시작했다.

"너무 걱정하진 마. 아들이라고 다 아빠 닮으라는 법 있나?"

지은의 말이 맞았다. 태하는 태환을 그대로 닮지 않았다. 태하와 비교하면 태환은 천사였다고 할 정도로 2배는 더 까다롭고 고약했다. 오죽하면 '지옥에서 온 아기'라는 별명이 붙었을까.

"으아아아아앙!"

한순간이라도 하연이 방에서 나가면, 그걸 어떻게 알았는지 온몸이 빨개질 정도로 울어댔다.

"꺄르르르."

그러나 하연이 다시 방으로 돌아오면 태하는 내가 언제 울었느냐는 듯 방긋방긋 웃었다.

"거짓말 아니야. 누나가 나가자마자 경기를 일으킬 것처럼 울었다고!"

하연이 주방에 간 사이, 잠시 태하를 봐줬던 하석이 혀를 내둘렀다.

그것뿐만이 아니었다. 태하는 태환만큼이나 입맛도 까다로웠다. 어쩌다 모유가 모자라 분유를 먹이려고 하면 한 입도 삼키지 않고 곧바로 뱉어버렸다.

"으아아아앙!"

그러곤 어떻게 이런 걸 먹이냐는 듯 눈물 어린 눈으로 쳐다보며 서럽게 울었다.

"미안, 아가야. 엄마가 잘못했어."

그렇게 태하는 세계보건기구(WHO)와 유니세프가 권장하는 두 돌까지, 분유는 한 입도 먹지 않고 모유만 쭉 마셨다. 아무리 이유식을 배불리 먹어도 하연 품에 안겨 모유를 먹어야만 잠이 들었다. 시간이 흐르고 태하의 별명은 자연스럽게 '지옥에서 온 아기'에서 '지옥에서 온 꼬마'로 바뀌었다.

"그나저나……."

두 사람의 침실로 돌아오자, 태환은 뒤에서부터 하연을 끌어안으며 나직이 속삭였다.

"빨리 약속 지키자."

"무슨 약속이요?"

"예쁜 동생 만들어준다는 약속. 오늘부터 열심히 노력해야지. 안 그래?"

태환은 갑자기 몸을 굽히더니 하연을 번쩍 안아 올렸다. 이제야 드디어 밤마다 빼앗겼던 아내를 다시 찾아온 느낌이었다. 동생을 만들어줄 계획은 없었지만, 아내를 뜨겁게 사랑할 계획은 차고 넘쳤다.

탕탕탕—.

그러나 침대에 닿기도 전에 요란하게 문 두드리는 소리가 들렸다. 누가 문을 두드리는지 보지 않아도 뻔했다. 태환은 눈살을 찌푸리며 서둘러 하연을 바닥에 다시 내려놓았다.

"생각해봤는데……."

문을 열자 베개를 끌어안고 있는 태하가 심각한 얼굴로 서 있었다.

"동생 필요 없어. 엄마, 아빠만 있으면 될 거 같아. 그리고 아람이는…… 하아……."

쉽지 않은 결정이었는지 태하는 길게 한숨을 내쉬며 고개를 숙였다.

"난 아직 아람이보단 엄마가 필요해."

말을 마친 태하는 하연과 태환을 지나쳐 침대 위로 폴짝 뛰어올랐다. 뭐라고 한마디 하려고 하는 태환의 팔을 하연이 살며시 잡아당겼다.

"그러지 말고, 오늘 하루만 같이 자요. 동생도 포기하고 사랑도 물리치고 왔잖아요. 그런 애를 어떻게 다시 돌려보내요, 네?"

"흠."

태환이 고민스러운 듯 한숨을 내쉬자, 숨 죽이고 눈치를 살피던 태하가 침대에서 벌떡 몸을 일으켰다. 그리고 몸을 내던지듯 태환의 목을 와락 끌어안았다.

"아빠, 사랑해요."

"하아."

허를 찌르는 태하의 애정 공격에 태환은 헛웃음을 터뜨렸다. 어린 녀석이 이럴 땐 누굴 공략해야 하는지 본능적으로 아는 것 같았다. 슬쩍 존댓말까지 쓰면서……. 아마도 이런 점은 태환이 아니라 하연을 닮은 게 분명했다. 태하는 태환의 뺨에 '쪽' 소리 나게 뽀뽀하며 하연과 똑같이 눈꼬리를 반달 모양으로 휘었다. 이러니 어찌 품에서 밀어낼 수 있겠는가. 원래 아빠는 딸 바보가 되는 거라는데, 태환은 자신이 아들 바보가 된 기분이었다. 하지만 아들 바보면 어떤가! 행복하기만 하면 그만이지.

"그래, 나도 사랑해."

태환은 패배를 인정하며 손을 뻗어 태하를 껴안았다.

"헤헤헤."

승리를 깨달은 태하의 해맑은 웃음소리가 귓가에 은은히 울려 퍼졌다.

〈끝〉

작가의 말

원래 시작은 스파이 로맨스였는데, 두 사람의 만남만 그대로 놓아두고 설정을 바꾸다 보니 배우와 제작자와의 은밀한 연애가 되었네요. 처음에 썼던 스파이 로맨스는 나중에 시간되면 좀 더 이야기를 보강해서 색다른 로맨스로 내보낼 계획입니다.

이번 《아주 은밀한 연애》의 갈등 부분에서는 남자 주인공인 태환보다 여자 주인공인 하연이 더 적극적으로 행동했습니다. 수동적인 여자보다는 능동적인 여자가 더 멋지니까요.

이번에도 테라스북 팀과 네이버 담당자님께 많은 도움을 받았습니다. 항상 따뜻한 댓글을 남겨주시는 독자님들의 응원도 큰 힘이 되었네요.

이름을 사용할 수 있게 허락해주신 은여경 작가님, 정말 감사합니다. 항상 제 글을 읽어주시는 부모님과 가족, 함께 보고 싶은 TV 프로그램이 있어도 제가 시간이 날 때까지 기다려주는 마음씨 고운 남편, 행복하고 밝은 모습으로 꿈속에 나타나는 천사 푸들 유끼 옹과 포메라니안 미미 뇨사, 조금이라도 살림에 보태고자 정원에서 과일 한 개라도 꼭 따오는 치와와 윌리 군, 항상 든든한 바람막이가 되어주는 슈바츠 밤부스(Schwarzer Bambus) 가족과 '첫눈 속을 걷다' 네이버 카페 회원 여러분, 가슴속 깊이 감사합니다.

다음에는 남녀 간의 좀 더 밀고 당기는 설렘이 가득한 글을 가지고 돌아오겠습니다.

여러분, 언제나 감사하고 사랑합니다!

아주 은밀한 연애 2

초판 1쇄 인쇄 2018년 12월 10일
초판 1쇄 발행 2018년 12월 17일

지은이 이지연 | 펴낸이 강성욱 | 책임 기획 전주예 | 기획 편집 송진아 고은결 강가비
디자인 탁영건 오유나 | 일러스트 NOVA | 로고 김미현 | 교정 서진영 류혜선
펴낸곳 테라스북 | 등록 제25100-2013-000012호
주소 (04019) 서울특별시 마포구 희우정로5길 29 2층 202호
전화 070-4794-5826 | 팩스 0505-911-5826
블로그 http://terracebook.blog.me | 전자우편 terracebook@naver.com
ISBN 978-89-94300-91-7 (04810)
ISBN 978-89-94300-89-4 (SET)

테라스북은 오름미디어의 임프린트 브랜드입니다.

이 도서의 국립중앙도서관 출판시도서목록(CIP)은 서지정보유통지원시스템 홈페이지(http://www.seoji.nl.go.kr)와 국가자료공동목록시스템(http://www.nl.go.kr/kolisnet)에서 이용하실 수 있습니다. (CIP제어번호: CIP2018035132)